"十四五"国家重点出版物出版规划项目

国家社科基金重大项目（21&ZD269）阶段成果

新中国少数民族文学史料整理与研究（1949—1979）

学术委员会

国家出版基金项目
NATIONAL PUBLICATION FOUNDATION

新中国少数民族文学史料整理与研究（1949—1979）

当代小说卷

李晓峰　丁颖　冯杨◎编著

辽宁师范大学出版社
·大连·

© 李晓峰　丁颖　冯杨　2024

图书在版编目 (CIP) 数据

新中国少数民族文学史料整理与研究：1949—1979.
当代小说卷 / 李晓峰，丁颖，冯杨编著. -- 大连：辽
宁师范大学出版社，2024.11. -- ISBN 978-7-5652
-4515-2

Ⅰ. I207.9

中国国家版本馆CIP数据核字第2024KB7420号

XINZHONGGUO SHAOSHU MINZU WENXUE SHILIAO ZHENGLI YU YANJIU（1949—1979）·DANGDAI XIAOSHUO JUAN

新中国少数民族文学史料整理与研究（1949—1979）·当代小说卷

策划编辑：王　星
责任编辑：孙　琳　韩福娜
责任校对：杨斯超
装帧设计：宇雯静

出 版 者：辽宁师范大学出版社
地　　址：大连市黄河路850 号
网　　址：http://www.lnnup.net
　　　　　http://www.press.lnnu.edu.cn
邮　　编：116029
营销电话：0411 - 82159915
印 刷 者：大连图腾彩色印刷有限公司
发 行 者：辽宁师范大学出版社

幅面尺寸：170 mm × 230 mm
印　　张：25
字　　数：405千字

出版时间：2024年11月第1版
印刷时间：2024年11月第1次印刷
书　　号：ISBN 978-7-5652-4515-2

定　　价：148.00 元

出版说明

　　本书所收均为少数民族文学研究领域的珍稀史料，其写作时间跨越数十年，不同学者的语言风格不同，不同年代的刊印标准、语法习惯及汉字用法也略有差异，个别文字亦有前后不一、相互抵牾之处，编者在选编过程中，为了尽量展现史料原貌，尊重作者当年发表时的遣词立意，除了明显的误植之外，一般不做改动。对个别民族的旧称、影响阅读的标点符号用法及明显错讹之处进行了勘定。

　　同时，为了保证本书内容质量，在选编过程中，根据国家出版有关规定，作者和编辑在不影响史料内容价值的前提下，对部分段落或文字做了删除处理，对个别不规范的提法采用"编者注"的方式进行了说明，对于此种方式给读者带来的阅读困扰，敬请谅解。

目 录

全书总论

"三交"史料体系中的新中国少数民族文学史料

各民族文学史料是中华民族共同体史料体系的重要组成部分,文学史料的整理和研究,在中华民族共同体研究的话语体系、理论体系建设中,具有不可替代的作用。习近平总书记在 2023 年 10 月 27 日中共中央政治局第九次集体学习时提出"加快形成中国自主的中华民族共同体史料体系、话语体系、理论体系",这对民族文学史料科学建设具有重大历史意义。

在"三大体系"中,史料体系是基础。犹如一栋大厦,根基的深度、厚度和坚实程度,决定着大厦的高度和质量。而中华民族共同体史料体系的完整性、系统性、科学性,在"三大体系"建设中至关重要。对现代学科而言,完整的史料体系,包括政治、经济、社会、法律、文化各个方面,缺一不可,否则,就难言史料体系的完整性、系统性、科学性。正是从这一意义上,将各民族文学史料纳入中华民族共同体史料体系之中,就显得尤为必要。

一、民族文学史料在"三交"史料体系中的地位和价值

各民族文学交往交流交融史料,在中华民族共同体史料体系中具有举足轻重的地位,在中华民族共同体话语体系、理论体系建设中,具有不可替代的作用。这是由文学自身的特点,以及文学史料在还原中华民族多元一体格局形成的历史,全面总结和评价新中国成立以来,少数民族文学以文学的方式,在宣传党的民族

政策、促进各民族团结、培养各民族国家认同中发挥的不可替代的作用决定的。

首先，文学是人类最广泛、最丰富的活动，是人类情感与精神最多样、最全面、最生动、最直接的表达方式，是人类历史最生动、最形象、最全面、最深刻的呈现形式，所以文学经常被认为是人类的心灵史、民族的命运史、国家的成长史。

文学诞生于人类最早的生产活动和精神活动。《吕氏春秋·古乐》云："昔葛天氏之乐，三人操牛尾，投足以歌八阕：一曰载民，二曰玄鸟，三曰遂草木，四曰奋五谷，五曰敬天常，六曰达帝功，七曰依地德，八曰总万物之极。"在学界，一般认为这是对中国原始诗歌和舞蹈起源的史料记载，对人们了解原始诗、歌、舞三位一体的形态和内容具有重要的史料价值，同时也是文学起源于劳动学说的最好例证。鲁迅先生在《门外文谈》中也说："我们的祖先的原始人，原是连话也不会说的，为了共同劳作，必需发表意见，才渐渐的练出复杂的声音来，假如那时大家抬木头，都觉得吃力了，却想不到发表，其中有一个叫道'杭育杭育'，那么，这就是创作；大家也要佩服，应用的，这就等于出版；倘若用什么记号留存了下来，这就是文学；他当然就是作家，也是文学家，是'杭育杭育派'。"这里谈的也是文学起源、作家与作品的关系、文学流派的产生，其观点与《吕氏春秋·古乐》一脉相承。

从文学发展历史来看，文学是人类对外部客观世界、人类的生产生活实践和人的内在精神世界的直接反映。口头文学是早期人类文学生产、传播的主要形式。口头文学的口头性、集体性、变异性、传承性，一方面使大量的文学经典一直代代相传地活在人们的口头上，同时，在传承中出现了诸多的变异和增殖；另一方面，人类口耳相传的口头文学具有综合性，不仅与劳动生活融为一体，而且和其他艺术门类综合在一起，所谓诗、歌、舞、乐一体即是对其综合性的概括。中国活态史诗《格萨（斯）尔》《江格尔》《玛纳斯》便是经典例证。

文字产生以后，有了书面文学。但口头文学与书面文学并行不悖且同步向前发展，二者之间的关系复杂多样。

从史料的角度来说，文字的产生，使人类早期口头文学得到记录、保存和流传。可以确定的是，文字产生之后相当长的时期，文字一方面成为文学创作的直接手段,即时性地记录了人们的文学创作活动,另一方面也成为口耳相传的口头文学向书面文学转换和固化的唯一媒介和符号。在早期被转化的文学,就包括人类代代相传的关于人类起源、迁徙、战争等重大题材和主题的神话传说。历史学已经证实,人类早期的神话传说包含着丰富的历史信息、文化信号和精神密码。例如,殷商时期的甲骨文,记录了商人的生活情形,使后人约略获取一些商朝历史发展的信息。而后来《尚书》《周礼》中关于夏、商、周及其之前的碎片化的记载,以及后来知识化的"三皇""五帝"的"本纪",其源头无一不是口头神话传说。

也正是口头文学的口头性、集体性、变异性、传承性,使这些口头神话传说在不同的典籍中有了不同样态,五帝不同的谱系就是一个例证。司马迁在《五帝本纪》中对五帝的记叙,仅仅是其中的一个谱系。即便是目前文献记载最早的中华民族创世神话三皇之一的伏羲也是如此。吕振羽在《史前期中国社会研究》中,认为伏羲神话是对渔猎经济的反映,具有史前社会某一个时期的确定性特征。刘渊临在《甲骨文中的"蚰"字与后世神话中的伏羲女娲》中,骆宾基在《人首龙尾的伏羲氏夏禹考——〈金文新考·外集·神话篇〉之一》中,都将目光投向早期文字记载中的伏羲,是因为,这是最早的关于伏羲的文献史料。有意味的是,芮逸夫在《苗族的洪水故事与伏羲女娲的传说》中,认为伏羲女娲神话的形成可追溯到夏、商;杨和森在《图腾层次论》一书中,又认为伏羲是彝族的虎图腾及葫芦崇拜。他们的依据之一便是这些民族代代相传的神话传说的口头史料和文献史料。这些讨论,一是说明早期文献典籍对人类口头文学的记载,既多样,又模糊;二是说明对中国早期文明形态、文明进程的研究,离不开人类口头文学;三是说明对中国早期文明的研究应该有中华文明起源"满天星斗"的视野;四是说明同一神话传说在不同民族传播的表象下呈现出来的各民族文化交流交融是一个值得从中华民族共同体角度研究的历史现象。

从文献史料征用的角度来说,作为人类口头文学的神话传说,后来被收进了各种典籍,作为历史文献被征用。此后,又被文学史家因其文学的本质属性从历史文献中剥离出来,纳入文学史的知识体系。文学独立门户自班固《汉书》首著《艺文志》始,在无所不包的宏大史学体系中,文学有了独立的归类和身份,但仍在"史"的框架之中。至《四库全书》以"集部"命名文学,将其与经、史、子并列,文学身份地位进一步确定和提升。但子部所收除诸子百家之著述外,艺术、谱录、小说家等无不与文学关涉,这又说明历史与文学的关系是盘根错节、难以分割的。这种特性,也造就了中国古代历史和古代文学史的"文史不分"——没有"文学"的历史与没有"历史"的文学,都是不可想象的,这也充分说明文学史料在整个史料中的地位、价值和意义。文学描写的是人类活动,表达的是人类情感和思想,传递的是人们对美好生活的向往,是人类诗意栖居的共有家园。这是历史学其他分支学科所无法做到的。而人是活在具体的历史之中的,正如"永王之乱"之于李白,《永王东巡歌》作为李白被卷入"永王之乱"的一个文字证据而被使用。因此,历史学的专门史,是文学史的基本定位。如此,文学史料在史料体系中的地位和价值就是不容忽视的存在。

其次,在马克思主义理论中,文学艺术与哲学、政治、法律、道德、宗教一起,构成了马克思主义社会意识形态的主体要素。文学被视为意识形态的原因在于,它是社会意识形态的一种表现形式,并且具有意识形态的属性。

我们知道,意识形态是人对于事物的理解和认知,是人的观点、观念、概念、价值观等的总和。意识形态也是一定的政治共同体或社会共同体主张的精神思想形式,是社会意识诸形式中构成思想上层建筑的组成部分。文学作为人类一种精神活动及其产品,是由人们对人类社会发展的历史和社会现实的认知所决定的。就文学与历史、文学与生活的关系而言,文学以不同的形式,表现或传达人们对历史和现实生活的认知和内心情感。一是"文以载道""兴观群怨",说明文学并不是社会生活在人们头脑中的简单重现,而是包含着创作者的世界观、人生观、价值观等意识形态元素,这些元素通过作品的人物塑造、情节安排等方式,向读者传达出来。二是文学是审美的意识形态,它既是一种创造美和欣赏美的社会活动,同时也是一种以美为创造对象和欣赏对象的意识层面的活动,这种活动伴随着什么是美和美是什么的追问,也伴随着人类情感、精神和思想境界的升华。因此,习近平总书记在《在文艺工作座谈会上的讲话》中指出:文艺事业是党和人民的重要事业,文艺战线是党和人民的重要战线。文艺是时代前进的号角,最能代表一个时代的风貌,最能引领一个时代的风气。这说明,党和国家对文学的意识形态属性高度重视。而事实上,在意识形态之中,文学正是以对历史的重构、现实的观照,人类对美的追求的表达,承担着其他意识形态无法替代的社会功能,这也决定了文学史料在整个史料体系中的特殊价值。

再次,文学上的交往交流交融,对推动中华民族从多元走向一体的历史进程,推动中华民族凝聚力的形成和中华文化认同,影响深远而巨大。这是由文学的巨大历史载量、巨大思想力量、巨大情感力量、巨大审美力量所决定的。没有什么是文学所不能承载的,所以文学在各民族交往交流交融中,既是显性的交往(如文化层面的交流互动、文学作品的跨民族、跨文化传播),又是精神、情感和心灵层面的属于文学接受和影响范畴的隐性的深度渗透。作为文化的直接载体和表现符号,文学具有先天优势。正因如此,在中华民族交往交流交融历史上,留下了浩如烟海的文学史料。例如,根据历史文献的记载,文成公主入藏时,所携带的书籍中不仅有佛经、史书、农书、医典、历法,还有大量诗文作品。藏区最早的汉文化传播,就是从先秦儒家经典和《诗经》《楚辞》开始的。再如,辽代契丹人不但实行南面官北面官制,还学汉语习汉俗,更是对《诗经》、《楚辞》、汉赋、唐诗、宋词照单全收。辽圣宗耶律隆绪对白居易崇拜有加,自称"乐天诗集是吾师"。耶律楚材在西域征战中习得契丹语,将寺公大师的契丹文《醉义歌》翻译成汉语,不仅使之成为留存下来的契丹最长诗歌作品,也使我们从中领略到契丹人思想领域中的多元状态——既有陶渊明皈依自然的思想,又有老庄思想与佛教的思想观念。而这种多元的思想是契丹基本的思想格局,它不仅反映了契丹社会的开放性和包容性,更显示了契丹文化与其他民族文化的交融,特别是对汉族文化的吸收。这些生动丰富的文学史料,从生活出发,经由文学,抵达人的思想和精神层面,共鸣并升华为中华民族的向心力和凝聚力,极大地促进了各民族交往交流交融,成为中华民族从多元走向一体的文学记录。

也正因如此,党和国家对各民族文学史料高度重视。早在1958年,党和国家在全国各民族社会历史调查和语言调查取得丰硕成果的基础上，决定由中华人民共和国国家民族事务委员会主持编写《中国少数民族》《中国少数民族简史丛书》《中国少数民族语言简志丛书》《中国少数民族自治地方概况丛书》《中国少数民族社会历史调查资料丛刊》（简称"民族问题五种丛书"），这一系统而浩大的国家历史工程历经艰辛，于2009年修订完成，填补了中国历史研究的空白，成为研究中华民族从多元走向一体的基础文献。

而同年，由中共中央宣传部直接领导，各省区党委负责，中国科学院文学所主持的中国少数民族文学史（概况）编写工程启动。

中国少数民族文学史（概况）编写与"民族问题五种丛书"作为社会主义意识形态重大工程和国家重大历史文化工程的同时启动，说明党和国家对少数民族文学的重视，也说明各民族文学史料之浩繁、历史之悠久、形态之特殊，是"民族问题五种丛书"无法完全容纳的，须独立进行。例如，《蒙古族简史》在"清代蒙古族的文化"一章中，专设"文学作品"一节，但这一节仅介绍了蒙古族部分作家作品，没有全面总结蒙古族文学与汉族、满族等民族文学交流融合的历史进程。其他民族的"简史"存在同样的问题。

事实证明，正是新中国成立后对各民族文学的有组织的全面调查、搜集、整理、研究，使我们掌握了各民族文学的第一手史料，摸清了各民族文学的"家底"，尤其是在搜集、整理过程中发掘出来的各民族文学关系史料，为揭示中华民族从多元走向一体的思想、情感、文化动因，提供了重要的支撑。1983年中国社会科学院毛星主编的三卷本《中国少数民族文学》第一次呈现了中国少数民族文学发展的历史，绘制了中国少数民族文学版图。此后，马学良、梁庭望等也陆续推出通史性质的中国少数民族文学史。而这些通史性的少数民族文学史，正是以各民族文学史料的整理、各民族文学史（概况）的编写为基础的。

特别需要说明的是，20世纪90年代，梁庭望、潘春见的《少数民族文学》，立足于各民族交往交流交融的理念，拓展和深化了少数民族文学研究，也为中国特色的比较文学学科体系、学术体系、话语体系建设做出了积极努力。2005年，郎樱、扎拉嘎等人的国家社科基金重大项目"中国各民族文学关系研究"立足

"关系"研究,通过对始自秦汉,止于近代的各民族关系研究,得出了"你中有我,我中有你"的历史结论,成为中华各民族交往交流交融关系研究最早、最系统、最宏观的成果。而这一成果也是作者们历时数年,对各民族文学交往交流交融史料进行的最全面的梳理和展示。

事实上,自少数民族文学学科建立以来,对各民族文学交往交流交融研究就是重点领域,特别是 20 世纪 90 年代以来,各民族文学关系研究成为少数民族文学研究的分支学科。相应地,对各民族文学交往交流交融的史料整理也自然成为研究的基础。《中国各民族文学关系研究》《20 世纪中华各民族文学关系研究》《元代蒙汉文学关系研究》等都是具有代表性的成果。这些成果,不仅重新梳理、发掘了一大批各民族文学交往交流交融关系的史料,同时也进一步揭示了中国各民族自古以来的交往交流交融的历史发展规律。

因此,在"三交史料"体系中,各民族文学交往交流交融史料的重要地位是不能忽视和不可替代的。剥离了文学史料,各民族交往交流交融史料体系是不完整的。

二、新中国少数民族文学史料的性质和价值

少数民族文学史料,既是少数民族文学发展、学科建设历史的足迹,也是少数民族文学史知识生产的基础材料。

新中国少数民族文学史料是新中国文学史料体系中重要而独特的组成部分,是各少数民族文学史料的集成。这是新中国少数民族文学的性质决定的。

新中国成立后,少数民族文学被纳入社会主义新文学的整体之中,被赋予了社会主义新文学的性质。同时,少数民族文学还被党和国家赋予了宣传党的民族政策,维护国家统一,促进民族团结,促进各民族之间的了解和文化交流,反映各民族人民社会主义新生活、新面貌、新形象、新精神、新情感、新思想的社会功能和政治使命,受到党和国家的高度重视。少数民族文学因此成为国家话语的组成部分,从而与党的民族政策、各民族经济和社会发展保持密切关系。因此,无论从社会主义意识形态角度观之,从统一的多民族国家的角度观之,还

是从新中国社会主义文学的角度观之,少数民族文学的性质、功能、使命和作用都决定了少数民族文学史料国家性的特殊属性。

例如,1949 年 7 月 14 日中国第一次文代会通过的《中华全国文学艺术界联合会章程(草案)》,首次提出在即将成立的中华人民共和国的文学艺术事业中,要"开展国内各少数民族的文学艺术运动,使新民主主义的内容与各少数民族固有的文学艺术形式相结合。各民族间互相交换经验,以促进新中国文学艺术的多方面的发展"。这里的"各少数民族文学艺术"概念以及对少数民族文学的定位和发展规划,虽然与 1934 年《苏联作家协会章程》有一定联系,但重要的是,为什么在规划新中国文学时,就已经充分考虑到各少数民族文学艺术。显然,这与即将建立的新中国是一个不同于苏联的统一的多民族国家的国家性质直接相关。这样,"促进新中国文学艺术的多方面的发展",显然超越了《苏联作家协会章程》中对各苏维埃联邦共和国中不同民族文学翻译的重视和发展各兄弟民族的文学——《苏联作家协会章程》在第四项任务中称:"实行相互帮助,交换各兄弟共和国作家和批评家的创作经验,有组织地将艺术作品从一个民族的语言翻译成其他民族的语言——借此尽量地发展各兄弟民族的文学。"也就是说,《中华全国文学艺术界联合会章程(草案)》中统一的多民族国家的立场和对少数民族文学发展目标的确定明显不同于《苏联作家协会章程》。这一点在《人民文学》发刊词中得到了更直接的体现。在发刊词中,少数民族文学的国家文学、国家学科、国家学术的国家性被正式确定,各民族文学共同发展的国家意识,也都指向了统一的多民族国家,指向了统一的多民族国家中各民族一律平等,指向了反对大民族主义和地方民族主义的国家意识,指向了在统一的多民族国家的社会主义新文学的整体格局中定位少数民族文学的性质,指向了在国家文学和国家学科中通过推动少数民族文学的发展,落实党和国家的民族政策,指向了党对少数民族文学在统一的多民族国家建设中的作用的重视、规范和期待。

所以,国家在启动"民族问题五种丛书"编写的同时,也启动了少数民族文学史编写以及"三选一史"的国家工程。1979 年,少数民族文学史编写工程再次启动,《光明日报》发表述评《重视少数民族文学》,再一次发出国家声音。故而,在对少数民族文学发展和对少数民族文学史编写的重视方面,只有从建构统一的多民族国家历史知识的角度,从中华民族共同体历史知识生产的角度,才能理解和认识党和国家的良苦用心。而少数民族文学史料所呈现的历史现场也是如此。老舍在《关于兄弟民族文学工作的报告》和《关于少数民族文学工作的报告》中,从统一的多民族国家的高度,提出少数民族作家的文学创作要达到汉族作家的水平,清楚地表明了以平等为核心,共同发展为目标的民族政策在少数民族文学事业上的国家顶层设计。

　　历史地看,新中国少数民族文学以积极主动的姿态实现了国家对少数民族文学性质、功能、作用的定位和期待。例如,玛拉沁夫的《科尔沁草原上的人们》在《人民日报》的短评中斩获了五个"新",从作家角度说,是因为其对少数民族文学性质、功能、作用的实践;从国家层面说,是因为党和国家对少数民族文学所承担的责任和使命得到了很好践行的充分肯定。再如,冰心的《〈没有织完的统裙〉读后》也是一个典型案例。冰心从"云南边地自然风光和民族风情""新人新事""毛主席伟大民族政策在云南的落地生根"三个观察点进行分析,这三个观察点同样也来自国家赋予少数民族文学的功能和使命。与《科尔沁草原上的人们》不同的是,在冰心这里,少数民族文学在促进各民族之间的了解和文化交流方面的功能得到强调。冰心说,"那些迷人的、西南边疆浓郁绚丽的景色香味的描写,看了那些句子,至少让我们多学些'草木鸟兽之名',至少让我们这些没有到过美丽的西南边疆的人,也走入这醉人的画图里面"。而且,民风民俗同样吸引了冰心,特别是作为民族智慧结晶的民族谚语,更引起她的注意:"还有许多十分生动的民族谚语,如:'树叶当不了烟草','老年人的话,抵得刀子砍下的刻刻','树老心空,人老颠东','盐多了要苦,话多了不甜','树林子里没有鸟,蝉娘子叫也是好听的'……等等,都是我们兄弟民族人民从日常生活中所汲取出来的智慧。"所以,冰心"兴奋得如同看了描写兄弟民族生活的电影一样"[1]。

---

[1]　冰心:《〈没有织完的统裙〉读后》,《民族团结》1962 年第 8 期。

冰心的评价既表现了国家对少数民族文学的期待和规范，同时也呈现了少数民族文学在增进各民族了解和文化交流方面的作用和少数民族文学独特的美学特质。正如老舍1960年在《兄弟民族的诗风歌雨》中所说："各民族的文学交流大有助于民族间的互相了解与团结一致。"①

少数民族文学史料的国家性，使之成为新中国文学史料体系中具有独特价值的不可或缺的组成部分。

首先，少数民族文学史料真实客观地记录了党和国家从统一的多民族国家和中华民族共同体建设的高度，发展少数民族文学的国家立场和实际举措。

其次，少数民族文学史料真实客观地呈现了少数民族文学对党和国家赋予的功能、使命的践行，真实客观地反映了各民族社会生活的历史性巨变。

再次，少数民族文学史料忠实记录了少数民族文学自身的发展历程，记录了不同历史时期政治文化语境的变化对少数民族文学创作、文学批评和理论研究的深刻影响。

最后，少数民族文学史料真实客观地反映了少数民族文学对中国文学做出的巨大贡献。各民族民间文学的搜集整理，少数民族古代作家作品的研究，当代各民族文学发展研究，不仅渗透到中国语言文学的各个学科，而且高度体现了中国文学史的多民族共同创造的属性。各民族文学史料对中国文学史料的丰富、完善，不仅为少数民族文学史研究，也为新中国文学史研究提供了基础材料。

所以，少数民族文学史料的性质和政治价值、社会价值、历史价值、文化价值、文学价值都是值得重视和研究的重要课题。

三、新中国少数民族文学史料形态

"形态"一词通常指事物的形式和样态、状态。在这里，笔者更倾向于从研究生物形式的本质的形态学角度来认识新中国少数民族文学史料，借鉴形态学

---

① 　舒舍予：《兄弟民族的诗风歌雨》，《新华半月刊》1960年第9期。

注重把生物形式当作有机的系统来看待的方法,不仅关注部分的微观分析,也注重总体上的联系。

史料基本形态无外乎文献史料、口述史料、实物史料、图片史料、数字(电子)史料五种。专门研究史料形态及其演变规律的史料形态学,关注的重点是史料的形态、结构、特征以及它们在不同历史时期和文化背景下的变化,史料形态与社会、政治、文化等因素的相互关系,以及这些因素如何影响史料的形成、传播和保存等。通过深入研究史料形态学,我们可以更好地理解史料的本质、来源、传播和保存方式,从而更准确地解读历史信息,揭示历史事件的真相。这样,史料形态学的研究就要从史料的形态入手。新中国少数民族文学史料也是如此。

从有机的系统性角度来看,无论是对新中国少数民族文学整体评价的文献史料,还是微观形态的作品评论史料,乃至一则书讯、新闻报道,都指涉着特定历史语境中的意识形态、社会思潮、社会生活、文学创作、文学评价所构成的彼此关联和指涉的有机系统的整体性和内部的丰富性、复杂性。这些要素各有特定的内涵和不同话语形态,但其内在价值取向的指向性却具有一致性和共同性的特点。至于对社会生活反映的话语的不同,对不同问题的阐发的不同,学术观点的争论甚至某一人观点前后的矛盾,也都是一体化的政治文化语境下,不同的文学观念与社会价值观念的对话、冲突、调适,并且受控于国家意识形态规范的结果。因此,对史料系统的有机性的重视,对史料系统完整性程度的评估,对不同史料关系的梳理,对具体史料生成原因的挖掘,直接关系到真实、客观、全面还原少数民族文学的历史现场。

从史料留存的基本情况看,1949—1979年少数民族文学史料形态涵盖了前述五种形态,但各形态史料的数量、完整性极不平衡。其中,文献史料最多且散佚也最多,口述史料较少且近年来也未系统开展收集工作,图片史料少而分散,故更难寻觅,实物史料则少而又少。因此,以文献史料特别是学术史料为主体的史料形态是本书史料的主要特征和重点内容,这也是由目前所见少数民族文学史料的主体形态和客观情况所决定的。

　　文献史料在史料形态中的地位自不必言，而文献史料存世之情形对研究的影响一直作为无法破解的问题，存在于史料学和各学科研究之中。孔子在《论语·八佾篇》中言：夏礼，吾能言之，杞不足征也；殷礼，吾能言之，宋不足征也。文献不足故也，足，则吾能征之矣。在这里，孔子十分遗憾地感叹关于杞、宋两国典籍和后人传礼之不足，十分清楚地说明了史料与传承的重要性。孔子尚感复原夏殷之礼受史料不足的局限，后人研究夏殷之礼的难度就可想而知了。正如梁启超所说："时代愈远，则史料遗失愈多而可征信者愈少，此常识所同认也。"同时，他还说："虽然，不能谓近代便多史料，不能谓愈近代之史料即愈近真。"①这也是梁启超在研究中国历史时，对晚近史料之不足与史料之真伪情形的有感而发。他的感想，也成为所有治史料之学人的共识。傅斯年所说的"有一分材料说一分话"，指出了远古史料、近世史料的基本状况、形态以及使用史料的基本规范和原则，但从中也不难体察出治史者对史料不足的无奈。

　　少数民族文学史料也是如此。本书搜集整理的是 1949 年至 1979 年间的少数民族文学史料。其起点距今不过 70 多年，终点不过 40 多年。按理说，这30 年间，国家建立了期刊、报纸、图书出版发行体系，建立了国家、省、市、县、乡镇的体系化图书馆。早在 20 世纪 50 年代，许多工厂、机关、学校、街道在极其艰难的条件下，陆续建立了图书阅览室。另外，从国家到地方，也有健全的档案体系，文献史料保存的系统是较为完备的。但是，史料的保存现状却极不乐观。以期刊为例，即便国家图书馆，也未存留 20 世纪 50 年代出版的少数民族文学的全部期刊。已有的部分期刊，断刊情况也非常严重。特别是 20 世纪 80 年代后期，因为种种原因，许多地区和基层图书馆期刊、报纸文献遭到大面积破坏，20 世纪 50 年代至 60 年代的许多珍贵史料，被当作废纸按"斤"处理掉。对本地区期刊、报纸文献保存最完整的各省级图书馆，也因搬迁、改造、馆藏容积等使馆藏文献被"处理"的情况极为普遍。因此，许多文献已经很难寻找，文献史料的散佚使这一时期文献史料的珍稀性特点十分突出。

---

① 　梁启超：《中国历史研究法》，上海人民出版社，2014 年版，第 39 页。

例如,在公开发行的史料中,《新疆文艺》1951年创刊号上柯仲平、王震撰写的创刊词,我们费尽周折仍无缘得见。再如,关于滕树嵩的《侗家人》的讨论,是以《云南日报》为主要阵地展开的,但是,《边疆文艺》《山花》也参与其中,最终的平反始末的史料集中在《山花》。其中还有《云南日报》的"编者按"以及同版刊发的批判周谷城的文章,其所呈现出来的一体化的时代政治文化语境中,边疆与中心的同频共振给我们深入分析这些史料的价值提供了第一手材料,也还原了特定的历史语境。是不是将这些史料"一网打尽"后,关于《侗家人》发表、争鸣、批判、平反的史料就完整了呢? 当然不是。因为,这些仅仅是公开发表的,或者在社会公共空间生产和传播的史料,还有另一类未在社会公共空间公开生产和传播的珍稀史料存世。例如,云南省委宣传部的《思想动态》上刊发的《小说〈侗家人〉讨论情况》《作协昆明分会同志对讨论〈侗家人〉的反映》《部分大学师生对批判〈侗家人〉很抵触》《〈侗家人〉作者滕树嵩的一些情况》,这些未公布于世的内部资料,与公开发表的史料汇集,才能真实地还原《侗家人》由讨论到批判的现场。因此,未正式刊行史料中的这类史料的价值是难以估量的。

未正式刊行的珍稀史料除了内部资料外(如各种资料集),还有各种文件、批示、作家手稿、书信、日记、稿件审读意见、会议记录、发言稿等。这类史料散佚更多,搜集整理更难,珍稀程度更高。

例如,1958年首次启动,至1979年第二次启动,其间有大量史料产生的少数民族文学史史料编撰,目前我们所见的成果仅有中国社会科学院1984年选编的《中国少数民族文学史编写参考资料》这一内部刊行资料。其中收录了中共中央宣传部关于少数民族文学史编写工作座谈会纪要,关于少数民族文学编写原则、分期等讨论稿,以及李维汉、翦伯赞、马学良等人的信件等。事实上,在1961年关于少数民族文学史编写座谈会召开及对已经编写的少数民族文学史进行讨论时,中国科学院文学研究所曾编印了《一九六一年少数民族文学史讨论资料》和少数民族文学史编写、审读、讨论的"简报"等第一手资料,但这些珍贵史料已经不知去向。我们只能从《中国少数民族文学史编写参考资料》的断简残章中去捕捉当时的宝贵信息,还原历史现场。

　　再如，1955 年玛拉沁夫为繁荣和发展多民族国家的少数民族文学"上书"中国作协。中国作协领导班子经过讨论给玛拉沁夫的回复和玛拉沁夫的"上书"，一并发表在中国作家协会的《作家通讯》上。但是，"上书"的手稿，中国作协领导层如何讨论，如何根据反映的情况制定了对少数民族文学发展起到重大影响的"八个措施"的会议纪要等，已湮没在历史之中。

　　再如，少数民族文学概念的提出是一个"元问题"。目前有人追溯到公开发表的第一次文代会通过的《中华全国文学艺术界联合会章程（草案）》。但是，本来是有记录的《中华全国文学艺术界联合会章程（草案）》的起草过程，各代表团、各小组对大会报告和《中华全国文学艺术界联合会章程（草案）》的讨论情况的第一手材料，已经无处可觅。近年来，王秀涛、斯炎伟、黄发有等人对第一次文代会史料的钩沉虽然有了不小的收获，其艰难程度却渗透在字里行间，仅第一次文代会代表是如何产生的这样重大问题，"目前学界的研究却仍然是笼统和模糊的"[1]。至于是谁建议将少数民族文学艺术纳入《中华全国文学艺术界联合会章程（草案）》，是谁修改了《苏联作家协会章程》中的"各兄弟民族文学"的表述，却没有一点记录留存。因为，从《苏联作家协会章程》中的"实行相互帮助，交换各兄弟共和国作家和批评家的创作经验，有组织地将艺术作品从一个民族的语言翻译成其他民族的语言——借此尽量地发展各兄弟民族的文学"，到《中华全国文学艺术界联合会章程（草案）》中的"使新民主主义的内容与各少数民族固有的文学艺术形式相结合。各民族间互相交换经验，以促进新中国文学艺术的多方面的发展"，显然进行了本土化创造。这种本土化创造的立足点是中国共产党和尚未正式宣布成立的新中国的文学发展的国家构想。那么，是哪些人参与了讨论并提出修改意见？特别是，两个月后《人民文学》发刊词中，才对少数民族文学概念有了真正意义上的命名，而且确定了少数民族文学的社会主义新文学和国家学术、国家学科的性质和地位。在这短短两个月中，少数民族文学发生变化的历史信息，都成为消逝在历史时空中的电波。而消逝在历

---

① 　王秀涛：《第一次文代会代表的产生》，《扬子江评论》2018 年第 2 期。

史时空中的电波,又何止于此。这一时期的作家手稿、书信,作品的编辑出版过程,期刊创办的动意、刊名的确定、批文等,或尘封在某一角落,或早已消失。而这一点,也是我们在寻找一些民族地区期刊创办史料、作品出版史料、作家访谈时得出的结论。

再如,已有的史料整理,也存在着缺失或差错的问题。例如,20世纪80年代初,吴重阳、赵桂芳、陶立璠三位先生编辑整理并用蜡纸刻印过《当代少数民族作家作品研究资料索引》,该索引于1983年由中国社会科学院民族文学研究所作为内部资料印刷。这是目前所见最为全面的1949年至20世纪80年代初少数民族文学创作与研究文献目录索引。但是,其中仍有无法避免的诸多疏漏和差错。例如包玉堂的《侗寨情思》(组诗),该索引仅收录了《广西日报》刊登的第二首,而未收《南宁晚报》刊登的一首,包玉堂发表在《山花》上的《侗寨情思》(五首)不仅对原作进行了修改,而且具体篇目也作了取舍和调整。这些在《当代少数民族作家作品研究资料索引》中都没有呈现。而追寻这一源流,呈现《侗寨情思》从单篇、"二首"到"组诗"的扩大、修改、更换的历史现场,本身就是一件非常有价值和意义的史料甄别和研究工作。

至于少数民族文学的其他史料形态,如图片史料,我们所见更多的是一些文献史料的"插图",而第一手的图片更难搜寻。第一手的实物史料、数字(电子)史料就更加稀缺。所以,本书的史料形态只能是文献史料以及部分文献史料中的部分图片。从这一意义上说,本书用十年时间从各种渠道搜集整理出来的这些文献史料,虽然不是这一时期少数民族文学史料的全部,但这些史料的珍稀性是确定的,它以这样的方式呈现的这一时期的少数民族文学史料形态上的残缺,提示我们应该加强这方面的工作和研究。

四、少数民族文学史料的结构体系

少数民族文学史料有文学史料的共性特征,也有少数民族文学史料的独特性,这一独特性,主要体现在史料的内容体系、空间结构和学科体系、学术体系、话语体系的特征上。

　　在内容体系上，少数民族文学史料分宏观性史料、中观性史料、微观性史料三个层次。

　　宏观性少数民族文学史料是指 1949—1979 年间少数民族文学宏观性、全局性的史料，包括新中国少数民族文学政策、制度，少数民族文学发展的宏观性、全局性总结，宏观性的文艺评论与理论概括等。如费孝通、马寿康、严立等人的《发展为少数民族服务的文艺工作》《开展少数民族的艺术工作》《论研究少数民族文艺的方向》等关于少数民族文学功能、性质和发展方向的论述，1959 年黄秋耕等人对新中国成立十年来少数民族文学发展的整体性评价的《突飞猛进中的兄弟民族文学》，华中师范学院、中国社会科学院、山东大学等高校和科研机构在中国当代文学格局中对少数民族文学发展的宏观总结，老舍关于少数民族文学发展的两个报告，中宣部关于少数民族文学史编写工作座谈会纪要，《光明日报》关于《重视少数民族文学》的述评，还有对民族形式、特点等少数民族文学重大理论问题的讨论等。这类史料的数量不多，但代表着特定历史时期国家对少数民族文学发展的规划、设计，对少数民族文学的社会功能、使命、作用的定位，对少数民族文学发展方向的指导和规范，对少数民族文学发展的总体评价，对少数民族文学发展中存在问题的分析及解决办法和具体措施。

　　在宏观性史料产生的时间上，1956 年老舍《关于兄弟民族文学工作的报告》是第一篇关于少数民族文学全局性、整体性情况介绍、评价和改进措施的报告。1959 年至 60 年代初，是宏观性史料产生最多的时期。其间，三部当代文学史对少数民族文学的宏观评价，标志着少数民族文学第一次进入中国文学史知识生产，意味着中国多民族文学的整体架构初步建立。

　　中观性少数民族文学史料是指 1949—1979 年间，以单一民族文学为单位形成的文学史料，包括某一民族文学史的编写、某一民族文学发展的整体评价、某一民族文学期刊创办等史料。

　　在这三十年中，伴随着党和国家民族政策的落实，中国各民族文学有了较快发展，特别是各民族民间文学资源的系统发掘，为全面评价各民族对中国文化的历史贡献提供了强大支撑，其意义远远超过文学本身。因此，这部分史料的价值不言而喻。

中观性少数民族文学史料有三个基本特征。

其一，各民族民间文学搜集整理、文学史编写、作家培养和作家文学的发展，党的民族政策、文化政策、文学政策的落实情况。

例如，国家对各民族社会历史情况调查和"三选一史"的编写，作为国家历史知识、民族文学谱系的"摸底"工作，覆盖了每一个民族。这种覆盖是有组织、有计划进行的。客观地说，各地方党委、政府的重视程度是高度一致的，这是一体化的意识形态规约和特定的政治文化语境中，国家、地方、个人意志、行动高度契合的生动表现。在民族平等政策的制度设计中，国家把各民族文学的发展纳入各民族经济、社会、文化教育发展的整体格局之中，并将其视为重要标志。这种无差别的顶层设计，具有文学共同体建设的鲜明指向。

其二，各民族民间文学史料多于作家文学史料，且其分布呈现出与该民族人口不对等的不平衡状态，这种不平衡是各民族民间文学发展历史的不平衡、文学积累的不平衡的真实样貌的客观反映。

例如，《纳西族文学史》《白族文学史》最早问世，是由云南各民族民间文学的丰厚积累和大规模的集中搜集整理决定的。云南各民族民间文学宝藏的惊人程度，可以用汪洋大海来形容。1958年、1962年、1963年、1981年、1983年云南进行了五次大规模的民族民间文学调查。特别是前三次调查，为云南各民族文学史提供了第一手丰富而珍贵的史料。1956年云南人民出版社就出版了《云南民族文学资料》。1959—1963年，中国作家协会昆明分会民间文学工作部以内部资料的形式，编辑出版了《云南民族文学资料》18集。这还不包括云南大学1958—1983年民间文学调查搜集整理的18个民族的2000多件稀见的作品文本、手稿、油印稿、档案卡片和照片。其文类包括神话、传说、民间故事、歌谣、史诗等。而楚雄对彝族文学史料搜集整理后稍加梳理，就编写出《楚雄彝族文学史》。相比之下，满族、蒙古族、藏族、维吾尔族这些人口较多的民族，民间文学搜集整理的状况就远不及云南各个民族。当然，这些民族一些经典的民间文学作品首先被"打捞"上来。如在科尔沁草原广为流传的《嘎达梅林》，维吾尔族的

《阿凡提故事》等。

此外，各民族民间文学史料的搜集整理也不平衡，以三大史诗为例，青海最早发现和相对系统地整理了《格萨尔》。1962 年，分为五部二十五万行的《玛纳斯》已经完成整理十二万行。1950 年，商务印书馆已经出版了边垣自 1935 年赴新疆后整理的 291 节、1600 多行的《洪古尔》（《江格尔》），但《江格尔》大规模的整理并未能及时跟进。

其三，各民族民间文学与作家文学发展状况复杂多样。民间文学发达的民族，在新中国成立后，作家文学并不一定发达；书面文学发达的民族，在进入新中国后，民间文学并不一定同步发展。这种复杂多样的文学格局也决定了史料的格局和形态。

以文字与文学发展关系为例。我国现在通行蒙古族、满族、维吾尔族、哈萨克族、朝鲜族、彝族、傣族、纳西族、壮族等 19 种民族文字，不再使用的民族文字有 17 种。有文字的民族书面文学发展相对较早，但新中国成立后，文学发展差异较大。如蒙古族涌现出一大批汉语、双语、母语作家，各文类作家作品保持了较高的水平。同时，民间文学也保持着旺盛的生命力。以玛拉沁夫、纳·赛音朝克图、巴·布林贝赫、安柯钦夫、敖德斯尔、扎拉嘎胡为代表的蒙古族作家群，游走在汉语与母语之间，为把蒙古族文学推向新中国社会主义文学共同体做出了杰出贡献。而傣族虽然有自己的民族文字，且产生过《论傣族诗歌》这样的古代诗歌史、诗歌理论兼备的著作，但是，新中国成立后，作家文学却并不发达，民间歌手"赞哈"仍是创作主体。当然，许多民间歌手在这一时期是具有双重身份的——傣族的康朗英、康朗甩、温玉波，蒙古族的毛依汗、琶杰等，他们创作的口头诗歌被广泛传颂，同时也被翻译成汉语并发表，实现了从口头到书面的转换。

然而，另一种情形是，诞生了伟大史诗《格萨尔》和发达的纪传文学、诗歌、戏剧的藏族，在新中国成立后，除了云南的饶阶巴桑的汉语诗歌创作外，无论藏语创作还是汉语创作都鲜有重要作家和作品产出。而维吾尔族、哈萨克族、朝鲜族，则以母语文学创作为主，民族文字文学史料类别、数量远远超过汉语文学创作及其史料。

　　微观性少数民族文学史料,是指 1949—1979 年间少数民族作家作品史料。这部分史料占比较大,既反映了少数民族民间文学、书面文学的发展状况,也反映了少数民族文学批评、研究的基本格局。特别是,我们在介绍少数民族文学史料形态时所强调的有机系统性、宏观史料与微观史料的关联性,在微观性史料中得到了更加具体的体现。例如,前文所列举的《科尔沁草原上的人们》在《人民文学》发表后斩获的"五个新"的高度评价,表明该小说很好地实践了国家赋予少数民族文学的功能、使命、作用。同时,这种评价也对少数民族文学创作方向产生了巨大的引领作用。因此,正如史料显示的那样,这一代少数民族作家的心是与祖国同频共振的,他们的作品成为新中国少数民族翻天覆地的深刻变化的忠实记录,关于这些作品的评论,也规范、引导了各民族作家的创作。

　　值得一提的是,在微观性史料中,还有一类容易被忽视的简讯、消息或者快讯类的文献史料。这类史料文字不多,信息量却很大。例如,《新疆日报》1963年 4 月 12 日发表的《自治区歌舞话剧一团演出维吾尔语话剧〈火焰山的怒吼〉》一则简讯不足 300 字,但该文却涵盖四个方面的信息:一是《火焰山的怒吼》是维吾尔族作家包尔汉创编的维吾尔族革命历史题材的汉语话剧;二是该话剧由中央实验话剧院在北京演出后,又由新疆歌舞话剧院话剧二团在乌鲁木齐演出;三是包尔汉对汉语剧本进行了修改并转换成维吾尔语;四是新疆歌舞话剧院话剧一团排演了维吾尔语的《火焰山的怒吼》并在新疆各地巡回演出,受到了各族群众的热烈欢迎。那么,这些信息背后的信息又有哪些呢?其一,这部原创汉语话剧反映了辛亥革命后维吾尔族、汉族共同反抗阶级压迫的革命斗争,揭示了"汉族人民同维吾尔族人民自古以来的兄弟般的情谊",在革命斗争中,新疆各族人民的命运同汉族人民的命运紧密地连接在一起,在今天看来,这里蕴含的正是共同体意识。那么,包尔汉为什么选择这个题材?而中央实验话剧院又为什么选择这部话剧?其二,新疆话剧团是一个多语种的话剧演出团体,这种体制设置和演出机制的背后,传达出什么信息?其三,维吾尔语革命历史题材话剧的演出,对宣传民族团结,增强维吾尔族人民对中国共产党革命历史的认识起到了重要作用。那么,包尔汉的选材,是自我选择还是组织安排?其

四,由汉语转译为维吾尔语的《火焰山的怒吼》的排演,说明当时话剧团的领导
和创编人员有高度的政治觉悟。那么,这种觉悟在 1963 年的政治文化语境中,
究竟是自觉意识还是体制机制规约? 因此,这则微型文献史料让我们回到 20
世纪 60 年代的新疆政治文化语境,看到了各民族作家的可贵的国家情怀和共
同体意识。

在空间分布上,本时期少数民族文学史料空间广阔性和区域性特征十分鲜
明。如《促进云南文学艺术的发展和革新》《云南民族文学资料》《内蒙古文学
史》《积极发展内蒙古民族的文化艺术》《关于内蒙古自治区民间音乐、舞蹈、戏
剧会演的几个问题》《十五个民族优秀歌手欢聚一堂　昆明举行庆丰收民歌演
唱会》《新疆戏剧工作的一些新气象》《西南少数民族艺术有了新发展》《少数民
族艺术的新发展——在西南区民族文化工作会议期间观剧有感》等,这些史料,
大都是对某一区域性少数民族文学历史、现状和文学艺术发展的评价、分析和
总结,在空间上呈现出了中国多民族文学丰富多彩的文学版图,是少数民族文
学史料体系最为独特的体系性特征。

在少数民族文学史料的学科体系、学术体系和话语体系上,1949 至 1979 年
的少数民族文学史料的体系性特征十分突出。

首先,已有的史料形成了文学理论、民间文学、古代书面(作家文学)、现当
代文学、戏剧电影文学的学科体系,尽管各学科的史料数量不等,但学科体系的
确立已经被史料证明。

其次,从学术体系而言,少数民族文学在各学科的框架中同样以大量的、丰
富的史料为基座,初步形成了各个学科的学术体系。例如,在少数民族当代文
学学科中,形成了包含诗歌、小说、散文等文类和相关文类作家作品批评和研究
的史料体系。在民间文学学科中,形成了以各民族史诗、叙事诗、神话、传说、故
事、谚语搜集、整理、研究为主体的学术体系。而且,因研究对象的不同,各民族
文学形成了特色鲜明、丰富多样的学术体系。

最后,从话语体系而言,新中国少数民族文学史料话语体系的国家性、时代
性、民族性相融合的特征十分鲜明。

在国家性上,少数民族文学史料是新中国社会主义文学话语体系的重要组成部分,也是最具中国特色的文学话语体系。这表现在,统一的多民族国家、中国共产党的领导、民族平等政策、民族团结是少数民族文学史料最核心、最关键的共同性和标识性的话语。在所有宏观性、全局性的史料中,统一的多民族国家、民族平等、民族团结、社会主义是少数民族文学话语生成和发声的国家语境,少数民族文学总是在这一语境中被强调、阐释和评价。

在时代性上,"兄弟民族文学""兄弟民族文艺""新生活""新人""新面貌""新精神""对党的热爱""突飞猛进"等话语,无不与"团结友爱互助""民族大家庭"这一对中华民族的全新定义高度关联,无不与新中国成立后的各民族生活发生的历史性巨变高度关联,因此,各民族之间的关系,各民族文学中的新生活、新气象、新面貌成为具有鲜明时代辨识度的评价少数民族文学的关键词。特别是,在共同性上,社会主义新文学、社会主义新生活、社会主义新人,各民族文化遗产,以及作为国家遗产的各民族民间口头文学、书面文学、文学史的编写原则等,是少数民族文学各学术体系共同的标准和话语形态。

在民族性上,社会主义内容与各民族传统艺术形式的结合,使少数民族民间文学、作家文学的民族形式和民族特点的表现,成为少数民族文学的标志性的合法话语被提倡。各民族丰富多彩的民间文学文类和样式,如蒙古族的祝赞辞、好来宝,哈萨克族的阿肯弹唱,藏族的藏戏、拉鲁,维吾尔族的十二木卡姆,白族的吹吹腔等各民族丰富而独特的艺术形式被发掘并重视。前述冰心在评价杨苏小说《没有织完的统裙》时称赞的边疆风光、民族风情作为少数民族文学的民族文化和地域文化特征,在统一的多民族国家的中华民族文化多样性和国家文化集体性的高度上被认同。如何正确反映民族生活,如何正确评价少数民族文学的民族特点等理论问题,也在新中国社会主义文学的框架下被提出、讨论并得到规范。取其精华,去其糟粕不仅广泛运用于民族民间文学整理,也用于民族风情的描述和展示。可以说,这一时期少数民族文学民族性话语范式和评价标准基本确立。

尤其要说明的是,少数民族文学史料话语的国家性、时代性、民族性是融合在一起的。这一点在各类文学批评史料中都得到充分体现。而且，这些史料也清楚地表明，1949—1979 年间，是少数民族文学全面发展的第一个黄金期，因此，这一时期少数民族文学史料的历史价值、社会价值、文化价值、文学价值都弥足珍贵。

五、问题与展望

如前所述，史料是学科大厦的基座。这个基座的广度、厚度、深度，决定学科大厦的高度和生命长度。

应该看到，与中国文学其他学科相比，中国少数民族文学学科的历史并不长，史料学建设还相当薄弱。少数民族文学史料整理从 20 世纪 50 年代各地民间文学大规模的搜集整理时就已经起步，"三选一史"和"三套集成"都是标志性成果。1979 年中央民族大学整理编辑过《中国少数民族作家作者文学作品目录索引》《中国少数民族民间文学作品目录索引》。20 世纪 80 年代中国社科院民族文学研究所成立后，于 1981 年、1984 年将吴重阳、赵桂芳、陶立璠合作辑录的《当代少数民族文学作家作品研究资料索引》纳入《中国少数民族当代文学研究资料丛书》，还有《中国少数民族文学史编写参考资料》等以内部资料方式刊行的文学史料。全国各地在少数民族文学史料方面也做了大量工作，如云南多种版本、公开与非公开刊行的《民间文学资料》，广西的《广西少数民族当代作家作品目录索引》，玛拉沁夫、吉狄马加主编的《中国少数民族文学经典文库》，中国作家协会编辑的多种少数民族文学作品选（集），以及纳入"中国当代文学研究资料"丛书中的少数民族作家专集，等等，成果是显而易见的。特别是近年来，各民族学者依托各类项目对少数民族文学专题性史料的系统整理，形成了点多面广的清晰格局。

尽管如此，史料学意义上的少数民族文学史料系统整理和研究尚没有真正展开。本文所述的少数民族文学史料形态中，文献史料占据主体地位。这也意味着，除中国社会科学院民族文学研究所积几代学人之功建立的口头文学数字史料库外，其他形态史料整理还尚未起步。

本书选择 1949—1979 年少数民族文献史料作为整理对象，一是基于文献史料在所有史料形态中的主体地位；二是基于目前文献史料散佚程度日益加剧的现状，本书带有抢救性整理的用意；三是这一时期的史料在少数民族文学发展史上具有重要价值，特别是在少数民族文学学科发展处于转型升级阶段的今天，这些史料不仅还原了这一时期少数民族文学的历史现场，同时对少数民族文学发展也具有重要的历史参考价值；四是在少数民族文学研究中，面向少数民族文学历史的研究，必须以史料为支撑，面向未来的研究，同样要以史料为原点。

本书对文献史料特别是以文学批评和文学研究文献为主体的史料的整理与研究，仅仅是少数民族文学史料学建设的一个开始，本书所选也非这一时期史料之全部。只有当其他形态的史料也受到重视并得到系统发掘、整理和研究，当少数民族文学史料学体系真正建立起来，各形态史料构成的有机系统所蕴含的历史、社会、文化、文学等丰富的思想信息被有效激活时，我们才能在多元史料互证中走进少数民族文学发展的真实的历史空间。在此，笔者想起洪子诚先生在《问题与方法——中国当代文学史研究讲稿》的封面上写的一句话："对 50—70 年代，我们总有寻找'异端'声音的冲动，来支持我们关于这段文学并不单一，苍白的想象。"那么，这个寻找和支持来自哪里？——史料。

从史料看 1949—1979 年少数民族小说批评范式

1963 年的《十年来的新中国文学》将新中国文学总结为四个"崭新"——"崭新的文学""崭新的理论""崭新的道路""崭新的创造",指出:"作为这个革命的一个组成部分的革命的文学事业,它的使命是要在我国建立历史上一种崭新的文学——社会主义文学。这是一种彻底革命的文学,它的产生和发展,一方面要建立自己的崭新的理论,找出自己崭新的道路,在新的理论的指导下,沿着新的道路进行崭新的创造,一方面又要与旧的习惯、势力和偏见进行斗争,和一切反动的、落后的思想进行斗争。"①这种概括,意味着新中国文学基本上实现了《人民文学》发刊词提出的目标和任务,即"反映新中国的成长,表现和赞扬人民大众在革命斗争和生产建设中的伟大业绩,创造富有思想内容和艺术价值,为人民大众所喜闻乐见的人民文学","使之为新民主主义国家服务"②。这些指导思想、目标、任务,也成为评价新中国新文学政治倾向和思想内容的核心标准。其中,也包括作为新文学一部分的少数民族小说创作。

---

① 中国科学院文学研究所《十年来的新中国文学》编写组:《十年来的新中国文学》,北京:作家出版社,1963 年,第 16 页。
② 茅盾:《人民文学》发刊词,《人民文学》创刊号,1949 年 9 月。

一、少数民族小说中的政治批评话语范式

1953 年,周扬在第二次文代会的报告中,指出社会主义新文学中"值得重视的现象"之一就是"同时开始出现了新的少数民族的作者……他们的作品标志了国内各少数民族文学的新的发展"。1956 年,老舍在《关于兄弟民族文学工作的报告》中称少数民族"已经有了新时代的现实主义文学",在 1960 年的《关于少数民族文学工作的报告》中,老舍又进一步指出:"我国各少数民族中都出现了崭新的社会主义文学,而且有的已达到相当高的水平! ……这些新文学都是我国社会主义文学的长江大河的条条支流,且各以独特的色彩,金涛雪浪,洋洋大观,丰富着祖国文学!"可以说,自《人民文学》发刊词提出"开展国内各少数民族的文学活动"始,少数民族文学的"社会主义新文学"的性质和地位进一步明确、强化。

国家之所以将少数民族文学纳入一体化的社会主义文学格局,就是因为作为国家话语的少数民族新文学承担着少数民族与统一的多民族社会主义国家政治、文化等国家意识形态话语建构,推进整体的新中国文学发展的特殊使命。相应地,对少数民族新文学特殊的使命、任务和功能的规范与评价,构成了少数民族新文学的政治评价标准。

历史地看,这一标准呈现出指向明确、逐渐完善、不断调整的动态特征。

1953 年,周扬在中国文学艺术工作者第二次代表大会指出,少数民族新文学"以国内各民族兄弟友爱的精神,真实地描写了少数民族人民生活的新旧光景,创造了少数民族人民中先进分子的形象"。1960 年,老舍在《关于少数民族文学工作的报告》中又指出:"少数民族新文学的兴起有个显著的优点与特点。一般地说,这种新文学一开始就是在毛泽东文艺思想的指导下,遵循着为工农兵服务的方针进行创作的。许多新起的优秀作者一开始拿笔,就是以社会主义文学的建设者自期的。这些青年花朵是在党的雨露滋养下开花结果的。""在加强民族团结上,在提高人民政治觉悟与共产主义道德品质上,在促进各民族文

化的繁荣上,这些新文学也都发生了不容忽视的作用!"《中国当代文学史稿》也指出本时期少数民族文学配合各项运动,宣传党的政策,如宣传民族政策、婚姻法、抗美援朝等,使文艺发挥了更多的作用。

在这些评价中,指导思想、服务对象、文学工作者的身份三个方面,是包括少数民族文学在内的新中国新文学共同遵守的政治规范。而"描写少数民族生活""新旧光景",则限定了少数民族新文学反映对象的基本范畴;"宣传党的政策,特别是党的民族政策","提高各族人民政治觉悟和共产主义道德品质,促进各民族文化繁荣",则限定了少数民族文学的社会功能。

在此后的实践和发展中,"社会主义""党的领导""民族政策""阶级斗争"成为少数民族文学的核心价值体系,其具体批评范式一是赞美新生活,展现新面貌,塑造新人物,表现新思想,传达新情感,歌颂社会主义给少数民族带来的翻天覆地的历史巨变;二是歌颂党的领导和党的领袖,宣传党的民族平等政策、歌颂民族团结,表达各民族对党和社会主义的感激之情。在具体实践中,只有符合上述规范,才能称得上开辟了"新的道路"的社会主义的少数民族新文学。

本时期对少数民族小说的政治评价,正是依据上述标准和范式展开的。

1952 年 1 月玛拉沁夫发表了《科尔沁草原上的人们》。《人民文学》在当期编后记中用"蒙古民族的新的生活、新的主题和新的人物"来评价这篇小说。同月,《人民日报》则用五个"新"评价,称这篇小说是"写了新的主题、新的生活、新的人物,反映了现实生活中先进的力量,用新的伦理和新的道德精神教育人民"的"新型文学"作品。这里的"新的人物"并非叙事学意义上的,而是突出了政治意义上的"社会主义新人",也就是说,这里的五个"新"都是从政治角度进行的评价,是上述政治标准的各要素在具体批评活动中标准的话语范式。

因此,在本时期少数民族小说批评中,新生活、新面貌、新气象、新人物、新思想、新(性格)精神,歌颂党的领导、党的领袖,歌颂社会主义翻天覆地的变化,歌颂党的民族政策、民族团结(兄弟民族的友爱),成为政治批评高频词汇。

少数民族新文学的政治评价标准有正、中、反三个向度。一是对符合政治标准的少数民族文学进行正面肯定；二是对价值取向正确但未完全达到标准的创作倾向和作家作品进行肯定中的批评；三是对不符合这一标准或未达到这一标准的作家和作品批评甚至批判，如从资产阶级人性论、阶级调和论角度，对小说《侗家人》的批判；对扎拉嘎胡《悬崖上的爱情》中的三个人物都没有体现出新社会的新精神的批评；等等。

从少数民族文学发展史和学术史双重角度审视少数民族小说理论批评的政治标准和批评范式，必须承认的是，"新"是统一的多民族国家中少数民族生活所发生的客观真实的历史性巨变。从国家角度看，少数民族新生活、新历史正是多民族社会主义国家建设的重要目标。然而，由于种种历史原因，少数民族（尤其是边远地区的少数民族）所经历的新旧变迁，程度更加剧烈，过程更加漫长。这就决定了少数民族文学新的形态比较复杂多样。

如上所述，由于少数民族文学理论批评的话语范式受到国家政治、文化权力的规约，因此，少数民族小说的批评话语，既要立足于少数民族小说发展的客观实际，又要有多民族国家的高度和视野。这就是为什么要求少数民族小说既要表现民族新生活，又要宣传民族政策和各民族团结，因为这些政治要素正是少数民族小说应该承载的功能。因此，在学界，那种将少数民族歌颂主题的小说，与主流文学中那些空洞的口号式"颂歌"等量齐观的观点，正是忽视了少数民族文学被国家赋予的特殊表述权利及其功能造成的。

当然，必须指出，强化少数民族新文学的政治规约也导致这一时期少数民族文学中超出国家话语规范的一些深刻思想内涵被忽视与遮蔽，如在"歌颂"和"新生活"中传导出来的对祖国和国家历史的认同，在"大家庭"和"民族团结"表述中传递出来的对各民族新型关系的认同等。这些文学话语，恰恰是维系多民族国家统一所必需的思想财富。

二、少数民族小说理论批评中的叙事学话语范式

在叙事学方面，少数民族文学叙事学资源与主流文学叙事学资源同源化程

度较高。但是,各民族叙事文学(民间故事、神话传说、叙事诗)中的叙事学元素在其叙事作品中的呈现受到格外重视,借鉴其他民族叙事学理论,同时又保持着本民族叙事学特征的作品,只要是表现了本民族的新生活,都被提倡。这意味着,少数民族叙事学体系及相应的批评话语范式的合法性,是在符合国家对少数民族新文学形式与内容结合的双重规范前提下获得的。这一规范即《人民文学》发刊词中的"使新民主主义的内容与各少数民族的文学形式相结合"。这就意味着,国家在构想开展国内各少数民族文学活动的时候,就已经在理论上承认了各民族多元的文学形式的合法性,这本身就意味着多元评价标准体系的确立,而各民族传统艺术形式,很多都在叙事学范畴中。

少数民族小说叙事学评论的对象是小说中的人物、故事情节、叙事结构、叙事语言以及风俗风物的叙事功能,所依据的理论主要是现实主义叙事理论和原则。

从少数民族文学学术史的角度看,具有少数民族文学研究独特的话语范式,对少数民族小说叙事学具有理论建构意义的,是围绕"民族化""民族特质""民族风格"确立的相关原则和范式。

以侗族滕树嵩的小说《侗家人》为例,在正面评价中,这篇小说被认为以曲折的故事情节、新颖的构思,成功地塑造了龙三娘这样一个革命英雄形象,表现了侗族人民的革命精神。小说富于性格特征的语言、浓郁的民族色彩、引人注目的对侗族地区的风土人情的描绘,都说明了这篇小说的出现,是作者深入生活,熟悉侗家人,在生活中探索、发掘的可喜成果。这里基本涵盖了本时期对少数民族叙事类文学最基本的叙事问题,即人物、情节、结构、语言、风俗的叙事功能。

需要注意的是,在这些问题中,小说的叙事结构、情节退居次要地位,民族风俗成为小说重要的叙事元素并被赋予表达民族特点的叙事功能。民族色彩或民族风格叙事成为评价少数民族小说叙事艺术的焦点,其评价标准由具有本民族性格特征的典型人物、具有本民族特色的语言、描写本民族的风土人情三方面因素构成。少数民族小说叙事艺术的高低优劣，取决于作者在这三个方面达到了怎样的程度。这是本时期少数民族叙事学最基本的话语范式。

再如，在陆地的小说《美丽的南方》的正面评价中，吴慧认为小说"在不同程度上塑造了一些具有典型意义的人物形象""不失为一部具有民族特点和地方色彩的好作品"①。在这里，现实主义典型理论对少数民族叙事作品的人物的评价标准，主要集中在人物的语言、性格、心理是否具有本民族的特征和揭示了本民族的本质，而民俗叙事则是考察民族性的另一标准。蓝山将《美丽的南方》称为"解放以来壮族人民文学长篇创作的第一个丰收，是民族文学艺术事业中的一个可喜的、新的胜利"，原因是这部小说"比较全面、深刻地反映了壮族人民这场铲除封建制度根基的斗争"②，描写了壮族人民的阶级觉悟和英雄人物的成长过程。可见，以民族特色统摄的清新风格、抒情色彩、典型形象成为人们评价《美丽的南方》叙事艺术的共识。需要指出的是，《美丽的南方》是当时引起争鸣的小说，人物是否典型成为争论的焦点。其中，谭树平、茹萍就指出"软塌塌的韦廷忠"代表不了"勇敢顽强、富于反抗性"的壮族人民③。

同样，在对李乔《欢笑的金沙江》的评论中，彝族典型人物、彝族风俗以及对彝族生活真实描写，是人们关注的三个方面。禾子、斯光认为，小说除了在塑造人物上取得的成就外，"在描写凉山彝族人民的生活、风俗习惯各方面也都是很细腻真实的"④。《中国当代文学史稿》对小说中的阿火黑日、萨马木札和磨石拉萨、丁政委四个人物形象进行了详细分析，认为小说在人物形象塑造方面取得了一定成就，具有浓郁的民族特色。这里的民族特色同样指的是人物、语言、风俗风物。

特别要指出的是，从叙事学角度说，本时期各民族小说创作的叙事艺术的

① 吴慧：《〈美丽的南方〉读后》，《红水河》1960 年第 6 期。
② 蓝山：《美丽的南方 美丽的人——长篇小说〈美丽的南方〉读后》，《广西日报》1961 年 8 月 14 日。
③ 谭树平、茹萍：《也谈〈美丽的南方〉——与曾庆全同志商榷》，《广西文艺》1962 年第 2 期。
④ 禾子、斯光：《可喜的收获（读〈欢笑的金沙江〉）》，《边疆文艺》1956 年第 7 期。

整体水平与主流文学存在着较大的差距。这是少数民族小说很少被主流当代文学表述的根本原因。因此,本时期少数民族小说创作的最大成就并不在小说的叙事艺术上,而在于少数民族小说以"小说"这种对许多民族而言的崭新文体,广泛地介入各少数民族对多民族国家的文学表述,成功地建构起统一的多民族国家中各个少数民族的新形象,展示了多民族国家空间中不同地域的各少数民族不同的历史、文化、风俗、风光。

三、政治批评与叙事学批评的同时在场

从本时期少数民族文学理论批评的具体实践和历程来看,少数民族政治诗学与政治叙事学在具体操作中,呈现出政治批评与叙事学批评同时在场的话语格局。这一特征是"政治标准第一,艺术标准第二"转型为"政治倾向与艺术风格相统一""思想内容与艺术形式相统一"的文学批评规范与话语范式所决定的。一般来说,这种同时在场经常会用"思想内容和艺术形式"来表述。也就是说,评论者可以单独讨论文学的政治性如主题、思想倾向、社会意义等,但不能或很少单独谈论小说的叙事学特征。只有首先肯定作品的主题和作家政治思想的正确性,才能够进入小说叙事学分析程序。虽然在具体的批评实践中,偏重政治的批评明显超过侧重叙事学的批评,但二者同时在场的特征非常鲜明。这既是本时期中国文学主流文学批评模式,也是少数民族文学批评的基本范式。

例如,《十年来的新中国文学》强调了杨苏的小说中景颇族古老的风俗在突出民族特征方面的叙事功能,指出每一件风俗都带着一个关系景颇族生活新变化的故事,在"新生活"＋"传统风俗"以及"语言也是充满了形象的比喻,准确表现人物性格,具有民族特色"的核心话语激活后,叙事学的一般性元素如"善于写情写景、写人物对话,构思精巧,立意新颖"[①]等,才仿佛具有了价值和意义。

---

① 中国科学院文学研究所《十年来的新中国文学》编写组:《十年来的新中国文学》,北京:作家出版社,1963 年,第 64 页。

同是面对杨苏的作品，云南边地自然风光和民族风情、少数民族新人新事、毛主席伟大民族政策是冰心的三个观察点。前者讨论的是民族风情与边地风光在小说中还原民俗现场的叙事功能，后两者则是少数民族文学政治批评的特定规范。二者的同时在场，才使冰心有了"兴奋得如同看了描写兄弟民族生活的电影一样，它把读者引到色彩浓郁的环境里，丰富奔放的生活中去"的感受。特别是在评论的结尾，冰心对这种批评范式的"周延性"进行了强调："我们热切地希望我们兄弟民族作家，多给我们写些反映兄弟民族生活的作品，不但是给我们介绍一些兄弟民族地区新人新事的知识，引导我们神游于鲜明绚烂的边疆风物之中，而且给我们祖国的文学的大花园里，添上许多色艳香浓的永不凋谢的花朵。"①

在冰心的评论里，我们还发现了本时期少数民族文学的另一个功能，即对少数民族生存环境、生活习俗、文化特征和心理、情感、性格特征的认知功能。这种认知会考验评论者对少数民族文学作品见微知著的洞察力和判断力。如冰心对杨苏小说中民族谚语的特别留意和对其叙事功能的重视。从叙事学意义功能角度来说，谚语指认着一个民族对自然和社会的独特认知，这是一个民族思维模式及其认知水平和特点的最好体现。在结构功能上，民族谚语这一文类的嵌入，大大强化了叙事结构的张力。在文化功能上，嵌入的谚语是一个"超链接"的标识符，指示着该民族的民间生命现场。但是，本时期类似于谚语的嵌入，只在意义功能上被重视，其文化功能和结构功能在 20 世纪 90 年代后的研究中才被发现。

进一步观察会发现，在"同时在场"的规范下，也有将二者融为一体但更侧重诗学或叙事学分析的成果。如陈箭、秦弦在研究祖农·哈迪尔的小说时指出，作者善于抓住不同历史时期农村生活中为群众所关注的主要矛盾，用新颖、别致的艺术构思，精雕细刻的生动描写和心理描写，极简练地描绘出维吾尔农村的色彩鲜明的生活画面，同时灌注进作家真挚的感情，凝聚起一种浓郁的抒

---

① 冰心：《〈没有织完的统裙〉读后》，《民族团结》1962 年第 8 期。

情气氛,这可说是祖农·哈迪尔创作中的主要艺术特色,这些特色的形成,是和他刻苦严谨的创作态度、对本民族文学优良传统的创造性继承密切相关的。

可以明显感受到,上述两篇评论都侧重于叙事学,政治标准退居次要地位,但并没退场。

在本时期,还有一些主要进行诗学或叙事学分析的超越规范的成果,如村心对普飞小说的整体评价、洛丁对张长小说《求婚》的民族色彩的分析,等等。其中,最有代表性的是茅盾对玛拉沁夫小说集《春的喜歌》、敖德斯尔的小说《遥远的戈壁》的点评式评价,更多地是从现实主义艺术原则和自己的经验出发,告诉作者如何把小说写得更好看——当然,前提仍然是这些小说的主题符合政治规范。在这里,政治标准是隐身的,而隐身并不是不在场。

本卷所收史料,可以印证上述观点和论述。

第一辑

小说综合性评论

本辑概述

本辑收录了山东大学中文系中国当代文学史编写组编写的《中国当代文学史》和华中师范学院中国语言文学系编著的《中国当代文学史稿》对少数民族小说的评价，以及《新疆兄弟民族小说选》"编者的话"和蹇先艾撰写的关于少数民族小说的评论。

山东大学中文系中国当代文学史编写组于1960年编的《中国当代文学史》，对少数民族小说创作进行了简略的概括，介绍了乌兰巴干、玛拉沁夫、李乔、扎拉嘎胡、朋斯克、赛福鼎、祖农·哈迪尔等少数民族作家的创作历程，并对作家创作的少数民族文学作品进行了分析和评价。华中师范学院中国语言文学系编著的《中国当代文学史稿》，则是主要从作品层面入手，分别对玛拉沁夫的《科尔沁草原上的人们》、乌兰巴干的《草原烽火》和李乔的《欢笑的金沙江》进行了深入的解读，而对《茫茫的草原》等小说却未置一词。从这两部文学史关于少数民族作品的评价可以看出，在这一时期，对少数民族小说评价相对集中，缺乏对少数民族小说的全面关注，少数民族小说研究仍有许多空白。

《新疆兄弟民族小说选》不仅仅是新疆多民族创作的全景，更是全国多民族小说创作的全景。其"编者的话"中的多民族国家立场和对多民族小说共同发展的肯定，具有重要的学术和社会价值。

蹇先艾撰写的评论《漫谈几位新人的新作》，选取了1962年《山花》杂志发表的6篇小说——侗族作家刘荣敏的《山寨棋风》《铁打的爱情》、韩间的《争鸣之前》、丹军的《萤火虫姑娘》、程履的《包谷熟了》《小立和小郑姐姐》。这六篇小说，作为贵州多民族小说的缩影，以丰富多样的内容折射出贵州地区多民族社会主义生活的崭新面貌。因此,这篇评论可作为这一时期该地区少数民族文学史的重要参考文献。

从小说综合性评论这一角度来看,两部文学史的节选和一篇评论侧重点不同。《中国当代文学史》选取的蒙古族作家数量居多,以少数民族作家和作品研究为重点,对作家的生平有介绍,对其作品有分析和评价。而《中国当代文学史稿》则直接聚焦于作品本身,进行多维度的鉴赏评析。两部文学史对这一时期少数民族文学研究的评价尺度和研究视角都有所不同。《漫谈几位新人的新作》则侧重于对贵州几位少数民族作家进行介绍和评价。

上述史料分别对少数民族小说进行了阐述和剖析,其使用的资料、得出的观点和结论对后来少数民族文学小说研究都有一定的影响。

两部当代文学史对少数民族小说的评介

史料解读

本时期，少数民族小说进入中国当代文学知识体系，1960 年山东大学中文系中国当代文学史编写组编的《中国当代文学史》、1962 年华中师范学院中国语言文学系编著的《中国当代文学史稿》两部当代文学史都对少数民族小说进行了评价，但角度不同。1960 年《中国当代文学史》对少数民族小说创作有简略的概括，对乌兰巴干、玛拉沁夫、李乔、扎拉嘎胡、朋斯克、赛福鼎、祖农·哈迪尔的小说有非常详细的分析。1962 年《中国当代文学史稿》则仅对玛拉沁夫的《科尔沁草原上的人们》、乌兰巴干的《草原烽火》和李乔的《欢笑的金沙江》三部小说进行了评价，而对《茫茫的草原》等小说却未置一词。这种情况，反映了这一时期的当代文学史对少数民族小说不同的评价标准和重视程度。

原文

1960 年《中国当代文学史》对少数民族小说的评价

乌兰巴干和玛拉沁夫是蒙族①优秀的青年作家。乌兰巴干的长篇小说《草

---

① 编者注："蒙族"应为"蒙古族"，后同。

原烽火》主要是描写四十年代初,党的地下工作者在蒙古草原上发动广大奴隶和牧民,向残暴的反动封建王爷和日本帝国主义斗争的故事。奴隶巴吐吉拉嘎热是一个成功的形象。作者对他曲折复杂的成长过程,做了真实、深刻、细致、生动的描写,在艺术构思上也有独创性。玛拉沁夫的长篇小说《在茫茫的草原上》(上册),显露了作者深厚的生活基础和观察生活、概括生活的能力,他用多彩的笔,生动地描绘了解放战争初期察哈尔草原上的人民斗争和生活图景。作者塑造了不少栩栩如生的人物形象,特别是牧民铁木尔的形象更为出色。他的短篇小说《科尔沁草原上的人们》、《春的喜歌》、《路》等;也都是热情洋溢、感情充沛,颇受读者欢迎的佳作。乌兰巴干和玛拉沁夫,在党的培养教育下,正在迅速地成长。他们都用诗意的笔触,描绘了自己民族人民的生活和斗争,歌颂了伟大的党,歌颂了蒙汉人民的团结。他们的作品散发着浓郁的生活气息,具有草原般广阔、豪迈、优美的民族风格。

彝族青年作家李乔,创作了长篇小说《欢笑的金沙江》。作品以朴实无华的淳厚的笔调,描写了凉山彝族同胞回到祖国怀抱的经过。这部作品有力地表现了党的民族政策的伟大胜利。作者的短篇小说《挣断锁链的奴隶》以及反映总路线、人民公社的特写、散文和小说,都是深刻动人的作品。

在小说创作方面,还有蒙古族青年作家扎拉嘎胡的长篇小说《红路》,朋斯克的中篇小说《金色的兴安岭》,安柯钦夫的短篇小说集《草原之歌》,回族米双耀的《投资》,哈萨克族卡吾·苏勒罕的《开端》等;都取得了一定的成绩。

第六章 第一节 乌兰巴干

乌兰巴干是蒙古族的青年作家。他出生在一家半农半牧的贫民家里,自幼就受到封建王爷的统治和压迫。1945 年,他参加了八路军。在党的教育和汉族老干部的帮助下,在战斗生活的考验中,他的阶级觉悟提高了,于是就产生了要写科尔沁草原的蒙汉人民在党的领导下进行革命斗争的英雄事迹的愿望。1949 年,开始写长篇小说《草原烽火》,经过他艰苦的努力,在 1956 年整理出一百二十多万字的初稿。在党的培养下,在汉族老作家的帮助下,他于 1958 年出版了第一部,1959年又发表了第二部的一部分。另外,他还写了《牧场风雪》、《草原上的驯马姑娘》等短篇小说十余篇。

乌兰巴干的短篇小说大都写蒙族人民解放后的新生活和他们的新的道德品质,同时也展示了他们更为美好的将来。

解放前,蒙族人民和其他各族人民一样,生活也极为痛苦;解放后,他们的生活大大改变了。《牧场风雪》对比了他们过去和现在的不同生活,表现了人们今天的欢欣鼓舞的心情,《仙水流向草原》,表现了蒙族和汉族在新的生活中共同建设社会主义的情形。《初春的山谷》不但表现了今天的美好生活,更展示了明天的更为美好的生活,从而鼓舞人们为实现这个更美好的生活而献出自己的一切力量,加速我们的社会主义建设事业。

随着生活的改变,人们的社会地位也改变了。过去的奴隶不但不再受封建王爷的压迫和剥削,而且真正成了生活的主人,成了一切重要工作岗位上的重要负责人,象马场主任、民兵大队长、合作社长等。他们在各个工作岗位上,都表现了惊人的才能。如道布鲁拉喜对他们合作社的了如指掌的了解,处理问题的果断老练等,都是比较突出的。他们的这种才能是由于党对他们的教育,也是他们自己对党的事业的忠诚不二的坚强意志的体现。

乌兰巴干的许多短篇小说还表现了劳动人民日益增长的共产主义道德品质。乌兰嘎鲁和张工程师的因公忘私和不怕牺牲一切的精神,是相当感人的。他们为了广大牧民的利益,而不惜牺牲自己的生命,是值得人们学习的。道鲁布拉喜的机智老练、乐观勇敢,也是比较突出的。阿拉坦琪琪格在驯马过程中所表现的那种顽强泼辣,勇于克服一切困难,而不在任何困难面前低头的精神,表现得很是动人。

这些短篇小说大都表现了内蒙古草原上美丽的景色。这些景色的描写,增加了作品的吸引力。

乌兰巴干最优秀的作品是长篇小说《草原烽火》。这部小说是写抗日战争时期,蒙汉人民在党的领导下,向日本帝国主义和蒙族封建王爷进行英勇斗争的故事。

蒙族人民世世代代受着封建王爷的极其残酷的剥削和压榨。封建王爷想尽各种办法榨取人民的血汗,甚至祭王爷灵,也要每人缴一只羊,缴不上,不是挨五十皮鞭子,就是交给鬼子当苦工。就这样,王爷吃得肥肥的,而人民过着牛马般的生活。

封建王爷不但在经济上榨取人民的血汗,而且在精神上也奴役着人民,他们一方面向人民灌输一些浓厚的封建迷信思想,一方面又尽力挑拨蒙汉两族之间的关系,从而转移人民的斗争目标,使人民老老实实受他们的奴役。达尔罕王爷和他的走狗旺亲就尽量使奴隶们相信他们的受苦是因为他们有"罪",他们的敌人是汉人。

封建王爷还和国民党反动派、大商人勾结在一起,共同欺骗人民,吸吮人民的血汗。日本帝国主义侵入中国后,他们又卖身投靠,甘心作亡国奴。他们一方面对日本帝国主义者摇尾乞怜,摆出一副奴才相;一方面用各种办法统治麻痹人民,残害人民。

统治者统治的越厉害,人民的反抗也越激烈。蒙族人民并没有被统治者吓倒,他们世世代代从来没有停止过同封建王爷的斗争。作者表现了嘎达梅林、黑龙等人向统治者进行的这种英勇不屈的斗争。过去的这些斗争,虽然也打击了统治者,但都是以失败而告终。只有在共产党的领导下,斗争才能取得胜利,才能彻底推翻统治阶级。作品有力地表现了这个思想。

作品还表现了奴隶们的英勇斗争情形。正因为他们有着对封建王爷的极其强烈的阶级仇恨,正因为他们有着世世代代向统治阶级进行斗争的光荣传统,所以一经有了党的领导,就如同干柴和烈火接触一样,奴隶们的反抗斗争,很快地就汹涌澎湃地开展起来。保护黑龙坝的斗争,火烧王爷府的斗争,都表现了人民有了党的领导后所表现出来的巨大力量。作者热烈地歌颂了人民的这种英勇斗争,通过这些斗争,也表现了劳动人民的高贵品质。刘大爷为了不使阶级弟兄受苦,把自己唯一的一只羊送给别人,而自己挨了一顿皮鞭。扎木苏荣也是不顾一切地去帮助别人。李大年对他们的帮助更是说不完的。小兰为了掩护巴吐吉拉嘎热和乌云琪琪格逃出敌人的魔掌,情愿牺牲自己的性命。

这些动人的描写，不仅仅表现出劳动人民的高贵品质，而且也表现了蒙汉两族兄弟般的血肉关系，从而也粉碎了统治者制造的各种无耻谰言。

作者无情地揭露了封建王爷和日本帝国主义以及汉族大奸商的丑恶面目和腐朽灵魂，狠狠地鞭挞了他们的反动罪行。

达尔罕和旺亲对日本帝国主义者的阿谀谄媚，是非常丑恶的。为了向日本人讨好，达尔罕王爷亲眼看着他的姨太太和日本人金川睡在一起，也装作看不见。他们对人民的残酷、狠毒，更是突出的。

作品也创造了一些成功的形象。比较突出的是李大年和巴吐吉拉嘎热。

共产党员李大年是汉族人，有着较长时期的革命斗争经验，他带着党交给他的庄严任务来到科尔沁草原，发动广大人民向日本帝国主义和封建王爷进行斗争。他象火种一样，点着了当地人民的革命斗志，燃起了革命的烈火。科尔沁草原的蒙汉人民在他的领导下，展开了英勇的斗争。

李大年对自己要求极为严格，而对群众又极为关怀。群众的幸福就是他的幸福，群众的苦难就是他的苦难。他真正作到了与群众同甘共苦，对桑吉玛一家的态度，充分表现了他这个特点。正因为他对群众如此关心，所以才得到群众的热烈拥护，他才能够发动群众向敌人进行斗争。

自然，他对群众的关怀不仅仅是在生活上，而且也是在思想意识上。他经常启发群众的阶级觉悟，教育群众怎样才能得到解放。许多人在他教育下，觉悟过来，坚强起来，积极地投入了斗争。巴吐吉拉嘎热和他的一家，就是在他启发教育下觉醒过来的。

作品中最成功的形象是巴吐吉拉嘎热，这个形象是作者对当代文学的一个贡献。巴吐吉拉嘎热是一个奴隶。作者着重描写了他的觉醒过程。

巴吐吉拉嘎热这个形象是很有典型意义的。他所走过的道路，实际上也就是千百万奴隶所走的道路，巴吐吉拉嘎热世世代代给封建王爷当奴隶。他们不但在经济上没有地位，人身没有自由，就是他们的精神世界也同样受到严重的束缚。封建王爷尽力使他们认为自己是有"罪"的人，是应该给封建王爷效力的人。巴吐吉拉嘎热就认为"一当上奴隶，就不是人了！""奴隶，比普通人还要低三辈!"就是在封建王爷的这种残酷统治下,无数的奴隶都默默无闻地葬送了自己的青春。

奴隶们虽然也感到生活的痛苦,也感到应该摆脱掉这种痛苦生活,但他们不知道应该怎样去做。巴吐吉拉嘎热就曾到王爷庙里去祷告,希望佛爷保佑他,给他减少点罪过;他还想和那位老太太一块,磕头到五台山去赎罪。但这样做,不但摆脱不了他们的痛苦,反而会更增加他们的痛苦。封建统治者向人民灌输的封建迷信思想,使巴吐吉拉嘎热长期不理解自己受痛苦的原因。

封建统治者的挑拨离间,也使得人民不了解自己的真正敌人是谁。有不少人认为汉族是他们的敌人。巴吐吉拉嘎热就很长时间被这个思想束缚着。这种思想再加上旺亲的挑拨,他就真的认为是汉人杀死了他的父母,因而对李大年抱有敌视态度。当他发现李大年对奴隶们很好的时候,还以为李大年可能不是汉人。

但是,现实生活中的一切事实都和封建王爷所讲的相反。他不但从来没有看到王爷给他任何幸福,反而越来越多地受到封建王爷和他的爪牙们的不可想象的虐待;他不但没有看到汉人对他的任何摧残,反而从他们那里得到从来没有得到过的温暖。这些现实生活和他的思想越来越多地矛盾起来。

在这个现实和思想的基础上,李大年对他进行了非常亲切而深刻的教育,告诉了他许多事实,使他逐步认识到他的真正敌人不是汉人,而是日本帝国主义和封建王爷。这样,他就真正觉醒了,从一个思想认识不清的奴隶发展为一个无产阶级的战士。他一旦觉醒之后,长期蕴藏在他身上的阶级仇恨就迸发出巨大力量。这样,许多奴隶的觉醒,就汇合成为一股不可阻挡的洪流。

巴吐吉拉嘎热的觉醒代表了广大奴隶的觉醒。从他们的觉醒过程中,使我们看到党所起的决定性作用。没有党的领导,他们就不可能认清自己的真正敌人是谁,也就不知道应该怎样摆脱自己的贫困境地。从这个人物的觉醒过程中,使我们再次看到党的领导是所有民族得到彻底解放的最根本的保证。

巴吐吉拉嘎热这个人物在作品的前半部写得很出色。但他觉醒以后,作者的笔力就弱了些,特别是《山林风险》那一章,作者让他和乌云琪琪格两个人到山里去过了一年多类似原始人的生活。这一节的描写不但和整个作品的气氛不调和，而且也有损人物的性格。

作品中的另外几个正面人物，如乌云琪琪格、小兰、扎木苏荣等，也都写的各有特点，给读者较深的印象。

反面人物中，达尔罕王爷的阴险狡诈、荒淫无耻，金川的残暴横行，大管家旺亲的媚上压下，大奸商杜福贵的欺诈谄媚等，也都写得有声有色。

这部作品的景色描写也是相当动人的。作者把科尔沁草原的优美景色生动地表现出来，使读者如同亲身看到一样。

这部作品主要缺点是对党的领导力量写的还不充分。党的活动主要限制在李大年和扎木苏荣身上，当李大年离开草原，扎木苏荣牺牲以后，那里虽然还有党的组织存在着，但他们的具体活动读者就看不到了。

第二节　玛拉沁夫

玛拉沁夫是在党培养下，迅速成长起来的蒙族青年作家。他的作品有短篇小说集《春的喜歌》和长篇小说《在茫茫的草原上》（上册）。

长篇小说《在茫茫的草原上》，是一部反映内蒙古察哈尔草原人民在党的领导下，在内蒙古自治运动和解放战争初期所进行的革命斗争的作品。由于党的英明领导，由于党的民族政策的贯彻，经过了种种曲折复杂的过程，内蒙古的人民终于在反对国民党大汉族主义和封建势力的旗帜下，建立了广泛的民族统一战线，并最后把国民党反动派和封建统治者赶出了内蒙古草原，使蒙古①人民得到了解放。玛垃沁夫以这个具有重大历史意义的主题，在自己的作品中作了比较出色的反映。

小说通过生动的画面，展现了那动荡年代的生活场景。有内蒙古统治者对人民的残酷压迫剥削，有在这残酷的压迫下人民深重的灾难和悲痛的眼泪；有国民党反动派和万恶的特务的滔天罪行，有在敌人的屠刀下流尽血泪的人民，

---

① 　编者注："蒙古"应为"内蒙古"，后同。

但更重要的是作者有力地描绘了内蒙古人民在党的领导下，所进行的不屈不挠的斗争。他们在那艰难的岁月里，在那艰苦的曲折复杂的历程上，用自己的英勇斗争和英雄的鲜血，创造了解放的历史。

作者还通过多线发展的匠心安排，在复杂的人和人的关系中，反映了当时的时代面貌。如主人公铁木尔和他的情人斯琴、反动的保安团团长贡郭尔之间的关系；战士沙克蒂尔和莱波尔玛、南斯日玛的关系；贡郭尔和国民党特务刘峰、官布中队长、洪涛政委的关系等等。小说通过这种种复杂的关系，他们之间的矛盾和斗争，反映了当时的时代特征。在这部作品中，我们看到了在动荡的察哈尔草原上，勇敢、纯朴、具有光荣的战斗传统的蒙族人民，在寻求自由解放的征途中所经历的斗争道路。我们也清楚地看到了，只有在中国共产党和毛主席的领导下，蒙族人民才能够摆脱国民党反动派的残酷统治，才能够消灭本民族统治者的压迫剥削，才能够找到彻底解放的光明大道，而最后取得彻底的胜利。

作者还比较成功地塑造了几个生动鲜明的人物形象。其中主人公铁木尔是最出色的一个。铁木尔是个纯朴、勇敢、热情的牧民战士；他是"风雨挡不住，水火吓不倒的好汉"；铁木尔象草原一样粗犷、勇敢，具有草原般美丽而广阔的幻想。但是，残酷的现实，无情地摧毁了他美好的愿望，贡郭尔把他抓去当兵，当他在外辗转一年，重回故乡的时候，故乡在国民党反动派和贡郭尔的统治下，变得阴森、可怕、悲凉。他心爱的姑娘斯琴也被贡郭尔抢去了。国民党匪帮的铁蹄，践踏了美丽的草原，烧杀，抢劫，无恶不作。这一切激怒了铁木尔，使铁木尔怀着深刻的阶级仇恨，踏上了革命斗争的道路。他在现实生活的激流里逐渐成长起来。

作者生动地表现铁木尔的成长发展过程：他对反动的贡郭尔有着阶级本能的仇恨，但还不能认清贡郭尔的真正面目；他从感情上深深体会到八路军是好人，但对八路军还没能真正的了解，还存在一定程度的怀疑；他勇敢地参加了党领导的队伍，但他身上还存在着浓厚的"民族热"的色彩；他懂得斗争就需要组织起来，但他还不能严格遵守部队的铁一般的纪律。如他很任性，缺乏组织性、纪律性。当官布中队追击国民党匪帮时,他自作主张地停下来,用智谋歼灭了漏网的匪徒。这种勇敢、机智是很好的,但这种无组织无纪律的行为却是有害的。又如,当他担负着重要的任务去宝源送信时,在路上遇到了敌人,由于他的好强、任性,凭着熟练的骑术,嘲弄敌人一番,但结果把自己暴露了,险些儿误了大事。特别是当部队服从整个战略部署,暂时北撤的时候,他竟然私自离开了部队,返回故乡另组织游击队,这虽然是出自对敌人的深刻仇恨,出自对故乡和故乡人民的深厚感情,但这种严重的无组织无纪律行为,却是非常错误的。但是在党的培养教育下,在革命斗争中,他的觉悟水平不断提高,组织性和纪律性也逐步加强。他基于难以忍耐的仇恨离开了部队,幻想以自己的勇敢去抵抗国民党反动派,后来在现实生活的教育下,逐渐认识到自己的错误。他好像听到了官布对他的责备:"铁木尔,你错了! 你为什么离开了集体,离开了部队!"在《在茫茫的草原上》第一部中,我们虽然还不能够看到铁木尔这个人物的全貌,但从他性格的发展来看,这个人物一定能够成为一个真正的战士,真正的英雄。在革命斗争的熔炉里,这块生铁一定能够被熔炼成为纯钢。

作者所塑造党的领导者官布和苏荣的形象,也取得了一定的成就。官布是个蒙族共产党员,在党的培养和教育下,成长为坚定的自觉的阶级战士。他以自己的勇敢、诚恳和坦率,赢得了蒙古青年们的爱戴。他深深地懂得蒙汉的团结对于革命事业的重要意义,对蒙族同志的狭隘民族思想进行了批评教育,对洪涛的不顾蒙族风俗习惯的言行也进行了批评。他坚决地执行党的政策,善于引导群众,组织群众,把群众引导上革命的道路。女政委苏荣,虽然着墨不多,但相当生动。作者除了表现她作为党的政治工作人员所具有的优秀品质外,还突出地刻划她所具有的草原妇女的特征。她的刻苦精神,善良勇敢,能骑善射,都给这个人物增加了民族特色。

其他,如善良、多情的莱波尔玛,阴险、狠毒的贡郭尔,视财如命、吝啬刻薄的瓦其尔,都描写得有声有色。

《在茫茫的草原上》是解放后出现的第一部反映蒙族人民生活和斗争的长篇小说。作者善于用诗意的笔调来表现生活,善于把环境、自然景物的描写和人物的精神世界紧密地结合起来,具有清新、明朗、朴素的风格。作品对内蒙古人民的生活图景和草原风光的出色描绘,散发着浓郁的草原气息,确切的、富有表现力的民间谚语的运用,突出地形成了这部作品的民族特色。

作品也还存在着较严重的缺点。首先,对于洪涛政委的描写是不够典型的。作品把这个唯一的汉族领导干部,描写成一个主观主义者,在政治上"左"右摇摆不定的人。由于他不能坚定地执行党的民族政策,不但不能联合上层进步人士,甚至伤害了蒙族战士的自尊心。关于他追求小欧阳的描写也给人一种极不好的印象。这和当时特定的历史环境是不相符的。

其次,作品的爱情描写过多,作者过于欣赏那种缠绵的爱情和复杂多端的爱情纠葛,在某种程度上冲淡了斗争气氛。有些爱情细节描写对故事的发展、人物性格展示没有多少裨益,成了作品的赘笔。

玛拉沁夫的短篇小说是出色的,作品散发着强烈的生活气息,洋溢着饱满的政治热情。短篇小说集《春的喜歌》及短篇小说《路》,展示了内蒙古人民解放后的生活和斗争。有的描写了蒙族青年捕捉特务、抢救草场的勇敢行为,歌颂了新的英雄人物(《科尔沁草原上的人们》);有的则通过一对情人在有关本位和整体利益的原则性问题的斗争,表现了青年新道德品质的成长(《善丁河畔》);有的通过一个老接生婆的经历,控诉了过去的苦难,歌颂了毛主席给草原带来的幸福(《春的喜歌》);有的描写了一个医务工作者舍己救人的事迹,赞颂了她的高贵的品质(《在暴风雪中》);有的则写了蒙汉两族人民的相互帮助,歌颂了两族人民的团结和友谊(《命名》);有的则通过一个老人的一生的经历,控诉了旧社会的罪恶,歌颂了新社会的美好,描绘了草原上人民新道德的成长,展示了草原无限美好的未来(《路》)。

在这些作品中,表现了作者敏锐的观察力,他善于在生活中发现新事物和新人物。如《命名》中,作者从一个做了三十多年接生婆的经历中,敏锐地看到了新旧社会的不同。旧社会多灾多难的草原上几乎断绝了婴儿的哭笑声。解放后,毛主席派来的医生给蒙古兄弟治好了病,"孩子们好象都吃了神话中的仙丹似的,生一个活一个。"通过新旧社会的对比,揭示了深刻的主题:共产党和毛主席给草原人民带来了幸福。再如《命名》中，通过给一个蒙族婴儿的命名，表现了在党的领导下蒙汉两族人民亲密无间的团结。这个在汉族居住区降生，吸过汉族妈妈奶汁的蒙族婴儿，被命名为"布洛汗默德"（汉文"团结"），成了蒙汉两族人民团结的象征。《路》更是紧紧地抓住了具有典型特征的一条路，用浓郁的抒情笔调，描绘了塔尔娃老太太的经历。这条路开始是塔尔娃老太太少女时代和情人幽会踏出来的，以后国民党匪徒曾践踏过这条路，现在这条路属于人民了，已经成了广阔而笔直的大道，在这条大道上奔驰着建设包钢的车辆，来往着建设包钢的人群。通过这条路，作者概括了两个不同的时代，路成了旧社会的悲痛生活和新社会幸福生活的见证人。路是有象征意义的，路越来越广阔了，蒙族人民在党的领导下，正沿着这幸福的康庄大道前进。

在这些作品中，作者还注意了人物形象的塑造。认真负责的接生婆，舍己救人的索丽娅，为革命献出了儿子，勤勤恳恳地为包钢建设服务的塔尔娃老太太，都给我们留下了较深刻的印象。特别是《科尔沁草原上的人们》中萨仁高娃和桑布的形象，更为出色。萨仁高娃在和情人桑布约会的时候，发现了特务，她在孤单一人、四面无援的情况下，为了抓住特务，为民除害，不顾一切地去夺特务的手枪。她被特务打伤了，但仍紧紧地追赶，当她发现特务纵火烧了草原人民赖以换取生活必需品的苇塘时，更奋不顾身地扑向浓烟烈火。她虽然身负重伤，但最后终于捉住了特务。桑布，这个二十二岁的青年团员，当他看到熊熊的大火毒蛇般地扑向大草甸子，眼看高入云霄的羊草堆被焚烧的时候，他不顾任何危险跳进了火线。作者通过村长阿木古郎的话，热烈地赞颂了在党的教育下蒙古人民新道德品质的成长。

作者用富有诗意的彩笔，描绘了草原特有的风光。让读者看到了美丽的科尔沁草原，富饶的善丁河畔。特别可贵的是作者把环境的描写和展示人物性格紧紧地结合在一起。如《在暴风雪中》，作者极力渲染大风雪的情景，描写了那象子弹似的迅速迎面射来的雪花，疯狼似的狂叫的大风。通过"我"的感觉，描写了风雪如何吹透寒衣，冻得人手脸麻木，全身寒战。正是在这样的环境下，出现了女护士索丽娅，她蹲在不能行走的马上，冻得说不出话来。这大风雪的描写,更突出了索丽娅为了挽救别人的性命,甘愿冒着生命危险留在冰天雪地之中,舍己为人的高贵品质。

此外,作者还善于采用新旧对比的手法。除了《春的喜歌》采用新旧社会生活的对比外,在《命名》中也把解放前后蒙汉两族的关系作了对比,在过去由于国民党反动派的大汉族主义,离间民族关系,造成了蒙汉人民互相残杀的悲剧。解放后,在党的领导下紧密地团结起来,亲如一家。作者对比手法的采用,是有深刻意义的,是为了说明"一个人越是知道什么是苦难,才越会了解什么是幸福"。这样也增加了作品的艺术魅力。

第三节　李乔

李乔是在党的培养下出现的第一个彝族作家,他是在彝族人民中间长大的。他的强烈的政治责任感和对自己民族生活的高度熟悉以及对各种人物的深刻理解,为他的长篇小说《欢笑的金沙江》和短篇小说集《挣断锁链的奴隶》,提供了坚实而可靠的基础。

《欢笑的金沙江》是一部优秀的反映兄弟民族生活的长篇小说,它反映了金沙江沿岸的彝族人民在党的领导和帮助下,克服了历史上所遗留下来的民族隔阂,最后回到祖国民族大家庭的经过。它歌颂了党的民族政策象春天里的阳光,照亮了千百年来为贫困和落后所统治的山区,并开始把人民引向一条全新的幸福道路。作品展示的生活是广阔的,主题是深刻而重大的,因此它是一本能鼓舞人们的社会主义和爱国主义热情,又能给读者许多丰富的社会生活知识的优秀作品。

当我国绝大部分地区已经获得解放的时候,国民党反动派的一小撮残匪,还盘踞在边远的凉山,他们组织伪江防大队,和解放军对峙,企图阻挡人民革命的洪流,他们对彝族人民进行了野蛮的敲诈勒索,恶毒地造谣诽谤,制造民族隔阂,破坏民族团结。在彝族上层中挑起了互相间的仇杀。在这样的情况下,彝族人民不能真正了解党的政策,彝族上层由于他们的阶级地位,对党更有着不少怀疑和恐惧,这给解放凉山造成了极大的困难。但是,在党的领导下没有克服不了的困难，党的光辉的民族政策能够驱散一切迷雾。当彝族人民一旦了解了党是他们民族利益的真正代表者的时候，他们象不可阻挡的潮水，冲开了国民党反动派制造的障碍，投到党的怀抱。彝族的上层作着种种的试探，打听共产党到了凉山是否斗黑彝，是否搞土地改革等等。但不管怎样怀疑和动摇，甚至有时想投机，而他们终于在党的民族政策的感召下，在广大彝族人民强烈愿望和要求的影响、逼迫下，和国民党残匪割断了联系，倾向了党，倾向了人民。隔阂消除了，国民党残匪的面目暴露出来了。在了解和信任的基础上，解放大军应彝族人民和上层的要求，渡过了金沙江，消灭了国民党残匪，解放了凉山的彝族人民。

《欢笑的金沙江》比较具体真实地反映了彝族人民在党的领导下获得解放的过程，正确地反映了党的民族政策的光辉胜利，正确地反映了彝族人民如何回到团结友爱的民族大家庭中的过程。更可贵的是这一切都是在表现民族地区工作的复杂性和艰巨性的基础上进行反映的。这里不仅有和国民党残匪的尖锐的斗争，而且还有形形色色的人民内部的矛盾和斗争；不仅有党的民族政策的正确贯彻，而且有彝族人民历史上造成的内部隔阂、矛盾和斗争；不仅有彝族劳动人民谋求解放的反映，而且也有彝族上层对党的怀疑、动摇和最后自羞自愧的心理描绘。在这些复杂的矛盾和斗争中，愈加显示了党的领导和党的民族政策的无比的威力，作品中表现党的民族政策的成功，是值得大加肯定的。

作品还比较成功地塑造了党的民族工作者丁政委的形象。这个十七年前的彝族小伙子，经过长征和长期革命斗争的锻炼，已经成为一个政治上成熟的党的领导干部。当他重回故乡的时候，等待着他的也并不仅仅是重会阔别的老母，重还可爱家乡的欢欣，更主要的是重重的困难和战斗任务。作者正是在这艰苦的斗争和复杂的矛盾中表现了丁政委坚强的党性和原则精神。他深深地了解民族之间只有互相信任，才谈得上互相帮助和亲密无间的团结，因此他并不急于进军，而把工作的中心首先放在宣传党的政策，积极地争取彝族人民和彝族上层对党的了解和信任上。

他知道只要进兵凉山，国民党残匪是不堪一击的，他也非常想见到自己的亲人,然而理智和党的政策告诉他不能感情用事。他对董迈等人急躁冒进的倾向进行了批评和斗争,对干部和群众进行耐心的说服解释,当磨石拉萨在国民党残匪的唆使下,同沙马木札打起冤家,彝族同胞和亲朋的生命财产受到威胁时,沙马木札再三地请求进兵,他甚至产生过动摇。但是,党的教育使他能在最紧要的关头保持冷静的头脑,坚持采取和平调解的方法。

丁政委对同志体贴入微,从他对谢同志的关心上,从他对通讯员的父亲般的感情中,使人感到一种强烈的阶级感情。他还是一个刻苦钻研,具有敏锐的眼光,高瞻远瞩的人。当战争还没有结束,他就让工程队的陈队长测量江面和山坡的宽度,水流速度,金沙江的水位,准备呈请西南局建立水电站,使凉山地区电气化。丁政委,是个比较成功的共产党员的形象,他是党的民族政策的体现者。

在《欢笑的金沙江》中还塑造了一系列的兄弟民族人物形象,不论是彝族的头人沙马木札,木锡骨答,或者是彝族劳动人民的代表者娃子阿火黑日,都非常鲜明生动。作者在描绘这些人物的时候,充分地显示了他对于彝族人民独特生活习惯、他们的性格和心理特征的深刻理解;在写作中,作者并没有过分地渲染奇风异俗,而是用朴实无华的笔调,精确而逼真地刻划自己的人物。作品中的人物没有那种神秘怪诞色彩,而是以自己的淳朴而明快的思想和行动、勤劳而又率真的民族性格吸引着读者。在刻划彝族劳动人民阿火黑日和彝族上层沙马木札、磨石拉萨的时候,作者正确地根据他们的不同阶级地位,以不同的态度描绘了他们;比较明确地显示了彝族劳动人民迫切要求解放的心理和愿望,以及彝族上层的顾虑、动摇和最后自羞自愧的心情。

如果说《欢笑的金沙江》基本上正确地反映了彝族人民在党的领导下得到解放的过程,那么,短篇小说集《挣断锁链的奴隶》则从各个不同的角度,各个不同的方面,反映了解放后彝族人民的生活。

《会见》是李乔短篇中比较出色的一篇,它以曲折动人的故事,鲜明的人物形象吸引着读者。主人公沙马阿葛原来是汉人,由于民族间的仇杀,在甜蜜的新婚之夜,被彝族上层捕为奴隶,她丈夫的妹妹高兰英也和她同时被捕。她们在黑暗的地狱里度过了八年的奴隶生活。解放了，她成了劳动人民代表，去参加劳动人民大会，在会上遇见了高兰英，还无意间遇到了丈夫高元贵。本来应该合家团聚了，但是，她已被配给了一个娃子，这个娃子也是受苦受难的纯朴善良的劳动人民。更重要的是她积极参加了解放后的政治活动，解放奴隶的民主改革运动正需要她。于是沙马阿葛便毅然离开了自己的丈夫，高兰英也离开了自己的哥哥，去积极进行工作了。故事安排得巧妙而自然，人物的性格、心理活动都有细致的刻划。更值得称道的是作品把这种刻划建筑在社会改革重大事件的基础上。他们的喜悦建筑在社会改革的基础上，他们的性格发展，为社会改革的环境所决定。作品成功地表现了在党的领导教育下，奴隶的革命积极性，表现了他们为公忘私的高贵品质。

其他几个短篇中，有很大一部分是反映在民主改革前后彝族人民在党的领导和支持下，挣断奴隶的锁链，积极参加对奴隶主斗争的情况。对于尖锐的阶级斗争和奴隶的觉醒过程，都有比较真实的反映。如《挣断锁链的奴隶》、《一个奴隶的命运》等。由于彝族上层的长期压迫和对他们精神上的奴役，束缚了他们的思想，因而启发他们的阶级觉悟，需要进行艰巨的工作。作者不仅写出了发动群众的艰巨性，更重要的是反映了奴隶觉醒的必然趋势。由于他们被压迫的阶级地位，他们自发地倾向党，因而在党的教育和支持下，必然能够挣断身上的锁链，这是任何力量也不能阻挡的。李乔在自己的作品中，就深刻地揭示了奴隶觉醒的阶级基础和思想基础。这些作品可以说是饱含血泪的控诉书，控诉了剥削阶级的残酷压迫，在《一个奴隶的命运》中的阿堵，五六个兄弟都被奴隶主拉去卖了，父亲被奴隶主劈死，母亲在痛不欲生的情况下投河自尽，而他也遭到奴隶主的严刑拷打。作者用生动的事实有力地说明了奴隶制度必须废除，奴隶们只有在党的领导下，紧紧地跟着党走才能够获得彻底的解放。

李乔在自己的作品中讴歌了彝族人民的新生活。《多松和娃娃》描写了奴隶多松和娃娃在获得解放以后，在共同的劳动中，产生了真挚的爱情，得到了美满的结合。《牛》反映了在党的领导和物质支持下，彝族人民有了自己的牛，在自己的土地上愉快地劳动。

李乔的作品具有一种朴素的美,作者没有无目的地去描写那些炫人心目的奇风异俗,没有无目的地去猎奇逐异。他所描写的一切,都紧紧地围绕着主题。作者还很善于讲故事,曲折生动而自然。作品中景物的描绘,风俗的写照,人物性格的刻划,语言的运用也都具有鲜明的民俗风格。

李乔在创作上取得了一定的成就,这是应当肯定的,但在他的作品中也还存在着一些缺点。

首先,作品对彝族劳动人民的刻划和表现还不够充分。《欢笑的金沙江》中除了娃子阿火黑日刻划得较好以外,作者没有着重地去表现彝族劳动者的形象。短篇集《挣断锁链的奴隶》在描写奴隶的觉醒和精神解放过程时,过于强调了奴隶在觉醒过程中的犹豫和迟疑,常常屈服于上层的压力和诱惑,这在一定程度上能深化奴隶觉醒的过程,突出党的教育工作的艰巨性,但却不能够充分地揭示劳动人民对解放的渴望和革命的积极性,不能充分地展示民主改革广泛而雄厚的社会基础和思想基础。

其次,虽然作者在自己的作品中描绘汉族对兄弟民族的支持,但总的说来,还没有一个写得比较丰满的汉族干部形象。作品对于政治和物质关系的表现也存在着缺点,在促使彝族人民觉醒的过程中,作者过分强调了物质帮助的作用,而对于党的政治工作表现得不够。

第四节　扎拉嘎胡和朋斯克

一、扎拉嘎胡

扎拉嘎胡是一位蒙族的青年作家。由于他亲身参加过多年的实际工作,熟悉和热爱草原人民的斗争生活。因此写了不少反映这些方面的作品。如短篇集《小白马的故事》、中篇《春到草原》以及长篇《红路》等。

《小白马的故事》是作者较早的一个短篇小说集。包括《小白马的故事》、《草原上的新路》等四个短篇。在这些作品里,作者满腔热情地歌颂了内蒙①人

---

① 　编者注:"内蒙"应为"内蒙古",后同。

民的欣欣向荣的新生活,歌颂了劳动人民正在成长起来的新的精神质量和道德风尚。

《小白马的故事》通过一个蒙古牧民把跑来的小白马还给一个汉人的普通事件,表现出了蒙古牧民的朴实、耿直和大公无私的优秀品质,反映了蒙汉劳动人民在长期的生活和斗争中建立起来的深挚的友谊。作品虽短,但感人很深。《草原上的新路》通过互助组和单干户的鲜明对比,显示了互助组的无比优越性,它有力地说明了走互助合作化的道路才是广大牧民通往幸福生活的新路。《蒙古尔老头》写一个老牧民爱社如家的模范事迹。《社员之间》反映了舍己为公和自私自利两种思想的斗争。总之,这些作品从各个方面反映了解放后在内蒙人民当中,新的事物,新的思想和新的道德品质的成长。作品的语言朴实简洁,富有浓郁的草原生活气息,具有着强烈的感染力量。

《春到草原》是作者继《小白马的故事》之后的一个中篇小说。作品以一个牧业社为主要线索,展开了一系列的先进和落后、革命和反革命的错综复杂的矛盾和斗争,通过各种不同类型的人物,反映了合作化运动在内蒙所引起的深刻的影响和巨大的变化,显示出了合作社的强大的生命力。

社长静格和副社长依丹扎布的思想斗争代表了社员中先进和落后之间的斗争。静格是在党的培养下成长起来的青年干部,他密切地联系群众,坚定地执行党的方针政策,同有着错误思想的依丹扎布展开了坚决的斗争。这种斗争突出地表现在对贫苦牧民德吉得入社和中农丹巴退社的问题上。静格坚决支持德吉得入社,坚决反对有着浓厚剥削思想的丹巴提出的"按户分红"的无理要求。依丹扎布认为德吉得没有牲畜和车不能入社,面对牲畜多的丹巴一再迁就,把他视为社的架子。由于依丹扎布这种错误思想,使得混进社委会的特务分子斯莫丕勒乘机破坏,该牧业社遭到了严重的损失。但是在以德吉得为首的先进力量和落后势力斗争中,广大牧民的觉悟得到了迅速的提高,牧业社走向更加健康发展的大道,这个草原上的第一个牧业合作社,战胜了人为的和自然的灾害,顺利地度过严寒的季节,迎接了和煦、明媚的春天。

作品充满着浓郁的草原生活气息和地方色彩。表现了蒙族人民特有的生活习惯,作品中有许多独特的自然风光的描写,就象一幅幅动人的风景画一样展现在读者的面前。

《红路》是一部长篇小说。作品以内蒙古扎兰屯工业专科学校为背景,通过学校教职员和青年学生在党的领导下,对潜伏特务校长巴达尔夫的斗争,反映了1947年春到1948年春在内蒙古所进行的激烈的阶级斗争。作品着重描写了知识分子在斗争中的面貌,反映了他们的曲折复杂的思想斗争过程。

作品给我们塑造了一个党的领导者额尔顿的形象。长期的革命斗争锻炼了他的坚强的性格,认清了自己民族解放的真正道路。党派他到扎兰屯工业专科学校之后,在极端复杂的环境中,正确地执行了党的政策方针,同阶级敌人和各种错误思想进行了不调和的斗争。他善于思考和分析问题,他的细致严密的工作方法和依靠群众的工作作风,使党的领导逐步稳固地在学校中确立了。作者通过这一有血有肉的形象,深刻地表现出党在学校中的坚强领导作用。同时也说明了兄弟民族知识分子只有跟着党走,彻底改造自己的思想,才能真正为自己民族的自由幸福服务。

作品也刻划了校长巴达尔夫这一反面形象。他是一个暗藏的老牌特务,一贯是美蒋反动派的忠实走狗,他以"正人君子"的面孔,打着热爱民族的幌子,利用青年学生中狭隘民族主义情绪,挑拨他们公开反对党在学校中的领导。他表面上支持和拥护额尔顿,背后却煽动教员和学生反对额尔顿,尽管他以种种伪装来掩饰自己的凶恶面目,但是在党的教育下觉悟起来的青年学生,终于识破了他的阴谋,撕毁了他的伪装面孔,这个穷凶极恶的反革命分子,终于在光天化日之下现了原形。

胡格吉勒吐是一个有着极端浓厚的狭隘民族意识的青年学生,他自信自己是一个有独立见解的人,他不相信党派,主张凭良心学些本领为蒙古民族服务。他固执己见,盲目信仰巴达尔夫。相反,对额尔顿却看不惯。在这种错误思想的指导下,他长期地被巴达尔夫蒙蔽欺骗,成了巴达尔夫罪恶活动的帮手。最后,惨痛的事实教育了他,使他猛然醒悟过来,在党的教育和土地改革的实际锻炼中改造了思想,获得了新生。这个形象充分地表明了知识分子思想改造的必要性和艰巨性，只有在党的领导下，不断地进行思想改造，才能获得真正的出路。

在目前，反映学校生活和知识分子思想改造的作品还是不多的，这部小说接触了这一重大的题材，确是一个可喜的收获。但是作品也存在着一些缺点：党的领导者额尔顿的形象还不够丰满，因而还缺乏深刻的感染力。胡格勒的思想转变过程还缺乏说服力，显得不够自然，存在着简单化的倾向。尽管作品有这些缺点，但它仍是一部反映学校生活的好作品。从这部作品中，我们可以看到作者在写作上所作的努力和取得的新的成就。

二、朋斯克

朋斯克是在党的教育和内蒙的解放斗争中成长起来的一位蒙族青年作家。他在 1947 年参军的时候，还只有高小文化程度，他对文艺的爱好和写作能力完全是在部队生活里培养起来的。中篇小说《金色兴安岭》就是他根据自己所经历的斗争写出来的。

《金色兴安岭》，写的是 1949 年我人民解放军内蒙骑兵部队的一个连歼灭一股反革命匪帮的故事。作者以饱含热情的笔，描写了我骑兵指战员的战斗生活，突出地表现了他们的阶级的爱和仇，以及蔑视敌人并对胜利充满信心的革命乐观主义精神。同时，也反映了内蒙人民的生活习俗和解放后的喜悦心情。

作品在美丽的乌珠慕尔沁山地的景色中展开这场阶级斗争故事。残余的蒋匪军骑兵旅逃窜到兴安岭支脉——乌珠慕尔沁山地，同当地反动牧主、惯匪等汇集在一起，组成一支叛乱队伍。这股成员复杂的反革命匪帮，在匪司令包俊峰和参谋长王铁山的率领下，用秘密电台和蒋匪联系，企图长期盘踞在这一带山地，以待"局势的变化"。我英勇的内蒙骑兵师追剿部队彻底粉碎了这些万恶匪徒的梦想，在广阔的草原、荒凉的山地同他们展开斗争。最后，匪徒们想躲开追剿部队，逃往宁夏贺兰山定远营去长期祸害人民。但我们英勇机智的铁骑兵，为了保卫祖国保卫人民，在种种困难条件下，以顽强的战斗意志和无畏的精神，粉碎了狡猾敌人的"麻雀战"，终于把妄图逃跑的敌人歼灭。

通过这个动人的战斗故事，充分显示了在党教导下的人民解放军战士的无坚不摧的战斗力,表现了他们那种对祖国人民强烈的爱和对党无限忠诚的高贵品质。

作品中形形色色的人物各具特点,作者善于抓住人物性格的某些方面做突出的描绘。侦察班长巴特尔勇敢、机智,他锐敏地识破了匪首"金蝉脱壳"的骗局,马上报告领导。在带领侦察班去捉王铁山的时候,表现得细致、谨慎。他是农民出身,在旧社会受了不少折磨,因而对阶级敌人充满仇恨,对党无限忠诚,对战友更是关怀、热爱。从他身上充分体现了一个无产阶级革命战士的优秀品质。战士哈尔夫却和巴特尔有不同的性格,他打起仗来象一头凶猛的狮子,平时总爱大吵大嚷地象脱了缰绳的调皮马,处处表现他的粗率、直爽,这个淳朴可爱的形象给人留下难忘的印象。另外,象小李的天真、好奇,鄂文祥的倔强、急躁都写得有声有色。对匪首的描写也各有不同,如王铁山是个受过美国高级训练的国民党老牌特务,作者突出他的狡猾的特点,在被捕时的垂死挣扎和百般抵赖,表现了他顽固的反动本性。包俊峰是个杀人不眨眼的家伙,作者通过其他人物的口述表现了他的凶残、狠毒。

作品的故事情节虽然简单,但作者用步步深入的方法颇能引人入胜。作者还以明朗的语言,优美、抒情的笔调描绘了素有"金色兴安岭"之称的乌珠慕尔沁山地的动人景色。并且把景物描写和战斗故事艺术地交织在一起,使人处处感到亲切,不由得不受这种战斗生活的鼓舞和教育。

第七章　第一节　赛福鼎

赛福鼎是维吾尔族文学队伍中的老前辈。解放后,他一直担任新疆维吾尔自治区党委书记、自治州人民委员会主席和自治区文联主席。他不但亲自领导着新疆社会主义文学事业,正确地执行了党的文艺方针,推动了新疆各民族社会主义文学事业的繁荣;同时,他也是一位有成就的辛勤的作家。他以自己的创作,为新疆各民族文艺工作者树立了学习的榜样。

赛福鼎是维吾尔族中最早用短篇小说这一文学样式进行创作的作家,他的作品在维吾尔族文学中有着重要的地位和影响。但目前,被译为汉文的还不太多,我们现在看到的主要有剧本《财主与长工》,短篇小说《吐尔地阿洪的喜悦》、《晨风中飘荡的旗》等。

《财主与长工》是赛福鼎根据克·亚孜的剧本改编的,它写一个奸诈凶狠的财主沙来巴依假装慈悲,给从小就在他家中干活的长工乌甫尔娶了亲,将娶亲的费用以少报多地虚记在乌甫尔的账上,想以此使乌甫尔和他的后代永远做自己的奴隶。可是,当他看到乌甫尔的妻子贾美莱的美丽容貌时,便企图霸占。为了达到这一卑鄙的目的,他不惜用尽了一切阴险毒辣的手段,勾结宗教败类卡孜、伊麻木、阿訇等人,给乌甫尔加上各种罪名,并施以酷刑。但是,对爱情坚贞不屈的乌甫尔和贾美莱,在他们的种种威逼之下,不但没有屈服,反而逐渐认清了阶级敌人的凶恶面目,同敌人作了坚决的斗争。尽管他们最后失败了——乌甫尔被流放,贾美莱服毒自杀,但是他们的反抗的火焰却在被压迫的劳动人民中燃烧起来了,人们象潮水一般冲到了沙来巴依的门前,高声喊着:"我们要诉说真理。""乌甫尔没有罪。"这非常有力地反映了广大被压迫的人民的革命意识已逐渐成长起来,封建社会的牢笼将要被这反抗的火焰所焚毁。

剧本成功地塑造了乌甫尔和贾美莱的形象。它不仅描绘出了他们对于爱情的坚贞不渝,更重要的是深刻地揭示出了他们在对敌斗争中革命意识逐步成长的过程。在这两个人物身上,处处闪烁着强烈的对统治者的反抗的光芒,有着深刻的感染力量。在唤起新疆人民尤其是维吾尔族人民的阶级觉悟上起了一定的作用。解放前,国民党反动派曾经禁止演出这个剧本,直到解放以后,《财主与长工》才能够公开上演,并且受到了广大人民的欢迎。

在小说《吐尔地阿洪的喜悦》中,作者以明快而具有诗意的笔触,细致入微地写出了雇农吐尔地阿洪在斗倒地主分得胜利果实后的喜悦心情。吐尔地阿洪是一个诚实善良的劳动人民,在旧社会,受尽了苦难,土改后才翻了身。在他搬进新居的那天晚上,高兴得简直睡不着觉,他追忆起过去的苦难生活,想到今天的幸福。他唤醒了妻子,一起借着月光来到牛棚里,兴致勃勃地抚摸着分来的黄牛,谈论着新社会带来的好处。

在这幸福的时刻,他想起了毛主席,便目不转睛地奔到毛主席的象片面前,双手捧起来说:"你瞧!毛主席!我们的父亲!今天能有这么欢快的日子就是他老人家赐给我们的啊!"他们长久地注视着毛主席的慈祥微笑的面容畅谈着,就这样象新婚夫妇一样一直到天明。

作者通过这一典型事件热情地歌颂了党的土地改革政策,歌颂了劳动人民在党和毛主席的领导下,结束了被压迫被剥削的命运,成为土地的主人,成为新生活的主人。由于作家灌注进了深厚而鲜明的阶级感情,而且抓住了典型的生活细节,因而使得这篇作品能够产生强烈的感染力量。

《晨风中飘荡的旗》,热情地歌颂了战士们的机智勇敢和高度的革命乐观主义精神,全篇洋溢着一种对人民战士的无限热爱以及对胜利的坚强信念。同时,小说也深刻有力地揭示了人民军队所以能够攻无不克、战无不胜的源泉,就是由于同广大人民群众有着血肉不可分的关系。兄弟民族的人民对国民党反动派有着那样切齿的仇恨,对自己的军队却充满着无限的爱。在紧张的战斗中,他们自动地跑来支援。当看到牺牲了的战士时,他们沉痛地悼念"阿门!阿门!"并且还深恶痛绝地咒骂着国民党。

这篇小说虽然篇幅较短,但作者能够抓住紧张的战争场面的描写,画龙点睛地创造了几个英雄人物的形象。由于作家对他所写的人物有着饱满的热情,因此虽然着墨不多,却刻划得相当生动,给读者留下了较深的印象。

赛福鼎在繁忙的工作中还写出了许多优美的散文,曾和王玉胡共同创作了八幕历史歌剧《苦难与解放》,它以新颖独创的形式描写了从新疆三区民族民主革命到今天普遍建立人民公社的历史进程,深刻地反映了新疆地区人民今昔生活的巨大变化,展示出了幸福美好的未来,更加鼓舞起人们为社会主义建设而奋斗的决心。赛福鼎创作中所获得的成就,雄辩地表明了作家世界观对创作的决定性作用;表明了党的文艺工农兵方向的胜利。多年以来,作者站在党的立场上积极参加人民的生活和斗争,并在从事党的领导工作的同时,辛勤地创作了反映新疆今昔对比和巨大变革的许多作品,大大地丰富了兄弟民族文学的宝库。

第二节　祖农·哈迪尔

祖农·哈迪尔是维吾尔族优秀的作家之一,他的创作为我国万紫千红的多民族的文学花圃,增添了一簇别具色香的艳丽的花朵。

祖农·哈迪尔于1915年,生在新疆额敏县一个小手工业者的家庭里,他的童年是在日趋贫困和破产的维吾尔农村中度过的。在畜牧专科学校毕业后,一直在伊犁教育界工作,同时和农村中保持着密切联系。他的创作是从抒情短诗和讽刺性寓言开始的。1937年,他把长期在民间流传的叙事诗《艾勒甫·赛莱姆》改变成戏剧,初次显示了他的文学才能。1940年,他写了反映农村悲惨生活景象的三幕剧《蕴倩姆》,标志着他创作上的逐渐成熟。1944年末,他参加了新疆三区民族民主革命斗争,写下了短篇小说《精疲力尽的时候》、《教员的信》、《慈爱的护士》等。解放后,随着农业合作化运动蓬勃开展,在党的教育下,他深入农村生活,于1955年写出了反映维吾尔农村两条道路斗争的短篇小说《锻炼》和曾荣获第一届全国话剧会演创作三等奖的《喜事》。

在解放以前,他的代表作有戏剧《蕴倩姆》和短篇小说《精疲力尽的时候》。《蕴倩姆》是以青年长工奴柔木和园丁的女儿蕴倩姆的爱情悲剧为线索,描写了解放前伊犁地区农民在统治阶级重重压榨下的悲惨命运,反映了农村阶级矛盾日趋尖锐的社会现实。作者描绘了纯朴可爱、勇敢坚强的蕴倩姆和奴柔木的形象,描写他们在共同劳动生活中结下的真挚的爱情,歌颂了他们对封建制度和残酷统治者的反抗精神。作者还以锋利的笔触,揭露了以大地主乌玛尔一家为代表的统治阶级的残忍、狠毒、贪婪、无耻的丑恶本质,辛辣地嘲讽了他们的行为。

《精疲力尽的时候》通过善良无辜的农民巴海和他一家的悲惨生活遭遇,集中地反映了维吾尔劳动人民被压榨被侮辱的共同命运。另外,《教员的信》和《慈爱的护士》也都从不同角度描写了新疆三区革命及其对各阶层的影响。

解放以后,他的作品以短篇小说《锻炼》和剧本《喜事》为代表,都是以反映农业合作化初期两条道路斗争为主题的优秀作品,成为社会主义文学在维吾尔文学中初次结下的两颗硕果。

《锻炼》是以主人公麦提亚孜从单干到集体,从消极懒散到积极勤快的变化过程为主线,反映了新疆维吾尔农村社会主义改造的现实生活,歌颂了社会主义的集体劳动。

作者以饶有风趣的笔,通过真实的细节描写,勾勒出麦提亚孜的形象。他是一个忠厚而又幽默,爽朗豁达而又疲塌散漫的人。他把一个车轮子修六个月,半天给别人剃一个头,他还常常宣扬着:"当我纳鞋底的时候,锥子往往钻在鞋底下睡觉呢。"他这种懒散和马马虎虎的性格产生的根源,是由于他在阴暗的旧社会生活了四十年,旧制度破坏了他的生活乐趣,使他变得糊糊涂涂,毫无生气。因此,当他在土改中分得土地,成为一个新农民时,他不习惯劳动,仍保持了那种散漫劲儿。油菜已经熬过了期,他却不愿去割,而躺在老桑树底下幻想着桑葚掉到他嘴里来。但劳动人民的纯朴、善良的本性在他身上并没有完全消失,他替别人干手艺活,从不计较工钱,就是什么也不给他,只是说声"谢谢你",他也会心甘情愿。这个在许多人眼目中的"懒汉",由于党的亲切诱导和新生活的启发,一种追求美好生活的愿望又油然而生了。在活生生的事实教育下,他厌恨自己可怜的单干生活,越来越强烈地倾慕集体劳动的欢乐,终于在正确执行党的政策的艾木拉的耐心帮助下,经过内心的矛盾斗争,逐步克服长期养成的恶习,成为"前击社"数一数二的社员。这个人物的惊人变化,有力地说明了农村中社会主义思想的逐渐强大和必然胜利,显示了党的合作化政策的伟大意义。因而教育了广大农民,使他们确信社会主义的美好远景必将到来,坚定地走上社会主义的光明之路。

作品还通过对麦提亚孜走社会主义道路的支持和反对的两种态度的斗争,侧面地反映了农村两条道路的斗争。作者刻划了互助组长艾木拉的形象,由于他正确执行党的政策,坚决同为维护私利而挑拨离间、打击麦提亚孜积极性的富裕中农赛以特作斗争;同时他对麦提亚孜积极鼓励和帮助,对麦提亚孜的转变起了决定性作用,他的入党和互助组转为合作社,标志着社会主义新生力量在农村中迅速成长。

　　《喜事》是通过中农阿西姆对互助合作运动态度的转变，正面地反映了两条道路斗争。阿西姆是个典型的老中农，他自私、保守，怀疑新事物，一切都按老规矩老经验办事。他对合作社的态度是"到了立秋后，再来数鸡雏"。这表现了他的疑虑和不见事实不信的顽固性格。合作化的强大力量不断地冲击着他，合作社带给农民的好处也使他动了心，但在他受了富农吐尔迪的利诱时，他的发展资本主义的思想又开始抬头。这种动摇不定的态度充分体现了中农的两面性。最后，当他上了富农的大当，而合作社又帮助他摆脱了困境，在现实的教育下，他改变了观望的态度，毅然决然地申请加入合作社。阿西姆的转变，有力地证明合作社的无比优越性，也揭示了社会主义思想在农村中逐渐胜利的必然趋势。

　　作品围绕阿西姆的转变，反映了富农和合作社之间的激烈的阶级斗争。狡猾的富农吐尔迪，仇恨合作社和社会主义制度，惯于造谣破坏，并挑拨和拉拢阿西姆走资本主义道路。最后竟放水淹了社里的高粱地，暴露了他的丑恶嘴脸和反动本性。吐尔迪的破坏行为反映了阶级斗争的尖锐性，他的下场正表明社会主义力量的强大无敌。同时，作品还批判了对中农单纯讥笑和狭隘的报复情绪，肯定了耐心说服、循循善诱的正确态度。剧本在喜庆丰收，载歌载舞的欢乐场面中结束，在人们面前展示了一幅光辉灿烂的幸福生活的景象，因而产生了一种激动人心的鼓舞力量。

　　祖农·哈迪尔解放前的作品，是以沉郁、悲愤的调子表达了民主主义者对旧制度的无情抨击，随着社会的发展和作家思想的发展，他在解放后的作品则是以明朗、欢快的调子唱出对社会主义新时代、新生活的激情的赞歌。

　　作者在新社会中不断地追求进步，努力掌握新的创作方法和熟练的艺术技巧，因而使他能够真实地反映生活，取得优异的成就。首先，他善于抓住不同历史时期农村中的主要矛盾，通过精确细致的描写来反映现实。《锻炼》和《喜事》都是写合作化运动这一重大题材的，作家能够在短短的篇幅内，作概括而集中的反映，正是由于他选取了主要矛盾和典型人物，通过矛盾斗争和性格的发展来突出主题。其次，无论是小说或戏剧，作家的新颖、别致的艺术构思，情节、布局的匠心安排和高度的集中,都使作品产生巨大的艺术魅力。比如《锻炼》一篇,开头就突出了麦提亚孜懒散的性格,让人感到奇怪,紧紧吸引读者。然后又回忆了他的性格形成原委,接着又展开矛盾,这样一层进一层的写法,产生了强烈引人的力量。此外,在戏剧方面,作者也善于发挥这一形式的特点,他紧紧抓住戏剧的主要冲突,在矛盾发展中揭示人物性格。比如《喜事》,作者通过中农阿西姆同他的代表先进思想和合作社利益的儿子之间的矛盾,以及同富农吐尔迪的矛盾关系,在短短的几幕戏中,使矛盾冲突逐渐展开,比较深刻地发掘了人物的内心世界,完成了他的性格发展。在创作中,作家还善于通过景物描写来烘托人物性格,渲染气氛,增强艺术感染力,作家的语言富有维吾尔语言简捷而含蓄的特色。

当然,作家的作品还存在一些缺点。歌颂新生活的作品在思想深度上还显得不够,对新型人物的描写还不够深刻有力,对人物由落后到进步曲折的转变过程,表现得也不够自然。这些都有待作家进一步提高思想,深入生活,在不断努力中克服。

1962 年《中国当代文学史稿》
对少数民族小说的评价

《科尔沁草原的人们》(玛拉沁夫)

玛拉沁夫是内蒙古优秀的青年作家,从小就熟悉蒙古民间故事和歌谣。十五岁参加中国人民解放军蒙古骑兵部队,直接受到党的培养,一九四六年转入内蒙古文工团工作,开始他的创作活动。一九五一年发表了处女作《科尔沁草原的人们》(短篇小说),一九五五年出版小说集《春的喜歌》。

主题和人物

一九五一年二月,全国人民在党领导下,为巩固人民政权,大张旗鼓地展开了镇压反革命运动。小说《科尔沁草原的人们》正是反映内蒙古人民在党领导下，为巩固人民政权、保卫草原人民的利益而进行的镇压反革命的斗争。小说歌颂了在党培养下成长起来的蒙族人民的新生一代，赞美新的政权及人与人之间新的关系和为保卫人民利益奋不顾身的英雄行为。

内蒙古人民从亲身的经历中深深知道，在党领导下所建设起来的新政权，是自己的命根子，要保卫这个命根子，决不能再让豺狼到草原上作威作福。"放走豺狼的人是草原的罪人"，这是草原人民保卫家乡保卫新政权的崇高的责任感的表现。正是这种对新政权新生活的炽烈的爱，才使他们产生了对敌人无比的恨，从而组成了一个使反革命分子插翅难逃的天罗地网。

小说的主题是通过一对青年男女对敌人的斗争展开的。

萨仁和桑布是蒙古民族优秀的儿女，是在党的教育之下成长起来的年轻一代。他们在对敌斗争中，表现了英勇顽强、大公无私的精神。过去他们被反动统治者看成是"吃牛粪喝马尿长大的野蛮人"，今天为了建设祖国的边疆，建设美丽的草原，他们做了一件了不起的大事。

萨仁高娃是一个勇敢机智、爱憎分明的蒙族姑娘。她从小牧放牛群，她深深地爱上了富饶美丽的草原，为了它，她可以赴汤蹈火。她把打击敌人保卫草原的新生活看成是自己神圣的职责。所以当她发现反革命分子宝鲁时，表现得十分机智而又勇敢。她用委婉的语气想引诱他到屯子里去。当她看到敌人的枪时，她当机立断，不顾一切地扑向敌人，夺取了敌人的枪。

敌人逃走了，又在苇塘放起火来。"荒火是草原的死对头！"萨仁面对着四面包围的熊熊的烈火，无所畏惧，心里只想到"冲过去！冲过去！不让反革命跑掉！"在漆黑的夜里，在无边无际的草原上，这位蒙族姑娘忍受着被火烧伤的疼痛，踏着淤泥，勇敢地追击着敌人，最后终于抓住了敌人。对草原的爱，对敌人的恨，是她力量的源泉。

桑布，这是小说中另一个年轻的英雄形象，二十二岁的青年团员。当他怀着灼热的心情去寻找情人的时候，发现草原起了"荒火"，立刻放弃了寻找情人的念头，投入救火的战斗中。在斗争中，"浓烟熏得他透不过气来，火焰烤得他浑身疼痛",可是他想到的却是"只要能扑灭这团火,我被烧倒了也甘心"。在这出生入死的斗争中,作者着力地表现了桑布的英雄品质,表现出他能够做到为了千百万草原人民的利益,即使献出爱情和生命也在所不惜。

这一对可爱的年轻人,忠于纯洁的爱情,然而他们更忠于草原人民的利益。他们知道草原上的敌人没有消灭,人民就没有安宁的生活,自己美满的爱情也会成为泡影。他们把自己的幸福和草原人民的幸福紧紧地联系在一起。

小说还成功地塑造了党的领导者的光辉形象,蒙古人民老一代的典型——阿木古郎。这是一个"吃苦在先,享受在后",深受人民爱戴的好村长。村里的男女青年都称他为"阿木古郎老爷爷"。在对敌斗争中,他始终保持着清醒的头脑,表现出精明的判断能力,是一位出色的指挥员。他的话有着巨大的鼓舞力量,他布置工作的时候总要说:"就这样!"这是多么干脆和果断。他是一个革命乐观主义者,在出战的动员会上,他饶有风趣地说:"科尔沁草原的人是最有福气的。干吧!奴呼日德①!胜利地扑灭荒火之后,我们的漂亮姑娘们会给大家演唱'龙梅之歌'②的,就这样。"在工作中,他是一位善于走群众路线的好干部,白依热老头子对扑灭"荒火"的建议,马上得到了他的支持和采纳。他还是一位忠实厚道的长者,深深地爱抚着年轻的一代,孜孜不倦地勉励着他们,称他们是"真正毛泽东时代的蒙古人",耐心地教导他们"不但会建设祖国的边疆,美丽的内蒙古,而且也知道怎样来保卫它"。

这些人为什么这样勇敢和坚强呢?那就是阿木古郎说的:"这些'野蛮人',今天在毛主席、共产党的领导和教养下,变成了新的人,先进的人,象钢铁般坚强的人……。"

艺术特色

小说充满着浓郁的草原气息,人物与环境是和谐统一的。作者对草原背景的出色描写,是引人入胜的。小说开头,描绘那草原秋天的傍晚,"秋雨将要来

---

① 蒙古语:同志们或老乡们。
② 蒙古族民歌之一。

临了"的景色，与那即将展开的惊天动地的你死我活的斗争和谐地统一在一起。当斗争胜利了，令人心旷神怡的草原黎明景色和人们胜利的喜悦交相辉映。作者不仅写了景物的变化，也写出了人物内心的欢畅。

小说以萨仁和桑布的爱情为线索，巧妙地安排了整个故事，鲜明地衬托出主人公高贵的品质。

作者使用了变换场景的手法，巧妙地运用伏笔，使情节曲折，富有波澜，而且条理清楚，脉络分明，剪裁恰当，使故事步步进入高潮，由点到面的发展，显得摇曳多姿。小说还运用了不少的民间谚语，富有民族色彩。

《科尔沁草原的人们》是反映内蒙古人民生活斗争的优秀作品。作者热情地歌颂了草原人民英勇不屈的斗争，洋溢着草原人民深厚的感情。作者对草原斗争的深刻了解，对草原人民深深的爱，使他真实地、艺术地表现了这场惊心动魄的斗争，写出了这篇扣人心弦的艺术品。

《欢笑的金沙江》（李乔）

《欢笑的金沙江》是彝族青年作家李乔写的一部长篇小说。

一九五三年，我国开始了第一个五年建设计划，正以迅速而雄健的步伐向着社会主义前进。但在祖国西南部的凉山地区，由于国民党残匪的盘踞，这里的彝族同胞还过着奴隶的生活。

小说写的是在西南解放时，有一撮胡宗南残匪从成都逃入了凉山彝族地区。他们利用反动统治长期造成的民族隔阂进行造谣欺骗，散布"共产党是吃鸡不吃蛋，杀彝不杀汉"的恶毒谎言，致使彝民对共产党心怀恐惧，不敢过江；同时，他们还在"保护"彝民的幌子下成立国防大队，封锁金沙江，并且制造磨石家和沙马家打冤家事件，企图长期盘踞下去。这时领导这一地区的丁政委，正确的执行了党的民族政策，团结了彝民，解决了纠纷。彝民在铁的事实面前相信了党，并协助解放军过江，肃清了残匪。从此，彝民得到了解放，在党和毛主席的领导下开始创造自己幸福的生活。金沙江欢笑了。

作品通过争取"政策过江"这一曲折复杂的事件，有力地表现了党的民族政策的正确和伟大,批判了不顾实际情况盲目冒进的大汉族主义思想。

丁政委是一个经过二万五千里长征的老干部。十七年前参加了红军,党的培养和长时期的军事生活的锻炼,使他"从一个彝族小伙子变成一个团政委了"。

一九五三年党调他去担任凉山分区工委会书记。这时候,他的心情是很复杂的,他带着眷恋的心情离开了哺养他长大的部队回到家乡,满以为可以看到自己的母亲、家人和彝族同胞,可是凉山地区和他的家乡还未解放,彝族同胞在祖国解放四年之后,仍然陷在水深火热之中。他多么希望进兵凉山解放受苦难的彝族人民呵。但是理智告诉他,他不能立即采取军事行动,因为那样作反而会给彝民带来更大的损失。同时,这时候分工委的一些干部又产生了不顾实际情况,急躁冒进的大汉族主义思想。他们要政委马上"派人去消灭那些土匪","现在已经解放四年,蒋介石的八百万匪军都已经消灭,还让胡宗南的这几个残匪躲在凉山那边,同我们隔江对峙,这成什么话?"的确,丁政委也感到苦恼。对于自己的民族和自己家乡的爱,使他比其他汉族干部的心情要沉重得多。对着那耸立在他面前的兰闪闪的凉山,他忍不住喃喃说道:"凉山,凉山,你长征去的儿子回来了,但你怎么不认识我了?"但是,这些苦恼并没有压倒他,正是在这种复杂的情况和沉重的心情下,丁政委表现出高度的原则精神,他坚决批驳了分工委其他干部的种种错误思想,说服他们,然后毅然决然地作出决定:一定要通过细致耐心的政治工作,争取"政策过江"。这的确是一项十分艰巨的政治工作。一方面要对江那边的彝民进行耐心的教育工作,坚决打击匪徒的破坏活动;另一方面,又要防止干部中的大汉族主义思想的抬头。但是,由于丁政委始终不渝地坚持党的政策精神,热爱彝族人民,信任彝族人民,充分发动全体干部经过长期、曲折、复杂的斗争,终于取得了"政策过江"的胜利。敌人的阴谋诡计彻底破产了,广大彝族人民和几个彝族首领终于清楚地认识到彝民的种种苦难和极为残酷的打冤家都是国民党反动派一手造成的,只有共产党和毛主席才是他们的救命恩人。在党的民族政策取得了决定性的胜利的时候,分工委才决定进兵凉山,使彝族人民回到了祖国的怀抱。

阿火黑日是一个诚实、勤劳、勇敢的彝族青年。由于他长期在封建统治者压迫剥削之下，过着牛马不如的贫困生活，所以对新的事物很敏感，能够很快地接受党的政策，认识到党的好处。在他听到江那边有民族贸易公司和招待所以后，恨不得飞过江去。当他听莫强说他们那里已实行了土改，人民过着好日子的时候，他不胜羡慕地说："那好了，却波①，我们什么时候也同你们那里一样过好日子呢？"他是多么渴求解放！他对自由幸福的生活是多么地向往！他很想早一天打垮压在彝民头上的统治者，早一天实行土地改革。他深信共产党会给彝民带来自由幸福生活。因此，他能够积极地宣传党的政策，把过江看到的新事情编成歌子唱。由于他"从来不说假话"，所以人们都很相信他。在"政策过江"的斗争中，他起了很大的作用。

沙马木札和磨石拉萨是两个彝族部落首领。作品着重表现了他们（特别是磨石拉萨）的种种矛盾心理。由于阶级地位限制，使他们在较长的时间内不能接受党的政策，在残匪的造谣和欺骗下，对党产生了怀疑和恐惧。特别是磨石拉萨，曾盲目地相信"共产党是吃鸡不吃蛋，杀彝不杀汉"、要搞"十反八反"的荒谬言论。甚至被敌人利用来和共产党对抗并与沙马家打冤家。后来由于党的"政策过江"，才使他逐渐觉醒。在比脚拾戛事件真相大白后，他对残匪表示痛恨，并决心为比脚拾戛报仇，从此他对党由恐惧、怀疑逐渐转为靠拢、信任。由于丁政委对他的教育和事实的教训，使他认识到过去做的事对不起丁政委，也认识到打冤家是敌人造成的，因此他和沙马木札抱头痛哭。他深信这样一条真理：只有跟着共产党才能使彝民得到自由和幸福。这里，我们可以看出党的民族政策的伟大生命力。

这部作品，在人物形象的塑造方面取得了一定成就。丁政委是个有血有肉的人物形象。作品揭示了这一人物复杂的内心世界，同时，也正是在这复杂心情中突出了他的原则精神。他是一个有着深厚的阶级感情，同时在任何困难的情况下，又能够坚持党的原则的人物。通过丁政委这一个人物形象的塑造，体

---

① "同志"的意思。

现了党的民族政策。党的民族政策不是以简单的政策条文在书中出现,而是通过人物性格的揭示,通过人物性格的冲突得到了鲜明有力的表现。右派分子和修正主义者说文艺不能为党的具体政策服务,否则,就会走向公式化、概念化。这部作品的成功正是对这种无耻谰言的有力回击,因为这部作品正是一部十分有力的写政策的书,它生动的表现了党的民族政策的伟大胜利。

作品还有着浓厚的民族色彩。通过细致的、富有生活气息的描绘,为我们展示出彝民生活的栩栩如生的风俗画。作者以对彝民生活的深切的了解和对自己民族的深沉的爱,刻划了许多彝族人民的动人形象,特别是丁政委的形象。从这个彝族老干部身上,我们看到了彝族人民的勤劳勇敢的优秀品质和无产阶级的崇高的精神面貌。这样,反过来又使我们对彝族人民有着更为深刻而亲切的了解。

此外,语言朴素清新、简洁有力以及人物形象鲜明等特点,表现得也比较突出。

这是一部比较成功的作品,但它也存在一定的缺点,作品对急躁冒进不考虑兄弟民族特点的大汉族主义思想的批判显得不够有力,没有更深刻地开展这一方面的矛盾。

《草原烽火》(小说)(乌兰巴干)

乌兰巴干是蒙族青年作家。作品有短篇小说《草原上的驯马姑娘》、《初春的山谷》,短篇小说集《草原上的老摔跤手》和长篇小说《草原烽火》。

作者童年时候,在家乡科尔沁草原受着封建王爷、国民党反动派和日本帝国主义的残酷统治,牧民和奴隶过的悲惨的生活,在他童年的记忆留下了深刻的印象。作者十七岁参加了八路军,在党的培养和教育下,学习了马克思列宁主义的革命理论,提高了阶级觉悟,他认清了童年时期生活悲惨的原因,引起他写《草原烽火》的愿望。于是,乌兰巴干开始了文学创作。在八年创作过程中,乌兰巴干克服了不熟悉汉文和文化水平很低的困难,在党的培养和汉族作家的帮助下,以艰苦的劳动,写成了优秀的长篇小说《草原烽火》。

作品反映的时代和主题思想

《草原烽火》中的故事发生在抗日战争进入最艰苦的战略相持阶段的中期。当时,日本帝国主义害怕中国人民的巨大力量,同时,为了和德、意帝国主义遥相呼应,对中国人民实行了"三光"、"扫荡"、"蚕食"、"清乡"和"强化治安"等惨无人道的屠杀政策。中国人民在极端艰苦的形势下,展开了英勇的斗争。

与此同时,蒙古草原上的封建王爷出卖了民族利益,同日伪勾结起来,用血腥的屠杀对待无辜的牧民和奴隶,利用宗教麻醉他们,并且制造蒙汉人民之间的隔阂。在辽阔的草原上,人民流离失所,精神受到的折磨比肉体所受到的凌辱还要痛苦。在民族危机和阶级压迫的双重灾难下,为了拯救民族和人民,党不断地派遣自己的优秀儿女来到草原上。在党的启发和帮助下,在痛苦的现实的教育下,长期受压迫与奴役的牧民和奴隶逐渐觉醒过来,认清了敌人和朋友,并在党的领导下建立了草原抗日游击队。他们奔驰在草原上,给日伪和封建王公以致命的打击,在草原上燃起燎原的抗日烈火。

《草原烽火》以李大年在阿都沁恢复党的地下组织,发动牧民和奴隶进行斗争和巴吐吉拉嘎热的成长为线索,反映了内蒙人民在日伪和民族叛徒的蹂躏下的痛苦生活,以及他们在共产党的领导下逐渐觉醒、终于走上争取民族解放道路的过程。

人物分析

李大年是中国共产党的优秀地下工作者。他带着党的使命来到了阿都沁,要在这里恢复被敌人破坏了的党的地下组织,在草原上建立游击队开展抗日武装斗争。当时,人们在封建宗教的麻醉和欺骗下,加上日寇和科尔沁反动武装黑马队对共产党员和广大善良无辜的人民的屠杀,使人们对革命、对共产党抱着谨慎回避的态度。面临着这样复杂和艰苦的环境,开展党的工作是相当困难的。但是李大年没有丝毫畏缩的心理,他说:"我是一颗革命的火种,一定要燃烧起来,扩展成势不可挡的燎原烈火。""共产党员的脚可以跨过铜墙铁壁,可以渡过激水洪流,不论敌人有多么凶恶,也要用脚踢碎敌人的心脏,踏碎敌人的咽喉。"他就以这种无比坚定的姿态出现在科尔沁草原上。

李大年有着鲜明而又强烈的爱憎。当他来到科尔沁草原,看着这被日本鬼子炸烂了的美丽草原和在敌人压迫下受苦受难的牧民和奴隶,"眼光闪出仇恨的怒火,仿佛立刻要穿透了凶恶的风暴"。这是对敌人的刻骨仇恨。从他对巴吐吉拉嘎热的亲近和关怀,忍着饥饿把仅有的月饼送给桑吉玛母女吃,以及看到阿都沁屯里蒙族小孩光着膀子、光着脚板采野玫瑰花的天真嬉戏所感到的快慰中,都可以看出他对人民诚挚的爱。他不仅从精神上安慰和鼓励群众,并且还帮助他们解决生活上的急难。正因为李大年有着对敌人深切的恨和对人民诚挚的爱,才能够在群众中立住脚,并且感染他们,唤醒他们,使他们终于走上争取民族解放的道路。

由于李大年紧密依靠了群众,加上他的勇敢、机智、沉着和果断,每次都出色地完成了党交给他的任务。例如在敌人突然停止筑河堤的情况下,经过冷静的思索和分析,料定敌人要掘开黑龙坝放水。为了保护人民的生命财产,李大年果断地作出了"堵住决口"的决定。并且立即发动群众进行周密的计划和布置,终于领导着群众取得了"堵住决口"斗争的胜利。他还在监狱中,组织了越狱斗争,拯救了许多无辜的群众。

总之,李大年是一个对革命事业无限忠诚、对人民无限热爱、对敌人无比憎恨的优秀共产党员。在极端艰苦而又复杂的环境中,以超人的毅力出色地完成了党的任务,把牧民和奴隶引上了斗争的道路。在每次斗争中,都能沉着、冷静而又果断地给敌人以沉重的打击。

在这部作品里,作者突出地表现了草原上的牧民和奴隶逐渐觉醒而进行斗争这一根本变化;体现这种变化的典型人物,就是巴吐吉拉嘎热。

巴吐吉拉嘎热从小就给达尔罕王爷当奴隶。他是个纯洁的少年,也有着美丽的幻想。但是,在统治阶级的麻醉与欺骗下,巴吐吉拉嘎热变得十分愚昧和麻木。据王爷的大管家旺亲说,巴吐吉拉嘎热的父亲是有"罪过"的(其实,巴吐吉拉嘎热的父亲是参加嘎达梅林的起义,在斗争中牺牲的),所以"罪人"的儿子也有罪。少年的巴吐吉拉嘎热也深信不疑，认为自己又是奴隶，比普通人还要低三级。他忌讳别人说他是"罪人的儿子"，因此惧怕一切人，丝毫不敢有触犯王爷的念头。例如李大年第一次遇到他，对他表示同情时，他也的确感到自己的生活太苦了，但又立即面朝王爷府跪着，告罪道："我小奴隶永远不敢叫苦，……求求天，饶我小奴隶的罪过。"他曾经幻想在池塘里洗掉身上的"罪过"；看见一个爬一步磕一个头"去五台山赎罪"的老太婆，他也想跟着去。为了赎清"罪过"，他甚至要与乌云琪琪格断绝爱情关系。巴吐吉拉嘎热几乎抱着绝望的态度，把希望寄托在泥塑木雕的菩萨身上。

然而，更重要的，在巴吐吉拉嘎热身上还有着纯朴的本质的一面。旺亲逼着他去杀李大年，他不愿去做这件有罪的事，仍旧愿做个"罪人"。后来旺亲对他说："这个共产党就是杀害你爸爸妈妈的汉人中间的一个。"他的心被麻醉了，在死的威胁下被迫接过凶具。当他在刘大爷家看到李大年不辞苦累地跑到一百二十里以外的地方去为他的未婚妻乌云琪琪格买药治病，又脱下棉衣给他穿的时候，他深深地感动了。他回到旺亲那里，对旺亲说："我宁愿自己死好了，不愿杀这个好人。"正因如此，他一旦在党的启发和帮助下觉醒过来，就必然会坚决地走上革命的道路。

巴吐吉拉嘎热饱受反动统治者的摧残，精神上受着更深的毒害。他得到了女奴小兰的爱护，受到小兰很大的影响，新的思想逐渐萌芽。尤其是李大年对巴吐吉拉嘎热的强烈感染，终于唤醒了他的阶级觉悟。当李大年把他失去父母的真实情况告诉他时，巴吐吉拉嘎热的眼泪象泉水般地涌了出来，他悔恨自己将汉人当作敌人，痛恨日寇和王爷的凶残毒辣，于是将旺亲要他杀李大年的事原原本本说了出来。在李大年的一再鼓励和帮助下，巴吐吉拉嘎热终于开始觉醒了。

扎木苏荣之死和越狱斗争，对巴吐吉拉嘎热有着决定性的影响。由于他知道了父母牺牲的真象，巴吐吉拉嘎热气愤难平，一时又无力报仇雪恨，只得借酒来发泄苦闷。就在一次醉梦中，他无意地说出"堵住决口"斗争的情形，被王爷的狗腿子听到了。因此，巴吐吉拉嘎热和扎木苏荣被捕入狱。扎木苏荣以为巴吐吉拉嘎热叛变了，十分鄙弃他。直到扎木苏荣牺牲，还以为巴吐吉拉嘎热是叛徒。巴吐吉拉嘎热悲痛万分，在第一次越狱后，曾企图以一死来表达自己对扎木苏荣的忠诚，可见他的思想还是很狭隘的。但是乌云琪琪格提醒了他："你死了以后，扎木苏荣大叔、父母和草原上千千万万的人民的仇，谁去报呢？"巴吐吉拉嘎热惊醒过来，抛弃了那种消极牺牲的想法，坚定了斗争的信心。正由于这样的思想基础，巴吐吉拉嘎热在第二次被捕入狱遭到严刑拷打时，才表现得那样坚贞不屈。监狱的生活虽然艰苦，但世界却在巴吐吉拉嘎热的心目中扩大了，他终于认清了革命的远大目标。他和李大年一起，组织了越狱斗争，不仅自己逃了出去，更重要的是解救了千万个与自己命运相同的人，使杀人的魔窟变成灰烬。越狱后，为了更好地为民族的解放事业而斗争，巴吐吉拉嘎热带着爱人乌云琪琪格踏遍冰川雪原，来到白音布通，参加了草原抗日游击队。巴吐吉拉嘎热的成长是具有普遍意义的，代表了草原上所有牧民和奴隶的觉醒状况。他所走的道路，是草原上所有牧民和奴隶的唯一正确的道路。

旺亲这个反面人物是达尔罕王爷的大管家，又是日本帝国主义的特别秘密侦察员。他一手拿着黑皮鞭子维护着王爷的庭廓，一手拿着日本鬼子的屠刀屠杀蒙汉人民。正如他自己说的"二十年来，杀人、打人，从没有人敢还手；美女该玩过多少个，一百都不止，从没有谁敢说个'不'字。这正是一副刽子手的狰狞面貌。而他在主子面前却卑躬屈膝、十分孝顺，被王爷称赞几句，就觉得轻飘飘地，仿佛要飞起来。作者对这个统治者的帮凶和奴才，是刻划得淋漓尽致的。

此外，作者对纯洁天真的乌云琪琪格、不惜牺牲自己的小兰、胆小怕事的巴拉顿·道尔基、善良的桑吉玛、糊涂的道布钦也作了生动的刻划。

艺术特色

一、富有强烈草原气息的景物描写

作者对草原景物作了十分细致的描写。有时候运用雄浑有力的笔法，有时候又采用优美柔和的描绘，使包罗万象、变化万千的大草原的自然面貌，十分鲜明地展现在我们眼前，仿佛真正闻到了科尔沁草原的气息。例如：

　　阳光越来越强烈，象千万枝金箭穿过云缝，射向草原。风，偷偷地掀起了草浪，平静的小树丛的枝叶摆动起来了，河边的芦苇也摇动着穗头。草浪一浪赶上一浪，漫进一片黑树林里去了。

　　鹅毛似的雪片，缓缓地轻轻地降落。西北风刮着青草上的积雪，装出奇怪的啸声，散布在草原的一片白茫茫的羊群，"咩咩"地叫着拥挤起来，抵抗着风雪带来的寒冷。

　　作者抓住这些最足以表现草原特点的景物，用雄劲的笔法描绘出来，并且渗入了人物的情绪。

　　作者还善于通过景物的描写来制造环境气氛，生动地衬托了人物的内心世界，造成更深远的意境，使作品增强了感染力。例如在描写李大年怀念家乡、怀念为革命牺牲的同志的时候，作者是这样写景的：

　　深夜，草原已经在月光下安睡了。深蓝的天上望不到一丝儿云影。一群大雁从十八道冈子北端飞起来，发出长鸣，从草屋顶飞过去。

　　这样的景物描写对衬托人物的心理是很有力的。

　　此外，作品通过对大草原的描绘，对蒙族人民的生活习惯、风俗心理的描绘，构成了一幅具有鲜明民族色彩的图画。

　　二、人物心理刻划的成功

　　作者抓住具体的环境和人物的不同遭遇，对人物的精神状态和内心世界作了细致生动的描绘，有力地突现了人物的性格。这种手法突出地表现在对巴吐吉拉嘎热、道布钦和巴拉顿·道尔基的描写上。例如作者对前期的巴吐吉拉嘎热的性格的刻划，是抓住巴吐吉拉嘎热那种自感罪愧的心理，去描写他的一举一动的。又如道布钦这个受封建麻醉很深的奴隶，为了效忠王爷，把仅有的一只羊牵去做王爷祭灵的供品。王爷给了他一点肉粥，这时，作者描写他"满心欢喜地跪在路旁，感激王爷的恩赐"、"把一桶粥举过了头，眼睛也落泪了"；深刻揭示了这个长期受封建麻醉的奴隶的内心状态。

　　三、运用具有牧民特色的语言

　　作品中多用牧民的口头语言，刚健爽朗。如描写牧民骑在马背上呼喊："哈咿！哈咿!"或是唱着赛马歌:"毛列！毛列！达宾！蒙古的色汗毛刻。……"高兴时就哈哈大笑。一形容马蹄声则"咔哒！咔哒!"作者还运用了老人讲故事的语气,如"望呀,望呀,望也望不够","瞅呀,瞅呀,瞅也瞅不见"。在人物的对话中,用的都是最普通的群众的语言。

此外,在作品的结构上,故事情节都比较紧凑,战斗场面特别紧张热烈,使作品显得十分生动、活跃,加强了作品的感染力。

这部作品也存在着一些缺点,如从"堵住决口"斗争以后,故事情节未在原基础上得到继续深入的发展。尤其利用了《山林风险》整整一章对巴吐吉拉嘎热和乌云琪琪格的近似原始的爱情生活作了美化的描写,这与全篇主题极不协调。在描写党的艰苦斗争的同时,对于党如何发动群众、如何准备斗争写得不够。例如李大年一离开阿都沁,屯子里只剩下一个党员刘大爷,似乎群众的斗争便停止了。这些都有碍于进一步深刻地刻划李大年这个英雄人物。特别是对另外两个优秀的共产党员扎木苏荣和刘大爷的面貌刻划得不够突出,似乎他们的地下工作缺乏广泛的群众基础。

《新疆兄弟民族小说选》编者的话

史料解读

　　1960 年，上海文艺出版社出版了由《天山》文学月刊编辑部编辑的《新疆兄弟民族小说选》，该选集收录了维吾尔族赛福鼎、祖农·哈迪尔、阿·吾甫尔、阿米提·沙吾提、吐·阿依汗、阿·米吉特夫，哈萨克族郝斯力汗、吐·阿勒琴巴尤夫，柯尔克孜族乌·努孜别科夫，以及蒙古族刊载等人的 14 篇中短篇小说，主要有《吐尔地阿洪的喜悦》《锻炼》《牧村纪事》《真挚的友谊》等。这也是区域性多民族小说的集中亮相。该书近七千字的"编者的话"称得上当代最早对新疆少数民族小说（汉文）进行综合评价的标志性成果。文中回顾了新疆各少数民族小说在中华人民共和国成立后取得的成绩，指出这些小说的一个基本共同点，那就是高昂、充沛的时代激情，浓郁、鲜明的民族生活情调，刚健、清新、豪放的笔触，这些特点构成了具有独特风貌的新疆少数民族生活的绚烂画面。许多小说达到了全国优秀短篇小说的水平，以独有的艺术风格赢得了全国读者的普遍欢迎，被译成了多种文字，这在新疆各民族文学的发展史上，确实是一件可庆可贺的大事。"编者的话"不仅有对维吾尔族、哈萨克族、柯尔克孜族、蒙古族小说思想主题的肯定，也有对这些小说中民族特色和民族风格的肯定。特别是，该文将新疆各少数民族小说取得的成就看成中国当代少数民族文学的一个缩影，将民族政策、党的领导以及特定时期的具体政治文化语境（总路线）看成各民族文学得以发展的主要原因，体现了这一时期政治叙事学特定的批评话语和评价标准。

原文

我们怀着欣喜的心情,祝贺新疆各民族作家和青年作者的汉文短篇小说选集的出版!这不仅在我国瑰丽多彩的各民族文学的相互交流上是一件喜事,而且也标志着新疆各民族文学在短篇小说创作方面的丰收。我们相信:这朵祖国多民族文学园圃中的新花既已开放,那就必将越开越繁盛,越开越鲜艳!

新疆各民族的现代革命文学,虽然早在抗日战争时期已经形成,但这主要是指诗歌和戏剧创作而言,至于小说,几乎一直是一块未曾耕耘的处女地。只有到解放以后,由于党的亲切关怀和培植,由于先进民族文学的直接影响,特别是在党的"百花齐放,百家争鸣"的文艺方针的鼓舞下,新疆各民族文学中的散文、小说作品,好象春天田野里的幼芽,承受着阳光的照耀和雨露的滋润,蓬勃地茁壮成长起来。现在可以说已经是枝叶繁密,新花朵朵了。这不仅是指一支散文、小说创作的队伍已经形成,而且也是指不少作者写出了思想性强、艺术性高的好作品。就拿这个选本来看,除赛福鼎同志和祖农·哈迪尔同志是两位解放前已经执笔的老作家以外,其余的作者全部是解放以后涌现出来的文学新人。他们完全是从新社会的沃土里长大起来,至今一直战斗在边疆社会主义建设的各个岗位上。他们的作品,内容结实,格调新颖,有的以情节引人入胜,展开了较广阔的生活场景和人物的性格描绘,象一卷动人的民族生活的风俗画;有的则抓住了生活中最感人的场景,较深入地挖掘了人物的内心世界,象一首格调高尚的抒情诗。尽管它们反映的生活面不同,构思的方式不同,但却有一个基本的共同点:那就是高昂、充沛的时代激情,浓郁、鲜明的民族生活情调,刚健、清新、豪放的笔触,构成了具有独特风貌的新疆兄弟民族斗争生活和建设生活的绚烂画幅。其中也有不少篇达到了全国优秀短篇小说的水平,以独有的艺术风格赢得了全国读者的普遍欢迎,被译成了几种文字。这在新疆各民族文学的发展史上,确实是一件可庆可贺的大事!

我们首先要提到的是赛福鼎同志,他是新疆维吾尔自治区党委书记,自治区人民委员会主席,自治区文联主席,他在领导新疆社会主义文学事业的工作中，不但正确地贯彻、执行了党的文艺方针，十分重视和关怀新疆各民族社会主义文学事业的发展；同时，他也是一位有成就的辛勤的作家，用他自己的作品为新疆各民族文学工作者树立了值得学习的榜样。他解放后创作的歌剧《战斗的历程》，由于内容的广阔深厚和形式的大胆独创，在维吾尔族人民中产生了深刻的教育鼓舞作用。

赛福鼎同志也是最早用短篇小说这一文学形式进行创作的维吾尔族作家之一，这个选本中所收的两个短篇，只不过是他小说创作的一小部分。其中《吐尔地阿洪的喜悦》是一篇高度精炼、扣人心弦的力作。维吾尔族雇农吐尔地阿洪在搬进"土改"分到的新居那天晚上，激奋得睡不着觉，对过去的苦难的回忆和获得新生活的惊喜在心头翻腾。他唤醒了妻子，一起借着月色来到圈棚，兴致勃勃地抚摸着、谈论着分来的黄牛。猛然他们好象想起了什么，奔到毛主席的象前，四只手紧紧捧着毛主席的相片，长久地注视着那慈祥的笑脸，互相依偎着，象新娘新郎一样细声低语到天明。由于作家灌注进了深厚而鲜明的阶级感情，而且抓住了典型的生活细节，用亲切、朴素、饱含诗意的笔触，细致地揭示了翻身农民幸福的内心体验和发自肺腑的对领袖的挚爱，才使得这篇作品显得真挚而动人，深深感染着读者。

祖农·哈迪尔是维吾尔族现代文学的老作家之一。他的创作才能是多方面的，但着力最深、收获最大的还是短篇小说。可以说：他在短篇小说写作上取得的成就，为维吾尔族散文文学的发展奠定了良好的基础。这里，为了尽可能避免和他的汉文小说集《锻炼》重复，我们只选了他三个短篇。

这里，着重谈一谈《锻炼》。小说通过主人公麦提亚孜由一个懒汉转变为出色社员的过程，从侧面反映了农业合作化初期两条道路的斗争。麦提亚孜原是一个懒散、卑怯得叫人生气，可又忠厚、幽默得叫人欢喜的妙人。作者用极真切的细节描写，维妙维肖地勾划出了他那股懒散疲沓的劲儿：油菜熟过了期，可他却躺在老桑树下，咒骂糟蹋了他包谷籽的乌鸦，幻想着桑葚掉到他口里来。在此同时，作者始终满腔热情地维护着他所以转变的根苗——热心助人的善良、纯朴的本性，对集体劳动的越来越强烈的倾慕。因此，一当合作化运动深入开展,在党的温暖的怀抱中,这颗在过去封建社会里麻木了的心就很自然地复活了。在他充满内心矛盾的转变过程中,正确执行了党的政策的互助组长艾拉木(后入党成为前进社社主任)起了决定的作用。他不但揭穿了为维护私利而挑拨离间、打击麦提亚孜积极性的中农赛以特,而且给了麦提亚孜最实际的帮助和鼓励。对麦提亚孜的两种态度,实质上是愿不愿把广大农民引向共同富裕的社会主义道路的阶级斗争的反映。这正是作者取材的独到之处和对生活的深刻理解。因此,当我们最后为走上幸福道路的麦提亚孜祝福时,也激动地看到了党的合作化政策在维吾尔农村的胜利,看到了在无比强大的社会主义思想的冲击下,人们精神面貌所发生的惊人的变化。小说结构严谨、别致,语言生动、凝炼,作品虽概括了主人公相当长的生活经历,但并不感到冗长松散;再加在艺术表现上,作者善于抓住细小的情节突出人物的性格,使这篇小说散发着特有的芬芳和色彩。这篇小说不仅代表着作家认真执行党的文艺路线、深入农村生活所带来的创作上的新成就,而且也是社会主义现实主义在维吾尔散文文学中最初结出的硕果。

哈萨克族作家郝斯力汗的名字,对我们并不陌生。他的短篇小说《起点》一译成汉文,就受到全国文学界的重视。最近发表的《牧村纪事》,就其思想内容和艺术成就来看,可以说是《起点》的姊妹篇,我们在这里试图作一些比较分析。

《起点》通过牧人贾帕拉克怀疑妻子对他不贞的故事,反映了在牧业合作化道路上的错综复杂的斗争,揭露了敌人破坏合作社的阴谋活动和可耻失败,而其重点是批判贾帕拉克的自发资本主义思想和封建意识的。《牧村纪事》是通过老牧人铁亚那克父女爱社如家的模范事迹,反映牧区公社化的伟大胜利及其在人们精神上引起的深刻变化,也鞭笞了对人民公社抱着幸灾乐祸的敌对态度的人们,而重点则是塑造了两个具有共产主义风格的新人形象。值得特别指出:这两个短篇都是在阶级斗争形势尖锐化的时期产生的。前者写于一九五七年初右派分子和地方民族主义分子疯狂地向党的合作化政策进攻的时候,后者写于一九五九年七月右倾机会主义分子污蔑人民公社"搞早了""搞糟了"的时候。作者能用锐敏的政治嗅觉,抓住了现实发展中最本质的矛盾,用鲜明的艺术形象,热烈歌颂新生事物的伟大生命力,有力地回击了敌对分子和右倾机会主义分子的反动谰言。应该说这两篇作品是两支红色的利箭,及时发挥了它的战斗作用。

作者既善于通过人物的连续动作刻划人物性格,也善于用充分性格化的对话和独白传神地显示人物的心理动态。因此,在他笔下的人物是有血有肉、栩栩如生的。《起点》中的贾帕拉克,他怀疑妻子不贞而引起的对社干部的忌恨和他的资本主义意识的滋长互相交织的复杂的思想矛盾,是表现得细致入微、层次分明的。当他在反革命舅舅的再三煽惑下偷走合作社双轮双铧犁的铁轮时,他的内心一时被愚蠢的报复心理支配着,一时又为自己所做的见不得人的事而忏悔,而胆怯,而当他想到"谢天谢地,我现在有六、七头牲畜了"的时候,才下定退社搬家的决心,又把满腔怒气集中到了阿斯哈尔身上。这里,作者在揭示他的资本主义思想滋长的同时,又腾出手来写出了他善良、轻信、对合作社并不仇恨的一面,为他最后的悔悟埋下了伏线,使这一人物显得真实而丰满。《牧村纪事》中的达麦特干是一个秀外慧中、积极干练的新型的公社妇女干部的形象。作者巧妙地通过她把报上登载的关于父亲的模范事迹假说成是别人的这一喜剧性的情节,让我们看到了她心灵口巧的聪慧,更重要的是表现了真正解放了的哈萨克妇女大胆、豪放的性格。而通过暴风雪夜晚给羊群送干草的场面,作者不但描绘了一幅草原风雪的惊心动魄的画面,而且细致地表现了达麦特干当时复杂的内心活动:怕羊群受损失的忧虑,在茫茫雪原中迷路的刹那的恐惧,而共青团员的高度责任感,又使她鼓足勇气,终于把干草送到了父亲的圈棚。我们也就从这场和暴风雪凶险的搏斗中,看到了女主人公新的思想品质的闪光。老模范铁亚那克的形象也是十分动人的,他的敢想敢干的精神品质,对坏人坏事无法容忍的急公好义,在困难面前的豪爽和乐观以及对女儿的慈父的柔情,使这位老牧人的性格得到了多方面的显现。

如果从比较的角度看,《牧村纪事》的结构不象《起点》那样完整、紧凑,情节也还没有充分展开,正面力量和反面力量形成了两条互不干扰的平行线向前发展。这不但影响先进人物性格面貌的进一步突出,而且使原来对公社心怀不满的夏里甫的转变显得突然和生硬。但作者在《牧村纪事》中把笔力集中在刻划共产主义新人形象上,这一新的尝试则是十分可贵的,而且也取得了应有的成就。

细针密线的结构布局,充满新鲜而丰富的比喻的形象化的哈萨克文学语言,着墨不多但色调浓烈的草原风光的描绘,都使这两个短篇取得了一种豪放、机趣、新颖的民族风格,深深吸引着我们。总的说,这两篇作品不但是近年来新疆各民族文学的可喜收获,而且也成了哈萨克族散文文学发展的真正的"起点"。

此外,在反右派、反地方民族主义以及整风运动的胜利基础上,从一九五八年以来,在轰轰烈烈的群众创作运动中涌现出了大批青年作者,他们写出了不少优秀的作品。象维吾尔族阿·米吉特夫的《悲欢离合》,吐·阿衣汗的《草原彩霞》,分别描绘了一个家庭在旧社会的重重压迫下生离死别的悲惨遭遇,就象两部形象的民族血泪史一样,记载下了维吾尔族和哈萨克族劳动人民含辛茹苦、卓绝斗争而终于在毛泽东时代获得了自由解放的历史的足迹。维吾尔族阿米提·沙吾提的《第一次领工资》,柯尔克孜族乌·努孜别科夫的《雪山吐红日》,在内容和写法上和前两篇恰成对照,它们都是通过日常生活的动人镜头,表现了人民公社给各族农牧民带来的幸福和喜悦,也表现了人们崭新的思想感情和道德风尚。

《雪山吐红日》是一篇具有鲜明的艺术特色的作品,我们想多谈几句。银色的雪峰、碧绿的草海,波光闪闪的大河两岸的庄稼,隐在果树丛中的新牧村⋯⋯这一切都浴在朝阳的金灿灿的光辉中,构成了如诗如画的意境。而老牧民加帕尔面对着这种美好景色,除涌起一股热辣辣的感情外,却情不自禁地沉湎于往事的追忆中,留恋他那顶打爷爷起就住在那里的孤单的帐篷。可是,事实的教训——两个小孙孙差点在一个暴风雪的夜晚失踪了,再加干部们的劝说,他终于和这种恋旧情绪决裂,搬进了公社为他准备的漂亮的新居。小说用精巧的构思,抒情的笔触,明快的手法,挖掘了在新生活的剧变(由逐水草而居的游牧生活走向定居)面前人们所引起的思想感情的矛盾,从内心深处唱出了越来越美好的飞跃前进的时代的颂歌。特别值得一提的是：柯尔克孜族牧民直到一九五四年才创立文字，一九五七年出版了诗集《第一支歌》，而现在我们又读到了如此清新可喜的短篇小说，这实在只有在党的民族政策的光辉照耀下，少数民族象飞一样跨越几个时代向社会主义迅速飞奔的时候才可能出现的奇迹！

最后，谈一谈哈萨克族吐·阿勒琴巴尤夫的《幸福》，维吾尔族阿·吾甫尔的《暴风》。前者写了一位勇敢的哈萨克姑娘，她毫不顾惜个人感情，跟勾通反革命分子破坏人民公社的爱人和姐夫进行了搏斗，并在民兵发觉后取得了胜利。小说告诉我们：即使在今天，也必须提高警惕，随时准备消灭两条腿的恶狼，才能过和平幸福的生活。后者描绘了人们为抢救棉苗和自然灾害斗争的宏伟的劳动场面，歌颂了伟大的集体力量，战胜了风暴，也战胜了米黑里汗的本位主义思想。这是一篇构思简洁，笔力雄健的较优秀的短篇。

我们的读后感就谈到这里。由于新疆兄弟民族的散文文学还比较年轻，也由于不少优秀的作品未能及时翻译过来，再加我们在编选时的疏漏，这个选本自然还存在不少缺点，比起瞬息万变、美不胜收的边疆各民族的丰富的现实生活来，那就更难令人满足了。首先是题材不够广阔、多样，甚至象边疆工业建设的最新最美的画面，我们就无法在这个选本中看到。其次，有些作品还停留在生活经历的描述上，有些作品虽揭开了人物的心灵世界，但仍嫌挖掘不深，人物性格也就不够饱满。至于掌握革命现实主义和革命浪漫主义相结合的创作方法，创造无愧于时代的本民族的个性鲜明的共产主义新人形象，也还需要各民族作家、青年作者付出更艰巨的努力。投身到火热的革命群众运动的激流中去，建立无产阶级的思想感情，与我们时代的真正的先进人物共呼吸，同劳动，并让他们通过自己的文学作品更集中、更典型、更光辉地再现出来，这也正是解决问题的最根本的关键。

当然，这个选本还远不能代表新疆民族文学十年来短篇创作的全貌。但从这里我们确实惊喜地看到在祖国多民族的文学百花园中，又出现了新的花种，开出了异香扑鼻的美丽的花朵；也看到了这新的花种是那样根深叶茂，生气盎然，具有旺盛的生命力，在这永不消逝的春天里，正一日比一日欣欣向荣，繁花盛开。当我们欣赏着这样的花朵从内心里为它赞美的时候，我们禁不住要感谢党象最辛勤的园丁一样对它的关怀和扶植！感谢党的英明的民族政策象阳光般的照耀！感谢党的总路线带来的伟大的鼓舞力量！在这春风荡漾、红日丽天的美好时光里，让我们再一次欢呼党的社会主义建设总路线和社会主义民族政策的光辉胜利，也让我们再一次祝福这枝边塞新开的花种的无比灿烂的前途！

一九五九年十二月九日于乌鲁木齐

漫谈几位新人的新作

蹇先艾

史料解读

　　史料原载《边疆文艺》1963 年第 3 期。本文选取 1962 年《山花》杂志发表的六篇小说：侗族作家刘荣敏的《山寨棋风》《铁打的爱情》，韩间的《争鸣之前》、丹军的《萤火虫姑娘》、程履的《包谷熟了》《小立和小郑姐姐》。前四篇选取现实题材，后两篇为儿童题材，六篇小说反映了社会主义生活中的各个方面，皆为新人新作，是贵州文学艺术蓬勃发展的一个缩影。可以看出"双百"方针极大地调动了文艺工作者的积极性，贵州省的文学创作在数量上有大幅增加，质量也有不同程度的提高。

原文

　　由于进一步贯彻了百花齐放、百家争鸣推陈出新的政策，调动了文艺工作者的积极性，从今年起，贵州的文学艺术已经呈现一片欣欣向荣的景象。报刊上选登的作品，不仅数量大有增加，而且质量也有不同程度的提高，特别是小说的成绩更为显著。单从《山花》最近一个时期刊载的小说来看，其中就有不少优秀之作。概括起来，它们表现了下列几个特点：（一）大多数的作者都是解放后或者近几年党所培养出来的新手；（二）题材比过去有所扩大；（三）表现的手法日趋多种多样；（四）人物形象比较鲜明、生动；（五）篇幅长短合度，一扫以往冗长、沉闷之弊。

我不预备全面介绍这些作品，只在这里选谈今年《山花》上的六个短篇。

首先让我从一位侗族青年作者的两篇作品——《山寨棋风》和《铁打的爱情》（见《山花》一九六二年三月号及八月号）——谈起。如果我没有记错，刘荣敏同志大概在一九五五年就开始写作了，他最初只写点少年儿童文学，也偶有描绘侗族风习的小说、散文。拿他几年前在《贵州文艺》上发表的《小小演员唱大戏》与在《萌芽》上发表的《吃油茶》来和今天的新作相比，可以看出经过几年的生活实践和创作实践，他的进步是相当迅速的。

我把《山寨棋风》和《铁打的爱情》相提并论，倒不是说它们的分量完全相等，而是用它们来说明短篇小说的题材应该丰富多样，同一个作者既可写本民族，写农村新貌，同样也能写汉族，写工人们的事情，只要他肯研究现实，留心生活。

近两年来，我省的兄弟民族作者们都喜欢写风情画、风俗画，苏晓星有《山上红花》，谭良洲有《游方》，袁仁琼有《打姑爷》……分别描绘了各民族特有的传统风习和所在地的自然风光，他们都不是为写风俗而写风俗，在作品中往往又显示了那个地区新的面貌、兄弟民族参加社会主义建设的激情和他们的生活的幸福、欢乐，这样就有了积极的意义了。《山寨棋风》是一幅美丽的、民族色彩很浓的风俗画，也是一篇富有诗意的散文，它又一度把我们过去到过侗族地区的人引进回忆里去，就是没有去过的读者对着今天侗族劳动人民的鲜艳花朵似的生活，也不禁倾慕向往。《山寨棋风》通过趣致横生的"棋风"的描写，加上对当地环境的渲染和某些情节的刻划，便反映出了两个新人的勤劳勇敢和高贵的思想品质。它所描绘的只是一个侗寨的日常生活（实际交织着侗族青年们的劳动生活、文娱生活与纯洁真挚的爱情生活），全文才六千八百字，集中精炼地刻划了娜嫚和岩双，通篇充满了轻松、愉快的气氛。尽管篇幅不长，作者并没有把描写局限于事件的本身，还追叙了岩双搭救娜嫚出险的经过，来说明他们的爱情是在什么基础上建立起来的，另外又插入了流动红旗归来的小故事，因此更加丰富了作品内容和人物的精神风貌，也就不显得单薄了。

这篇小说的对话是相当简练的。虽然对话是刻划人物性格和阐明主题思想的方法之一，但是作者却用了更多行动来描写人物，没有某些短篇"夸夸其谈"的毛病。作品的开头平易近人，不落一般的老套，只有这样简单两句话："不要以为山寨的人光会做活路，他们还喜欢下棋。……"而结尾用后生们打枪的棋风起了新的变化作结，前后呼应，便觉得紧凑有力了。如果我们对作者提出更高的要求，这篇人物的形象，再加上一把气力，那就可以写得更加丰满。

《铁打的爱情》是一篇比较别致的作品，题目意含双关，就是打铁人的爱情，又是铁打的爱情。作者的意图是很明显的，他表现了劳动与爱情的关系。据说荣敏同志有志于学习短篇小说的各种表现手法，想在形式上作一些探索，这篇新作果然也就换了新的披挂。他塑造了青年锻工（用第一人称来写他）、老师傅、电工秀兰三个人物，用力刻划的是那位老师傅，在七千多字的篇幅中，就花了两千几百字的细节来突出地描写他，在各种场景中和对待工作态度的严肃上，也的确写出了他的可贵的品质。作者还告诉了我们：只要为人忠厚、正直，对朋友讲义气，守信用，踏踏实实，就可以赢得爱情。我总觉得这篇东西，人为的安排似乎稍多，把三个人物糅合在一起不是那么自然，所以也就没有完全达到文艺创作的主要任务：感染读者。有人说，只要老老实实地劳动生产，就会赢得更多宝贵的东西，恐怕不单是爱情吧！我们是不是可以站到更高的角度来看问题呢？这也是一种可以供作者思考的好意见。这些年来，敢于大胆写爱情生活的人似乎并不多，爱情生活当然是小说题材之一，只要不是鼓吹爱情至上，把它的地位安排得适当而又写得相当好，群众难道就不需要吗？当然需要。荣敏同志为了帮助工人写工厂史，曾经一度深入工厂生活，对工人也确有他的认识和感受。看起来，他对侗族农民的生活就更熟悉一些。但是一个文学作者，对一切人、一切生活都得去进行观察和了解，这是不容有丝毫疑问的。

韩间同志以一个水利工程部门的技术人员，采用了他所熟知的生活，写了一个九千多字的短篇《争鸣之前》（见《山花》一九六二年七月号），也是一篇好小说。故事的梗概是这样：抗战胜利以后，水利工程师葛明达在国统区找不到职业，只好和他的朋友方教授去摆香烟摊为生。解放后，葛明达当了水电设计院的总工程师，他努力进行自我改造，兢兢业业地工作，不以权威自居，有事总是虚心与群众商量,一方面大力培养青年技术人员。他鼓励了大学刚毕业的学生李英祥去参加一个"工程挡水大坝结构型式选择"的争鸣。这个会议将有许多名教授、专家、工程师出席,小李虽然主张另一种坝型,一临到真正争鸣,他又有点胆怯起来。葛工程师一再鼓舞他,叫他去找工学院的方教授(老葛从前卖香烟的伙)取经;把自己所掌握的那个工程的全部资料给小李看,还连夜给他翻译了一篇法国材料。他关怀青年真是无微不至,腾出自己的小车子给他坐到现场去看地形地势。最后他甚至于把他准备好的关于那个工程堆石坝方案论证提纲给小李先读了(总工程师要和他争鸣),以便应战,使小李更感到这位工程师的高大。

作者在这篇小说里,颂扬了一个经过思想改造的、新型的高级知识分子,文章写得酣畅热情。过去,我省接触到知识分子生活的作品是不多的,偶然有人采用了这方面的题材,又都是把知识分子作为反面人物的形象去表现。韩间同志却打破了这个框框,比较形象地描绘了一个老知识分子如何爱护和培养一个青年,反映了今天知识界风气的改变,青老知识分子之间的新的关系。他把解放前后知识分子的生活和作用作了一个鲜明的对比:在旧社会,工程师、教授根本无法糊口,只好去卖香烟;到了新社会,知识分子就能得到党和人民的信任,只要坚定不移地接受党的领导和教育,决心进行自我改造,真正与工农群众相结合,就能充分发挥他们的才能,在社会主义建设中作出很大的贡献。这篇小说,还写出了"二百"方针在知识分子队伍中的贯彻及所取得的辉煌胜利。总起来说:《争鸣之前》是有比较强烈的现实意义的,惟艺术性稍感不足而已。

丹军同志的《萤火虫姑娘》(见《山花》一九六二年八月号)是一篇写法新颖生动的作品,笔调流利活泼,情节引人入胜,在读者中普遍的反应都不错。作者以描写在平凡工作中的女护理员的高贵品质开始,而以英勇的激动人心的战斗功勋终结,给这个英雄人物的形象定了深厚的基础。除了在炮火纷飞中,抢救伤员,取得绰号的那段惊心动魄的主要事实外,作者还描写了小陈的聪明智慧,活泼的性情,她对工作如何认真、如何关心伤病员,如何养鱼来给病人们改善生活这些情节。建军节晚会上猜灯谜那一大篇描绘,更表现出了小陈的博学多能。在猜灯谜的活动束以后，大家都参加化妆舞会去了，小陈却悄悄溜回楼上去给一位慢性病员念小说，读到这里，我也禁不住要同休养员们一起称赞她一声："呵，多好的姑娘呵！"

这篇小说结构略嫌松散，特别是猜灯谜的那一节，写了三千八百多字，未免稍长了一些（全篇三节约计九千七百字，第三节"萤火虫的来历"也不过三千七百字），这样，显然就有点不够匀称了，虽说"魏胖的灯谜"写得也很生动、有趣。

最后，谈一谈程履同志的两篇儿童小说——《包谷熟了》和《小立和小郑姐姐》。儿童文学在我省是一个特别薄弱的环节，程履同志肯在这方面来努力，这就值得我们喝采。他在《包谷熟了》中，写了在护秋的时候，小根牛摘了生产队的梨子去送给"娃娃头"庆南哥，以便带他上山打猎，结果，庆南哥反而责备他，说拿了集体的果子的人，说不定上山也会拿集体的包谷，一口拒绝了他的要求，使孩子先是感到苦恼，后来受到了很大的教育，终于向妈妈要了钱，买了一个梨子捆在树枝上，作为赔偿；父亲又给他讲了情，还是跟着庆南哥上山护秋去了。虽然只是一个四千多字的故事，却描写了农村一个儿童的勇于改过，一方面也写出了一个爱护公物、大公无私的青年农民。文字浅显、生动，适合于少年儿童阅读。

《小立和小郑姐姐》通过一个不爱理发的儿童的故事，把一个青年理发员小郑姐姐写得有声有色。一个初中毕业生，耐心地学习了四年的理发，娴熟技术，态度又复和蔼可亲。她在读书那阵，也会想当过飞机设计师、演员、拖拉机手……。后来，快毕业的时候，为了服从国家的需要，便申请参加了理发工作。她告诉了小立的妈妈她是怎样克服了前进道路上的重重障碍，才和儿童们交上了朋友，摸熟了儿童的心理。她说："……去年组织上要我多学做儿童式。我其实光是爱说爱笑，才是最怕和小孩打交道哩。碰了好多钉子哟！晚上捂着被子卖'水晶豆豉颗'。左思右想，哼！不怕！下班时间就朝幼儿园、小学跑——我不会学着摸他们的脾气吗？"

只有在今天这种优越的社会制度下，才能培养出我们优秀的下一代。小郑姐姐的形象是概括的艺术的形象，程履同志在只有三千四百字的小说中，把小姑娘由表及里写得那么鲜明,是很不容易的,而且语言自然、活泼、清新。若作者没有一定的思想水平和艺术技巧,就无法写出这个平凡的小理发师建设社会主义的那种可敬可爱的感情。他是用了全部心灵来歌颂这位小英雄的。这个小故事不仅教育了少年儿童,也教育了我们成年人。

程履同志的这两篇作品还只能说是迈出了可贵也是可喜的第一步,不能认为已经成熟,无论在思想或在艺术方面,都仍须进一步提高。

少年儿童文学必须为无产阶级的政治服务,用共产主义思想来教育少年儿童,使他们学习作品中英雄人物的光辉榜样,积极参加社会主义建设和各种重大的斗争。作者们应该采用适合各种年龄儿童阅读的表现形式,多写一些反映现实生活的,光明、新鲜、有趣的作品来鼓舞他们前进。

我们希望程履同志逐步扩大他的生活面,不止于写少年儿童自己的事情,还可以写一些对他们进行革命传统教育的东西,反映国家建设日新月异的面貌以及表现劳动人民献身祖国的高度热情的东西,让少年儿童多方面地与沸腾生活、革命斗争和生产斗争紧密地联系起来。同时我们也要重视能够开拓智慧和扩大视野的,儿童们的羁勒不住的幻想,应该多写一些瑰丽奇幻的神仙故事之类来满足他们的要求。听说程履同志正在着手写新的童话,童话本身就体现着人民最大胆的理想,它是一种用明朗轻松的手法,来对少年儿童进行思想教育和丰富知识的形式,它的效果是很大的。这种体裁的佳作发表出来,一定会受到广大幼年读者的欢迎。古今中外很多作家早已为我们开辟了这条道路。我们希望还有更多的人为儿童写作。

除了上述几个短篇之外,本省作者在省内外其他报刊上发表的优秀作品也不少(有的还出版了集子),恕我在这篇文章中不能一一谈到。在我省创作基础薄弱的情况下,新人和新作的不断涌现,这是多么令人高兴的事情啊!我敢断言:只要我们在党的领导下,保持谦逊的态度与朝气蓬勃的精神,认真学习和实践毛主席的文艺思想,勤学苦练,今后我们的创作就会取得比今天更多和更大的成就。

一九六二年九月十八日

第二辑

蒙古族小说

本辑概述

　　本辑收录了毛宪文、孟和博彦、茅盾、丁尔纲、奎曾、尹蓉、魏泽民、梁一孺、汪浙成、屈正平、秉之、尤才、蔡之藻、翟奎曾、丁正彬、温小钰、张凤翔、乌兰巴干、哲情、翟琴、童歌朗、郭超、丁尔纲撰写的 24 篇少数民族小说研究论文，这些文章分别发表在《人民日报》《读书》《草原》《读书月报》《成都晚报》《内蒙古大学学报》《中国民族》《民族团结》《文学评论》上，涉及蒙古族小说创作者晴倪、玛拉沁夫、纳·赛音超克图、敖德斯尔、乌兰巴干、扎拉嘎胡和朋斯克等人。论文着重对这些蒙古族小说创作者的生平、学习经历、创作历程进行了梳理，并对其小说的内容、人物塑造、故事情节和艺术手法进行了详细的介绍和分析。《人民日报》的文章指出了玛拉沁夫小说的"五个新"；毛宪文认为纳·赛音超克图的中篇小说《春天的太阳照耀着乌珠穆沁草原》是一部表现党的民族政策伟大光辉的赞歌。孟和博彦、茅盾、丁尔纲、奎曾对玛拉沁夫的作品进行了分析，均认为玛拉沁夫反映了时代呼声，歌颂了党的正确领导。尹蓉、魏泽民、梁一孺、汪浙成、屈正平、秉之、尤才、蔡之藻、翟奎曾、丁正彬、温小钰、张凤翔对敖德斯尔的作品进行了详细的梳理和分析。此外，哲情、翟琴、童歌朗、郭超、丁尔纲对乌兰巴干、扎拉嘎胡和朋斯克小说进行了分析。

　　从本辑文献可看出，尽管不同作家艺术风格各具特色，但是本时期创作的小说大多处于社会主义建设初期，小说内容多以新旧社会交替产生的矛盾以及道路的选择为主。玛拉沁夫的小说主题、艺术风格更加成熟，小说角色更加立体，而敖德斯尔尽管创作初期文字稚嫩，人物形象塑造不丰满,但是作品逐渐成熟,形成了自己的创作风格。玛拉沁夫、纳·赛音超克图、敖德斯尔、乌兰巴干、扎拉嘎胡和朋斯克的小说标志着蒙古族作家群的形成。

《人民文学》发表了两篇优秀的短篇小说

史料解读

《人民日报》1952 年 1 月 18 日第 3 版"文化生活简评"对《人民文学》刊登的晴倪的《蟾江冰波》和玛拉沁夫的《科尔沁草原的人们》进行了简要的概括，并对这两部优秀之作的创作内容进行了分析和评价。文章认为这两部短篇小说的显著共同点是写了新主题、新生活、新人物，反映了现实生活中先进的力量，用新的伦理观念和新的道德精神教育人民。文学的任务是教育人民，这两部小说均以普通人物为主人公，书写了主人公为革命事业和人民幸福奋不顾身斗争的故事，体现了作家为人民服务的政治热情。作家善于发现和肯定生活中的积极因素，善于反映那些充满发展前途的新鲜事物，有利于提高读者的觉悟，增强他们为明天而斗争的信心，这种类型的作品是非常受欢迎的。

原文

《人民文学》最近两期登载了两篇优秀的短篇小说：一篇是晴倪的《蟾江冰波》（五卷二期），一篇是内蒙玛拉沁夫的《科尔沁草原的人们》（一九五二年一月号）。《蟾江冰波》写的是中国人民志愿军通讯部队的一个叫做胡宾的战士如何奋不顾身，坚持在翻滚着冰块的蟾江波浪中，克服极大困难，完成接通电话线任务的故事。《科尔沁草原的人们》是通过一对青年爱人同时所做的两件英勇行为，捉拿反革命分子，扑灭反革命分子所放的荒火，写出科尔沁草原上内蒙人民的爱国主义精神。

这两篇小说所共有的一个显著特点，就是写了新的主题、新的生活、新的人物，反映了现实生活中先进的力量，用新的伦理观念和新的道德精神教育人民。作者并不是追求什么新奇的故事，而只是写出了一些普通的人物，在怎样勇敢地为革命事业和人民幸福而奋不顾身地斗争。因此，虽然在文字上和结构上还有一些缺点，它们的艺术的光辉却是掩盖不住的。故事中的主要人物都刻划得很生动，都是那样可爱。无论是那个普通的战士胡宾，或者是那一对年轻的爱人，牧牛姑娘同小伙子桑布，都同样具有一种崇高的品质，他们对祖国是那样热爱，那样的勇敢无畏，那样充满了毅力和顽强的战斗意志，使得读完这两篇小说的人们都不能不为这些人物的高尚品质所感动。

我们文学的任务是教育人民，好的作品应该产生提高读者的觉悟和增强他们为明天而斗争的信心的作用。这就要求我们的作家首先必须具有使文学为人民服务的政治热情，善于发现和肯定生活中的积极因素，善于反映那些充满发展前途的新鲜事物，支持它们，颂扬它们，使它们战胜那些落后的正在衰亡的东西。《蟾江冰波》同《科尔沁草原的人们》的作者所以能写出这样的作品，主要原因就是他们真正熟悉新的生活，并且深刻地感受了这种生活中的前进的力量。两个短篇的作者都还是年纪很轻的文坛新人，他们没有骄傲自满的理由，但是这样的新人和新作品的出现，却使我们有理由加以庆贺，有理由相信新的文艺战士的成长，相信我们的文艺界是大有希望的。《人民文学》发表这样的优秀作品，也是值得欢迎的；希望它和旁的文艺刊物更多注意发现新的作者，更多发表这一类写新的主题、新的生活、新的人物的优秀作品。

读《春到草原》

哲　情

史料解读

　　史料原载《草原》1957 年第 7 期。随着《小白马的故事》（短篇小说集）的出版，扎拉嘎胡同志的新作——《春到草原》（中篇）也和读者见面了，它的出版是内蒙古文学界的一件大喜事。作品所呈现的对人民强烈的爱，对敌人无比的恨，像一条红线，贯穿着《春到草原》故事的始终。通过不同人物的刻画以及对人物内心秘密的描写，扎拉嘎胡同志的艺术才能得以展现。尤其是叙述人物的语言，不仅跟人物性格协调一致，而且跟环境气氛协调一致。文章最后指出了《春到草原》结构上的不足。

原文

　　随着《小白马的故事》（短篇小说集）的出版，扎拉嘎胡同志的新作——《春到草原》（中篇）又和我们见面了。这对我们内蒙古文学界来讲，是一件大喜事。我拿着《春到草原》，一直到读完，内心都很激动。感想很多，这里试想从艺术的角度上提出几点谈谈。

　　我觉得，《春到草原》在人物塑造上有三个突出的特色。首先，作者对不同人物的刻划，使用了不同的多样的艺术手法。

　　小说的三、四两章写了两个境遇不同的女性，一个是正沉浸在初恋之中的哈森其其格，一个是已经失去青春的爱情的乌兰格日勒。作者把两人放在不同的意境里来表现。

为了好叙述，我先谈作者对哈森其其格这个形象的塑造。

哈森其其格，人称草原一朵花。作者把她安排在这样的环境里描绘——哈森其其格，赶着打完防疫针的羊，出现在一个开阔、温柔、清静的草原的秋天的黄昏：皎洁的月光逐渐吞没西半天的火烧云，高而深蓝的天空清澈如水、布满星星，野草的芳香充满大地，浓雾弥漫在急湍的喀尔伦河水上，笼罩着柳叶、芦苇、山野，还有告别即将迎接冬天的鸿雁的嘎嘎声。优美的草原秋夜，忠于爱情的鸿雁的声音，不但唤起哈森其其格的无限美感，也唤起读者的无限美感；不但唤起她的热爱，也唤起读者的热爱；不但是她想拥抱，读者也情不自禁地为作者那种抒情的语言、诗的意境所打动。

在这里，作者没有直接描绘哈森其其格的容貌衣着，只写她焦急地等待情人——德比得，“举头去看月亮的时候，却看见了自己长长的睫毛”，也没有写她感到自己的美丽，只紧接叙述：“仿佛她的睫毛也在羞怯地躲闪着月光，于是她更羞怯起来，很快地躲开了月光的照射，回到久远的沉思里。”

再没有比想凭经济优势获得她的爱情的丹巴的羡慕更能说明她的美丽的了。作者在描叙哈森其其格力拒丹巴的求爱之后，这样地叙述丹巴望着她消失的背影的感觉：“不怪人称她为草原的一朵花，是的，她比一朵花还要美，……”

也再没有比德比得对她的一往情深更能说明她的全部的美的了。当他们在牧区青年积极分子训练班学习结束后，哈森其其格没有忘记把从互助组转建牧业生产合作社的消息告诉德比得，而德比得也没有食言，他“真的带着他那仅有的一匹马，赶着几只羊，走了七百多里路，前来参加牧业生产合作社”（很有独特的地方色彩）。

作者更从行动、内心的刻划中去显示哈森其其格的美。这主要是表现在哈森其其格对丹巴的求爱的严辞拒绝以及对父亲——孟和扎布的体贴。心理的分析，当另作第二个艺术特色再谈。

哈森其其格的全部的美，就是这样地被表现出来。

在这里自然景物透过作家诗意的观察，通过艺术家的笔再现出来，作为环境气氛的渲染，衬托事件及人物的心情，浑然一体，毫不显得多余。自然景物的美，容貌和灵魂的美，三者一体，层层加深，彼此相映，具有很高的美学意义。

对于乌兰格日勒的描绘，恰恰是在相反的环境里。

原来被人称为"草原嫦娥"的明德格玛，十七岁上父母相继病死，家里仅有的几头牲畜被卖光还不够对付。刚解放的那两年，"人祸"天灾，人家同情她，但爱莫能助。"生活给她带来的苦难，把她红艳闪光的脸折磨成了黄灰色，脸上挂满了眼泪，失去了青春的光采"。人们另外叫她乌兰格日勒——霞光，真名被人遗忘。正当她走投无路的时候，比她死去的父亲还大两岁的斯莫丕勒（暗藏的特务）借给她钱，亲密地对待她。她称他伯伯。但在一个狂风暴雨的夜，把她奸污了，在利刃、声誉威胁下，结了婚。抛弃了与静格的爱情，过着恐惧、抑郁、悲愤的生活。不愿向任何人讲，觉得讲出去只有耻辱。

作者给我们介绍这个典型的妇女的悲惨遭遇也是在秋夜，不过是这样的秋夜：月亮被夜云遮住而又挣脱，天空朦朦胧胧，从北边的湖上吹过来的冷风，"使蒙古包旁的芦苇飒飒地震响，象是吹奏着一种悲苦的曲调"。

哈森其其格是躲开月光开始回忆的。而她是在偷听斯莫丕勒跟丹巴的谈话之后，斯莫丕勒送走丹巴，她躲到蒙古包东边的芦苇丛中。斯莫丕勒的一声呼喊，使她"象听到了狼嗥一样，一股厌恶、恐惧、愤恨的心情，同时涌了起来，眼前一黑，被倒下的芦苇绊住脚，蹒跚地栽了个大跟头，迷糊中倒在芦苇里。被风吹得乱晃的芦苇打醒了她，这几年来的痛苦遭遇一幕又一幕地掠过她的眼前"。

凄凉的夜，跟恐惧、悲愤的乌兰格日勒的痛楚的回忆联在一起描写，成了有机的组成部分，形象鲜明，具有直觉性，如在目前。

作者就是这样，恰如其分地，把不同的人物放到不同的环境里去描绘，引人去爱，引人去恨。

对于敌人——斯莫丕勒，作者则使用尖锐的讽刺手法，把他的行动比成"狡猾的狐狸"，把他的声音拟作"狼嗥"一样。

在对苏尔达木图的描绘上，一开始则用的"兴"的手法。

这是一个娇气、傲慢、自信、耍假聪明,跟革命事业讨价还价,图舒服,斤斤计较个人得失,有点"阿Q"习气的年青知识分子。一只掉在队群后边孤独地叫着的南飞雁,引起了他所遭受到的"一连串的不顺心"的"懊丧"的回忆,想念刚离开的家乡,想念未婚妻。真是触景生情!

在这里,充分显示了作者把握人物内心秘密的艺术才能,这是要接着谈的第二个艺术特色。

象苏尔达木图这样的知识分子,在革命阵营里,往往感到被"埋没","受委屈",对于个人上达惴惴不安,结果容易陷入孤独渺茫的境地,寻求解脱。当他去乌兰图牧业社的路上,想得多了,不愿想了,叫通讯员唱《韩密相》给他听("他常用这种优美的情歌象征他和敖丹其木格之间的爱情"),陶醉于中,一切都忘光了。一个毫无光采的灵魂,被作者描绘得淋漓尽致。

作者真正从艺术上把握了这类知识分子的心理特点,从而走进他的精神领域。当他后来听说斯莫丕勒的反革命活动原形毕露时,他"软塌塌地躺在床上",接着猛地站起来,把衣服整点一下,往外走去。回答依丹扎布说:"我找组织部长莫尔根同志去。我要求检讨,我一定很好的检讨,并要求组织上给我处分。"他没有吓到神魂颠倒,他还知道把衣服整点一下,真是细针细线!

心理分析在乌兰格日勒和孟和扎布老头的刻划中不难例举,尤其是对孟和扎布老头的刻划就更多。

当哈森其其格在优美的秋夜,被丹巴撒野一阵,一气赶着羊往回走的时候,正遇到这样的事:德比得为了合作社打井,情愿把心爱的枣红马出卖,买打井工具,因为道远向她父亲借铁青马骑,老头积怨在前,是一回事,他"还靠它养老",何况偏偏挑他的,不是明明欺侮老实人?说啥不借。"当她完全看清吵架的两个人时,……脸涨得通红;她怕别人看见,羞怯地躲在人群的后边了。心跳的可厉害"。因为她父亲不是和别人吵架,而是她的爱人,所以羞怯。当她打听明白的时候,"从心里不满她爸爸的这种行为,忍不住奔向她爸爸,想狠狠地批评他一下"。但"绕过蒙古包,快走到她爸爸跟前时,她看到她爸爸年迈的脸上流着雨滴似的汗珠,正在用他抖动的手擦着,噎噎怆怆地说着话。……她猛地站住,转过来,眼泪流下来了。……那股气愤劲突然消失,对他同情又可怜起来,甚至想在人们还没发现她以前悄悄地躲开,装作什么都不知道。她知道,她爸爸的吵架全是为了她"。这时她当然不知道她爸爸在往社会主义走的道上跟德比得有分歧,她爸爸自己是没认识到,群众也不了解这点;不会告诉她这个,所以她只知道她爸爸的吵架全是为她。因为当她两岁的时候,母亲临死时,嘱咐她爸爸好好养她,亲眼给她找个能干心灵的小伙子,她爸爸经常提起这事,把办好她的终身大事当作对她母亲的报答,喂养的铁青马是嫁奁,所以不让别人骑。想到这些,"就对她爸爸充满了一种孝顺的心情"。但她突然想到自己是个青年团员,觉得在这情况下不应该犹豫,不过她不是狠狠地批评她父亲,而是涨红着脸,走到她爸爸跟前,温和地说:"爸爸,让骑吧! 我们是社员,有责任把社办好。"好一幅生动感人的内心图画,这就没有把人物复杂的内心活动简单化。

而孟和扎布老头呢? 见女儿也不祖护他,他"想大喊一声我要退社;他知道,他要喊出去,只有他爷俩来吵嘴,让别人看热闹,不会挽回这局面的。……话到舌尖又全部憋了回去,他擦了一把汗"。一个老牧人的心情,跃然纸上。作者真正走进了他所塑造的人物的生活天地,从而也走进了他所塑造的人物的精神世界。叙述人的语言,跟人物性格又是多么谐调一致。

叙述人的语言,不仅跟人物性格谐调一致,而且跟环境气氛谐调一致,同时明显地流露出作者对所描写的事物的感情,这是《春到草原》的第三个艺术特色。

叙述人的语言跟被叙述人的事物的谐调一致,在对乌兰格日勒与哈森其其格的描绘里不难窥见。这里想谈谈后一点。

对乌兰格日勒、孟和扎布、哈森其其格等人的塑造,字里行间都充满了作家对人民的深沉的爱! 乌兰格日勒被逼结了婚的这段叙述更明显地呈现作家的感情:"一个从小在父母跟前娇生惯养长大的姑娘,生活上毫无经验,现在又受到这些风雨的折磨,含着眼泪,抛弃了青春的爱情,忍着痛苦和斯莫丕勒结婚了。"

姑论是"渴极的牛、羊哞咩地乱叫着送别孟和扎布"的场景,抑或是对苏尔达拉图的声调长长,意味浓浓的幽默描述,都很明显地流露出作家对生活对人民的强烈的爱! 抒情寄爱,是为了憎;因此,就更懂得憎。

对暗藏的敌人——斯莫丕勒,作家则予以无情的鞭笞,再三强调那"血红的脖子"、"发扁的吊眼睛"的凶恶面孔,用"狡猾地"、"故意地"、"装模作样地"等贬词来描写他的动态,把他的行动比做"狡猾的狐狸",把他的声音拟作"狼嗥"。

对人民强烈的爱,对敌人无比的恨,象一条红线,贯串着《春到草原》。

如果"艺术才华"几个字不是象我们平常开玩笑那样滥用的话,《春到草原》确实流露了扎拉嘎胡同志的艺术才华。

《春到草原》的作者对于苏尔达木图、孟和扎布的塑造具有很大的典型性,个性也比较鲜明。另外人物的出场介绍(包括紧随着人物出场后的行动),写得很细、很集中,而且有声有色。但我觉得哈森其其格以后的行动,写的比较被动了些。而乌兰格日勒,自经介绍之后,读者很想知道她怎样在那呕心的恐惧的家庭生活中站起来。也很想知道爱情的创伤,给她和静格的生活带来些什么。可惜只看到乌兰格日勒后来揭发、打击斯莫丕勒时才出场,结尾跟静格重归旧好。而爱情的创伤是那样的直线发展。这不能不说是个缺点。

另外,我觉得把依丹扎布去叫斯莫丕勒第二天带人去打井走了之后,斯莫丕勒熄灯躺在床上的寻思,放到苏尔达木图使他当了社长以后去写,会更妥当些。即使要写,写到他"心里想:我这一辈子,一切都顺利",就可以煞笔,不必在这时介绍他过去的罪恶活动,以及怎样混进党的经历。因为这已是一句很有份量的话,读者自会产生疑问,去捕捉,跟着作家的笔走。而作家可以逐渐地露些风风,就会更加强艺术魅力。相反,对乌兰格日勒的介绍就很有必要,人们会关心她的发展。不独立介绍斯莫丕勒的经历有好处,那就可以把他当年领土匪去砍依丹扎布,给依丹扎布留下一块值得纪念的同时又会使人产生骄傲的伤疤的描述,放到另一个场合去写。这样,依丹扎布觉得当副社长有些委屈,就会得到更有力的艺术表现。"看! 我就是在敌人的刀枪下而干出来的"这个镜头最好放在"动"的场合去写。而在这种情况下去描写斯莫丕勒的动态,会更吸引读者。斯莫丕勒以后一段的精神状态也就不至于那么单调了。

几个片断串起来，就是一个整体。

《春到草原》在结构上还有一点小疵，我觉得也应该提出来。一开始的几个章节的过渡是相当自然的，不过有个地方很含糊：哈森其其格跟乌兰格日勒的出现，一个是黄昏，一个是昏暗的夜。被哈森其其格拒绝后，丹巴打马去斯莫丕勒家，意在找他说合。而乌兰格日勒偷听的正是这个，这就容易联系，而两章又是联结着的。所以丹巴走了以后，依丹扎布去对斯莫丕勒说："德比得已买回打井工具，你就领他们去打吧。"使人觉得，黄昏时才借马去买打井工具，深夜就买回来了，这么快！而且夜晚也有交易？虽然两个处境不同，人们很容易把它看成一上一下，由于气候变化促成的。如果作者在描写乌兰格日勒的那章里，在丹巴跟斯莫丕勒谈话的前后，随便插一句，说在前丹巴没有找着斯莫丕勒或者什么原因，都可以弥补这小疵。

拉拉杂杂的，就谈这一些。在创作上我还是外行，创作的甘苦还没有尝过，很容易忽略作家倾尽心血刻划之处，或者胡乱讲一遍也说不定。我诚恳地请求大家指正。

乌兰巴干和他的《草原烽火》

尤　才

史料解读

史料原载《读书月报》1957 年第 8 期。蒙古族青年作者乌兰巴干发表了长篇小说《草原烽火》，描写了共产党领导的蒙古族和汉族人民对日寇统治下的封建王爷进行的斗争，歌颂了英勇的共产党员以及党组织的草原抗日游击队对日本法西斯和国民党反动派进行坚决不屈战斗的精神，痛击了反动腐朽野蛮残暴的制度，以讽刺和嘲笑的笔法刻画出了日本法西斯刽子手及其帮凶们丑恶愚蠢的嘴脸。这部小说塑造了以汉族共产党员李大年、蒙古族青年英雄巴图吉拉嘎热和蒙古族女儿乌云其其格、汉族姑娘李小兰为代表的人物形象，体现了蒙古族和汉族人民的团结，同时也体现了作者对家乡无限深厚的爱恋。文章后半部分讲述了乌兰巴干的成长经历和创作过程。在乌兰巴干艰难的创作过程中，内蒙古党委宣传部给予他很大的帮助。

原文

蒙古族青年作者乌兰巴干同志的长达 120 万字的小说《草原烽火》即将和我们见面了。这是我们文学界的一件喜事。作者经过八年的艰苦劳动，以饱满的感情，深深的笔触，塑造出值得人们同情和效仿的人物。作者以高度的热情歌颂了共产党领导蒙汉人民对日寇统治下的封建王爷所进行的斗争。歌颂了英勇的共产党员以及党组织的草原抗日游击队对日本法西斯和国民党反动派坚决不屈的战斗故事。书中汉族共产党员李大年和蒙古族青年英雄巴图吉拉嘎热，两个钢一样人物并肩作战、反对蒙汉人民共同的敌人日本帝国主义侵略者和国民党反动派。他们兄弟般的战斗友情，体现着蒙汉人民的团结。作者以极大的同情刻划了蒙古族的优秀女儿乌云其其格和汉族姑娘李小兰两个同命运的人物，她们同样也有着坚固的情谊。蒙汉人民的团结是这部小说的内容的一个特点。作者将全部的愤怒和仇恨用在痛击反动腐朽的野蛮残暴的制度上，以讽刺和嘲笑的笔法画出了日本法西斯刽子手及其帮凶们的丑恶愚蠢的面貌。

作者在这部作品里，不但创造了有着不同性格特征的蒙汉人民的英雄形象，同时也以对家乡无限深厚的爱恋，描绘出草原上动人的景色——沙兰其其格的花香和西拉木伦河澎湃汹涌的波涛。这使我们不但能体验着蒙汉人民在残酷年代的斗争生活，而且很自然的也会引起我们对草原大自然的爱。美丽的自然景色，也像主人公的命运一样，被杀人的刽子手们无情的摧残了。这些描写更能唤起我们对敌人的斗志，更能把过去的仇恨深深的记在心里。

乌兰巴干同志出生在科尔沁草原，今年二十九岁。他童年时候家乡的一切生活情景都为他亲眼所见，那些个曾压在蒙古人民头上的敌人的残酷罪行，他都知道。《草原烽火》中有些故事，就是他家乡人民的亲身遭遇。在他幼小的心灵里，早就印上了这些令人切齿愤慨而难于忘怀的生活的影子。但那时候，他并不理解生活的复杂现象和由于阶级压迫给人们带来的苦难。直到他十七岁参加我们八路军在家乡和国民党反动派作战时，他以青年的心情和对战斗生活的实际体会，重温少年时代的生活，就更为激动的不能自已了。他有时读着战斗小说，常常边读边对他的战友说："要是我有文化水平，一定要写它一部小说；可惜我连五百字的汉文信都写不好！"他嘴里这么说着说着，心底里可真也打定了主意。往后他学习并逐步接受了马克思列宁主义的革命道理，就比较深刻的理解到过去的苦难之所以造成的根源。他益发制遏不住越来越强烈的创作冲动。就这样，在汉族老干部的帮助下，开始了这部作品的构思和创作。

在初开始写时，他不但不能用汉文写作，连汉话都说不完全。有时要表达的词语写不出来,就用蒙文拼音代替,有时手抱着字典,只好一个字一个字的查,就这样开始了他的漫长的艰苦的创作生活。

1948 年乌兰巴干同志从部队转业到内蒙古日报社东部版工作,职务是美术编辑。他每天除了在工作时间完成连环画和木刻的创作之外,业余时间便进行《草原烽火》的创作。艰苦的创作劳动常常是一直延续到午夜十二时,甚至到下半夜。饿了时,就吃几个凉馒头,渴了就喝一杯白开水。第二天照常要去上班工作。在八年的写作生活中,每天睡八个钟头觉的时候,几乎是很少的。由于文化程度所限,他想到的事件,不能用文学表现出来时,常常急得额头上出汗,感到非常痛苦,但是他并没有对困难屈服,一直努力学习文化,一直不停笔的以他坚韧的劳动和毅力克服文字的困难。在写完第一遍稿时,会寄给作家周立波同志。周立波同志给他提了些宝贵意见。之后他为了进行修改,便大批的读了中国和苏联的战斗的文学作品。这些作品给了他许多启发。

在写作过程中,作者曾几次以记者身份去过草原。除完成记者应完成的采访任务外,在黑夜里便坚持《草原烽火》的创作。有时,在蒙古包里的微弱的羊油灯光下进行写作,直到次日黎明的阳光射进蒙古包的时刻为止。有一次,他一个人在草地上迷失了方向,碰上了大暴风雨,当时找不到蒙古包,怕雨水淋湿了稿子,只好脱下雨衣,包好稿子,在马肚子底下躺了一夜。这事以后,他得了一场重感冒。冬天落大雪的日子,他还在行军的勒勒车上,用冻麻了的手,拿着铅笔不停地写,稿纸上落了一层白雪,拂去了,还是不停地写。

为了补充素材,作者曾经两次回到他的故乡——抚育他艺术生命的摇篮科尔沁草原。在家乡老人面前朗诵他的作品,征求老人们的意见。每到傍晚,他就趁老人和牧民聚会的时候,把小说的主要片断讲给他们听,征求大家的意见。不但这样,作者为了创作巴吐吉热格这个草原英雄形象,曾经搜集戈达梅林的故事,写了二十多万字素材。为了收集这传说,他在蒙古包里,一宿一宿的听牧民们讲。

作者的笔尖刷刷地在纸上响着的时候,同时也构思着旧社会的统治者摧残人民的情节,他的耳边好像响起了奴隶的痛泣和王爷残忍的嚣叫声,种种凄惨的情景使他哭过多次。作者的心是和书中的主人公的命运相连的。在 1951 年秋天的一个深夜,他写到乌云其其格跳西拉木伦河时,他的眼泪一滴滴的淋湿了稿纸,只好重抄一遍。

总之,乌兰巴干同志的劳动态度是勤恳的,多少辛苦的汗珠和不眠的夜晚,使他完成了这部创作。

在这里,更应该提到的是在他创作过程中内蒙古党给他的帮助和支持。当他在中央文学讲习所毕业回来,内蒙古党委宣传部把他留在内蒙古党委宣传部文艺处工作,给了他许多方便条件,整天让他写作修改作品。无论在政治上或业务上,这对他都是很大的鼓舞!

编者按:《草原烽火》的部分章节如《火烧王爷府》、《乌云其其格的一家》曾在《萌芽》《处女地》上发表。

牧民前进中留下的脚印

——《春天的太阳照耀着乌珠穆沁草原》读后

毛宪文

史料原载《读书》1959 年第 1 期。纳·赛音超克图的中篇小说《春天的太阳照耀着乌珠穆沁草原》是一部表现党的民族政策伟大光辉的赞歌。小说叙写了内蒙古自治区乌珠穆沁草原的牧民与雪灾斗争的故事,反映了牧民思想的深刻变化,以互助合作道路过程中集体主义和个人主义两种思想斗争为主线,描写了在党的英明领导下牧民走上互助合作道路的过程。小说以岗嘎玛和阿尔斯朗作为对立面人物,刻画出牧女岗嘎玛老实勤恳、热情勇敢的形象,并以阿尔斯朗这一形象为代表,表现了牧民落后思想对其产生的伤害。在互助组抗灾的过程中,牧区政府、自治区以及中央人民政府和党中央都给予了支持,经受了考验的互助组得到了进一步的巩固,充分体现了互助合作的优越性,歌颂了党的领导的正确性和民族政策的伟大。

原文

内蒙作家纳·赛音超克图的中篇小说《春天的太阳照耀着乌珠穆沁草原》,通过内蒙古自治区乌珠穆沁草原的牧民与雪灾斗争的故事,描写了他们在党的领导下走上互助合作的道路的过程,反映了牧民政治思想中的深刻变化。小说所揭露的矛盾是尖锐的、真实的。作者抓取了牧民在走上互助合作道路过程中的两种思想——集体主义和个人主义——斗争的实质，以这两种思想斗争为主线，使故事逐渐扩展开来，人物也就在故事的发展中各自显示了鲜明突出的性格。

暴风雪是牧民最大的敌人，它可吞掉牧民的成群牲畜。乌珠穆沁草原的牧草让雪覆盖了，牲畜没有草吃，这对牧民是多大的威胁，这威胁就像千斤重担压在互助组长岗嘎玛的肩上，在这极大的困难前面，正需要牧民的同心协力，渡过难关。然而组员阿尔斯朗出于对互助组的怀疑，不听家人的劝告，决定退出互助组。对于一个未经过长期锻炼的女党员岗嘎玛来说，这是一件多么揪心的事啊！参加互助组是出于自愿的。岗嘎玛只好压下心头的慌乱硬着头皮去说服阿尔斯朗打消退组的念头，但阿尔斯朗脑子里的旧思想根深蒂固，下定决心要退组，他强调说："眼下……雪大成灾，这么多牲口放在一块管理，还不如分开各管各的好吧！"尽管岗嘎玛多方说服，他的女儿舒仁其其格婉言相劝，阿尔斯朗虽未当面拒绝她们的意见，但是终于悄悄地赶走了自己的牲畜，投奔投机商森贡那儿去了。资本主义思想对阿尔斯朗的影响是多么深广啊。同时在这一事件中，我们也看到了岗嘎玛在坚持党的说服教育的方针中所表现的优秀品质。

岗嘎玛鉴于阿尔斯朗的行为，根据刚开过的村支部会议精神，立即在群众中展开了一个热爱互助组的运动，首先到各牧民家中宣传同心同德，全力防灾的重要意义。同时她以实际行动影响别人，在那冰雪寒天中去值夜班，看管着牲畜，不让牲畜因为冷而挤在一起，以致互相压死。

阿尔斯朗的爱人，得到阿尔斯朗走了的消息焦急万分，莲花老太太成天为阿尔斯朗的安危祈祷，这时岗嘎玛经常去安慰她们。但这样大的暴风雪，在她心里确实也结着一个大疙瘩，她想万一遇到龙卷风，那么阿尔斯朗就会连人带牲畜埋葬在雪窟里。她想派一个人去探听阿尔斯朗的消息，可是又腾不出人手，况且周围的牧场被畜群践踏得很坚硬，牲畜更不易拱开雪后吃到牧草，牲畜越来越瘦了。在这种情况下，她决定迁移牧场。但茫茫的草原，往往骑马一程子还看不到一个蒙古包，到哪儿去找人呢。岗嘎玛这时强烈地感到壮大互助组是有着多么严重的意义。当前的困难并没使这个自幼受苦的牧女屈服,她反而更坚强地战斗着。她早就有一个美丽的理想:开春后正式成立牧业生产合作社,盖两处有牲畜圈棚的固定住址,添置一台水车和一部割草机……这个为大家生活共同富裕的理想,就是她的生活动力。作者笔下的岗嘎玛是一个活生生的牧女,作者如实地写出了她的能力,没有把她夸大为不食人间烟火的神话式的人物,而是我们生活中很常见的人物,她在工作中是老老实实勤勤恳恳的,她能用最大的热情去关心别人,给人以帮助。

舒仁其其格,这个热情的少女,她一心向着社会主义,热爱互助组,所以自然就成了岗嘎玛的密友;岗嘎玛也喜欢她,介绍她参加了青年团。

舒仁其其格身上那种自觉的劳动态度,以及爱组如家的优秀品质是很感动人的。岗嘎玛出去开会的时候,她自觉地去代替岗嘎玛的工作。她父亲阿尔斯朗要退组时,她第一个和他的这种思想作斗争。阿尔斯朗退组后,她主动提出负担放牛的任务。岗嘎玛让她晚上休息,白天好看牛,她还争着要和岗嘎玛值夜班,所以岗嘎玛不得不以组长的身份来命令她休息。她一听到谁破坏互助组或说对互助组不利的话,就绝对不能原谅。父亲走后,有一天清早,妈妈说岗嘎玛的坏话,并且要赶着牲畜离开岗嘎玛,找宝尔夫互助组。这时舒仁其其格气得说:"除非你把我杀死,拉走我的尸体,只要我活着,谁也不能让我离开岗嘎玛互助组。"她这颗赤热的心是多么可爱,她有时近似顽皮,但又那么听话。她和岗嘎玛有相似之处,就是既善于关怀别人,又能忘我的劳动;所以当迁到新牧场的时候,她日日夜夜地为牲畜开辟牧场。这个十八岁的纯朴天真的牧民姑娘,浑身充溢着青春的活力,作者对她的性格的刻划也是恰如其分,因而这个人物栩栩如生。

作品在故事发展中时时扣紧矛盾斗争,没有放松了对对立面人物的描写,这个对立面就是前面提到的阿尔斯朗。作者对这个人物的刻划是很成功的。从他的身上我看见了在不少牧民身上存在已久的落后的思想意识,以及这种思想对牧民生活的危害。阿尔斯朗虽然在去年互助组全体组员大会上保证过要和岗嘎玛负责妊娠群的放牧管理工作,但还很眷恋单干生活,尤其相信单干户丹达尔老头的话："费尽心血繁殖的牲畜，放在自己手里才可靠，只有亲自照料，才免于在这场灾里死掉。"所以在暴风雪期间，他便乘机退出了互助组，他的逻辑是："既不要麻烦人家，也不要自找累赘，大家守着本分，骑着葫芦各奔前程！"退组后的当天午夜，他赶着自己的牛、羊、马来到了投机商森贡家里，但首先遭到的是冷淡，继之是嘲弄。这时他内心陷入了矛盾状态：想反驳森贡污蔑互助合作的话，但因为自己有求于森贡，所以话到嘴边还是忍回去了。后来森贡又怀疑他的牲畜有传染病，——这是对牧人的一个很大侮蔑，他情感上又受到挫折，但当时一个人又有什么办法呢？一切都得忍受着。过了一夜，自己的羊有四只爬不起来，有三只被狼吃了。这时他对自己的行为有些后悔了，想借森贡一辆毡篷车，把那些受病的羊拉回去。这个早先作过王爷仓库总管的投机商森贡是不轻易放过这块肥肉的，他向他要很高的代价才肯帮忙。这时阿尔斯朗的心情是复杂的，他责备着自己，内心是矛盾的，他多么盼望有个人来伸出援救的手啊！正在危难中，岗嘎玛骑着马驰来，这时他怀着荒野遇救的喜悦去迎接了她。岗嘎玛仍像过去那么友爱他，他当时感动得几乎流出泪来。岗嘎玛听到他损失牲畜的消息时，尖锐地批评了他："这都是你不相信大家的结果，我们牧人的牲畜就是我们幸福的源泉，这你又不是不知道。这不仅糟蹋了牲畜，也破坏了全巴嘎的安全度过灾荒的计划……"他经过现实的教育，认识到自己的错误，所以内心负疚着。接着又有公畜群的萨仁苏和骑着骆驼、牵着两峰驮草的骆驼来寻找阿尔斯朗。这些事实使阿尔斯朗深切认识到互助合作的好处。他转变了。

作品以岗嘎玛互助组抗灾为中心，当他们遭受困难时，我们清楚地看到：下从巴嘎（村）苏木（区）和艾玛克政府以至自治区及中央人民政府和党中央都给予各种支援。苏木干部朝克满都拉亲自帮助互助组迁移牧场，制造破雪器。尤其党中央和毛主席特派飞机空投粮食和饲料的事实，更使牧民认识到：只有解放后的自己的政府才能这样关怀牧民的疾苦，所有的牧民都像岗嘎玛一样在党的领导下，英勇地固守岗位，英勇地战胜困难。

在困难中这个互助组受到了考验，也获得了进一步的巩固，充分显示了它的优越性。牧民们深切地体会到："在我们这样幅员广大的国家,我们的乌珠穆沁只不过是大草原上的一棵小草,但我们的中央人民政府和毛主席都知道了。"所以牧民都说这才应验了一句古话："国家具有万只眼,什么事儿都看得清清楚楚!"这是一部表现党的民族政策伟大光辉的赞歌。

春天来了,冰消雪化了,但牧民只有在党和毛主席的光辉照耀下才有真正的春天。读读这部小说回味一下过去,小说中的故事像前进过程中留下的脚印!

奴隶的觉醒

——评《草原烽火》

内蒙古大学汉语言文学系二年第六组集体讨论

张凤翔执笔

史料解读

　　史料原载《读书》1959 年第 1 期。该文对《草原烽火》的创作背景和内容进行了评价。乌兰巴干的《草原烽火》描述了中国共产党如何在尖锐的民族矛盾、阶级矛盾以及封建制度的奴役下克服困难，恢复被敌人破坏的党组织，发动、团结、教育群众，使他们从沉重的精神奴役下觉醒的故事，体现了党领导的正确性。《草原烽火》还通过反映少数王爷贵族和广大牧民两个阶级本质上的对立，体现了革命的必要性，进而引出奴隶们是如何在党的教育下，挣脱了命运的枷锁，走上了革命斗争的道路，这是该部作品的主题。《草原烽火》基本反映了科尔沁草原的革命斗争历史，抓住了当时社会的主要问题，并用历史的发展的观点作了回答。《草原烽火》的独特之处在于，层次分明，语言通俗朴实，平易近人，人物描写采用漫画式笔法，既有真实感，又有讽刺性的夸张。这部小说受汉族章回小说及蒙古族民间文学的影响，故事性很强，又不太使人感到离奇和巧合。该文认为，这部作品也存在着人物阶级觉悟不够、结构松散等缺点。

原文

　　内蒙古是个诗与歌的海洋，是文艺创作最广阔的园地，这不仅因为居住在这里的蒙古民族，是一个能诗善歌的民族，更主要是因为在这块土地上，古今的人民英雄曾经为了民族的解放，进行过英勇的斗争。近三十多年来，在党的领导下，这里掀起了蓬蓬勃勃的革命高潮……这些悲壮的史实、革命的事迹，无疑地都是文艺创作最丰富的源泉。当然今天内蒙古日新月异的变化，就更是如此了。无数的文艺工作者，在这些事实的激动下，创作了不少的作品；乌兰巴干的长篇小说《草原烽火》就是在这样革命斗争的环境中写成的。

　　这部小说反映了四十年前后内蒙古（科尔沁草原）复杂的社会情况，尖锐的民族矛盾和阶级矛盾，以及人民惨痛的生活，和在封建制度奴役下奴隶的精神面貌，反映了中国共产党如何在困难的条件下，恢复了被敌人破坏的组织，发动、团结、教育了群众，使他们从沉重的精神奴役下觉醒起来的过程……而通过这些描写，回答了人民一个极为重要的问题——各族人民只要团结在党的周围，就能踏上战胜日本帝国主义、从异民族的奴役下解放出来的道路。

　　1940 年，内蒙古和全国其它各地一样，处于日本帝国主义铁蹄蹂躏之下，同时，全国人民又团结在党的周围，与日本帝国主义及其走狗，进行着英勇的斗争。

　　封建的达尔汗王爷，为了维护自己的封建统治，投靠了日本帝国主义之后，在内蒙古（科尔沁）就形成了一个日本帝国主义、封建王爷和大汉族主义三位一体的统治集团，他们对蒙族人民进行疯狂的掠夺，残酷地镇压人民的反抗，党的地下组织遭到破坏……人民与帝国主义之间的矛盾十分尖锐，而上层分子的投靠日本，更使得阶级矛盾加剧了，人民正遭受着危亡的灾难。中国共产党在这样艰苦的时期，克服了重重困难，领导着内蒙人民与日本帝国主义进行了英勇顽强的斗争，这便是作品的时代背景。

　　《草原烽火》在反映这些现实方面，是作了很大的努力的。作者怀着强烈的无产阶级情感，以血泪般的事实，反映了两个阶级本质上的对立；一方面是少数王爷贵族奢侈豪华的宫室生活，一方面是广大牧民奴隶贫困饥饿的非人生活。作者也以极为低沉的笔调，描写了奴隶们那种麻木了的精神状态。两种生活的鲜明对照，对奴隶精神面貌的刻划，使人们不得不深思：人们怎样才能摆脱这种非人的生活呢？

作者对这一问题作了回答。作者描写了党的地下工作者李大年，克服了重重困难，恢复了党的地下组织，发动了奴隶和牧民，与敌人进行了堵黑龙坝及决堤等斗争，领导人民越狱，火烧了王爷府，最后又带领人们投了游击队等等这一系列革命活动。

奴隶们在党的教育下，挣脱了"命运"的枷锁，终于走上了革命斗争的道路。

这便是作者的回答。只有在党的领导下与敌人进行不屈的斗争，才能从奴役中解放出来。

所有这些——深重的民族灾难、尖锐的阶级矛盾、苦痛的生活处境、奴隶的精神面貌以及党的坚强领导，引导人民走向革命的过程——构成了这部作品的全部主题。而这些也是当时社会现实的主要内容，所以说，《草原烽火》是基本上反映了四十年前后科尔沁草原的社会面貌，抓住了当时社会的主要问题，并用历史的发展的观点作了回答。

作品中流露的那种强烈的、鲜明的爱憎和阶级情感，无不激起我们对敌人的仇恨和对英雄人民的崇敬，也无不鼓舞我们对新社会，对党的高度的爱和增强建设社会主义的信心。这便是这部作品的现实意义，也是我们肯定这部作品的主要原因之一。

作品对奴隶这一阶层的精神面貌和觉醒过程的刻划是很成功的，这里不妨以巴吐吉拉嘎热为例稍提一提。

巴吐吉拉嘎热是这部作品中的主人公，他是达尔汗王爷府里的一个小奴隶。由于奴隶制度长期就支配着这里人们的生活，他们不仅物质生活非常低下，就连精神上也难免遭到摧残，以至使他们的精神世界达到了麻木的地步。他相信自己的"命运"，对王爷不仅不敢反抗，就连背地里说一句坏话也不敢。李大年初见他说他生活太苦时，他便抓住了李大年的衣服，"忿忿地注视着李大年的脸"，对他喊道："你这是胡说，这是说我们王爷的坏话！"并且又领罪似地跪向王爷府说道："我小奴隶永远不敢叫苦，我要一心一意做牛马了。"精神麻木之深是可想而知了。当然，他也有幻想，想去掉他身上的"罪"字，也想到五台山去赎罪。可是他又想到，"有'罪过'的奴隶怎能离开王爷府呢？"可以看到，他的变态心理到了何等令人触目惊心的地步。他不仅不相信自己可以去掉"罪"字，就连自己有这样想的权利也不敢相信。这样一个奴隶逐渐觉醒起来，明白了谁是他悲惨生活的制造者，是他的"命运"的主宰，并有了挣脱奴隶枷锁的愿望和要求；投靠了革命队伍，这不是简单的事。作者对这一变化的，也是思想斗争的过程，刻划的是极为深刻的，他内心的苦痛和矛盾，写得是那样逼真。从对巴吐吉拉嘎热的描写中，我们清楚地看到了一代奴隶觉醒的过程，也看到了党在这一过程中所起的巨大作用。这也是该书成功的主要一点。

在艺术描写上，它也有不少独特成功之处。层次分明，语言通俗朴实，也是这部作品平易近人的一个原因。其次，从这部小说的情节安排与处理上，不难看出，作者是受了汉族章回小说及蒙族民间文学的影响的。比如故事性很强、有不太使人感到离奇的巧合等等，这都与蒙族说唱文学所要求的故事性及吸引人是分不开的。人物描写，特别是王爷等反面人物的面部表情刻划上，采用了一些漫画式的笔法，既有真实感又有讽刺性的夸张，这都是别的作品少有的。

不过，这部作品也有一定的缺欠，和较为严重的缺点，但其缺点绝不会否定这部作品的价值。由于作者所写的只是王爷府附近发生的事，由于只顾故事完整，而其他方面的问题就表现得不够了。所以反映的面就狭窄了，因而也就造成了它反映现实的局限性。

最大的不足是对李大年和扎木苏荣这两个党员的刻划。李大年是个党的领导的重要体现者，在表现他与人民共甘苦、在生活上关心人民这一方面确实是成功的，也使人颇受感动；但是他在政治上怎样教育人民、启发人民的阶级觉悟却表现得不够。另一个党员扎木苏荣也是这样，他本身是个老奴隶，在一般奴隶中有很高的威信，人们也都信任他。他有这样好的条件，但从他身上体现党的政策是不够的。在他被捕之前，甚至对巴吐吉拉嘎热仇恨起来，这更有损一个革命者的形象。

其次在结构上也有松散的现象，"山林风险"一章本可不写，写了反倒有害，破坏了巴吐吉拉嘎热他们追求革命的情绪，使读者从一场激烈的战斗中突然进入"神话般"的境界。

光辉四射的《时代的性格》

秉 之

史料解读

    史料原载《草原》1959 年第 12 期。文章首先对敖德斯尔的近作《时代的性格》的主要内容进行了简要介绍,从平凡的故事情节和人物入手,引出"在艰巨的社会主义建设中,我们应该做什么"的思考。小说主要塑造了两个相互对立的人物形象——勤勤恳恳、热情横溢的老班长和怀着满腔建设热情走向生活而遇到第一个生活的浪花就被冲倒了的蒙古族大学毕业生(作品中的"我"),通过对话的形式,以"我"的观察、老班长本人的自我介绍和周围人的记述,塑造了有着鲜明的性格特征的老共产党员形象,在老班长的引导下,受到新生活冲击想要打退堂鼓的"我"幡然悔悟,决定投身于社会主义建设的伟大事业中去。作者对该部小说表达了极大的鼓励和赞美,希望读者通过阅读这本小说,让带有鲜明的时代性格特征的男女主人公能在人们心目中扎下根来,成为鼓舞他们建设新生活的巨大力量。但是这部小说也有某些不足之处,如结尾时老班长的回忆过长,影响了故事情节的精练和紧凑等。

原文

"同志，不知道你是怎么想。……说实在的，真正培养锻炼人的地方是在轰轰烈烈的实际工作、生产、战斗的岗位。你能在这里学到很多在任何大学里学不到的东西。"

读过了敖德斯尔的近作《时代的性格》（载《草原》1959 年第 10 期）以后，主人公之一的巴书记所说的这几句话，一直在我的耳边响着，引起了我的深思。对于我这个刚刚走上新生活的大学毕业生来说，它是那么珍贵而亲切，使我情不自禁地想把这篇优秀小说推荐给广大读者们，希望作品中那些带有鲜明的时代性格特征的男女主人公能在人们心目中扎下根来。成为鼓舞他们建设新生活的巨大力量。

这篇不足两万字的短篇小说，没有描写惊心动魄的英雄事迹，也没有去追求离奇曲折的故事情节。从小说本身到它里面的主人公们，都是十分平凡，十分朴素的。正象高尔基追忆列宁时所说的那样"朴素，象真理一样朴素"。但是，就正是从这些平凡的故事情节和朴素的人物身上，闪耀着生活的光芒，并尖锐地向人们提出了这样的问题："在雄伟艰巨的社会主义建设中，你应该做些什么？"

小说塑造了两个相互对立的人物形象——勤勤恳恳、热情横溢的老班长和怀着满腔建设热情走向生活而遇到第一个生活的浪花就被冲倒了的蒙族大学毕业生（作品中的"我"）。象所有初次走向生活的人那样，我们的主人公走出了北京工业大学以后，怀着"恨天无把，恨地无环"的凌云壮志，回到了他的家乡内蒙大草原。他已经下定决心要到"最艰苦的第一线上去""好好干一场，真正发挥我学到的本领"，因此"心里很愉快，但不免有些紧张和不安"。但是，当他知道已被分配去做技术监察工作时，"身体就凉了半截"，觉得对他这个"高级知识分子"来说，做一般的技术工作，"简直是浪费时间"。他第一次赴现场进行工作，回来就得了重感冒。在风雨萧瑟的夜晚，沉重的思想负担压得他辗转反侧，不能成寐，最后终于打了退堂鼓，把那封要求人事局重新分配工作的信送进了收发室。

在我们的生活中常有这样的事情：一次意义重大的事件，一个人的模范行动，甚至一些极为细小生活琐事，都往往会挑动人的心弦，最后促成一个执迷不悟者的巨大转变，迅速地把他拉回正路上来。"我"由迈开新生活的第一步时摔了跤，但他总是在党教育下成长起来的青年人，党和我们的社会以及他周围的人们，不会任他由于一时的糊涂走上了歧途而全然不顾。因此，他终于在老班长的无数次模范行动的感召下，幡然悔悟过来，下定决心要在这偏僻的矿山上把自己锻炼成一个具有"时代性格"的人。

小说中最令人难忘的形象是转业军人、党总支书记老班长。

这个有声有色的老共产党员形象有着鲜明的性格特征。他的思想和生活是那样朴素无华，对人是那样体贴关怀。他对党忠心耿耿，对伟大的社会主义建设寄予了无限的热情。而与广大群众则保持了血肉般的联系，甘心做他们的勤务员。他经历过无数次战争烽火，踏遍了祖国半壁河山，转业以后又继续在建设岗位上带头苦干，舍不得放下他的老本行——炊事员。但他绝不矜功自夸，向党和人民讨价还价，而是仍然保持着革命军队的优良传统，盖着用过十几年的黄棉被，穿着军用旧大衣，把工资的大部分都用来帮助困难的人。看见老班长，我们立刻就会联想到自己碰到过的许许多多老干部、老共产党员们，他们是革命事业的缔造者，又是社会主义建设的强大支柱！

做为"我"的对立形象，作者没有让老班长去同"我"正面地展开矛盾冲突，进行政治说教。而是通过老班长一系列的行动、回忆和新旧对比来影响"我"的思想感情，促成"我"的最后转变。仿佛他们之间的矛盾冲突是在潜伏的形式下展开而最后得到解决的。这就是形象的力量！我们的许多公式化概念化作品之所以产生，在很大程度上就是由于作者急于要把自己的思想认识毫无保留地传达给读者，却忘记了文学艺术"这种具体的感性形式"所具有的特点，因而使他们主人公变成为思想概念的传声筒，失却了从思想感情上影响自己的读者的作用。

如上所说，这篇小说里没有惊心动魄的戏剧性冲突，也没有离奇曲折的故事情节。作品主人公老班长的动人形象也不是作者用正面叙述的笔法,把他细致入微地描绘出来的,而主要是通过"我"的观察、老班长本人的自我介绍和周围人们的记述,几乎全部是用对话的形式把他象浮雕一样突显和烘托出来的。但是读者没有觉得困倦和乏味。追究起来,原因固然很多,但有一点应该特别指出,就是作者在刻划人物时,善于选择一些寓意深刻的细节。通过这一连串细节的描写,深化了人物性格,增强了作品的感人力量。

譬如,为了突显老班长克勤克俭、乐于慷慨资助别人的爽朗豁达的性格,作者采用了这样一个风趣而又别致的细节:老班长这种团结友爱精神本来是值得赞扬的,但却意外地受到了巴书记在大会上的公开批评,于是:

这时候老班长跳起来象喊口号似的说道:"接受你的批评啦,今后除了吃的和穿的以外,剩下的钱全交党费! 这个没有错吧?"说完一屁股坐下了。弄得大家哄堂大笑。

又如,老班长的突出性格特征是他的群众路线的工作方法和以普通劳动者待人接物的优良品质。而作者只选用了下面一个细节就把它鲜明地表现出来了,当老班长被提升为总务科副科长以后,在办公室里只坐了半天便再也不去了。他说:

我在办公室里整整想了三个钟头,最后得了个结果,搞好大家的伙食,最好的办法是亲自深入伙房,当我们炊事班长。再说,坐办公室对我来说等于蹲禁闭,还不如给国家节约点纸张和钢笔尖呢!

从此他就一直在伙房转来转去,成了全区闻名的伙食专家。

小说当然也有某些不足之处,如结尾时老班长的回忆过于长,影响了故事情节的精炼和紧凑等。我不能对这篇小说做出全面的评价,已经写出来的,只不过是一些点滴的感受而已。

读《敖尔盖草原的歌声》

尹　蓉

史料解读

　　史料原载《草原》1960 年第 2 期。文章对 1959 年 12 月发表的《敖尔盖草原的歌声》进行了介绍和评析，认为这部小说构思和表现方法新颖，用今天的幸福生活和过去的惨痛境遇加以对照，通过两幕戏，展现以德力格尔一家人为代表的穷苦牧民在新旧社会不同的境遇，热烈歌颂了人民公社制度的优越性。该部小说具有概括力，第一幕戏以德力格尔一家人被牧主毒打来体现出旧社会贫穷牧民所受的苦难，第二幕戏通过写德力格尔一家所走的道路和帮助别人的故事，概括地反映了解放后蒙古族和汉族人民的巨大变化和牧民们新的道德品质的成长。该部小说采用特征性事件，成功地表达出了主题。小说还巧妙地把舞台上的人物活动和台下观众的反应紧密地结合起来，增强了小说的戏剧性，该篇文章表达了对《敖尔盖草原的歌声》的喜爱之情。

原文

牧人跨上千里马，
草原平地一声雷，

人民公社好好好，

毛主席万岁万万岁！

这是小说《敖尔盖草原的歌声》(载《草原》1959 年 12 月号。作者敖德斯尔、张长弓、旺吉勒)中主人公德力格尔在小说结尾时唱的一首歌。这歌声不仅在敖尔盖草原上飘荡，而且还不停地在我们耳边萦绕，深深的渗入每个读者的心田。我反复咀嚼，越嚼越觉得滋味浓厚，凝神静思，我回想起许多往事……

这篇小说的构思和表现方法是比较新颖的，富于概括力。它只用了很少篇幅——两幕戏，就把主人公德力格尔一家人，也是千千万万穷苦牧民，在不同社会里的不同命运突出地写了出来。用今天幸福的生活和过去惨痛的境遇加以对照，道出新旧社会的巨大不同，以较深的形象感染了读者，热烈地歌颂了人民公社。

通过新旧对比，来表现今天的幸福生活，是有教育意义的，但在短短几千字的小说中，真实生动地表现这样的主题，是比较难的。《敖尔盖草原的歌声》却独创的在小说中穿插了一出歌剧，相当成功地表现了作品的主题。

作为小说基本情节的两幕戏，描写得相当生动，作者从纷纭繁复的生活现象中，选取最富有特征性的事件，鲜明的突现出时代的特色。第一幕里，作者简略的写出德力格尔一家饥寒交迫的境况和横遭牧主毒打痛骂的场景，把旧社会穷苦牧民所受的苦难搬到读者面前；第二场里，作者扼要地写出德力格尔一家所走的道路和德力格尔帮助别人的故事，概括的反映了蒙汉人民解放后的巨大变化和牧民们新的道德品质的成长。它引起了我们对旧社会的憎恨，更唤起我们对新社会由衷热爱。

在这篇小说里，作者巧妙地把舞台上的人物活动和台下观众的反应紧密地结合起来。当舞台上演到牧主毒打小宝音陶格涛的时候，台下有几个愣头小伙竟从座位上站了起来，指着扮演牧主的演员骂道："你竟敢打人骂人！你算什么玩艺！"这段描写生动的展示出牧民们新的心理面貌，并加强了小说的戏剧性。我们不但不感到这些愣头小伙子们的做法粗鲁，相反地，从这些近乎幼稚天真的行动中，看到了他们灵魂深处的真正的美。

作为剧中人的德力格尔,当紫色幕布拉开不久,就出现在读者面前了,在台下看戏的一位老牧人嘴里不住声的念叨:"毛主席,毛主席,毛主席呵!"这位老牧人是谁呢?一直到台上的戏演完了,这位老人跳上舞台要唱歌时,我们才恍然大悟,原来他就是生活中的德力格尔!真是小说中有戏,戏中又有戏!

我喜爱《敖尔盖草原的歌声》,并期待今后在刊物上多看到这样的小说。

1960 年 1 月 7 日于桂林

论敖德斯尔的小说

翟奎曾　丁正彬

史料解读

　　史料原载《内蒙古大学学报》1960 年第 2 期。该文认为,文学从属于政治,且服务于政治,而蒙古族作家敖德斯尔的作品可以有效地证明这个观点。该文共分四个部分,对敖德斯尔的小说进行了详细评析。首先对敖德斯尔的生活经历和小说创作的背景以及创作的时间进行了简要介绍;其次,分析了敖德斯尔小说中的艺术形象;再次,对小说中的正面人物进行了分析和概括。敖德斯尔的小说一定程度上反映了内蒙古草原从抗日战争胜利直到大规模的社会主义建设这十多年间的历史进程,塑造了具有鲜明时代特征的英雄人物形象。作品中包含了他的政治观点和阶级感情,能够较好地为无产阶级政治服务,起到文学作品应有的反映现实、认识生活,用先进思想教育读者、推动社会前进的作用。敖德斯尔的作品存在塑造人物形象不够理想、矛盾冲突没有充分展开等弱点,随着对毛主席正确指示的遵循,他的作品质量也会一步步地提高,这也是党对少数民族文学关怀的结果。该文的评价话语具有鲜明的时代特征,值得研究和反思。

原文

我们伟大祖国的一角——内蒙古自治区的新文学,从一开始就是在党的领导下,遵循着毛泽东文艺思想的正确道路发展起来的。十多年的历史经验证明,我们的文学是整个革命事业的一部分,它从属于政治,服务于政治,同时又给予伟大影响于政治,文艺不仅应当为政治服务,并且可以服务得更好。蒙古族青年作家敖德斯尔同志的创作,是可以说明这个问题的。

一

乌兰夫同志说:"内蒙古民族在解放以前的近百年来,饱尝了帝国主义、国内反动阶级和民族内部反动势力的残酷压迫和剥削,长期处于社会生产极为落后、人民生活极为贫困和人口急剧下降的衰亡境地。内蒙古人民为了摆脱这种状况,曾经多次进行过英勇的斗争。"①这些英勇的斗争,如一九一〇年陶克陶胡和一九二九年嘎达梅林所举行的武装起义,九一八以后奈曼旗八仙筒所掀起的反抗日本侵略者的暴动等等,都非常的顽强、壮烈,可歌可泣,一直为广大人民传诵至今,充分表现出内蒙古人民抵抗侵略、反抗压迫的坚强的革命精神和斗争意志。但是,由于他们没有正确的领导,这些斗争最终都失败了。敖德斯尔同志在他的作品中就曾这么说过:

我们蒙古民族和祖国其它兄弟民族一样,是个有着光荣历史的民族,对清朝皇帝、帝国主义走狗、北洋军阀、日本鬼子、国民党反动派的压迫,不知道进行过多少次的反抗。……我们民族从成吉思汗以来,就披弓带箭,狩猎草原。人民在历史上进行过无数次的起义和暴动;可是,那时候因为没有象现在的共产党这样的英明领导,所以,胜利是不可能的。每次斗争的结果,都是蒙古人民受到敌人更残酷的镇压,那辽阔可爱的家乡,只剩下寡妇的悲叹和孤儿的哭声……

——《布谷鸟的歌声》

---

① 引自一九五九年四月廿六日《人民日报》。

历史证明，只有中国共产党才是中国各族人民的救星，只有中国共产党所领导的内蒙古人民革命运动，才是使内蒙古民族获得解放的唯一正确的革命道路。

我们不会忘记，在党所领导的内蒙古民族解放运动中，内蒙古人民骑兵，是立下了很大的汗马功劳的。据不完全统计，从一九四七年五月到一九五〇年八月，他们共参加了大小战斗六五六次，歼灭敌人两万二千余人，创造了敌我伤亡比例为卅一比一的光辉战绩①。这支军队，是根据党和毛主席"成立拥护群众利益的少数民族自治的军队"的指示，在改造旧军队的基础上建立起来的。它的成员，大都是贫苦的农民、牧民的儿子，和广大人民有着天然的血肉联系，所以他们在英勇作战的同时，还能处处拥护群众利益，积极帮助人民进行生产建设，这正是我们人民军队的本质，也正是人民军队战无不胜、攻无不克的力量的源泉。

我们在论及敖德斯尔同志的创作时，首先将内蒙古人民革命运动及内蒙古人民骑兵的成长作如上简略的叙述，这是因为作者的绝大部分作品，正是以内蒙古人民军队的部队生活为题材，来反映近十余年来内蒙古地区在党的领导下的革命斗争、政治运动和社会主义建设事业的蓬勃发展的社会面貌的，不了解上述简略的历史概况，我们就不容易理解敖德斯尔的创作的社会意义，并且，作者本人，也正是在这支人民骑兵中成长起来的一个革命战士，一个年轻的文艺工作者。

敖德斯尔很早就参加了内蒙古骑兵部队，接受到党的教育，亲身经历过和国民党反动派及布利亚特叛匪的激烈战斗，其后并长期在部队中担任过政治宣传工作和文艺工作。因而对于部队生活和战士的思想性格，他是很熟悉的。工作培养了他对文艺的爱好，生活又提供给他丰富的素材。这样，当他在华北鲁艺学习了毛泽东文艺思想，明确了文艺是革命事业的一部分之后，便拿起笔来，在业余时间从事创作活动了。他的创作活动从一开始便注意配合当前革命斗

---

① 引自秋浦著：《民族政策的辉煌胜利——十年来的内蒙古自治区》，内蒙古人民出版社，1957 年版，第 41 页。

争,为政治工作服务。例如,一开始为了宣传需要,他作了不少歌曲;其后,为配合镇压反革命的政治运动,他又及时写出了剧本《草原民兵》,这个剧本当时就曾在部队中演出过,受到群众的热烈欢迎,起到了积极的宣传教育作用。

如果从他 1951 年所写的处女作小说《朝克图和他的白额枣骝马》算起,到现在为止,已经历了九个年头了。在这八九年中,他发表了十一个短篇,一个话剧剧本和一个电影文学剧本,在数量上说来,是不算多的①。不过在他的这些为数不多的作品中,却能粗线条地勾画出一九四五年抗日战争胜利以来内蒙古草原上的革命斗争与社会建设的图景,他有意识地在自己的作品中塑造各种类型的正面人物形象,通过人物的成长过程来反映重大的历史事件,表现我们社会的本质;他也比较注意紧密配合当前的政治斗争,使自己的作品起到及时的宣传教育作用。他所选择的题材,往往都是富于典型意义和教育作用的社会性的事件,而不大描写那些个人的生活琐事。他不是多产的作家,但也不是鲁迅所说的那种"将一点琐屑的没有意思的事故,便填成一篇,以创作丰富自乐"的人,他的创作态度是严谨的,他很强调作品的社会教育作用,在《小钢苏和》结尾时,作品中的"我"便这样说道:

……我要把您今天讲的故事整理出来,发表在报纸杂志上,让它像鲜花一样遍地开放。我要把它介绍给千万个小朋友,并且告诉他们说:"你们应该作一个象小钢苏和这样勇敢的孩子。"②

不过,要是有人因此就断定敖德斯尔的创作不是通过艺术描写来达到思想教育的作用、"只有政治缺乏艺术"的话,那是大错而特错的。恰恰相反,敖德斯尔的作品,往往都有比较鲜明的人物形象和比较完整的故事情节,具有一定的艺术感染力量。这说明作者能够认识到毛主席所指示的"我们的要求则是政治和艺术的统一,内容和形式的统一,革命的政治内容和尽可能完美的艺术形式的统一。缺乏艺术的艺术品,无论政治上怎样进步,也是没有力量的。"③因此,

---

① 这里统计到 1959 年年底为止。

② 据蒙文本《布谷鸟的歌声》译文。

③ 《毛泽东选集》(普及本)第三卷第 871 页。

他不仅使自己的作品服务于政治斗争，并力求服务得更好。这就是为什么他的作品不多但值得我们重视的一个主要原因。

文艺上的资产阶级右派和修正主义者，常常叫嚷什么"文艺特殊性"，说什么"强调作品的教育作用就会导致公式化概念化的倾向""政治多艺术少"等等。他们否认文艺应该紧密配合当前的政治斗争，起到及时的宣传教育作用，他们说这样的作品只能是"政治口号的化身"，而不能是"艺术的"。这样，归根结底，他们是反对毛主席在《在延安文艺座谈会上的讲话》中所明确规定的文艺必须服从于政治、文艺必须为政治服务的方针，实际上只不过是"为艺术而艺术"的旧调重弹罢了。

让我们从对敖德斯尔创作的具体分析上，来驳斥这种修正主义谬论。

二

前已提到，敖德斯尔在自己的创作中，是比较注意紧密配合当前的政治斗争，及时描写我们时代的重大题材的。解放以来，几乎我们国家一系列的重大政治事件，在他的作品中都得到了一定的反映，如镇压反革命（《草原民兵》）、抗美援朝运动后的参军工作（《"逃兵"》）、下放干部劳动锻炼（《在生活的道路上》），大炼钢铁（《先锋》）、将军当兵（《在温暖的怀抱里》）、牧区人民公社化后的新气象（《为了新春》）以及矿区工业建设的蓬勃发展（《时代的性格》）等等。应当说，这种努力于及时地反映出我们国家、我们时代的瞬息万变的社会面貌，以文艺当武器来参加当前的政治斗争，是一个革命作家政治激情的表现。

但是，如果将文艺为政治服务仅仅局限于描写紧密配合当前政治斗争的重大题材，那是远远不够的。文学作品之所以能有巨大的认识作用和教育作用，是在于作品的艺术形象，在于这些艺术形象所体现出的社会意义、时代的特征，在于它们所概括社会生活的深度和广度。因此，我们就需要进一步来分析敖德斯尔作品中的艺术形象了。

敖德斯尔的整个创作,用纳·赛音朝克图的话来说,就是"歌颂草原的英雄儿女"①。确实,敖德斯尔在自己的作品中,往往是怀着激情对我们的新生活、对草原上的英雄儿女唱着赞歌的,他把自己的小说集命名为《布谷鸟的歌声》,称呼他的人物是"草原之子"、"先锋"、"时代的性格"。他取材于他所熟悉的部队生活和草原生活,努力塑造我们时代的正面人物形象——"他们是普通的劳动者,又是非凡的人物"。

在内蒙古新文学上,曾经出现过一些部队里的战士、指挥员和政治工作者的形象,如巴特尔、察干(朋斯克的中篇小说《金色兴安岭》),铁木尔、官布、苏荣(玛拉沁夫的长篇小说《在茫茫的草原上》),以及解放战争胜利后复员归来,担任矿区党委书记的胡合(玛拉沁夫与珠兰琪琪珂合写的电影文学剧本《草原晨曲》)等;但是,能运用短篇小说的形式,比较集中地从各个角度来描写部队生活,塑造出各种类型的人民战士和革命工作者的形象的,却是敖德斯尔同志。如果将他的作品排列起来的话,我们可以看到一卷比较完整的草原上人民军队的人物画。——我们忘记不了下列这些人物:聪明勇敢、在身负重伤后还坚决完成送信任务的小通讯员朝克图(《朝克图和他的白额枣骝马》),舍己为人、可掩护战友而牺牲自己生命的普通一兵包乐图和不顾危险、跳入火海中抢救小生命的年轻班长巴图苏和(《草原之子》),忍着饥饿、将自己仅有的一碗炒米送给牧民的孩子的十七岁的小战士查干夫(《布谷鸟的歌声》),"什么都知道,跟谁都说的来",热爱孩子、耐心启发别人阶级觉悟的不知名的政委(《在温暖的怀抱里》),以及不够年龄硬要参军、被当作"逃兵"看待的"泼辣的摔跤手"朝克吉勒(《"逃兵"》)等等。自然,如果算上他的戏剧创作,那么我们还可以说起英勇机警的草原民兵队长苏和(话剧剧本《草原民兵》),也可以记起那位勇敢的内蒙骑兵团团长义德尔和他的弟弟赛音,还有那位坚毅的团政委陈勇和善良正直、富有风趣的老阿迪雅(电影文学剧本《骑士的荣誉》)。而那位在艰苦的环境下坚持斗争、将政委朝洛蒙的遗女抚养成人、临死不屈、慷慨就义的女地下工作者

---

① 见纳·赛音朝克图在中国作家协会第二次理事会会议(扩大)上的发言(《文艺报》1956年第7期)。

"好大娘"的形象（《一个姑娘的经历》），又是多么的感人呵！正如作者在作品中所说，他们都知道"为革命流血是最大的光荣"（《朝克图和他的白额枣骝马》），也知道"为了广大人民的彻底解放去战斗，是最光荣最崇高的事业"（《草原之子》）。

他们都是些贫苦的农、牧民的子弟，每个人都有一段辛酸的血泪史。例如查干夫（《布谷鸟的歌声》）"虽然只有十七岁，可是从小生长在贫苦家庭里，饱尝了饥饿的痛苦"。他的一个弟弟，就是因为家乡大旱，吃野菜中毒而死的。正是由于这种阶级地位，所以他们一经接受到党的教育，觉悟便立即提高起来。新战士索都（《在温暖的怀抱里》），就是在"党的温暖的怀抱里"成长起来的一个战士的代表。当他还是一个孤苦伶仃的穷孩子、在饥饿与死亡线上挣扎时，是党伸出了手，使他投入了温暖的怀抱。党不仅从生活上关怀他，而且不断地耐心地教育他，启发他的阶级觉悟。政委告诉他说："大地主、贵族、大蒋介石、小蒋介石……就是大虱子。"勉励他长大后参加革命，"当老百姓的兵，消灭那些欺负老百姓的坏蛋"。后来，他就参加了人民解放军，并迅速成长起来，当我们再在作品中看到他时，他已经是一个坚毅顽强的革命战士了。

所以，敖德斯尔在作品中指出，我们的战士之所以如此的英勇顽强，战无不胜，正是由于他们接受了党的领导和教育、具有高度的阶级觉悟的结果。当他们明白自己是为了劳动人民的利益、为了全人类的解放而战斗时，自然就能具有崇高的革命品质与大无畏的牺牲精神了。《草原之子》中的普通一兵包乐图，就是这样一个自觉的阶级战士、光荣的共产党员。当他因掩护战友而身负重伤行将死去的时候，他没有因为自己的死亡而痛苦，"他一点没有呻吟，眼睛内放着充满胜利信心的光亮。他相信革命事业一定能够得到胜利，就象每天从东方升起的太阳放射出光辉一样。"最后，他从贴身的衬衣里拿出一个小包，托巴图苏和交给政委，至死也没有忘记党。这就是作者笔下一个普通战士的光辉形象。这样的战士，在《朝克图和他的白额枣骝马》中叫朝克图，在《布谷鸟的歌声》中，则叫作查干夫。无论是谁，他们都是生为革命而生，死为革命而死，真不愧作"草原之子"，劳动人民的好子弟。

作者十分强调人民军队同人民的血肉不可分割的联系,在他的作品中不止一次地表明人民军队是人民的子弟兵,是人民幸福生活的保卫者;同时,革命战争之所以能够取得辉煌的胜利,也是由于广大人民积极支援的结果。在《布谷鸟的歌声》中,作者描写了"一个饱尝了旧社会的痛苦,在帝国主义侵略和军阀混战中受尽折磨和摧残的普通的蒙古人的遭遇"。这就是信佛怕事,一听到军队便心惊肉跳的老妈妈。她说:"我从大清年间活到现在,看到过各种各样的军队,他们都说自己是有纪律的军队,可是实际上净干些丧天害理的事。"那时,土匪和军队没有区别,他们所经过的地方就变成战场,到哪里哪里就遭殃。作品很富于典型性地写道:

从前,草原上有这样一个讲究:一听到外边狗叫,家里人就问孩子:"狗叫了,是不是来人啦?"孩子答道:"不是人,是当兵的。"

"不是人,是当兵的"!——这确是旧社会里被压迫被剥削的人民对统治阶级的"丘八"的典型称呼。这其中,包含着多少血泪的控诉、多少愤怒和怨恨的感情呵!所以,当老妈妈听到孟和、查干夫等人说"我们不是你们的老爷,是你们的兄弟,老百姓的子弟兵"时,她无论怎样也不能理解。她说:"那怎么行?老百姓永远是老百姓,没有比老百姓更低下的人了。"这真是一个受尽压迫和摧残的老人由衷的话语。

然而,人民军队是以实际行动来证明自己是"人民的子弟兵"的。他们不但和过去的"老总"不一样,而且"比挨门讨乞的喇嘛还老实和气"。他们宁可忍着极度的饥饿,而不去动人民群众的一粒米;甚至象查干夫那样,当听到小孩子因饥饿而啼哭时,他可以将自己留作作战时吃的仅有的一碗炒米拿了出来。这不能不引起那家主人——斯伯吉勒玛婆媳俩深深的感动和内疚了——她们自己家里藏有粮食。但因对他们有顾虑,始终没有拿出来,而等到他们作战回来,老妈妈煮了一大锅饭时,查干夫却在这次战斗里立了大功,光荣负伤,离开他们了。最后老人对战士们说出了由衷的话:"孩子,……妈妈想你们,就象想自己的儿子一样呵!"

在《草原之子》中,也同样出现了人民军队同人民群众生死与共的感人的场面,战士巴图苏和刚结束了战斗,不顾疲累又立即冲入火海中抢救出牧民的孩子。不过在这里,作品还进一步表现了劳动群众对革命战争积极的支援。在巴图苏和和敌人进行肉搏战斗的紧急关头,突然跳进来一个"穿蓝袍的人"。正是这位布和老人摔倒了敌人,抢救了巴图苏和,并且也是他扛来了一箱子弹,使这次战斗取得了胜利。

可见,在敖德斯尔的作品中,人民军队的一些基本特点,如党的领导、教育,战士的阶级觉悟,部队同人民群众的血缘关系等等,都较明显地表现出来了。我们从他的作品中可以看到内蒙古地区人民革命武装的一些基本情况。在自治运动时期,"在当时,在内蒙古部队面前摆着的任务是:协同八路军打败美帝国主义、蒋介石的进攻,解放内蒙古的土地,消灭各地的反动武装,保卫内蒙古人民的自治运动。为了完成这个任务,除了发展老部队(按:指八路军、游击队。——笔者)外,改造旧军队成为当时很重要的任务。"[1]电影文学剧本《骑士的荣誉》,就是企图反映这个时期内蒙古旧军队"由旧到新"的改造过程的[2]。

敖德斯尔的这些作品,把我们带进了那些艰苦斗争的年代里去。看,多少战士牺牲了,多少革命工作者流了血,正如《草原之子》中所说:"胜利是经过流血得来的。"这些战士、这些革命工作者,都共同有一个远大而崇高的理想:他们孜孜以求的就是祖国人民的解放。《一个姑娘的经历》中的地下工作者"好大娘"在敌人的皮鞭和刀枪下英勇不屈,受尽酷刑,牺牲生命,但是她说:"我受了多少苦呵!但是我一想到我们受苦刑,正是为的不叫别人再进到这个地狱里来,我的心就变得比石头、比铁都硬了。"他们对敌人是铁石心肠,对自己的同志则是关怀备至,正如鲁迅所说的那样:"横眉冷对千夫指,俯首甘为孺子牛。"

现在我们的祖国解放了,革命先烈们的遗志实现了。我们的祖国已经进入了一个社会主义革命和社会主义建设的新的历史时期。在这样一个新的革命形势下,我们有不少优秀的革命战士又坚决响应了党的号召,从部队转业到工、

---

① 引自《内蒙古自治区概况》,内蒙古人民出版社,1959年版,第19页。
② 应当说明,敖德斯尔同志的这个电影文学剧本,是存在着比较严重的缺点的。本文的任务旨在论述他的小说创作,因而未对这个电影文学剧本作全面的评论。

农、牧业各个生产战线上去,把人民军队的优良作风带向了各个部门、各个角落。他们依旧以革命战士的姿态在战斗着,象《先锋》中的主人公超克巴雅尔和《时代的性格》中的老班长,就是草原上的转业军人、复员军人的代表。他们被作者歌颂做建设的先锋和时代的性格,他们的光辉形象也是令人忘记不了的。

他们都是极其普通的人——在部队里时是普通的战士和炊事员,到生产岗位后也同样是普通的社员和炊事班长,甚至连自己的名字别人也不知道。同时,他们又是不平凡的人,因为他们是经过了多年的革命斗争的考验和锻炼,有着明确的革命人生观、崇高的理想和坚强的意志。他们比别人看得高望得远,能够作到别人所不能作到的事。他们依旧保持了部队的优良作风。

作品写道,《时代的性格》里的老班长在转业前,林彪同志对他说过如下的话:

"我们今后的主要任务是搞建设,这是个更长远更复杂、更艰巨、更光荣的任务。所以,你们的转业看起来是脱下军装回后方了,但实际上却是从这条战线调到另一条战线上去。那里正需要很多不褪色的红色战士,需要很多具有我们时代的性格的人。"

在《先锋》中,超克巴雅尔临复员前也会想到:"我们解放军现在正在进入现代化阶段。这时候,响应党的号召,转到新的岗位上来,难道还有比这更光荣的吗? 这些都足以说明,转业也好,复员也好,都不是革命的"退休",而是"从这条战线调到另一条战线上去",所以,他们到了生产建设岗位以后,就明确自己要当一个"不褪色的红色战士"。

资产阶级右派分子曾经恶毒地诬蔑我们的老干部"意志衰退"、"蜕化堕落"等等。但是我们从敖德斯尔的作品中却得出了完全相反的结论。这些老革命干部最显著的特点,恰恰正是具有饱满的政治热情、高度的工作责任感、不怕困难的大无畏精神,以及不屈不挠的战斗意志。超克巴雅尔本来已决定了到盟立畜牧兽医学校学习去,可是在他一听到党提出全民炼铁的伟大号召后,便立即放弃了入学的念头而自动地接受了寻找铁矿、建立小高炉的艰巨的任务。摆在他面前的困难是很多的,甚至受到了哥嫂的嘲骂与反对;但他始终以一个革命战士的姿态在工作着,毫不灰心丧气,认为:"这些困难和战争年代里的困难比起来,还能算一回事么? 建设社会主义要是没有困难,那还要我们这些党员干啥呢?"最后,他终于在群众的帮助下找到了铁矿,建立起小高炉,并且流出了铁水,成了先进单位,光荣地被命名为"先锋号"。——这真不愧是一个草原的战士、建设的先锋呵! 至于《时代的性格》里的老班长,则更是一个忠心耿耿为党工作、热情横溢老当益壮的人。他以一个普通劳动者的姿态在我们面前出现,朴素无华,平凡可亲;但他在工作中、在日常生活中,随时随地却又表现出多么高贵的品质呵。对他说来,整个矿区就是他的家,整个革命事业就是他的一切;他活在世上,为的就是谋求祖国的解放和人类的幸福,在整个革命事业中起到一个齿轮和螺丝钉的作用。除此之外,就再无所求了。我们看到他"身穿一身深蓝色的粗布制服,头戴一顶褪了色的黄色解放帽,多皱纹的脸上带着善良朴实的神色";看到他"屋里非常干净,……炕上整整齐齐地叠着一床黄被子,被子上放着一件军用棉大衣",就象是在兵营里似的。可以说,从思想到行动,从工作到生活,他确实保持了人民军队的光荣传统和优良作风的。他更突出的是对同志的爱,对周围人们的多方面的关心。他的家"就象车马店一样,工人、干部、家属,男女老少,蒙汉回满,各族各界,应有尽有。就是夫妻间吵架、婆媳间闹意见,也都找他解决。……他就象职工们的老妈妈似的,一天到晚尽为别人跳来跳去,可自己有没有吃穿,他根本不管"。他似乎生下来就是为了别人,根本没有想到个人的利害得失,毛主席在《纪念白求恩》一文中曾要求大家学习白求恩同志"毫不利己专门利人"的精神,指出:"从这点出发,就可以变为大大有利于人民的人。一个人能力有大小,但只要有这点精神,就是一个高尚的人,一个纯粹的人,一个有道德的人,一个脱离了低级趣味的人,一个有益于人民的人。"[①]可以认为,敖德斯尔同志所塑造的老班长,基本上就是这种伟大而质朴的白求恩式的人物。

　　作者把自己的小说名为《时代的性格》,他的意图是很明显的:就是要塑造

---

① 《毛泽东选集》(普及本)第二卷第 644 页。

一个体现我们时代的特征、表现我们社会的本质的既是普通劳动者又是非凡人物的典型形象。作者在自己的作品中作了多方面的努力，基本上是成功的。我们觉得，老班长这个人物既是"时代的性格"，也是转业军人的典型。这篇作品，可以认为是作者所一贯注意的部队题材的发展。

看来，敖德斯尔同志是更喜爱描写青年一代的成长过程的。他在《"逃兵"》中刻划了一个"泼辣的摔跤手"、不够战士年龄的青年牧民的可爱的性格。他是牧业社里的团支书，他哥哥在抗美援朝战争中英勇牺牲了，因此他也三番五次要求参军，"作一个和哥哥一样的出色的战士"，作者这样赞美他说：

"我从他的身上，看到了我们这一代青年的无比坚强的意志，和我们战士特有的品质的萌芽。在革命的烈火中冶炼出来的革命前辈们头发已经花白，他们在继续战斗着；而接替他们的下一代人，正在大批地茁长起来，他们将使我们祖国变得象铜墙铁壁那样的坚固。"

这，大概就是敖德斯尔同志注意着重描写青年战士的原因吧？在他的作品中，无论是朝克图，苏和，巴图苏和，包乐图，查干夫……都是些年轻有为、坚强勇敢的人。我们看到了青年一代的优秀的品质在成长，他们足可成为老一代革命者的接班人，即便是象《时代的性格》里的那位怀有建设祖国的雄心大志、但却不安心于平凡的工作岗位的刚跨出学校大门的朝格吉，也会在老班长的精神感召下转变过来的。

我们决不会忘记内蒙古骑兵团政委的遗女莎仁戈尔勒苦难的经历（《一个姑娘的经历》）。她是在党的抚养教导下，在艰苦的革命斗争中成长起来的。她秉承了包括她父亲和"好大娘"在内的老一辈革命者的革命品质，在斗争中表现得勇敢顽强，坚贞不屈。虽然那时她还只是个十几岁的孩子。现在祖国解放了，她来到了首都，在大学里愉快地学习着建设祖国的本领。她在我们面前显得那么幸福，那么美丽，只有那额上的伤疤，还铭记着她所经历过的苦难，表示出她是革命烈士的遗女。——莎仁戈尔勒的形象，是具有比较广泛的社会意义的。从她的身上，我们看到了千万个革命烈士子女的容貌，看到了解放前后两种截然不同的时代的缩影，也看到了新的一代在党的温暖怀抱里锻炼成长的过程。她父亲在遗训中说得好："……党就是她的父母。不要把自己看作是个孤独的人。"

和莎仁戈尔勒不同，《小钢苏和》中的钢苏和，则是解放后诞生在人间的。他根本没有什么苦难的经历。然而，就在这样一个普通小孩子的身上，我们也不难发现许多和老一辈人有着密切联系的可贵的品质。他很勇敢：勇于维护集体利益，能在暴风的夜里守卫着羊群；他很机警：能用帽子作成假人，吓跑了狡猾的恶狼；此外，他还很诚实，很能为别人着想等等。这些都不得不令人想起前面提到过的那些革命者们可歌可泣的英雄事迹来。虽然时代不同了，但是他们这些优秀的品质，却在新的一代的身上开花结果，茁长壮大。小钢苏和这个勇敢可爱的孩子，正是我们革命的后代，祖国的未来，力量无穷，前途无量。

这种继承关系，在作者的许多作品里作者是表现得很明显的。《在温暖的怀抱里》的政委很爱那个穷苦的孩子，从各方面关怀他教育他。但他不是对这个孩子的怜悯，而是为了培养革命事业的继承人。他这样说道：

"你们不要小看这些毛孩子，实际上我们还不是为了他们吗？他们就是我们伟大事业的继承者。没有他们就没有未来。"

"他们将来为祖国会作出我们想象不到的伟大贡献。……"

他接着还说："将来他们还要建设社会主义和共产主义社会。那个时候，一切地主、贵族、资本家等大寄生虫一直到臭虫、虱子等小寄生虫根本就找不到，孩子们只能从历史课本或动物学课本上知道这些东西。"他所憧憬的这个时代，现在是到了来了。那时还是个不懂事的小孩子的索都，现在已成了解放军的新战士；而现在的孩子，如小钢苏和等人，将来则也一定会成为勇敢的共产主义的战士的。

这就是作者从老革命干部、地下工作者写到部队里的新战士、革命烈士的子女，以至生活在毛泽东阳光下的新中国的少年儿童的一个简略的轮廓。整个看来，他歌颂的，就是草原上的英雄儿女，如同纳·赛音朝克图所说的那样。

综上所述，从作者所塑造的这一系列的正面人物形象上，我们是可以得出如下的结论的：（一）他所塑造的人物形象，都有比较深厚的思想意义，对读者起着良好的教育作用;(二)这些人物多半都有自己特定的生活环境和社会氛围,有自己时代的特征。通过他们,我们看到了内蒙古草原近一、二十年来广阔的历史画面;(三)作者对自己的正面人物是赞颂备至的,总力图使他们的形象更高大、更理想,更能反映出我们社会的面貌。……这里说明了什么呢?说明了敖德斯尔同志不是一个"为艺术而艺术"的作者,而是能用文学作武器来为政治服务,反映内蒙古地区人民军队的成长和社会面貌的变化,并用社会主义和共产主义思想来教育广大读者的。

一九五八年在内蒙古自治区第二届人民代表大会上,敖德斯尔会和纳·赛普朝克图作了联合发言,其中曾明确提到文学为政治服务的问题,认为:"文学上的多快好省就是要使文学艺术密切配合当前的政治任务,及时地反映社会主义建设,并很好地为建设服务。我们不仅是要多快,而且作品的质量一定要好。"[①]可以说,他本人正是企图向着这个正确的方向努力,并已作出了一定的成绩的。他在文学创作中没有忽视作品的思想教育意义,总力求及时反映当前的重大事件,起到积极的宣传教育作用;他也没有粗制滥造,图解政策,写作那些公式化概念化的东西。不,他是一个既重视"多快"又强调"作品的质量一定要好"的创作态度认真严肃的作者。他所写的,都是自己最熟悉、最受感动的人和事,并且经过多番的酝酿,缜密的构思,直到人物形象映现于脑际的时候,然后才提起笔来写作。所以,他的作品大都是写的重大题材,及时反映了当前政治斗争,并且是通过活生生的艺术形象给读者以感性上的启示,从而达到文艺为政治服务、用社会主义和共产主义思想教育读者的效果。这正是他的作品和所谓"标语口号文学"的区别之点,也正是作者艺术才能所在之处。

三

敖德斯尔同志的创作,已经整整经历了八九个年头了。随着他思想认识水平的日益提高,生活经验的日益丰富和艺术技巧的日益熟练,他的作品也日臻

---

① 《内蒙古日报》1958 年 6 月 16 日。

于成熟。他这种前进的痕迹,突出地表现在艺术形象的塑造上。如果我们能从作者几年来所塑造的人物形象上来考察他的创作道路,那是有好处的。

在他早期的一些作品里,如《朝克图和他的白额枣骝马》、《草原民兵》、《草原之子》等,不难看出,作者一开始就注意于描写我们时代的正面英雄人物形象,用社会主义和共产主义思想教育广大读者,毛主席教导我们:"革命的文艺,应当根据实际生活创造出各种各样的人物来,帮助群众推动历史的前进。"①敖德斯尔同志正是遵循着这个正确的指示来进行创作的,并且象一根红线一样,一直贯穿在他以后整个的创作中。应当指出,当文艺上的资产阶级右派和修正主义者经常叫嚣什么"暴露黑暗"、"干预生活"、"描写英雄人物必须要写缺点,否则就不真实"时,作者这种一贯坚持描写正面英雄人物形象、歌颂我们的新时代、新思想、新人物的做法,本身就是具有战斗意义的。因此,即使在他早期作品中的这些正面形象(朝克图、苏和、巴图苏和、包乐图等)还不够高大、不够鲜明;但作为一种方向来看,仍是应该给予充分的估价的。作者尝试着将他的人物放在战斗的环境中,通过比较曲折的故事情节,力图描写更多的人物和更复杂的生活画面,以反映更广阔的社会生活。他也试着选取生活中富有特征意义的细节来揭示人物的内心世界,如《草原之子》中的战士包乐图虽然出场不多,但他临牺牲前从衬衣兜里拿出小包递给巴图苏和的行动,就这么深深地打动读者的心!他并且还努力描绘富有特定意义的环境氛围,从而烘托人物的性格,使读者与人物一同生活,受到感染。《草原之子》里的战斗情景是:

大炮开始轰击了,沙原上扬起了浓密的尘烟,战刀在阳光下象银子一般的闪着光亮,喊杀声直冲入天空,骑兵英雄们冲入敌人的阵地了。……

这种雄浑的动人心魄的战斗气氛的描写,加强了作品中人物的英雄气概,它同包乐图的牺牲、巴图苏和的肉搏战等主要情节紧紧联系在一起,成为人物性格中不可分割的部分。通过这样的环境气氛,我们读者也才更进一步体会到这些英雄的革命品质的可贵。他的这些努力与尝试,是收到一定的效果的。

---

① 《毛泽东选集》(普及本)第三卷第863页。

但是,英雄人物来自何处呢?作者知道,我们的时代就是一个英雄的时代,我们的英雄就是千百万的劳动群众。这样,要反映革命的现实,歌颂时代的英雄,作家就必须深入生活,"必须到群众中去,必须长期地无条件地全心全意地到工农兵群众中去,到火热的斗争中去,到唯一的最广大最丰富的源泉中去"①。因此,还在五〇年五一年间,敖德斯尔就响应了党的号召,深入到草原牧区中去,他的著名剧作《草原民兵》,就正是他深入生活的产物。作者在谈到他这次深入生活的感受时说道:

"草原上的无数英雄民兵们,在党领导下,他们积极勇敢地配合着人民解放军主力部队,把国民党反动军队,土匪特务消灭在草原上,给予草原上人民生活和建设做了有力的保证。他们是光荣事业的创造者,他们是英雄人物。"②

这些英雄人物深深感动了作者。他和这些草原上的英雄儿女们并肩作过战,流过血;所以他作品中的人物,也往往就是和他朝夕相处过的朋友和同志。他爱他们,也熟悉他们。于是他就努力于表现他们的英雄品质,歌颂他们的英雄事迹了。他不是从抽象的概念出发来塑造自己的人物形象的。正因为有这样的生活基础,所以他作品中的人物才能栩栩如生,有血有肉,能够感动读者,激动人心。……这一切,都给他以后的创作打下良好的基础。

不过,作者早期的这几篇作品还并不是很成熟的。首先,作者虽然注意到正面人物形象的描写,但有些时候,作品的故事情节却没能很好地为人物的性格刻划服务。例如《草原之子》中虽然用了一个人物——巴图苏和——串联下去,但包乐图却是和作品后一部分的故事情节游离开来的;并且即使是巴图苏和,其性格在作品的后一部分也未得到应有的发展和深化。这就表明了作者还不善于把故事情节的发展与人物性格的刻划有机地统一起来,如象高尔基所说的那样:"情节即人物之间的联系——各种不同性格、典型的成长和构成的历史。"③

---

① 《毛泽东选集》(普及本)第三卷第 862 页。

② 《〈草原民兵〉的创作过程》(《内蒙古日报》1952 年 5 月 27 日)。

③ 高尔基:《和青年作家谈话》(见《论写作》,人民文学出版社,1955 年版,第 6 页)。

其次,这几篇作品里的人物,不管是朝克图、包乐图、巴图苏和、苏和,在他们身上,作为一个坚强的革命战士的共性是比较明显地体现出来了,但是作为一个具有鲜明个性的人物来要求,他们则显然还不够。作者还不善于多方面地来表现社会现实生活中错综复杂的人与人之间的关系,没有深刻地揭示人物的内心世界。这样,就不能不使人物形象比较单薄而缺乏鲜明的个性了。

1956 年至 1957 年所写的《布谷鸟的歌声》和《一个姑娘的经历》,标志着作者的创作跨进了一个新的阶段。作者继续着力于正面人物的描写,更进一步注意到人物性格的刻划,并开拓以多种多样的手法从各方面来描写人物这一新的领域。于是,在同样一个容量的短篇里,社会生活画面就较为广阔,人物关系较为交错复杂,艺术结构亦较完整,而作品的情节与人物性格的发展,也结合得较为紧密了。

在题材上和《草原之子》大致相同的是《布谷鸟的歌声》,它的主题也是表现人民军队同劳动人民间的血肉关系的,但是这篇作品的思想深度和艺术感染力量,显然比前者跨进了一步。这里的出场人物(年轻战士查干夫、连长孟和和受尽苦难的老妈妈、儿媳妇斯伯吉勒玛)都贯穿在全篇之中,形象较为鲜明,人与人之间的联系也比较密切。这里的情节都紧紧围绕着人物性格的刻划;并且不再是单线条的发展,而是双管齐下地交错发展下来。这里所描写的场景和生活细节(如孩子们的打仗游戏、斯伯吉勒玛的藏粮食、查干夫的拿仅有一碗炒米给小孩子吃等等),也是富于典型意义的。同样的题材而作不同的处理,自然会产生不同的效果。这表明作者在艺术构思上较前成熟了。

这时期,作者所描写的题材范围扩大了:从部队生活扩展到牧区生活,从革命战士扩展到少年儿童;并且在人物形象的描写和性格的刻划上,也作了一些新的尝试。《小钢苏和》中的主人公钢苏和,是作者根据一定的模特儿而又概括、集中了许多蒙族儿童的特点写成的。作者在这个人物身上不仅描写了一般儿童所具有的性格特征,并且也写出了他自己的独特的个性。他既倔强,又诚恳;既勇敢,又聪慧。钢苏和之为钢苏和,正是因为他身上具有这些鲜明的特征。他的个性是比较鲜明的。在这篇小说里,作者非常注意描写人物的内心活动,并能从人物本身的行动和别人的反映上面来刻划主人公的性格。但是,这篇小说是有缺点的。它没有能够很好地揭示出产生钢苏和这种儿童性格的社会基础和思想基础,作品的结构也比较松弛,不够紧凑有力。这些,作者在他后来所写的《一个姑娘的经历》里,就有了一定的克服。

《一个姑娘的经历》以回忆、追述式的日记体裁,描写了解放战争时期内蒙古地区地下革命斗争的一个片段,反映了蒙汉人民传统的革命友谊。小说作者把我们引入到那个艰苦斗争的年代里去,和作品中的人物一同听别人讲述地下工作者"好大娘"的故事。看到她临难不苟、坚贞不屈的英勇行为。这样一个普通妇女的高大形像,读者读后是久久不能忘却的。自然,我们同时也忘记不了那位勇敢刚强的团政委遗女莎仁戈尔勒的形象。

在塑造"好大娘"和莎仁戈尔勒这样两个人物形象时,作者是把她们置于错综复杂的环境里和斗争的漩涡中来描写的。作品的主人公生活在矛盾冲突的第一线上。"好大娘"的崇高品质,正就是在与敌人的斗争中展示出来的。作者注意于细腻地描绘人物的行动和心理活动,特别是让"好大娘"和莎仁戈尔勒这两个人物交相辉映,从而更衬托出了"好大娘"的形象的光辉。可以说,读者对"好大娘"精神性格的理解,是通过对莎仁戈尔勒性格的理解而再深入提高一步的。作者描写了周围人们对她们的关心和热爱,构成了小说中特定的生活环境。生活在这个环境里的人,有革命者,反动统治阶级的当权者,正直善良的人们,叛徒,还有无辜被监禁的普通人民等等。这样,作者笔下的环境,就成了社会现实生活的一个缩影。这些人物的矛盾和冲突就集中地反映着社会上的矛盾和冲突。可以说,这个短篇的容量是较大的。但这些众多的人物又并不影响主要人物的刻划;相反,他们都是围绕着"好大娘"而出现在作品中的。由于有了这些人物,"好大娘"的形象才显得较为高大,感染者的力量也较为强烈。

这篇小说在结构上也是谨严的。故事从一个姑娘出现在天安门前开始,逐步发展下去,直到最后才揭穿了底细。在这里,人物性格与故事情节始终紧紧地糅合在一起,使得读者不得不一口气读完。

作者将这个故事安排在国庆节之夜的天安门前,是有很深的寓意的。作品这样写道：

> 天安门的门楼上，挂着盏盏大红灯，它显得那样雄伟而庄严。在它对面，靠广场南端，有座高高的石碑，看去就象一座巨大的银山，矗立在我们面前，那是烈士纪念塔，上面毛主席亲笔所题的碑文，在强烈的灯光下闪耀着……

就是由于这座革命烈士纪念碑，引出了作品中的"我""不由得想起那些为我们和我们子孙们的幸福生活而受尽苦痛，甚至不惜牺牲自己的生命去创造史无前例的伟大事业的千万个烈士们"的由衷的敬仰和感激，从而也引起了读者感情上的共鸣。这样，作品再进而正面描写革命烈士"好大娘"的英雄事迹时，就容易抓住读者的心了。而最后在故事结束时，作品中又出现了首都天空的和平宁静晴朗的景色，这也是说明，革命后代莎仁戈尔勒，现在正是在这充满了阳光的环境中幸福生活着的。

因此我们可以看到，无论在人物刻划、环境描写、故事情节结构等各方面，《一个姑娘的经历》都是较前成功的。它不能不是作者创作中的一篇有代表性的作品。

1958 年以来，在总路线的光辉照耀下，作者写出了许多迅速反映当前跃进新面貌的作品，大炼钢铁、将军当兵、下放干部劳动锻炼等等重大事件，都成为作者注意描写的题材。在这些作品中，作者怀着满腔的热情，描写了内蒙古地区社会面貌的巨大变化和人民群众的共产主义思想品质的成长，从而歌颂了总路线、人民公社的伟大胜利。苏尔科夫曾经说过："文学中存在着一些样式和体裁，就其性质讲来是注定了要反映今天的人民生活的。属于这种体裁的是短篇小说。……"[①]可以说，短篇小说这种文学体裁，在敖德斯尔手中发挥了较大的作用。这许多作品都是作者本着鼓足干劲、多快好省的精神写出来的。它们既迅速反映了现实，又塑造了鲜明的人物形象。这些人物，无论是《先锋》中的复员军人超克巴雅尔、《为了新春》中的接生员敖根塔尔……在他们的身上都散发着时代的芳香，具有敢想、敢说、敢干的共产主义风格，在一定程度上表现出我

---

① 苏尔科夫：《苏联文学在共产主义建设中的任务》（《人民日报》1959 年 6 月 22 日）。

们时代所特有的精神面貌,修正主义者污蔑我们的作品"只重量不重质"、"只有政治没有艺术"等等这是完全站不住脚的。敖德斯尔的这几篇作品就可以作证。

这几篇作品,也表明了作者的艺术技巧进一步趋于成熟,他能够迅速地从跳动着的现实生活中吸取富有思想意义的素材,加以提炼加工、典型化,用多种多样的手法来反映现实,塑造正面人物形象。例如在《先锋》中,作者较多地采用正面的叙述描写,而《在温暖的怀抱里》和《为了新春》的主人公,则或者没有出场,或者出场甚少,都采用别人的叙述或其他人物的反映来侧面表现。虽然这些作品的故事比较简单,如《为了新春》只写了一个场面、主人公出场一会就走了;但她留下的印像却是完整的鲜明的。《在生活的道路上》写了一场误会,而人物内心活动的复杂状态,就在这个看来极其简单的故事情节中展示了出来。

在这些作品里,作者的政治热情是相当高涨的。作品写道,《先锋》中的超克巴雅尔在找到矿苗以后,就一口气跑到山顶上向着北京方向扯着嗓子高声呼喊道:

"亲爱的党中央毛主席,你们看——我们已经有铁矿了!"那耸入云霄的悬崖陡壁,也好象理解我的激情,一个接一个地回响着,把我心底的喊声传到北京去。……

应当认为,这就是我们时代的激情在作品中的回响。

可以说,作者的小说无论就思想的深刻和艺术感染力量的强烈来说,都表明作者正在步步向前发展着。

较能代表作者成就的,是他1959年写作的国庆十周年的献礼作品《时代的性格》。这篇小说标志着作者创作思想和艺术技巧又有了一个新的跃进:他站到了时代的前面,努力在自己的作品中,企图塑造一个基本上能概括从民主革命到社会主义革命和社会主义建设这一历史时期的社会面貌,并能集中体现我们当代人民在社会主义建设高潮中英勇豪迈、敢说敢干的共产主义风格的平凡而又伟大的正面英雄人物形象——这就是被作者称之为"时代的性格"的老班长。在他的身上，我们不仅看到了老一辈革命者，如《一个姑娘的经历》中的"好大娘"的影子；而且也看到了我国劳动人民的英雄气概。这个形象，又还体现了我国社会主义时代各民族的友谊团结，反映了内蒙古草原上工业建设的巨大变化。应当认为，这个人物形象的出现，是敖德斯尔同志创作上的一大收获，这是和作者的思想水平的进一步提高分不开的。

要塑造出这样一个平凡而伟大的"时代的性格"，不能不要求作者具有较高的政治思想水平和较高的观察力、概括力。

作者并没有去描写那些惊心动魄的斗争场面，而只是比较细腻地描写了他在日常生活中的一些平凡的举动，但是通过这些描写，老班长这个人物的思想性格就清晰地呈现在我们的面前了。作者把"我"和老班长这两个不同的思想性格安放在同一故事情节中来，人物在互相的交错中显示各自的特点。小说描述了老班长过去的一段民族友谊的故事，交代了这个人物的整个经历以及他的朝鲜族"儿子"的关系。它更加深了读者对老班长这个人物的了解和敬爱，更有助于读者理解老班长这个人物性格的发展脉络，这就不是多余之笔了。

如果说在《一个姑娘的经历》中，作者还比较着重于追叙解放战争时期的艰苦斗争生活的话，那么在《时代的性格》里，作者就把他的注意力更多地转向我们现实生活的描绘上来了。当然这两篇都同样地将"过去"和"现在"紧密联系起来，不过它们的重点是不同的，从这里多少可以看出他创作思想的进展。这是作者的认识水平进一步提高的标志，也是总路线、人民公社对他鼓舞的结果。所以，在党的八届八中全会号召反右倾鼓干劲以后，他又怀着战斗者的热情，投入生活，及时写作出反映人民公社运动的许多短篇小说和特写。

敖德斯尔同志的创作生活才不过八九个年头。在这八九个年头里，作者坚持了毛主席所指示的文艺为政治服务的正确方向，致力于歌颂草原人民的高尚品质，在一定程度上反映了内蒙古地区在党的领导下的巨大变化。他不断地深入生活，努力提高自己的思想水平和艺术表现能力，正在走向文学创作上较为成熟的阶段。他所走的是一条前进的道路，也是一条正确的道路。

四

年轻的内蒙古新文学,和全国新文学一样,是在同各种形形色色的资产阶级文艺思想及创作上的不良倾向的斗争中成长起来的。文艺的工农兵方向的问题,文艺为政治服务的问题,以及文艺的普及与提高的问题等等,始终是文艺上两条路线斗争的主要问题。

当敖德斯尔开始他的创作活动的时候,内蒙古文艺界有少数人不顾人民群众日益增长的文化需要,叫嚷所谓"关门提高",说什么"没有大米宁可让群众饿肚子",公开反对党的文艺为工农兵服务、文艺普及第一的方针。他们并在创作中散播艺术至上和人性论等反动的资产阶级思想。而另一些人在反对这种倾向时,却又忽略了文学艺术自身的特性,庸俗地把文艺为政治服务简单归结为只在作品中图解党的具体政策;有的并把党的普及第一、普及与提高相结合的方针加以歪曲,认为普及就可以粗制滥造,从而写作出一些内容肤浅、既不能教育别人亦不能感动自己的"作品",而不能达到深刻地反映现实并以社会主义和共产主义思想教育读者的艺术效果。这两种倾向虽然出发点不同,性质亦有差异,但它们都直接违反了党的文艺方针,直接妨碍了欣欣向荣的内蒙古新文学的发展。

经过1957年的反右派斗争和目前的反修正主义斗争,内蒙古文艺界各种形形色色的资产阶级文艺思想和创作上的不良倾向得到了较为彻底的批判和纠正,内蒙古新文学正在蓬勃地向前发展着。但是如何正确解决文艺与政治的关系,使文学创作既能紧密配合政治斗争,迅速反映现实生活,又能具有鲜明生动的艺术形象,以社会主义和共产主义思想来教育群众,鼓舞人们前进,仍然是我们许多作者需要继续努力的。——而这个问题,敖德斯尔同志在几年来的创作实践中一直比较重视,并且是解决得比较好的。

从敖德斯尔同志创作的发展过程中,我们可以清楚地看出,作者能够遵循着党的文艺方针,经过艰苦的努力,一步步健康地向前发展。他不是那种"为艺术而艺术"的人。他能把自己的创作活动同党的革命工作,同当前的政治斗争

　　紧紧联结在一起,力图在自己的作品中反映现实生活,描写重大事件,用文艺为武器来推动社会前进,来教育广大读者。他也不是那种粗制滥造的人。他能较为严肃认真地对待自己所从事的文学事业,把它看成革命工作的一部分。他努力去熟悉自己所描写的题材,在创作中付出辛勤的劳动。所以,我们说,他虽不是一个多产的作家,但是一个创作态度严谨的人。他的作品数量并不算多,但却有一定的份量。

　　敖德斯尔的小说,在一定程度上反映了内蒙古草原从抗日战争胜利后直到大规模的社会主义建设这十多年来的历史进程,描写了草原上的人民从艰苦的革命斗争走向幸福的和平生活的壮阔图景,塑造了我们时代的英雄人物形象。他为我们草原上的英雄儿女唱着赞歌,描绘了新的思想品质如何在他们的身上生根、发芽、茁长。他笔下的人物往往具有火一般的时代激情——若不是对社会主义事业强烈的爱,便是对革命敌人的刻骨的恨。作者把他的政治观点和阶级感情往往放到作品艺术形象的描写中去。我们认为这正是他创作上的主要的特点,也是他创作上可贵的地方。他的作品能够较好地为无产阶级政治服务,起到文学作品所应有的反映现实、认识生活、用先进思想教育读者、推动社会前进的作用。

　　自然,如果将敖德斯尔同志的创作放在全国范围内来考查的话,和我们当代的那些优秀的作家比较起来,他还是很不够的。他主要的弱点在于他所塑造的人物形象还不够理想,不够高大和深刻,这不能不和作家的思想水平与认识能力有关,归根结底,还是一个世界观的改造的问题。因此,努力学习毛泽东思想,努力改造自己的世界观,并努力深入生活,努力提高思想水平与艺术表现能力,仍是作者所要继续努力的地方。他也还不善于将人物放在矛盾的尖端,让他们在斗争中冶炼,充分展示出他们思想性格的特点。他作品中的矛盾冲突,往往是没有充分展开来的,并且解决得也比较简单顺利。这也就不能不影响他作品中人物形象的思想深度。这些,也有待作家作进一步的努力。

　　敖德斯尔同志在小说创作上的成就,是愈来愈清楚地显示出来了,从早期的《朝克图和他的白额枣骝马》到最近的《时代的性格》,我们完全可以看出他前进的足迹。他的脚步迈得并不算快,但却是比较坚实的。——他遵循着毛主席的正确指示,步步地在前进着。他的进步,正是我们党对兄弟民族文学关怀的结果,蒙古族许多青年作家也正是这样前进着的。他的创作能够说明一个真理:文艺必须为政治服务,并且应当服务得更好。从这个方面说来,敖德斯尔同志的创作是很有意义的。

1959 年 12 月 26 日初稿

1960 年 3 月 15 日修改

谈《红路》

翟　琴

　　史料原载《草原》1960 年第 4 期。该文对扎拉嘎胡的长篇小说《红路》的
人物形象进行了详细的评析。《红路》反映了 1947 年内蒙古人民在跟随共
产党还是国民党两条不同道路的选择，深刻表达了对中间路线、不问政治的
倾向的批判，突出反映了当年蒙古族中的一些知识分子的思想风貌，塑造了
性格鲜明的人物形象。《红路》从青年学生、党员领导、资产阶级知识分子这
三个群体入手，通过青年学生革命和人生道路的选择，体现出内蒙古知识分
子面对两条不同道路的犹豫和矛盾；通过记录额尔敦在内蒙古开展政治工
作，体现出党对内蒙古人民的引导和党对待青年无微不至的关怀；通过批判
地描写卓得巴思想的不同表现，体现党的光辉对知识分子思想的影响；通过
刻画巴达尔夫等特务形象，表达作者强烈的情感。《红路》的主题思想重大
且深刻，但是在故事的取舍和情节构思上仍需改进。

原文

　　正当我们在红的道路上加速迈进的时候，扎拉嘎胡的长篇小说《红路》出

版了。

一接到《红路》，我就被那鲜红的封面设计吸引住了。兴奋之下，我一口气看完《红路》，深深地为浸透作家共产主义党性笔触的、曲折而富于戏剧性的情节所吸引，关注着主人翁性格的发展进程……

1947年春天，当红色的曙光照耀在内蒙古上空的时候，内蒙古人民中间展开了一场激烈的两条道路的斗争，一部分蒙古族知识青年受了狭隘民族主义思想的影响。在红的道路上迈出第一步时，徘徊在十字路口。国民党反动派利用了这个矛盾，通过潜藏特务——扎兰屯工专的校长巴达尔夫，打着热爱蒙古民族的幌子，企图深化这个矛盾，破坏并排斥党在学校中的领导，但在党的正确领导下，粉碎了敌人的阴谋，取得了斗争的胜利。

作者紧紧地抓住了这一时期的这一特点，在结构的开端就提出问题，突出了交锋线，通过这场斗争，反映了解放初期内蒙古人民间的激烈的两条道路的斗争，力图解决这样一个真理，即：只有跟着共产党走，并投身于群众斗争的实践，才是红的道路，才是实现自己理想和使蒙古民族获得彻底解放的唯一的道路。极其深刻地解决了对所谓中间路线、不问政治的纯技术观点的批判，突出地反映了当年蒙古民族中的一些知识分子的思想风貌，塑造了一些性格鲜明的人物形象。

这是内蒙古文学的可喜收获。

十字路口的人物

文学作品的思想是通过形象来揭示的。所谓形象，是社会生活的画图。人是社会生活图画的中心、主体，所以，在谈文学作品的时候，人们总是爱谈人物形象。

在刻画人物性格方面，虽然每个作家所采取的方法各有不同，但揭示人物性格所特有之点，却为一切作家所重视。只有这样，即使在表现同一类型的人物形象时，才能将人物从共性方面区别开来，不至于都是差不多。在观察《红路》的时候，笔者以为，作者注意把握了这一点。

《红路》突出地塑造了当年站在十字路口的三个青年学生的形象。这就是小说开头出现的敖斯尔、胡格吉勒吐和梅其其格。这三个人物，具有历史的普遍意义，他们的艰难曲折的经历，基本上概括了当年站在十字路口的蒙古族青年知识分子的道路。

这三个人物，在小说的一开头，就给我们突出的印象，随着斗争的深入和复杂化，他们的性格更加鲜明，既有共性，又有他们各自的特点。他们的共性是：狭隘的民族主义情绪不同程度地存在着，都在追求蒙古民族彻底解放的道路。他们理解的是第三者的东西，都没有受过革命的教育。但他们的性格特点又各不相同，敖斯尔表现得极为狂热、倔强、脾气象爆竹，接火就响，自己认为正确就坚持，决不含糊，心里藏不住丝毫一点东西，但粗中有细，胡格吉勒吐表现得"冷静"、沉着，身得各式各样的脓疮，口头禅是，对待现实要"冷静"，和类似"不能沉默"之语；梅其其格则不然，她天真、善良、单纯，不如敖斯尔等两朋友"实际"，采取的是所谓中间路线，认为党不党解决不了实际问题，蒙古民族只有出现象爱迪生这样的人才算真正解放，处处强调钻研业务、不要过问政治。他们的共性，使得他们在两条道路的斗争中，充当了老牌特务巴达尔夫的走卒；他们的各自特点，即使他们共同走了一段相同的路，又使得他们走着不为别人重复的具体的路。

敖斯尔和胡格吉勒吐刚一出现的时候，就和梅其其格有着截然的区别，他们急切地考虑跟谁走的问题，由于对巴达尔夫的盲目崇拜，虽然还不知道究竟哪一个党好，就决定跟着所谓人民革命党走，称为"共产党是汉人的党，不能为蒙古民族服务"。象投石湖中所掀起的涟漪一样，一圈套着一圈，作者把他俩和梅其其格的共性中又区别开来。之后，作者又从两人的性格的差异之处着笔，突出地加以描写。

首先，在对事物的看法上，作者找到了很好的起点。胡格吉勒吐自接受巴达尔夫的煽动以后，激烈反对敖斯尔不自觉地为额尔敦（党的领导）作义务宣传，主张尽力为巴达尔夫的"好处"宣传。敖斯尔则不然，他认为："学问，谁也不能歪曲，懂就是懂，不懂就是不懂，这不能说盲目崇拜，更不要什么警惕。额尔敦比巴达尔夫懂得多,这谁也不能否认……至于说,在政治方向上咱需要请教巴达,我是同意的。"当巴达尔夫阴谋制止额尔敦讲政治,怂恿他们再动员一些人时,敖斯尔的表示又跟胡格吉勒吐截然相反,他说:"这样不好,谁愿听就听,反正大家心里都有数,也不是小孩。巴校长你也讲嘛,大家不也一样听了?"作者很好地找到了两朋友的统一中的对立。这种对立,在敖斯尔则表现为对事物看法的朴素观点,胡格吉勒吐没有这个可贵之处。

其次,每当巴达尔夫拿出所谓人民革命党来诱惑他们的时候,作者清醒地把握住他们之间的分歧。本来,敖斯尔根据巴达尔夫的"为人",是愿意跟着所谓人民革命党走的,在政治方向上也愿意请教巴达尔夫,但他对这个党有怀疑,起初,巴达尔夫提到这个时,他本想直说,但转了一个弯,说为蒙古民族办事,良心比什么都重要,并且越来越怀疑巴达尔夫的为人,就越来越反对参加这个党,甚至可以不去"留学",最后甚至说出:生来就不愿意被别人牵着鼻子走。这是一个不易被人察觉的粗中之细。胡格吉勒吐虽然也同意敖斯尔对这个党的怀疑,但在感情上倾向于巴达尔夫,往往不忍使巴达尔夫失望,说些世故圆滑的话来调和矛盾。这种理智上的一致与感情上的分歧,影响着人物的行动,而对事物看法的对立,又加深了这种分歧。势必摧毁统一,决定人物实现理想追求上的距离。

作者正是在这个基础上,把握着人物的行动和发展。

两条道路的激烈斗争,一步一步地摧毁两朋友之间的统一——从对巴达尔夫"为人"的认识到听从指点与共产党对抗,使敖斯尔逐渐地走向觉醒,相反,却一浪一浪地将胡格吉勒吐推向几乎毁灭的深渊。作者总是利用他们之间的自然关系,通过强烈的对比来展示人物的不同性格。

胡格吉勒吐的"冷静",实际上是盲目崇拜的同义语,越"冷静",越"不能沉默",就越陷越深,不能自拔。作者不仅突出地强调他的这个语言特点,而且从行动上去加深它。胡格吉勒吐遇事总要找巴达尔夫开导,碰钉子就认为没事先请教,相反,敖斯尔总是越来越对巴达尔夫反感、怀疑,越来越按自己的意见办事。在巴达尔夫的"诱导"下,胡格吉勒吐甚至公开表示:"为人民革命党服务,实际上就是为蒙古民族服务……既然这样,我们对额尔敦他们目前在学校里的这种猖狂活动,就不能熟视无睹,因此我们也就应当听从总部给我们的指示。"梅其其格的被害自杀,巴达尔夫的狗腿子苏龙嘎被捕,敖斯尔已经从双方的为人处世等方面,看出额尔敦他们和巴达尔夫的本质区别来了,但他反而以为敖斯尔被宣传迷惑了,迷失了方向,认为逮捕苏龙嘎有点过火,还要去找巴达尔夫给解释分析。当巴达尔夫要用药水毒杀他,敖斯尔受斯琴之嘱赶到,把他正举到唇边的药杯打掉,并且严厉驳责他时,作者写道：

胡格吉勒吐听了敖斯尔的这一番话,又望望脸上红一阵白一阵的巴达尔夫,心就象碎了一样,他不知该怎样去安慰巴达尔夫,他又畏葸地看了一眼敖斯尔,忽地咧开了嘴哭了,"巴校长,你别生气",他跌跌撞撞地扑向僵立着的巴达尔夫,"你原谅他的无礼,我知道他的脾气",他嘀嘀地哭着说,"这都是我不好,都是为了我。……巴校长,你多好,多爱我们……我们,"他又看了敖斯尔一眼,"我不会忘记你对我们的一片好心,我要……"他突然跪了下去,用两手抱住了巴达尔夫的腿。

巴达尔夫在他的心目中,真如他所说过的那样：从头顶到脚跟都崇拜。他把巴达尔夫看做蒙古民族的骄傲,当做他的灵魂。这个人物竟自戕到这种可怜而又使人生厌的地步！作者在这里采用了白描的手法予以揭示,没作多余的解释,使人感到这是对胡格吉勒吐的极其严厉的鞭挞！

从感情上对巴达尔夫的倾心,从固执发展到顽固不化,直到最后的转变,作者对胡格吉勒吐的性格的揭示都是成功的。他的道路,真可以说得上是"苦难的历程"！

跟着巴达尔夫走,是没有前途的。这使他越来越背离群众,越来越悲观失望,心灵越来越空虚。在斗争的进程中,作者很自然地从这方面揭示了胡格吉勒吐性格的复杂多面性,颓废的、虚无主义的东西,封建士大夫的"士为知己者死"的感情,资产阶级的恋爱观,等等一系列的混合物都结在一起。在他的身上,否定的东西是那样地丰满,但是作者并没有把他写得坏到体无完肤,仅就其主要之点来说,他虽然作了那么多坏事,但最后也在感情上跟巴达尔夫决裂了——亲手毙了巴达尔夫,而当年的他,照斯琴的记忆也并不是如此,只不过此时此地发展到这个地步罢了。

胡格吉勒吐的性格之所以是如此,并不是所谓人性的东西,是跟他的阶级出身、所受的教养以及环境影响相联系的。他一出现在读者面前就表现出自己的优越感,矜持,语言带结论性,而那些腐朽味,一闻就察觉是资产阶级的东西,难怪在生活的暴风雨里,走了那么一段弯路。敖斯尔,这个贫农的孩子,少年时代和父亲一起经受过地主和伪法院、日寇的残酷剥削和压迫,没有受过公平的待遇,所以他有着那些朴素的东西,追求真理又表现得那么迫切了。很明显的是,他就没有胡格吉勒吐的那种"民族感情永远要胜过阶级感情"的狭隘民族思想。

作家在塑造人物的时候,贯串阶级分析的观点是十分重要的,只有这样塑造出来的人物性格才显得无比真实和深刻。单就形象塑造而论,对敖斯尔觉醒之后的描写要显得弱些。

十字路口的这三个人物,梅其其格的形象是写得相当成功的。所谓中间路线,任何人都知道,在充满阶级斗争的现实生活中,是不能存在下去的,不左则右,这是注定的。与胡格吉勒吐、敖斯尔保持友谊联系,势必投向右的漩涡里去。虽然她恳求他们不要把她拉到政治里边去,但不能够办得到。在她传达巴达尔夫叫敖斯尔两人考虑选举"五一"代表大会代表的对话中,就充分表现她充当了传声筒的角色,当然她自己没有意识到。另外,对胡格吉勒吐的爱情,又加深了右的脚步,她也跟着崇拜巴达尔夫,唱着和声,民族观念逐步地为狭隘民族主义思想所浸蚀。在找巴达尔夫证明跟胡格吉勒吐之间的关系前,她和敖斯尔展开激烈的争论,敖斯尔不明白为什么胡格吉勒吐怕直接端出来,她不加思索地学习着胡格吉勒吐说:"当然这是为了维护巴校长不致遭共产党——汉人的迫害。这有什么难懂的?"

塑造这样的人物,是容易一般化的,但在我们面前的梅其其格,是比较具体的。不仅是说话不认话的内心活动和嘴尖舌利给了我们突出的印象,她的性格发展往往为天真、单纯所笼罩,成为别具一格的塑型。她天真,天真到无所顾忌；单纯，单纯到头脑简单。巴达尔夫为了当选"五一"代表请客，她几乎一口道破他的别有用心，只是看不到背后的阴谋，并且去找对方证明跟胡格吉勒吐的关系时，把听到关于对方的隐私的猜测都从激动中讲了出来。胡格吉勒吐对爱情的玩弄她不能察觉，巴达尔夫的口蜜腹剑她也看不出来，单从对方能认真教化学这一点上确定是个好人。在为胡格吉勒吐奔走前同敖斯尔争论时，她说："我曾看过那样一本书，说到人在某种情况下会性格反常，这时候，往往愈是亲密的朋友他就愈是戒备得严。我看你现在的情况就是这样。"作者极其深刻地道出了她性格的一个重要弱点，即是没有实际生活的经历，爱从书本上接受东西，不同实际结合，所以势必找到巴达尔夫门上去。直到对她的死的描写，作者都真正做到对人物内心活动的把握，写得异常真实、深刻，入骨三分。

找不找巴达尔夫作证，是梅其其格性格上的转折点，这是一个新生与毁灭的十字路口，却又是不能人为的十字路口。作者写出了它的必然性，梅其其格只能从毁灭中窥见一线光明。她的性格是那样地浑然一体，在"中间"路线的贯串之下，互为制约地走向毁灭。只有在她端出巴达尔夫是国民党员的时候，才"开始感到自己一向崇拜的人并不如她所想象的那样"。在遭到巴达尔夫奸污、威胁地想借她的手"吃掉"敖斯尔和胡格吉勒吐的时候，她可以把自己的处境告诉她现在才感到是个"那么热情、真挚和善良的"斯琴的，可是希望不能战胜悲哀和绝望，终于在理想的事业面前，还没有迈开第一步就毁灭了。

她的遭遇（包括爱情），使人同情，而究其形象的实质，应该说，这是小资产阶级个人主义的毁灭。个人的理想，要成为真正的理想，只有跟着共产党走，才会有生机。"中间路线"，第三条道路，在充满阶级斗争的现实生活中，是行不通的。

党的领导的形象

额尔敦是作为党的领导出现在《红路》中的。他也是知识分子，在当时的工专是唯一的共产党员。从北安军政大学调到工专开展政治工作，是他第一次担任领导职务。在他面前的工作是那样地艰巨和复杂，两条道路的斗争在潜藏特务巴达尔夫的阴谋策划下,和在个人主义野心家苏和的掀动下,火花不断迸发,但他的步子总是那么稳健,考虑问题又是那么冷静,他经常自省,孜孜不倦地为党工作。在两条道路斗争尖锐化到结子难解的时候,他在考虑明天工作之后写道:"这些接二连三的意外的事,简直把我拖得疲累极了。但我决不后退。党信任我,让我到学校来开展工作,我有信心完成党交给我的任务。"他是这样地坚强,在他的精神世界里,我们从未见过丝毫气馁或是灰色的东西。在跟党的助手斯琴和保尔夫的对照中,表现了他对待事物的冷热结合;在跟巴达尔夫的斗智中,表现了他的机警;在处理梦博士的问题上,他具体体现了党对待知识分子的政策;在对待敖斯尔和胡格吉勒吐的问题上,他更多地体现了党的民族政策。当然,这种粗线条的分法,不能是互不相关的。从他的身上,极为深刻地体现了党对待青年的无微不至的热情关怀,他经常教育和帮助斯琴、保尔夫,对待青年总是谆谆善诱。在布置学校开展思想改造运动的团支部会上,关于打击、孤立对象的问题发生原则性争论,他耐心地倾听辩论,然后一个问题扣着一个问题提出来,让青年们自己解答,逐步把问题引到正确的结论上去,既教育了青年一代,又解决了问题。两条道路斗争尖锐化时,一连串的问题使他坐不稳站不安,苏和又在团内制造矛盾,弄得枝节横生、是非不清,他真又气又急,用什么方法来打开这层层疑团呢?他想起"林苇同志(盟委宣传部长)对他说过,要冷静地、实事求是地对每个人的具体情况作具体的分析研究,想到这里,他觉得不该再这样自己闷着头想,于是拿定主意,先召集那些在斗争胡格吉勒吐时情况了解较多的团员在一起分析研究,摆事实,并要他们提出自己的看法……"这种民主辩论的方法,是1957年整风反右以来所深化的一条重要的领导艺术之一,这使我们不禁想到,作家思想的提高,对塑造光辉的正面人物形象的重要意义。

额尔敦形象之所以这样完整,是和他跟党的正确联系密不可分的。在他决定改变策略,从讲业务课着手讲政治时,他决定请示地委;在他接触问题的时候,虽然有时真想发火,但耳边响动着党的声音:"在激动的时候需要冷静,在失败的时候需要信心。"(林苇语)额尔敦的冷静,是实事求是,是原则性党性强。心中有党,这是作为共产党员的额尔敦形象光辉的根本原因,正如他对斯琴说

的那样："我们应当相信,有党在经常关心着我们,指引和支持着我们。"这样的
人,内心永远充实,不会空虚。至于在爱情上所表现的高尚,则又丰富了这个人
物形象,这些,在和胡格吉勒吐的鲜明对照中,在形形色色的人物形象的烘托
中,使他显得更为高大。

额尔敦是个新党员,第一次作领导工作,在这场斗争中他也在成长。两条
道路斗争的深入尖锐的过程中,不论是工作方法,还是对阶级斗争的认识,他都
有着深刻的感受和提高。九章二节突然穿插一段救灾民,作者的意思怕是有意
在胡格吉勒吐和敖斯尔的面前对比描写额尔敦和巴达尔夫,后来也的确成为敖
斯尔觉醒的促进原因之一,可惜写得简单了些。如果单写一节,正面刻划,效果
怕更会好些。

关于党的领导形象方面,应该把斯琴的形象考虑进去。作为党的助手,在
额尔敦的教育下,进一步逐渐走向成熟,斯琴的形象是有意义的。在那动荡的
年代,她也曾有过"民族热",受过胡格吉勒吐的影响,但是这个穷老汉的孩子早
走了一步,在她表兄的鼓动下参加了革命。党的领导在她脑子里已经确立,在
额尔敦的教育下,她在正确的道路上勇往直前,毫无疑虑。他的工作责任心强
(起初表现得急躁),斗争性强,坚持原则,真正起到了党的助手作用。为了工
作,她曾在夜深的马路上来回打转,等去地委开会的额尔敦;在发觉苏和非法斗
争胡格吉勒吐后,她表现得正气激昂;以及在被苏和阴谋陷害的苦恼、清醒到机
智、沉着迎战的历程,和对待爱情的正确态度方面,作者都作了精心的刻划。

梦博士及其他

《红路》里的人物,除了上述以外,梦博士——卓得巴的形象,笔者以为写得
相当出色。

梦博士——卓得巴是一个十足的资产阶级知识分子,自高自大,傲慢不逊,
迷恋和向往着旧的、没落的东西,对新事物既不习惯,又厌恶,甚至下意识地反
对,嫉妒心、虚荣心很重。这又是一个不问政治的纯技术观点的人物,但和梅其
其格是那样地不同。要不是日寇垮台,他几乎拿到数学副博士的文凭,成了他

终身恨事,也成了他炫耀自己的资本,甚至干脆自称博士,认为这就是一切。他不象梅其其格那样走中间路线,在巴达尔夫的煽动下,不顾一切地、甚至动员别人反对额尔敦讲政治。他说:"光懂政治有什么用? 能得到学位吗?""难道还有什么政治副博士吗? 我没有听说过。"又说:"活到现在就不懂什么政治不政治。"真够"直爽"。在这场斗争的上升阶段,作者极为成功地为我们勾勒出他反对上政治课的一付醉态。

梦博士有着自己特有的思维方式。在"五一"代表大会代表选举之后,他邀保尔夫去家作客。表面是和解过去与保尔夫的无理取闹,实则是炫耀自己的"远见",想动摇保尔夫对额尔敦的看法。被保尔夫驳到痛处时,他要赖起来,说:"现在,我说不过你,也不想再多说了。因为我是讲实际的人。……我没说的了,你也别说了。"看着,就不禁使人失笑。

对这位旧知识分子,作者严厉地鞭笞他的落后的反动的一面,热情地肯定他可取的一面。当巴达尔夫耍花招,"要坚决改掉自己过去的不问政治的倾向"不批买参考书,"要跟他斗争到底"时。他发牢骚,气得大哭鼻子,很伤心,这是为了工作,尽管为谁工作的问题他还没有解决。更可取的是,他有着一颗能够辨别是非的心。额尔敦事前制止了巴达尔夫布置"批判"他的不同政治倾向及其不良影响的会,散会后他真象在梦里一样地出乎意料,"不但准备的检讨没用上,额主任(当初嫉称先生)还让我担任了教学研究小组长"。夜深人静,他要求妻子帮助分析的对话,是那样地亲切入微,脾气暴躁的梦博士好像换了一个人一样。当他的诚心实意的请教被妻子剋了一通之后,"无奈地翻过身,睁着眼寻思"时,不言之中,他们看到他精神世界的初步升华。

这样的博士,在革命斗争中,一两次小教训是不会彻底回头的,同时又往往过于敏感。自从买参考书事件之后,他和巴达尔夫断绝了联系,但胡格吉勒吐被苏和斗争之际,他又对巴达尔夫感到格外可亲,曾悄悄跑去谈过一次,又中了"暗示",无心上班,告病蹲在家里等待挨斗,心情闷到极点,满屋烟味。保尔夫给送信去,他说:"你来干什么,我已经知道了。""我就去学校,我一定坦白……"等知道是额尔敦从齐齐哈尔参观给他来信联系购书事情,又痛悔想错了,"下午就去上班。"这一情节说明了很多问题，正面地讲，解决了梦博士的疑心，说明共产党并不是不要业务，只不过政治是前提、是灵魂。这给梦博士的教育很大，保尔夫走后，他的惭愧和感激的心情交织一起，桌上巴达尔夫送他的两包点心和水果激起了他的愤怒，简直把个梦博士写活了，象在纸上跃动一般，整个内心活动都被展现出来。

梦博士的转变并没有最后完成，作者很好地把握住了这一点。当巴达尔夫在梅其其格自杀后，煽动他参加游行时，连迷带捧，一下就把他推向了高潮，后来遇到保尔夫，想到妻子那天夜里责备他时对保尔夫的评价，一谈，气才马上消了。当他被激起来时，作者写道：

他本想换件衬衣的，可是也顾不上了……右脚穿上了他爱人的横条花袜，也没顾上洗脸刷牙，便跟着巴达尔夫匆匆走出来了。……走到学校门前，……胡格吉勒吐递给梦博士一面纸旗，说："希望卓主任支持我们……""支持你们。"梦博士接过了纸旗……。

这个肥肥胖胖的人物，真如当初被巴达尔夫挑起反对共产党的描述一样：象打足了气的皮球似的跳起来了！作者嘲笑他否定的一面，而在嘲笑他的时候，真地做到了"要不失去热情而心里忍住笑"。采取这种幽默笔法，合乎分寸，技巧是高的。梦博士是那样地使人感到又可恨，又可笑的人物。

这个人物后来的转变，虽然写得简单，检讨也只是侧面提及，但却是省了笔墨，恰到好处，因为前面已经写出人物以后发展的必然性来，按照梦博士的性格，读者能够猜到他痛心疾首的语言。梦博士是那样地使人又可恨，又可笑，从梦博士的身上，我们看到了党对知识分子政策思想的光辉。用额尔敦的话来评价他，才是合适的：一个人在一个特定环境里，可能做出令人敬佩的事业，卓得巴今后很可能是这样；但如果把他放在另一种特定环境里，虽然还是这一个人，却也很可能做出遗臭万年的事情来的，卓得巴的过去可鉴。党的领导，对于这样的人物，具有决定性的生机作用。

对于巴达尔夫，这个打着热爱蒙古民族的幌子，以青年保护者的姿态出现，进行反革命活动的老特务，作者着意描写了他驱兵督战的两面手法和狡猾、阴谲、毒辣、凶狠，以及穷途末路的惇惇不安和挣扎等等，无疑是成功的。对于苏和这个个人主义野心家的刻划，也很成功。作者抓住了他的阶级特征，找到了独特的细节描写。这个日本天皇的奴才的后裔，他的形象的第一个活动——软硬结合的恐吓衣钵，就使我们感到是一个奴才的血肉。以后在胡格吉勒吐和敖斯尔两人去"留学"所惹起的风波中，他在人群中扔过一把明亮的刀子；在要胡格吉勒吐"坦白"参加过国民党并表示和梅其其格断绝联系，遭到对方严厉斥责后，他从腰间抽出皮带，企图用来代替说话的揭露，都非常深刻。关于狗腿子苏龙嘎的形象，着墨不多，但在丑化他的方面，作者也找到了门径。他"那付蠢相就象涂上大红大绿的泥象一样。把嘴巴开合了一下，但终于没有说出一句使巴达尔夫中听的话来"；在监视梅其其格的行动时，他喝得摇摇晃晃地从小酒馆出来。"跌跌撞撞中……跌进了路旁的臭水沟里，嗅着臭气，昏昏沉沉地睡过去了"。从肖象到行动都象蠢猪，他主子也骂他是蠢猪，对以上三个反面人物的描写，即使是字里行间，都流露了作者对他们的强烈的憎恶感情。

《红路》的主题思想无疑是重大的，我这样想，这一场复杂的反特斗争写的相当精彩，对所谓中间路线和不问政治的纯技术观点的批判，写得很是深刻，通过这一场斗争，反映了当年激烈的两条道路斗争，但对只有跟着共产党走蒙古民族才能获得彻底解放的问题，解决的深度是不够的。毫无疑问，蒙古民族之所以必须跟着共产党走才有前途，是因为共产党真正能够代表蒙古民族的根本利益。因此，十字路口的人物，不仅是梅其其格遗书上的觉醒的心里话显得生硬的问题，而是促使这三个人物觉醒的说服力显得不够。如果考虑到这一点，作者在事件的构思上提高一步，就现有的篇幅来说，少在苏和身上多做文章，不仅只限于学校方面，和全国斗争联系起来（当时正在进行解放战争，有条件联系）写学校师生参加土改斗争时，也不要单为解决胡格吉勒吐的"民族感情永远要胜过阶级感情"的狭隘民族思想和在感情上跟巴达尔夫的最后决裂。把两条道路斗争放在更重大的根本性的事件上去，兴许会使主题思想更为深化，结论更具说服力量，党的领导形象会更为高大，光辉了。另外，小说开头很好，既抓住时代特点之一，又突出了出场人物性格的各自特点，但结尾通过胡格吉勒吐来抒情,曲终和音就有些受到损伤了。看法不一定妥当,想到了,就提出来,供作者和读者参考研究。

1960.12.24.夜

艺术上的不断探索

——评玛拉沁夫几篇近作

丁尔纲

史料解读

　　史料原载《草原》1961 年第 12 期。该文对《六月的第一个早晨》《诗的波浪》《山大王》三篇小说的思想和艺术特征进行了分析,认为三篇小说是蒙古族作家玛拉沁夫在艺术上所取得的新成绩和新收获。该文首先对三部作品的主要内容、写作手法和人物形象进行了分析,进而总结了玛拉沁夫所取得的成绩,认为内蒙古文学在本时期面临的课题是内蒙古工人阶级在社会主义建设事业中的社会主义精神面貌描写的缺失。而玛拉沁夫凭借其对内蒙古工人的深入了解,塑造出鲜明生动的人物形象,反映出人物共同的社会主义觉悟和品质,具有现实意义。玛拉沁夫的小说初步形成了自己的独特风格,其小说富含"诗情",蕴含着作者饱满的政治热情。

一

　　作家在艺术上任何成就的取得,都是他辛勤劳动和认真探索的结果。最近读玛拉沁夫反映蒙古工人阶级的几个短篇:《六月的第一个早晨》①,《诗的波

---

① 《人民文学》一九六一年四月号。

浪》①,《山大王》②,《采金者》③,《暴风在草原上呼啸》④等和一些散文,颇有所感。本文试图对前三篇的思想和艺术作些分析,从而说说这位蒙族青年作家在这几个短篇中所取得的成绩和收获。

二

《六月的第一个早晨》是写在党领导下,内蒙古工人阶级一马当先万马奔腾的建设热情。作品的开端相当徐缓,它以电影手法映出:在内蒙古草原一个铁矿区的清凉的深夜里,军人出身的矿党委耿书记和老工人张师傅聚在一起,准备明天要向全厂作的六月份战斗任务的报告。作者对两个人物作了简单交待之后,就用"花开两朵,各表一支"的办法,让耿书记于深夜十二点开始写他的报告而按下不表,却笔触一转紧跟着专写张师傅。这种脉络层次十分明快的抒情笔触,轻而易举地就把读者带进小说的境界中去,使你的心不由得跟着它转了。

接着作者用精炼而动人的笔墨描写张师傅,发掘他灵魂深处闪光的东西。张师傅怀着"从今天起搬到山上去住,不完成任务,不下山"的决心,次日一早不吃饭就动身了。这种描写还是一般的,但当写到张师傅想起自己一月没理发,"头发胡子二尺长",因此把理发员小赵从被窝拉出来给自己剃头时,这段描绘就很有特色了,我们仿佛听得见这老工人那颗跳动的年青的心。接着作者写他怕吵醒一夜未睡的耿书记,揭示出他和耿书记的战斗友谊,他对战友的爱护,对党的负责同志的爱戴。于是我们从另一侧面了解了这个老工人崇高的品质,至此,这个形象基本上描成了。

写张师傅用的是明笔,落墨多,着意渲染;写耿书记却落墨少,轻描淡写,主要用暗笔。在他起草报告时,我们深深感到他深入和依靠群众,与工人的心相通的党的优良领导作风。之后作者写张师傅时,故布疑阵,使我们和张师傅同

---

① 《草原》一九六一年七月号。
② 《上海文学》一九六一年八月号。
③ 《新港》一九六一年七月号。
④ 《人民文学》一九六一年十月号。

样以为他写完报告后就睡觉了,但当第二天早晨张师傅跟着自觉行动起来的工人们去闯爆破关时,"忽然正在填塞的岩洞里爬出一个人来",这正是耿书记。我们这才知道他写好报告后一夜未眠,就又来抓这全部工程的关键了。于是耿书记那深入第一线的忠诚忘我地为党奋斗的精神和形象,巍巍然而兀立于读者面前。显然这儿用的是暗笔和"欲擒故纵"的手法。它在人物塑造上收到了显著的艺术效果。

有了这样一位党的领导者,和"一马当先"的老黄忠,那么"万马奔腾"的群众运动的掀起,就是十分自然的了。作者不落誓师大会、号召、动员等俗套,而是通过理发员小赵,把厂矿要决战六月和张师傅一月不下山的消息"小广播"出去,工人们听后一大早就纷纷自动背行李上山。党的召唤还没正式发出,群众就"万马奔腾"起来,要是真号召动员一下,不就更加山呼海啸热火朝天了吗?

你看,在党的领导下内蒙古工人阶级一马当先万马奔腾为社会主义建设奋斗不息的主题,在作者笔下就这么轻轻地写出来了。通篇一气呵成,没一点闲笔,调子由徐而急,气氛由娴静而炽烈,抓住了富有性格特征的人物行动,用了五六千字,就塑造出两个人的形象,他们的精神崇高,个性也鲜明。通篇的格调平淡中透着新奇,但绝不故作惊人之笔,而靠开朗、乐观、清新的抒情诗笔触叩动读者的心扉。

三

《诗的波浪》写一个在旧社会因腹中有病被奴隶主当作"怀鬼胎的女人"而受尽迫害的巴达玛,在党的拯救治疗下成长为一个拖拉机站长的故事。小说对比了新旧社会,写出内蒙古工人阶级在党领导下的成长和发展。着重点在于歌颂党歌颂新社会。为了使表现主题的对比方法运用得不流于一般化,在刻划性格时,还用了由远至近由隐而显的手法和补叙、倒叙的方法。作品采用了第一人称,作者以"我"的身份出现于作品。

作品开头和前一个短篇一样带有抒情诗的笔调:由作者眼中描出"满眼春意"的草原,诗意气氛造成之后,立即转入本题:介绍主人公巴达玛——"我"所要访问的不认识的拖拉机站长。由于"我"设想这是一个朝气蓬勃的小伙子，因而接连造成了两次误会，一次把一个男青年拖拉机手当成巴站长，一次把一个女拖拉机手误认了。而在第二次误会发生时，才找到了真正的巴达玛。原来却是一个蒙族老太太，而且是"我"六年前认识过的。于是又追溯到六年前的情景，那时"我"在一家医院里碰到巴达玛来交手术费，经她介绍才知她作姑娘时就得了病，被奴隶主当作"怀鬼胎的女人"，受尽折磨之后，扔在雪里；被一个好心的男人救活，并和他结了婚。巴达玛的病，是解放后被党的医生给治好的。但当"我"六年前认识巴达玛时，她还是个家庭妇女，党的教育对她的感动还只是性格发展的基础。至于六年来她怎样成长为一个党员，一个党的基层领导者和拖拉机站站长，作者都大胆的略去了。不过这不但没影响性格的创造，反而由于这出人意外的变化发展，突出的写出了党的伟大，党不仅拯救了蒙族人民，而且把他们中间有觉悟的人物培养成工人阶级的先进分子。这同时也透视出我国飞跃发展的伟大现实。这一省略是出色的剪裁和艺术处理，非一般酷爱写过程的作者所能企及。所省略的部分读者自己是可以用想象去补足的。这使表现主题和刻划人物的对比手法，收到更强烈的效果。而开头的由远及近，由隐而显的介绍人物的方法，一方面可以激起读者把兴趣和注意力集中在体现主题的主人公身上，同时还趁认错了两次人的机会，从容不迫地描绘了几个青年工人的形象。这对衬托主题都有积极作用：让我们看到党培养下成长起来的新血液，这整批的男女工人，是多么朝气蓬勃。

倒叙和补叙的方法既使对比的方法不落俗套，又运用得平易自然，使读者在时间上从一九六一年被带回一九五六年，又被带到解放前，而不自知。读者感情的潮水也完全随着作者的笔触而起伏着。可以设想如果作者不这么写，而是平铺直叙，那么作品一定会黯然失色。前边提到的作者另一个短篇《采金者》就有类似的毛病。值得注意的是：由远及近由隐而显的介绍人物的方法使用得也恰如其分，不象有些作品一直误会下去，漫无节制，使读者由着急而生厌。上述诸手法在这篇小说中是结合起来运用的，自然新奇，显得别开生面。

四

《山大王》虽然和上述两篇相同,也是写一个蒙族的工人形象,但它的开端却不同于前两篇那么从容徐缓而带有诗意,它用了带传奇色彩的笔法,开门见山单刀直入地介绍主人公扎拉巴的作风特点,一下子就抓住了读者。从此扣紧这个人物,先用"物件线索"展开性格,集中描绘他身上的共产主义品德。小说的主题是单纯的,对人物的共产主义精神面貌发掘得比上述两篇还要深刻些。

扎拉巴是一个边疆牧场的场长,1957 年带一批青年牧民来到白云鄂博,支援包钢原料基地的建设。小说开头时他担任主矿车间主任,这个牧民出身的蒙族干部有一个"山大王"的奇怪绰号。作者从扎拉巴的绰号谈起,接着抓住几个有特征的情节刻划人物。首先写他对工作的"入迷",住处要选择看得见矿山的房间,家里又安一部电话机,手里拿一个望远镜。所以即使下了班和睡了觉,也能随时指挥生产。作者从电话和望远镜两个物件谈起,插叙了调度员小杨挨批评后又被请到主任家吃饭的情节。从而一方面写出了扎拉巴对党的事业兢兢业业的负责精神,另一方面也写了他对青年一代教之以严、待之以爱的高尚品德。接着又从电话和望远镜两个物件上引到扎拉巴的妻子在丈夫的感召下,常常代替丈夫执行"在家监督生产"的职责。这既衬托了"山大王"的精神品质,又乘机引出他的妻子,从而提供了介绍他废寝忘食、腿骨跌伤时还逼妻子用车推自己上山领导生产等事迹的方便条件。

之后,作者才轻轻放下电话和望远镜这个物件线索,又抓住"山大王"每日必看一个电影的奇特习惯作更深入的描写:他每天必定要看一场电影,否则心里就十分不快。从而把读者往这个人物灵魂深处引进一步,使我们了解到他是那样善于吸取新事物,不管影片好坏,他都能从自己本职工作的角度得到启发,学到新东西,来推动工作。你看,这个人物把自己生活的一切部分都毫无保留地贡献给祖国建设事业了。写到这里,作者又轻轻地插上一件工人们为保证他看场电影而费尽心机的小故事,从而写出群众对他的尊敬和爱戴,而这也足以加深他的精神品质是十分高贵、有巨大感人力量这一基本主题。

这个短篇几乎没有什么连贯系统的情节，只是以一个人物为中心，以对象和小事作线索，写了一些彼此联系不大，但却紧紧连结在"山大王"这性格上的事情，这些事情无不一步深似一步地帮助我们认识这个崇高瑰美但又平凡而有风趣的灵魂。可以说作品的主题倒不是没被写过的，但作者处理主题的艺术手法却迥非寻常，因此保证了作品的思想深度。它证明只要作者体会深，艺术处理好，虽然是被大家写了又写的主题，也能写得深刻而虎虎有生气的。

五

把三个短篇逐一作了分析之后，就有条件来说明玛拉沁夫在这几个短篇中所取得的成绩了。

描写内蒙古工人阶级在社会主义建设事业中的社会主义精神面貌，这是内蒙古文学面临的新课题。蒙古族工人大多数来自农牧民，在成长和发展过程中有着自己的特点，值得作家们大书特书。但在文艺创作中这方面写得还不很充分。近年来玛拉沁夫花了相当多的时间深入到白云鄂博矿山和包钢等工业基地的工人中去，作了较多的体验和调查，较深地而且较多方面地了解了他们，从而塑造了张师傅、扎拉巴和巴达玛等这些蒙汉先进工人的形象，特别是基层领导者的形象[①]。在这些不同民族不同性格的人身上，反映出共同的社会主义觉悟和品质，同时他们也带着由农、牧民加入工人阶级队伍的人所有的"过渡"的特点。表现这些人物，应该说，是很有现实意义的；从艺术创作角度来看，玛拉沁夫同志所达到的成就，和内蒙古文学中写农、牧民和战士形象比较成功的作品相比，也是毫不逊色的。即使在全国写工人的作品中，这几篇小说也是有一定特色的。特别是从基础较为薄弱的内蒙古文学来衡量，我们更为玛拉沁夫所取得的成就而高兴。

作者在这些作品中是进行了认真的艺术探索的。本来自短篇集《春的喜歌》开始，作者就特别注意反映新生事物，塑造新人形象，三个短篇继续了这项

---

① 在上述五篇作品中，就有四篇是写农牧民出身的工地基层领导者的。

工作,而且把注意力完全集中到工人阶级身上。这几个短篇小说在塑造新人形象上的特点是:作者并不全面详尽地介绍人物的许多事迹,更不写人物的生平小传(看来作者很了解,这么作是事倍功半徒劳无益的),而是抓住几件突出的事情或行动(如"山大王"看电影和下班后还在家用望远镜、电话机指挥生产,张师傅剃头等),努力渲染,长驱直入,一下子发掘到人物灵魂深处那闪光的东西。为了服从这一目的,作者往往不追求有头有尾的故事情节,而把情节的创造服从于性格的刻划和主题的表达。并且以此为线索,把一些并不连贯的情节细节一条龙似地结成浑然一体(《山大王》和《诗的波浪》都是这样)。为此,作者往往综合运用了多方面的手法,塑造形象、展开情节,从而表达主题。象《诗的波浪》用了对比、插叙、补叙等结构方法,和由远及近的写人的手法,这些技巧往往是从提炼素材中受到内容的启发而选用的,因此平易自然而无斧凿痕迹。作者在运用技巧时也有意追求新颖,不落俗套,平淡中往往透出新奇,在布局和结构上,作者似乎很注意作品的开端,采取多种多样的方法,象《诗的波浪》用抒情和误会法,《山大王》用开门见山单刀直入法,《六月的第一个早晨》既用抒情,又用电影手法,先写全景造气氛,然后用特写镜头推向主人公,之后再顺着人物的行动用摇镜头把故事展开。这一切服从一个目的:一下子敲开读者的心扉而步步引人入胜。通篇细针密缕,一气呵成,情节和细节也往往有多方面的作用而绝少闲笔,以《六月的第一个早晨》为例,写张师傅理发,固然是写他那朝气蓬勃的青年气概,但也为写群众那"党指向那里就奔向那里"的社会主义热情提供了条件;理发员小赵的"小广播"一开,群众立即就卷行李上山。写张师傅绞尽脑汁怕吵醒耿书记,固然写了他爱党爱同志的品质,但也为加强对耿书记忘我为党工作的描写张本。当读者有了耿书记夜里休息的错觉,那么对他并没休息才产生更大的感动。这种例子比比皆是,然而这并非容易达到的。一个作者能这么别具匠心胸有成竹得心应手而从容不迫,说明了他掌握艺术技巧的渐趋娴熟。对一个青年作家说来,不通过艺术上的艰苦努力及其探索是达不到的。

目前玛拉沁夫已经初步形成了自己的独特风格:他的小说初步做到了散文中含有诗意,在笔法上出自平淡而导致新奇,但又自然可信而非故弄玄虚,所以出人意料而感人较深。小说中的"诗情"固然表现在作品中有不少抒情描写，然而作者运用抒情笔法是较慎重的，不经过充分准备不滥用。象《诗的波浪》的开头和结尾，《六月的第一个早晨》当中的"矿工们啊！是什么样生活的电钮……"一段和结尾前的"矿山的早晨……"一段都是如此。但诗意更主要的是贯穿通篇。《山大王》倒没有用一点抒情笔调，通篇都是叙述和描写，但这却是一首赞歌。诗来自作者的心田，来自他对新人新生活深深的赞美，它归根结蒂取决于作者饱满的政治热情。而风格特色的形成，则是一个作者经过艰苦学习不倦探索、思想和艺术逐步提高的集中表现。

1961.9.9.于包头转龙藏。

（本文有删节）

万流同归

孟和博彦

史料解读

史料原载《草原》1962年第1期。本文首先对共产主义思想进行了歌颂式评价,进而提出文艺作品要以多种形式多方面地表现现实生活,为无产阶级政治、为工农兵群众服务,认为这是共产主义文艺不同于其他阶级文艺的根本原则。

1961年《草原》9月、10月合刊上发表的玛拉沁夫的短篇小说《在花的草原上》表现了长跑运动员、三次全国纪录创造者杜古尔回到家乡参加"那达慕"大会前后的思想活动和感情变化,形象地表现了一位长跑运动员的精神面貌。该文进而指出玛拉沁夫《在花的草原上》表现了如何在文艺作品中表现集体主义、共产主义精神。本文作者认为玛拉沁夫能够创造出生动的运动员形象,与他对这类人生活的熟悉息息相关,了解生活非常重要,有利于形成文艺创作题材、体裁、形式、风格的多样化。《在花的草原上》对扩大创作题材做了有益的尝试和探索,本文认为,只要是服从党的任务需要,服从革命的政治需要的作品都是值得鼓励的。

原文

共产主义思想，如一轮红日普照大地，它使萌芽待生，吐蕊放苞的新事物迅速成长；使美丽的东西变得更加美丽；即使连宇宙空间中极微小的水粒原子，也映照出五彩缤纷的美丽的光芒。共产主义思想，以它巨大的无可比拟的改造力量，把一切迂腐、堕落，阻碍前进的陈旧事物加以改造，驱旧立新，使生活显现出崭新的面貌。欧洲资产阶级曾经把共产主义喻为"一个怪影"，但现实生活以无可辩驳的事实，向人们证明：共产主义思想是人类历史生活中最光辉夺目、明亮灿烂的思想。它不仅体现在最合理的政治制度中——社会主义的政治制度中，更充分体现在已经获得解放了的人民的人与人之间的关系中——建立在新的政治、道德基础上的人与人之间的新的关系中。

做为观念形态的文学艺术的任务，就是要在作品中反映出千千万万个劳动人民的新的思想、新的伦理道德观念和新的个性。当然，在意识形态领域中，反映生活中的新思想、新道德和新个性，不只限于文学艺术。但我们可以看到，文学艺术在尽上述职能的作用中，是具有十分重要的意义的。因为，文学艺术要通过形象的塑造——创造既有共性又具有鲜明个性的人物形象，来反映新的时代、新的生活。而现实生活又是那么丰富多彩，现实生活中的新人又是那么层出不穷，数不尽数。这就给文学艺术提供了极其广阔的表现范围，给文艺作品的题材、体裁、形式、风格的多样化，提供了极其优越的条件。

根据生活的特点，根据文学的特点，要求文艺作品以多种多样的形式，多方面的表现现实生活。这一点，在许多马克思列宁主义经典作家的著作中，都曾明确地论述过。但在一个时期里，我们却感到：由于对文学艺术存在某些简单化和片面的理解，这样就把文艺的职能和作用，弄得十分狭窄了。我们的思路，似乎拘束在一定的"框框"里。但，这不是一般地指文艺为政治服务的原则。为无产阶级政治、为工农兵群众服务，是我们文艺不同于一切其它阶级文艺的根本原则。反对它就会取消无产阶级文艺的倾向性，就会取消文艺为工农兵服务的党性。这里所谈的是要使文艺能够在这个总的原则下面有充分的活动余地，充分地发挥文艺的特有的职能和作用。这是问题的一面,而问题的另一面也是不容忽略的,那就是为要使文艺能够充分发挥它的特有的职能和作用,很大程度又取决于作家的本身。作家既要深切地了解自己的责任,又要熟练地掌握艺术技巧,而更重要的是要了解人。正如毛泽东同志在《在延安文艺座谈会上的讲话》中所说的:"观察、体验、研究、分析一切人,一切阶级,一切群众,……"作家深入地观察、体验、分析了不同阶级、不同群众,才会在自己的作品中创造出生动的多种多样的艺术形象。

最近,我读了 1961 年《草原》9、10 月合刊上发表的玛拉沁夫同志的短篇小说《在花的草原上》后,心里产生了一些想法。首先,我觉得这是一篇题材十分新鲜,具有浓郁抒情气氛的作品。其次,作品的文字也是十分动人的。作者在表现长跑家、三次全国纪录的创造者杜古尔回到家乡参加"那达慕"大会前后的思想活动和感情变化时,有着不少动人的描写。当然在谈到这篇小说的结构与情节时,应该看到,作者还是采用了自己或其它某些作者所惯用的手法。那么这篇作品为什么仍会产生如此感人的力量呢?我以为最重要的是在这篇作品里,作者形象的表现出了一位长跑运动家的精神面貌。从这位长跑家的身上可以看到,我们时代的人的新的品德与新的个性的成长。长跑家杜古尔应"爱情之树"人民公社的邀请,回到家乡参加"那达慕"大会的长跑比赛。这期间,他结识了备受乡亲喜爱的青年长跑运动员齐米德。出于对新生力量的喜爱,杜古尔殷切地希望他的朋友能够跑出很好的成绩。由于这种感情的驱使,杜古尔在比赛途中脑子里展开了一系列的思想活动,以致于因此影响了他的正常速度。在这里作者这样描写道:

> 作为一个运动员,他深知第一次比赛,对一个运动员一生有着多么深远的影响! ……如果轻易地获得胜利的话,他在未来的生活中,会不自觉地认为胜利是可以轻易取得的;这样,会象慢性毒药一样毁灭一个青年,一个无疑是有天才的青年!

想到这里,他觉得仿佛有谁往他身上注入了一股神奇的力量,疲倦顿然消失。这时,在他脑海里只有一个念头:

"为了他,要超过他!"

"为了他,要超过他!"这句话,生动地概括了集体主义的荣誉感与对他人的关怀同个人的上进心,并不是相互矛盾的。这完全不同于建立在个人主义基础上的锦标主义的互相排斥和互相竞争。相反,是出于对他人的关怀、喜爱和对集体荣誉的珍视。如果,杜古尔造作地叫齐米德取得胜利,这不仅影响杜古尔严肃地保持并刷新为集体所争得的三次全国纪录的荣誉,同时也会阻碍一个正成长着的青年运动员的上进心。

资产阶级文艺理论家们经常攻击我们的文艺不允许表现人的"个性",缺乏所谓"人情味",这种理论显然是不值一驳的。因为他们所宣扬的"个性"不过是资产阶级个人主义的代名词罢了。但如何在文艺作品中创造具有集体主义、共产主义精神的鲜明个性,确是不容忽视的。一些作品所以缺乏感人力量,就常常是由于作品中的人物缺乏鲜明的个性,给人的感觉不是一个生动的具体的人,而是一些抽象的概念的总和;或者仅是表现了某一事件的过程,抑或是彼此相似的精神状态,而不是具有典型意义的"这一个"。所以说关键还是要了解人,熟悉人。而现实生活,火热的斗争是人的历史活动的最广阔的场所,因此要了解人,就必须要深入生活,投入到火热的斗争中去。

然而,对于深入生活还须做进一步的了解。深入生活不是一般意义上进行调查研究,搜集材料(当然不能反对搜集创作上所必须的某些材料)。这里更重要的是要热爱生活,这也就包含了作者的世界观改造和思想感情变化的过程。在谈到某些创作上的问题时,曾经有一种说法,即有时感到写不好工农兵是由于对工农兵缺乏了解,写知识分子或许好一些。我以为对某些作者说来也不尽如此。确切些说,如果由于对工农兵生活缺乏充沛的热爱的感情而写不好工农兵;同样,对新的、社会主义的知识分子生活缺乏必要的喜爱的感情亦不会写好新的知识分子的形象。就这个意义讲,我觉得玛拉沁夫同志能够在《在花的草原上》中创造出生动的运动员形象,很大程度上同作者长时期对这样一些人的生活有着较为深切的喜爱感情是分不开的。只有喜爱它,才会深入地观察、体会运动员的最细致的思想活动。当然,如上所说的要求作者喜爱知识分子的生活,不是指它的所有方面,因为在我国目前条件下,有许多知识分子还处于逐渐被改造的过程,在他们身上还有着不少陈旧意识需要加以批判、改造。这里所说的喜爱,是就做为一个社会主义的文化劳动者或正努力成为社会主义文化劳动者而又为社会主义建设尽其努力并有所作为的一面而言的。只有当我们看到了这一面,才会在文艺作品中创造出比现实生活更高、更美、更典型的形象。

所以,要使文艺创作上出现题材、体裁、形式、风格的多样化,从作家角度要求,就是要善于从多方面地了解生活,"观察、体验、研究、分析一切人,一切阶级、一切群众,一切生动的生活形式和斗争形式",看到千千万万人们精神中闪耀出的共产主义的思想光辉,通过创造多种多样的艺术形象,使美的生活、美的思想,更加美丽。

综上所述,笔者并不妄图通过二三千字的短文阐述重大的理论问题和向读者推荐什么典范的作品。我只是在读了《在花的草原上》这篇作品后,结合当前某些共同关心的创作问题,谈一点个人体会。同时感到,《在花的草原上》这篇作品对扩大我们创作题材,确实做了一次很有益的尝试和探索。因为广开文路,大放百花,并不只是限于形式方面的意义,而更重要的意义是使我们的作品的思想内容更加丰富,并提到新的高度。总之,作品的内容可以多种多样,作品的题材、体裁、形式与风格也可以多种多样。在文艺的原野上可以有滔滔奔流的长江大河,也可以有缓缓细流的小溪,只要是奔向同一目的,即服从党的任务的需要,服从革命的政治的需要,万流同归。

评《没有枪的战士》

童歌郎

史料解读

　　史料原载《草原》1962 年第 3 期。该文首先对朋斯克的短篇小说《没有枪的战士》的主要内容进行了详细的介绍，指出朋斯克通过选取富有典型意义的生活片段，塑造出一个普通牧民的艺术形象，表现出共产党领导的正确性，让读者从生动的艺术形象中吸取了力量，坚定了社会主义建设的信心。文章以"枪"为主线，通过朝格图的行动描写，回答了武器和人二者谁是战争取得胜利关键因素的中心问题。与此同时，有关"马群"的情节设置也十分巧妙，它不仅加强了作品的地方特色，同时也进一步展示出人物勇敢机智的性格，增强了故事的可读性。《没有枪的战士》获得成功的重要经验是作者熟悉所描写的生活，善于抓取人物的某个特征，使形象更加鲜明生动。《没有枪的战士》风趣幽默、朴素自然的细节描写，引人一笑，但是笑的后面隐藏着严肃的思想，是一部值得一读的佳作。

原文

　　"从打日本鬼子投降以后，八路军来在草原上，虽然时间还不久，可劳苦牧民的心就象打开了几扇天窗。现在，牧马人朝格图要去参军了。"朋斯克同志的短篇小说《没有枪的战士》一开头，就把故事发生的年代、地点和主要人物交待给读者了。接着作者就用这样朴素、简练的语言，讲述了一个含意颇深的故事：牧马人朝格图在黎明前的黑暗中送走了他的妻子，然后就拆蒙古包，收拾家具，把这些东西送到住在三十里外的朋友家寄存起来，一切准备都作好了。朝格图便骑上马找旗大队参军去了。从他决定参军那天起，就盼望着：拿一支枪；报几辈子当奴隶的仇，万没料到旗大队缺枪，没发给他枪，这样朝格图就成了没有枪的战士。说来也巧得很，在朝格图参军的当天夜里，旗大队决定去阻击企图抢马的敌人，朝格图没有枪，排长不让他参加战斗，给了他一根套马杆子，让他和老班长管理马群，在战斗中朝格图就用这根套马杆子，套住了敌人的一个排长，缴到一支冲锋枪，故事到这里就结束了。象这一类的革命故事，头一次讲的时候，是很吸引人的，后来，讲的人多了，听的人也觉得很平淡了。《没有枪的战士》的作者就是从人们看得很平淡的战斗故事中，选取了一个富有典型意义的生活片断，塑造出一个普通牧民的艺术形象，通过这篇小说帮助读者认识、体会了一个不平凡的真理——

"武器是战争的重要因素，但不是决定的因素，决定的因素是人不是物。"（《毛泽东选集》二卷 459 页。）"世界上一切事物中，人是第一个可宝贵的。在共产党领导下，只要有了人，什么人间奇迹也可以造出来。"（《毛泽东选集》四卷 1516 页。）

《没有枪的战士》表达了这一深刻的思想，使读者从生动的艺术形象中吸取了力量，这力量会鼓舞人们在社会主义建设中坚定信心，自力更生，正视困难而不畏惧困难，用牧马人朝格图冲锋陷阵的精神，征服困难。

《没有枪的战士》的思想内容无疑是积极的，故事结构也是完整、严谨的。

武器和人二者哪个是战争取得胜利的决定因素，是这篇小说要解决的中心问题。这个中心问题，是通过作品中的主要人物朝格图的行动展示出来的，朝格图的行动又是沿着"枪"这一条主线展开的。因此，"枪"便在这篇作品中反复的出现。这种反复是不是简单的重复呢？当然不是。它每一次出现都带着一个新的意义，担任着新的使命。如石雕艺术家手里握的那把斧头，它总是一起一落的反复着。你只注视斧头，会觉得这种反复是单调的，是枯燥无味的。当你把视线移到大理石上，便会产生一种迥然不同的感觉，发现大理石在斧头下起着变化。就在这斧头的起落中大理石被雕成了人体的轮廓，出现了充满活力的手和脚，出现了具有个性的面孔……大理石在石雕艺术家的斧头下，获得了它的艺术生命。《没有枪的战士》中的"枪"就起着斧头的作用，通过枪这条线索，作品中的人物获得了血肉，主题思想一层层地展现出来。

"枪"这条线索，是从普如布匪徒炫耀他们的美式武器展开的，通过朝格图的朋友、老尼姑的口和敌人的告示，提出了在武器装备上敌优我劣这个问题。牧马人朝格图却认为我们的地方很多，大浩特也不少，只要兵工厂咔咔一造，我们就有了新枪。没有枪可不好打仗呀！后来他见到了早已相识的阿尔斯郎排长，阿尔斯郎排长直截了当地回答了这个问题，他说："我们人少，武器也不如敌人，为什么能胜利呢？就是有千百万劳动人民的支援。武器不顶事，最要紧的是人！"看起来，故事可以到此结束，因为主题思想已经全说出来了。但作者却从容不迫地抓住"枪"这条线索又讲下去了，而且讲得非常精彩。朝格图没有领到枪，来到班里，看见老班长那条磨掉了口的老七九枪，忍不住地想要过来看一看，他这种心情老班长是理解的。这个新战士多么想拿一只枪呵！"过两天打仗，我给你缴一杆。"朝格图一听，老班长要给他缴一杆枪，眉毛一挺倔强地说道："到时候我自己也敢缴，三班长能，我就不信我不能！"前面，朝格图走在路上，猜想着参军后会领到什么枪，那一段描写，我们看到这个牧马人的性格，是那么纯朴。这里，通过朝格图和老班长的几句对话，我们看到这个木马人的倔强个性。阿尔斯郎排长讲出了：战争胜负的因素是人不是武器；又通过朝格图用套马杆子缴到一只冲锋枪的行动，证实了这个真理。当然后者比前者有说服力，可是更精彩的是：敌参谋长也不得不承认他们的失败是因为人不顶用，"人不顶用，这是顶要紧的……""枪"这条线就是这样反复着，螺旋地向上发展，一步高似一步，最后达到主题思想的顶峰。

围绕"枪"这条主线描写有两个重要的情节，也是值得谈一谈的。

普如布匪徒要到伊和塔拉抢马的这个情节，是和主线交织着一贯到底的。

朝格图到朋友家寄存东西这一情节,不是可有可无的描写。这一节不仅揭露了诗人的暴行,说明了"人心的向背",而且给后面故事的发展埋下了重要的一条线,这就是老尼姑让朝格图告给旗大队的那件事:敌人要到伊和塔拉去抢马。朝格图和阿尔斯郎排长去见冯政委,又遇上一位老牧人,这位老人也是为了抢马这件事,送信来的。旗大队就根据这个消息,决定去阻击抢马的敌人。朝格图在参军的当天夜里参加了战斗,用套马杆子缴到了一支枪。许多巧合的事都集中地发生在一天一夜的时间里,假如没有前面老尼姑的嘱咐,老牧人的送信,这些巧合的事情,就不会这么合情入理,战斗也不会进行得这么顺利。

其次,"马群"这个情节又是在整个故事中,穿插着描写的。这一群马是土匪从北山抢来的,在头一天的战斗里跑散了。牧民们自动地把这群马赶来,交给了旗大队。乍看起来,这群马好象是为了引起阿尔斯郎的议论,临时想到,任笔写下的。其实这个情节,也是经过作者深思熟虑,在构思的时候就安排定了的。假如前面不出现这个马群,后面就不会有套马那一段细节描写,朝格图在战斗中也不会有一根套马杆子。旗大队要出发打仗了,朝格图没有枪,难道真的让他空着双手参加战斗吗?现在有了这一群马,就需要有人来管理,朝格图是牧马人出身的新战士,让他来管理马群不是很合适吗?于是这个没有枪的战士就领到了一根套马杆子。前面有了套马这一段描写,后面出现了套敌人那个场面,读者才不觉得突然。套马这一段描写,既不是猎奇也不是赘笔,它不仅加强了作品的地方特色,同时也进一步展示出人物的勇敢机智的性格。读者知道了这个牧人是勇敢机智的,所以读到"长长的套马杆子在嵌着国民党徽的灰布棉军帽上,嗖地落下来"的时候,觉得是真实的,可信的。另外,有了马群这个情节,故事的发展就有起有伏,不直不露,更耐人寻味了。

《没有枪的战士》的作者很熟悉他描写的这一段生活,是这篇小说获得成功的重要经验。但也不能忽视,作者在艺术结构上所下的这番辛苦,这番辛苦是有价值的。这篇小说的故事结构,情节安排,正如《春觉斋论文》中说的那样:"犹之构园亭者,数亩之地,而廊榭树石,能位置错迁,缭曲往复,若不知所穷。"可以说是善于结构了。

　　《没有枪的战士》这篇小说的人物描写，也是比较成功的。作品中的主要人物，是由远而近向我们走来的。朝格图从牧马人变成新战士，从没有枪到有了枪，仅仅经过了一天一夜的时间。一天一夜的行动，朝格图这个人物，就给读者留下了一个鲜明的印象。朝格图是什么样的人呢？他是沉默寡言，性情纯朴，个性倔强的一个小伙子。他带着草原上的乡土气息，他具有劳动牧民的慓悍、朴实的性格，在他的性格中有着牧马人的勇敢和机智。这是一个普通牧民的形象，他对我们来说不是陌生的。解放战争时期，他在我们的身边；建设社会主义的今天，他仍然在我们的身边。遇见困难的时候，我们会听见他的声音："人家三班长用小钢锤缴到枪，别人能，我也能。"一个没有枪的战士，能用套马杆子战胜敌人，难道我们就不能战胜社会主义建设中的困难吗？决定的因素是人不是物。

　　朝格图这个人物性格，是一层一层揭示出来的；朝格图这个人物肖象，也不是集中交待的。开始，我们看到的只是一个身材高大、颧骨凸出的人物的轮廓。后来，朝格图来到旗大队，听战士们讲话的时候，作者写道："他那细长的眼睛笑眯眯的只剩下一条缝。"读者这才知道朝格图的眼睛是细长的。老班长说要替他缴一支枪的时候，朝格图把稀疏的眉毛一挺，直截了当地说道："到时候我自己也敢缴！"我们又看到他的眉毛是稀疏的。因为他没有枪，排长不让他参加战斗，他黑瘦的脸绷紧了。这个牧马人的脸是黑瘦的。朝格图的肖象就是这么一笔一笔勾画的。最后，在读者眼前出现了一幅鲜明、生动的肖象画：一个穿着白楂皮袍的高个子青年人，他穿了一双蒙古靴子，靴筒里插着一根短烟袋，肩膀稍微向前佝偻着——就象骑在马上勒着缰绳那样。黑瘦的脸，高高的颧骨，生着两道稀疏的眉毛，眯着细长的眼睛，向着美好的未来在笑。这种通过人物肖象来描写人物心理的方法，虽然不是独创的方法，也不是描写肖象的唯一好的方法，可是这种描写方法是值得重视的，因为它可以达到"一箭双雕"的艺术效果。

　　这篇小说中的次要人物的形象，也是很鲜明的。这些次要人物是为了帮助展示主要人物的性格和加强主题思想而出现的。在描写方法上，采用的是抓人物的某一个突出的特征，用粗线勾勒出来的，着墨不多，形象却很鲜明。可见作者在人物描写上,是下过苦功夫的。

　　《没有枪的战士》的另一个特点,也是朋斯克同志的其它作品中共有的:风趣和幽默。这些使人发笑的细节描写,是朴素、自然的。好象一个人板着面孔一本正经地讲着笑话,任凭别人怎样笑,他自己却不笑。当你笑过之后,又觉得在这笑的后面藏着严肃的思想。这类例子在朋斯克同志的作品中,是不难找到的,这里就不赘述了。《没有枪的战士》发表在《草原》1961 年 8 月号上,还是请读者同志自己去读吧。

蒙古族作家敖德斯尔的创作

奎　曾

史料解读

　　史料原载《中国民族》1962 年第 9 期。该文从小说和戏剧创作两个方面梳理了敖德斯尔文学创作的发展和进步。敖德斯尔创作的第一个时期是 1952—1957 年，这一时期敖德斯尔创作了小说《枣骝马的故事》《牧人的儿子》《遥远的戈壁》《莎仁姑娘》，出版了短篇小说集《布谷鸟的歌声》，这一时期敖德斯尔的作品着重塑造正面人物，将人物置于具体的历史环境中，反映革命斗争，具有鲜明的时代特点。作者这一时期的作品也存在着人物性格不够鲜明、故事情节不够集中、结构不够严谨等缺点。第二个时期是 1958 年以后，敖德斯尔创作了第一部汉文小说《"老班长"的故事》以及《"老车夫"》《水晶宫》《鄂尔多斯雄鹰》《欢乐的除夕》《撒满珍珠的草原》等一系列作品，这一时期敖德斯尔将重点放在以人物见长的短小精悍的作品上，显示了革命现实主义与革命浪漫主义相结合的创作方法的成功实践。敖德斯尔的戏剧创作包括独幕话剧《草原民兵》、电影文学剧本《骑士的荣誉》、六幕大型蒙古语歌剧《达那巴拉》，这些作品均获得成功。该文较早地梳理了敖德斯尔创作的历程，展示了其创作的主要内容和特点，对其艺术才华给予了充分肯定，分析了其不断进步的原因，也谈及了创作的不足，表达了对敖德斯尔创作的肯定和期待。

原文

　　和我国其他兄弟民族一样,内蒙古自治区当代的许多蒙古族作家,都是解放后在党的大力培养与亲切教导下成长起来的。由于他们直接承受着毛泽东文艺思想的阳光和雨露,加上自己的刻苦钻研,汉族同志的热情帮助,所以往往进步很快。中国作家协会内蒙古分会副主席、蒙古族作家敖德斯尔同志,就是其中的一个。早在 1955 年,他的话剧剧本《草原民兵》①就得到过好评;近几年来他的短篇小说,更引起了文艺界的重视。今年内蒙古自治区成立十五周年的前夕,作家出版社还出版了他十年来的小说选集《遥远的戈壁》,从此,他的作品在全国得到了较为全面、系统的介绍。

　　敖德斯尔同志的处女作《枣骝马的故事》(原名《朝克图和他的白额枣骝马》),写于 1952 年 10 月,到今年国庆节,他的小说创作恰好整整十年。十年来,他写了二十多个短篇,一个中篇《撒满珍珠的草原》②,和一些电影、戏剧剧本。他的整个创作,既反映了民族民主革命时期内蒙古地区的民族解放与区域自治的革命斗争,也反映了社会主义革命和社会主义建设时期自治区的重大政治运动和经济建设;既描写了草原上人民军队的多方面的战斗生活,也描写了牧区人民的崭新的思想风貌。他的这些作品一般都具有深厚的思想内容,浓郁的生活气息。读过他的作品的同志几乎都有一个共同的印象:认为比较深沉、质朴而扎实,宛如一罐收藏很久的醇酒,饮之甘美,其味无穷。

　　敖德斯尔同志的小说之得到读者的重视,是从他的第二篇小说《牧人的儿子》(原名《草原之子》作于 1953 年)开始的。这篇作品描写了解放战争时期内蒙古人民骑兵同草原人民血肉相连、生死与共的典型事例,塑造了革命战士包乐图、巴图苏赫等英雄形象。普通一兵包乐图,在作战中身负重伤,他为了掩护

---

① 《草原民兵》汉文本发表于《剧本》1955 年 11 月号,曾被评为全国 1955 年独幕剧三等奖。1956 年,该剧又被收入"青年文艺创作丛书"独幕剧选《草原民兵》一书中,中国青年出版社出版。

② 现亦收入小说集《遥远的戈壁》中,作家出版社 1962 年出版。

亲密的战友,消灭敌人的机枪阵地,不但不下火线,反而将敌人的火力吸引到自己身上,英勇地献出了宝贵的生命。"他一点也没有呻吟,眼睛闪放着充满胜利信心的光芒。他相信革命事业一定能够得到胜利,就象每天从东方升起的太阳放射出光辉一样。"我们的革命战士之所以具有如此英勇崇高的精神品质,是因为他们都是穷苦牧民的儿子,是人民的子弟兵。因此在作战中也就能得到广大人民的支援。当包乐图的亲密战友巴图苏赫同敌人进行肉搏战的紧急关头,正是"那个穿蓝袍子的"布和老人摔倒了敌人,拯救了他,并且还扛来一箱子弹,使这次战斗取得了胜利。作品接着着重地描写了巴图苏赫和布和老人一家之间军爱民、民拥军的鱼水关系,最后双方结成了亲戚。

与《牧人的儿子》题材相近的另一篇小说,是《遥远的戈壁》(原名《布谷鸟的歌声》作于 1957 年)。这篇作品着重描写了草原人民对人民军队由惊恐、怀疑到热爱的变化过程,深刻而细腻地刻划了几个鲜明的人物性格。小说中的老妈妈,是一位饱尝旧社会痛苦、在帝国主义侵略和军阀混战中受尽折磨的善良老人。她曾经受过反动军队的种种迫害,以致一听到"当兵的"三个字就神魂倒颠,心惊胆战,既憎恶又害怕。她说:"我从大清年间活到现在,看见过各种各样的军队,他们都说自己是有纪律的,其实尽干一些伤天害理的事。"因此,起初她以同样的敌视态度对待我们的人民骑兵,和儿媳妇一道将仅有的一点粮食都收藏起来。但是后来,她却亲眼看见战士们"比挨门讨乞的喇嘛还老实和气",他们宁可自己忍饥挨饿,绝不动人民群众的一丝一毫;甚至如年轻战士查干夫那样,还将留着作战时充饥的仅有的一碗炒米给了她的孙子。这些事实和行动终于感动了老妈妈,改变了老妈妈的看法。当战士们作战归来时,老妈妈自动地煮了一大锅饭,激动地对战士们说:"孩子,……妈妈想你们,就象想自己的儿子一样啊!"除老妈妈外,这篇作品还描写了她的儿媳斯伯吉德玛、年轻战士查干夫和连长孟和等人物形象。

敖德斯尔的这些作品将我们带到了那些艰苦的革命斗争年代里去。为了革命事业、为了后一代的幸福,有不少可爱的战士牺牲了,有不少在白区坚持地下斗争的革命工作者流了血。小说《莎仁姑娘》(原名《一个姑娘的经历》作于

1956年），所描写的就是在反动统治的恐怖年代里，地下革命工作者同敌人英勇斗争的事迹。作者在这篇小说里，第一次接触到蒙汉团结的主题，成功地塑造了"好大娘"那样一个汉族英雄妇女的形象。坚持白区地下工作的老太太"好大娘"，为了将内蒙古人民骑兵团政委朝鲁蒙的遗女莎仁姑娘教养成人，同敌人展开了英勇顽强的斗争。她在敌人施加于她的酷刑面前坚贞不屈，并且在牢狱中成了难友们的组织者与鼓舞者。后来"好大娘"虽然牺牲了，但她的钢铁一般的语言仍然在人们的记忆里反复回响："我受了多少苦啊！但是一想到我们受苦刑，正是为的不叫别人再进到这个地狱里来，我的心就变得比石头、比铁都硬了。"她把自己的理想寄托于革命的后代，希望莎仁"学你爸爸妈妈那样——成个致力于革命的人"。莎仁姑娘后来果然在党的温暖的怀抱里长大成人，成了一个有理想有抱负的新中国的大学生。

　　这一时期（1952—1957）除了上面谈到的一些小说，作者还写了其他一些作品，出版了第一个短篇小说集《布谷鸟的歌声》①。在这些作品中，作者的艺术才华开始得到了显露。概括地说，作者从第一篇小说《枣骝马的故事》开始，便注意描写正面人物，反映革命斗争。他根据自己的生活感受，在作品中刻划了从指挥员到普通战士、从地下革命工作者到普通牧民的一系列感人的正面人物形象，而在这些人物的身上，洋溢着深挚的感情，闪烁着革命英雄主义和革命乐观主义的光芒，从而给了读者以很大的鼓舞与力量。在刻划这些正面人物的性格时，作者还注意了环境气氛的描写。他的人物总是生活在具体的历史环境之中，具有时代的特点。作品的语言，抒情性也都比较浓厚，富于诗意，增强了作品的感染力量。当然，作者这一时期的作品也还存在着一些缺点，如有些人物性格不够鲜明、故事情节不够集中、结构不够严谨等等。到了下一时期，作者就在这些方面作了努力。

　　1958年，我国的社会面貌发生了巨大的变化，同时也给敖德斯尔同志的生活与创作带来了巨大的变化。这一年年末，作者由部队转业到文艺工作岗位上

---

①　小说集《布谷鸟的歌声》（蒙古文），共收小说八篇，内蒙古人民出版社1959年出版。1960年译成汉文，改书名为《在遥远的戈壁上》。

来，开始了他的创作生活的新时期。由于工作性质和生活环境的改变，他接触的社会生活更为广阔，同时也更便于他学习汉语文，学习马克思列宁主义的文艺理论和国内外优秀的文艺作品。这一年，他开始运用汉语文创作小说，并将创作题材扩大到自治区的社会主义建设，而作品的思想水平与艺术水平也都有了提高。

为庆祝建国十周年而作的《"老班长"的故事》（原名《时代的性格》），是作者的第一篇汉文小说，也是他的代表作之一。这篇小说通过对草原上一个矿区的日常生活的描绘，精雕细刻地塑造了一个"既是普通的劳动者，又是非凡的人物"的高大的人物形象，热情地歌颂了内蒙古自治区社会主义工业建设的巨大发展，和蒙、汉、朝鲜三个民族在革命战争和建设中所结成的深厚友谊。应当说，这篇作品的思想意义是相当重大的；而在艺术表现上，也有了许多新的进展。作者笔下的"老班长"，既是一个朴素无华、和蔼可亲的革命战士，又是一个敢于斗争、敢于胜利的转业军人。他牢记着林彪同志的话，把转业看成是"从这条战线调到另一条战线"，并且认为"我们没有战胜不了的困难，因为我们是毛泽东时代的中国人"。作品是通过许多生动的具体描写来表现的。和作者前一时期的人物不同，"老班长"有着鲜明的个性特征：他幽默风趣，爱喝点"二锅头"，有点固执，又有点唠叨等等。所以这个人物就显得栩栩如生，跃然于纸上了。作者在本时期的作品中，所刻划的转业军人的形象还不只是这一个。与《"老班长"的故事》同时或稍后创作的《"老车夫"》《水晶宫》等小说的主人公——下放到某牧区人民公社劳动锻炼的老盟长扎拉库、锡林郭勒第一个国营牧场的场长胡日钦，就都是"老班长"型的转业军人（但人物各有特点，表现手法也多种多样）。他们共同的思想性格，就是既有冲天的革命干劲，又有实事求是的科学作风；既藐视困难，也重视困难；既是领导干部，又同劳动人民有着血肉的联系——可以说，在他们身上，革命浪漫主义与革命现实主义得到了较好的结合，从而这些作品也就具有鼓舞人们克服困难、奋勇前进的巨大力量。这不能不是作者的思想水平与艺术水平进一步提高的重要标志之一。

作者在前一时期创作中的一个缺点是，对情节的提炼不够，因而往往故事比较芜杂,结构不够谨严。为了克服这个缺点,作者在本时期创作了一些不以故事取胜而以人物见长的短小精悍的作品,用它们来及时反映牧区的新生活新气象,描写人民公社化后的新人新事。现在收入小说选集中的《新春曲》(原名《为了新春》),就是这方面第一篇成功的作品。接着,作者又发表了为茅盾同志所称誉的《欢乐的除夕》[①]。茅盾同志在他的文章里,称这篇小说显示了"革命现实主义与革命浪漫主义相结合的创作方法的初步成就",这个评语是很中肯的。

确实,作者在本时期的作品,越来越多地显示出他在学习和运用革命现实主义与革命浪漫主义相结合的创作方法方面所取得的成就。这方面除了《"老班长"的故事》《水晶宫》等篇之外,还可以谈谈小说《鄂尔多斯雄鹰》。这篇以伊克昭盟民间传说为题材的作品,具有浓厚的革命浪漫主义气息。它不仅在情节结构、景物描写与语言风格等方面显得夸张而神奇,而且主人公们也都理想化了(他们被名为"无敌英雄""锋利的英雄""高原英雄"等便是例证)。积极的浪漫主义精神,原本是蒙古族古典文学和民间文学中的优秀传统之一;但要紧的是,作品所反映的是党所影响和领导的现代蒙古族人民的革命斗争,这里所描写的英雄人物,是具有共产主义理想和抱负的革命战士。这样,作品既不拘泥于现实,却又扎根于现实;人物既崇高伟大,却又令人可信。可以说,在这篇小说中,传说故事与实际斗争,理想与现实,悼念与歌颂,人与物,情与景,都得到了较好的结合,也是一篇具有代表性的作品。

这一时期创作上另一可喜的收获,是作者的清新质朴而又幽默风趣的风格渐趋明显。《欢乐的除夕》等篇固可见其端倪,而到了中篇小说《撒满珍珠的草原》,这种风格就更为明朗了。

敖德斯尔同志是以小说创作著称的,但他的戏剧创作也不可忽略。

为革命文化宣传工作的需要,作者早在创作小说之前就开始了文艺活动。他写过歌曲,编过演唱,后来为配合镇压反革命运动,在深入生活的基础上创作了独幕话剧《草原民兵》,及时反映并歌颂了草原上人民群众同反革命分子作斗

---

① 茅盾:《一九六○年短篇小说漫评》,《文艺报》1961 年第 5 期。

争的英雄事迹。这个话剧当时在部队中演出，起到了积极的推动作用。这说明
敖德斯尔同志的创作是和革命斗争分不开的，他反映了革命斗争，也服务于革
命斗争；同时这又是和作家深入生活分不开的，只有熟悉他们，热爱他们，才能
表现他们，歌颂他们。

　　从 1956 年起，作者开始创作电影文学剧本《骑士的荣誉》，经过多次的讨论
修改，现已定稿①。这个剧本反映了解放战争初期内蒙古草原上旧军队的改造
过程，反映了当时内蒙古区域自治运动中尖锐复杂的两条道路的斗争。剧本塑
造了许多性格鲜明的人物。剧中有关蒙汉团结的民族关系，也有许多生动的
描写。

　　1961 年，作者与另一蒙古族作家其木德道尔吉又根据著名民歌《达那巴
拉》，创作了六幕大型蒙语歌剧《达那巴拉》②。这是民国初年产生于哲里木盟科
左右旗一带的一个真实的故事。男女主人公达那巴拉和金香是一对从小相爱
的劳苦牧民，其后男方被强迫征召入伍，女方也被强迫嫁给了别人。三年以后，
达那巴拉逃出军营，路遇金香，正计划一同逃走时，却不幸中了追兵的枪弹，他
于生命垂危之际约定来生再结为夫妻，而后倒在金香的怀中死去。这个悲剧深
刻地揭露了封建社会不合理的婚姻制度和黑暗的社会现实，反映了二十世纪初
期内蒙古草原上的动乱与不宁。据说关于故事的结局就有几种不同的处理：有
"梁祝"式金香哭灵、双双死去的；也有改悲剧为喜剧，使达那巴拉伤愈复苏的。
现在的歌剧《达那巴拉》，既吸收了民间叙事诗的精华，也作了情节上的一些合
理的更动。在蒙古族文艺发展史上，象这样的大型歌剧还是不多的，因此，这也
是一种有益的尝试。

　　作者的这几个剧作都在全国或自治区的剧本评奖中获奖。这说明敖德斯
尔同志在戏剧创作方面同样具有一定的才华。比起诗歌、小说的创作队伍来，
我们兄弟民族的戏剧创作队伍更需要进一步扩大与提高。我们希望敖德斯尔
同志今后在创作小说的同时，更能为广大观众创作更多的剧本。

---

①　《骑士的荣誉》（修改本），发表于《电影创作》1962 年第 4 期。
②　歌剧《达那巴拉》（蒙古文），载《花的原野》1962 年第 3 期，未汉译。

综观敖德斯尔同志的创作,可以很明显地看出他不断前进的足迹。除了党的培养与汉族作家的鼓励而外,应当特别指出的是,他本人的虚心学习、刻苦钻研的精神与严肃认真、一丝不苟的态度。十年来,他一直坚持业余创作,他的这些作品,大部分是在繁忙的工作之暇,在深夜里,在例假中辛勤地创作出来的。十年来,他孜孜不倦地学习汉文,终于从连普通汉话都说不好而能熟练地运用汉文创作。他的许多作品,曾经一改再改,力求写得更好,使自己有所长进,有所收益。无疑,敖德斯尔同志是一位有准备、有才能、有成就、有广阔发展前途的作家。我们有理由预期他在蒙、汉文创作上都将产生出更好的作品。

在前进的道路上

——评敖德斯尔的小说

温小钰　　汪浙成

史料解读

　　史料原载《民族团结》1962 年第 9 期。该文对敖德斯尔小说的"前进"进行了简要的介绍，将敖德斯尔不同时期创作的作品进行比较，进而引出对敖德斯尔小说创作不同时期的特点的分析，特别是对优秀作品《"老班长"的故事》《水晶宫》《老车夫》《春雨》等进行了详细评析。该文认为敖德斯尔对基层干部刻画得生动鲜明，这些人物多处于草原社会主义建设时期，富含强烈的革命理想精神和深入实际的踏实作风，人物性格具有时代性。同时指出，这些形象在塑造上还存在个性化缺失、人物活动篇幅小、缺乏立体多样化等问题。

　　该文指出，敖德斯尔擅长故事和细节描写，但小说情节展开缓慢，多以几个制造气氛的故事或细节为开头再转入正题，细节衔接不够流畅，存在小说不够精练、结构不够紧凑、情节不够集中、虚构的功力不强等问题。

　　该文认为敖德斯尔的作品具有民族特色和地方特色，是基于丰富的生活经验和感受创作出来的，敖德斯尔始终坚持探索新的题材，坚持对艺术技巧的不断学习和创新，他的作品质量一定会有新的进步。

原文

近一两年的内蒙古文艺创作,小说显得十分活跃。当然,在这期间,文学艺术的其它种类,也有了很大的发展,但相对说来,小说创作,特别是短篇小说的创作,成绩似乎更为突出,产生了一批又一批富有民族特色和地方色彩的作品,涌现出不少很有写作前途的新人;而过去已经致力于小说创作的同志,在这两年间也有了大步的跨进,有了新的提高,新的突破。我们认为,蒙古族作家敖德斯尔同志,就是其中比较突出的一个。

敖德斯尔是解放以后就开始写作的。最先写剧本(《草原民兵》是大家比较熟悉的一个)。1952年才转入小说创作,至今恰好十年。在这段时期里,他写戏的工作并未停止,然而更多地引起人们注意的,还是他的小说。最近,作家出版社已把他的主要作品,编成了小说集《遥远的戈壁》出版,其中有的作品如《老车夫》已经翻译成为外文,流传国外。

跟其他一些蒙古族作家比起来,敖德斯尔写作的速度不算很快。开头两年,每年只写一个短篇,此后两年几乎没写什么东西,1956、1957年增加了些,1958年上升到四个,之后,每年平均也只有五个。数量不多的主观原因是,他写东西常常要有一个较长时间的酝酿、构思过程,不轻易落笔,等到成竹在胸,考虑得比较成熟和明确了,才开始动工。这种严肃认真的写作态度,保证了他进步的扎实,每一篇新的作品,总显示出一些新的探索和新的成绩。拿他这几年写的短篇小说来看,彼此之间思想和艺术水平上的差距不是很大,前进的图表上没有大的曲折,因此,可以说他的创作步伐是迈得相当稳实的。

尽管敖德斯尔较早就开始了创作,但他写作数量最多而且质量较高的作品,大多是在"大跃进"时代产生的,因此说敖德斯尔是"大跃进"中成长起来的新人,我们认为也未尝不可。他先前的作品,大多记述了一些激动人心的事迹;有关于草原骑兵战斗的,有关于蒙古族人民的幸福生活的,也有反映了草原人们新的精神面貌和道德品质的成长的。勇于和善于选择生活中较为尖锐的事件,力图反映出内蒙人民在党领导下所进行的英勇的革命斗争和忘我的社会主义建设，爱憎分明，情绪饱满，生活气息浓郁，这是敖德斯尔早期小说的共同特点。不过他近年来的作品却出现了一种前所少有的深致浑厚的意境。作者的情怀不止停留于赞美生活的表层，细腻的笔墨所描写所触及的，常常要比之现实更高、更远、更深沉。风格渐渐地从早先的直叙，通向一条曲折有致的幽径，蕴藏着一种含蓄的魅力，就象那草原上的马兰花，虽无华丽娇艳的外表，但它质朴、自然，包含着散放不尽的草原清馨和强烈的泥土气息。不用说，这是作者艺术上的一个进步，是创作上独特的风格逐渐在形成的一个标志，而这一转折的信号，我们觉得应该是 1959 年发表的《"老班长"的故事》。

《"老班长"的故事》写的是一位部队的转业军人，在"另一条战线"——草原的社会主义建设事业上发光发热的业绩。布局细致，行文自如，没有臃肿的描写，没有过份的矫饰，侃侃而谈，而生活的浪漫激情，却在着墨处不时地向我们迎面扑来。

故事从矿山车站上写起，几句对话，两个细节，就不着痕迹地把"老班长"助人为乐、深得人心的美好品质给点了出来。通过对他卧室摆设的描绘，开始让"我"觉得他是个"又可爱又有意思"的人物。之后作者写他的炊事工作，写他的接物待人，写他不愿拆掉保持着"创业维艰"的光荣记忆的草棚，写他如何关心群众生活，写他对同志们无私的援助，写他在旧社会的悲苦遭遇——正是这种遭遇培育了他那颗宽大博爱、富于阶级同情的心灵……主线清晰，紧扣人物性格，把笔锋一步步地插入人物的内心世界。最后，当老班长说"我们的面前没有战胜不了的困难，因为我们是毛泽东时代的中国人"时，他的心迹就完全披露在"我"和读者面前，使"我"再也不能不对他"刮目相看"。虽说他是个平凡的炊事员，但读完通篇，处处都让人觉得他的不凡，因为在这个人的身上，分明激荡着时代的浪花，永不衰竭的革命斗志，老而弥健，令人肃然起敬。

但稍嫌不足的是，这篇小说用笔仍有不够简炼之处，细节与细节之间也有进一步加以选择、组织和轻重安排的必要。这方面，在他一年以后发表的《水晶宫》和《老车夫》中就有了明显的改进。

《水晶宫》主人公的性格，也是通过一个接着一个的细节逐渐突现出来的。

胡日钦高昂的革命热情,强烈的理想精神和与此紧密结合着的实事求是的工作作风等等,所有这些闪闪发光的品质,是让读者从他向"我"执拗地谈论牧场规划时的那股劲头感受到,从他在勘踏白音锡勒草原时那种兴致勃勃的情绪中把握到,从他象孩子般兴高采烈地把各种草叶标本塞进背囊的举动上了解到,以及从他对暴风雪的威胁毫不在意,反而策马狂驰深入大草原的意气神态中看出来的。而这些典型的细节,又经过了作者的精心选择,把它们组织在一个完整的故事(建立国营牧场),交织在一个集中的矛盾(与大自然斗争)中,因此小说的结构就显得更为紧凑、干净和精炼。

然而,从一个作家创作发展的过程来考察,《"老班长"的故事》无论如何是一个很好的起点,一块坚实的跳板,他此后一些作品的风格,象《老车夫》《水晶宫》《欢乐的除夕》《春雨》,甚至象中篇小说《撒满珍珠的草原》,都可以在这里找到一些相通的脉络。

在适当的场合,插进与人物性格和情节发展密切联系的简短的景物描写,借以揭示人物的心理活动,增加作品的抒情气氛,这也是敖德斯尔近几年来在努力追求的一种艺术境界。《"老班长"的故事》已透露出有那么一点意思,但有些地方不很熨妥,与主线游离。而《老车夫》之所以受到读者欢迎,与作者恰到好处地运用了这一艺术手法是分不开的。在这篇作品里,开头那段深秋景色的点染,是很契合于"老车夫"轻松愉快的心情的,而篇中那些对暴风雨的逐节渲染,也是在一定程度上为情节的发展起了推波助澜的作用。

然而在这方面最成功的,还要算是《水晶宫》。《水晶宫》里的景物画面,不仅仅是展现人物精神世界的后景和道具,而且还直接渗入情节,推动主人公性格的发展。那严寒的草原,那骠悍的骏马,那狂暴的风雪,那广袤的荒野,那梦幻般的冬夜……深化和强化了主人公性格的民族特色。当"我"知道了胡日钦如何克服重重困难,终于在草原上建起了我国第一座国营牧场——"水晶宫",很想上他家去见见这位不凡的人物时,作者却故意安排下胡日钦一早就出去照顾畜群因此没见着这一波折,而把笔锋一转,拈出了一段写景文字:

蓝晶晶的天空连着红艳艳的朝霞,红艳艳的朝霞又连着白茫茫的草原,色彩分明，互相辉映，格外动人。在那彩霞和草地之间，一个骑马的人象雪山上的青松在晨雾里晃动着，那样威武，那样高大；一会，被那座巍峨壮丽的水晶宫遮住了……

反复读着这一段文字，总觉得这里面包含着一缕绵绵不尽的情思，有一股源源不断的想象在缓缓地传送着。说的固然是草原妍丽的晨景，雪山上的青松，巍峨壮丽的水晶宫，然而看到这些画面，却不期然地让人联想起这位转业军人心中熊熊燃烧着的革命热情和任何力量都不能阻挡的革命意志。写景不离开人物的精神活动，见景生情，景中有人，景物与作者的心怀融合。形成了敖德斯尔近几年创作上的另一特色。

艺术总以含蓄见佳。人们不大喜欢那些大叫大嚷地抽象宣布作家意图的作品，不大喜欢那些一览无余的作品，而爱读那些寓深沉的思想力量于艺术形象中的耐人寻味的作品。敖德斯尔早期的某一些小说，毋庸讳言，存在着过露过直的毛病，然而从《"老班长"的故事》开始有了好转，《老车夫》和《水晶宫》则分明可以看出向"藏""曲""精"发展的趋向。在这里，我们想着重分析一下1961年发表的《春雨》。

《春雨》所揭示的是当前牧区生活的最新变化。作者只截取了现实生活事变发展中的一个断面，而没有对事变的过程作平铺直叙的介绍。但是，凝聚在这作品里的那种含蓄的、深沉的生活画面和心灵画面，却能够唤起读者丰富的联想，找到它的生活背景，和作者共同分享那最新生活变化所带来的那种难以尽言的喜悦和勇往直前的生活信念。

故事从阿日宾老人的病写起，大队朝鲁书记冒雨送来了治病的药，还特地来向老人检讨。为什么检讨？检讨什么？这时，作者从容不迫地追述一年前剪羊尾巴毛的事情。看来症结似乎找到了，但实际上这只是个引子，小说通过剪羊尾巴毛这样一件小事，要揭示出更为深广的社会内容。老人听了朝鲁由衷的检讨之后，"斧头砍不伤的积极性"重又回到身上，当夜就想到社里去把自己六十年来的放牧经验告诉给小队长们。阿日宾老人的这种态度变化和朝鲁对剪羊尾巴毛的看法的转变，不过是新的现实在个别性格或人物具体关系上的一种折射,然而展现在这个生活事件和细致微妙的人事关系中,却是一个重大的生活的真理。正如阿日宾老人所说:"你们干部不先把政策讲清楚,就向老百姓下命令,这不对;可是我们老百姓不把意见讲清楚,就埋怨干部,这也不对。"就在朝鲁的谦逊、诚恳和勇于认错的品质感召下,老阿日宾心中的革命热火终于重又强烈地燃烧起来。

用不着多说,在阿日宾和朝鲁这两个形象中映照出来的是党的思想、党的政策,党在牧区中开展的整风运动的威力,是党给他们注入了新的旺盛的精力。然而他们又各自生活在自己的行动环境里,牧区生活所激荡起来的新的波澜,从来也没有离开过人物的具体作为,具体感受。一件剪羊尾巴毛的小事,向人们诉说了丰富的生活内容,巧妙而有力地反映了当前牧区生活的最新变化。写时代的声息,不从鼓噪、呐喊中出,而常常从看去平凡的事象入手,截取生活中一个断面,托出一团耀眼的时代新景象,淡墨中藏着深意,平凡中闪烁着真理的光彩,平淡中含蓄着遒劲,这也是敖德斯尔近两年来几个短篇的特色。在这里固然能见出作者艺术构思的匠心,但也见出了作家深沉的思想力量。这种思想力量包含着作者充分熟悉生活和敏锐地捕捉生活中新因素的能力,也表现了作家的政策思想水平。如果没有对牧区生活最新变化的丰富的观察和体验,如果没有对生活较高的思想认识和概括能力,是很难在这样一个短篇小说的容量里把文章写得这样丰富、含蓄而又精炼的。特别是这类题材在目前还没有更多的作家去接触它的时候,敖德斯尔的这篇小说就显得更加珍贵。

我们特别欣赏小说中对两条副线的安排:阿日宾的得病、治病、病愈和那场象生活的报喜的锣鼓点子似的春雨。病和春雨,在它们原来的含意之外,还语涉双关地道出了对生活的希冀、党的政策的英明正确和整风整社运动开展的及时。

"好啦!"老阿日宾神气地说。"你那两服药,一下把我所有的毛病都给治好啦。往后至少一二十年出不了岔!"

"这场雨下的正是时候!"老阿日宾来到朝鲁跟前情不自禁地说。

朝鲁也兴奋地说:"是啊,多么好的早晨,今天的太阳好象比以前更大更红了。"

作者满蘸含蓄的墨笔，给我们留下了意犹未尽的思路，给作品平添了不少耐人回味的情趣。

当然艺术的含蓄并不排斥详切、说透、穷情。该详切的不详切，该说透的不说透，该"穷"之"情"不穷情，不是含蓄。敖德斯尔近年来追求的含蓄，自有他自己的特色；结构的细腻，描绘的详切，构思由远而近，逐层深入，细针密缝，结合着富有寓意的景色点染，使整个画面充溢着一种耐人寻味的思想，愈往下读去就愈觉有味，就愈入佳境。所谓"曲终情未已"、"言尽意不尽"的境界。看得出来也是作者有意识地这样做的。

近两年来，敖德斯尔的笔调也有了显著的转换，从单一平板逐渐趋向丰采多变，写人物夹写情物环境，写现场活动夹写回叙，《老车夫》、《水晶宫》、《春雨》、《欢乐的除夕》都是如此。《欢乐的除夕》以婆婆要看一看未过门的儿媳为线索，塑造了两个光辉的妇女形象，也写出了草原风光、沸腾欢乐的劳动工地。写女主人公思想进步人才出众，用回叙的笔法，先写村里的姑娘们如何争着讨好老母亲，以期赢得她儿子的爱情，从抬高儿子的身价入手，然后点出那个终于获得儿子的心的幸福人民公社社长，这样布局就显得作者很会制造气氛，选择典型事物，并把它们安排在最能发生效果的场合里来描写。

有人把我们时代的生活比做你追我赶的长跑竞舞，那么，敖德斯尔就是"一位热情的裁判"（这里，我们借用了一位评论者的话），他随时注意着跑在前面的新人，这里有爱护公社羊群的蒙族少年儿童，有永不褪色的红色战士，有人才出众的公社女将和高扬着革命的壮志豪情的国营牧场场长。探索蒙古族新人的性格的美和心灵的美，捕捉他们在劳动和战斗中的英勇姿态，并加以热情地赞扬和歌颂，是敖德斯尔的创作目标。

在敖德斯尔的人物画廊中，形象比较鲜明的，我们认为是那些基层领导干部，其中一部分是经过较长时间革命斗争考验的老战士，另一部分则是在解放后新成长起来的年轻人。而在形象的结实、深刻程度上，前者大多数超过后者。但也不能不指出：即或是这些人，他们性格的个性化还可以进一步充实和开掘。

他们大致可以归入这样一种类型;粗犷豪放、热情豁达、平易近人,具有强烈的革命理想精神和深入实际的踏实作风。

按一般情况来说,人物形象在某一方面或某几方面的复合,是作者生活经验的不够丰富所致。但据我们了解,敖德斯尔对自己的主人公并不陌生,这里的原因也许更多是在于作者处理手法上的问题。

这些人物活动的主要背景是"另一条战线"——草原社会主义建设的战线。这有好的一面,容易揭示出他们作为"草原之子"的"时代性格",达到自己的艺术目标。但是对于人物在生产劳动、工作战斗以外的一些生活和思想情况以及心理运动,作者在作品中却注意得不很够。以致限制了人物活动的幅度,限制了把人物放在广阔的生活面和复杂的社会关系中来予以考验,从多方面来揭示他把细腻丰富的内心世界的可能。

其次是描写人物的手法。这些人物的性格,多是在出场以前就形成并固定下来的,作者只是把他们推到一个又一个的典型细节中去考验、去展现,让他们由远而近地慢慢走近读者,而不是变化发展着的。当然,在这里我们并不想说明哪种手法好,哪种不好,每种手法都有自己的长处和不足,作家采用这种手法而不采用另一种,也有多方面的原因和绝对的自由,但过多地使用同一种手法来刻划形象,在一定程度上恐怕不能不影响到人物性格的丰满、多样和富有立体感。

敖德斯尔小说的情节,一般开展得不是很快。开头总有几个制造气氛的故事或细节,布置好环境,交代清情况,然后再转入正题。故事多,细节多,这说明作者生活经验的丰富,但可惜有些作品对这些细节没有加以很好的剪接,该隐则隐,该显则显,有时在一个作品中出现几个具有同样涵义和作用的细节,影响到作品结构的精炼程度。

形式要为内容服务,故事情节要为展示人物性格、阐发主题服务,如果不是这样,就应该坚决地删去,下狠心割爱,这对短篇小说的作者来说,尤为重要。而敖德斯尔有些小说的不够精炼,结构的不够紧凑,情节的不够集中,可能就是由于作者想表达的内容过多,而又舍不得去掉一些材料的缘故,结果显得情节高潮不够明显,人物缺少一个能充分揭示其性格主要特色的重场戏,读来难免有种笔势过平、节奏不够鲜明的感觉。

还有人觉得,敖德斯尔的小说好象是真人真事的特写。但据我们所知,并不尽是如此,这中间也有艺术的虚构,有些作品的虚构还是相当大的。那么为什么还会有人感到它们过于"老实"呢?问题恐怕不在于作者是否虚构,而是在于怎样进行虚构。按照作品目前的实际情况来看,作者把虚构的功夫,较多地放在故事情节和细节上,做一些内部的调整工作和补充性的笔墨,而对人物性格的开掘,考虑的恐怕不是那么充分。

过去对虚构有一种误解,认为只有出现神奇的情节和豪言壮语的作品,才存在虚构。在我们看来,虚构是艺术家形象思维的一种特殊形式,作者从实际生活中摄取来人物的某些品质,然后根据这些材料去进行再创造,凭借自己的生活经验,对生活的理解和判断,去替主人公说出他们在实际生活中所未说出来的话,去替他们做完他们在实际上所未做完、但按他们性格发展的逻辑应该做完的行为。不少人都指出过,这是真正艺术虚构之所在。这种虚构的目的是在于加强人物的典型性格。敖德斯尔的某些作品之所以给人一种近似"特写"的错觉,一个主要的原因,就是在这个节骨眼上作家虚构的功力还下得不够,导致有些人物的风格和精神境界不够高,不够美,不够丰富,留下一些尚待充实的空白。

要解决这些问题,当然与作者的生活库存有关,但也不只是生活的问题。从敖德斯尔目前作品实际来看,民族特色和草原风味很足,作者并不仰仗于人物嘴上的几句蒙古谚语,或是一些本民族特殊的语词,也不依靠单纯通过人物的衣物装饰和特殊的嗜好、外形、起居习惯的描绘,来达到作品的民族风味和地方特色。读敖德斯尔的一些作品,读者不看人物的名字,就能判断出是蒙古人来,而不象有些作品,尽管人物穿的是蒙古长袍,住的是蒙古包,吃的是手抓羊肉,但蒙古族同志看了之后却觉得他不象蒙古人。在这些方面看来,作者对本地区和本民族的生活经验和感受是相当深刻和丰富的。他这几年创作之所以会有显著的进步,生活经验的积累起了决定性的作用。但一个作家要提高创作质量,除了思想水平和生活积累外,也还有艺术实际、艺术技巧等因素。针对敖德斯尔目前的创作情况来说,有意识地再进一步地扩大人物表现的手法,更加深入地熔炼材料,培养自己从真人真事中跳出来进行艺术虚构的能力,是有助于他再一步跃进的。而且事实上,作者也已经是在这样做了,并取得了某些效果。

回顾敖德斯尔这几年来所走过的创作道路,成绩是十分令人庆幸的,进步也是巨大的。他从不满足于只表现自己业已熟悉的题材,而且还勇于去揭示现实中所激起的多种多样的新的波澜、新的生活内容;在艺术上,敖德斯尔也表现出一股顽强的、孜孜不倦的探索精神,敢于作多方面的尝试,敢于去接触不同阶层不同性格的形象。而他几年来所积累的戏剧创作经验和近年来所进行的一些磨砺笔头的散文写作,也给小说的结构故事、铺叙描写,增添了不少韵味情趣。我们相信,敖德斯尔同志再经过踏实的努力,辛勤的劳动,艺术上定会出现新的跃进。

铁的人物火的歌

——读《阿力玛斯之歌》

屈正平

史料解读

　　史料原载《草原》1963 年第 1 期。该文着重分析了敖德斯尔的小说《阿力玛斯之歌》的主人公阿力玛斯。认为作家描绘了阿力玛斯的英雄气魄、旺盛的生命力和那一身无法估计的力量。特别值得强调的是，作家将阿力玛斯的超凡力量与正直和善良的性格紧密结合，从而显示出他急人之难、豪爽任侠的英雄本色。作家清晰地描写了阿力玛斯的性格成长过程，他虽然有浑身力量，但没勇气去触犯王爷的尊严和那不合理的社会秩序；他经过了曲折的道路，才和旧的思想意识作了彻底决裂，最终成为一个叛逆的英雄。

　　本文认为，作家带着热情和他的人物共同经历生活的苦难和战斗，阿力玛斯的形象才那么有光有热，焕发出震撼人心的力量；作家站在较高的思想水平上，精心地提炼生活，读者才能通过这高大的形象，感受到蒙古族人民那种蔑视困难和无坚不摧的英雄气概。阿力玛斯是个十分丰满的艺术形象，在他身上熔铸了蒙古族人民美好的品质。《阿力玛斯之歌》具有引人深思的思想力量。

原文

我素来是喜欢敖德斯尔小说的。他所描写的戈壁上英雄的战斗,撒满珍珠的草原的优美,都令人心神飞驰,向往不已。读了他的近作《阿力玛斯之歌》(载《人民文学》1962年8月号),却感到一种特殊的艺术魅力。我掩卷沉思,抑制不住内心怦怦然的跳动。作家以火样激情所创造出来的钢铁般的阿力玛斯的形象,深深地打动了我,使我完全浸沉在艺术美的境界里了。

我们知道,创作就是要写人,写出人物的性格来,毛主席十分英明地指出:革命的文艺应当根据实际生活创造出各种各样的人物来,帮助群众推动历史前进。敖德斯尔塑造的阿力玛斯,就是个十分令人喜爱和鼓舞的形象。阿力玛斯是贫苦的牧民的儿子,他的性格和胸怀,真象他生长的草原一样,那么单纯、开朗、生气勃勃,对人生、对社会,他好象想得不多,自然也谈不上什么深刻的认识和理解。虽然母亲说了好多遍,但还是见人不问一声好。他靠卖力气过活,给有钱人家毫无报酬的当牛作马,运水掘土,他也毫不计较——阿力玛斯浸沉在青春的欢乐里。

阿力玛斯整个的青春时代,都是在汗山脚下渡过的,那里留着他牧放牛羊的足迹和经他驯服的烈马的蹄印,熟悉的峰巅、山坳和童年的伙伴,都使他留连难舍。所以当现实的罪恶的黑手,把他作为罪犯推往异乡时,便情不自禁地热泪盈眶。在遥远的乌珠穆沁,那里的草原,虽然也是辽阔而美丽,虽然他仍旧是替富人帮工,但觉得人情冷酷,岁月难熬。"他多想故乡和自己的伙伴啊!有时他后悔自己离别时,为什么没携一块故乡的石头,没有抓一把故乡的青草"。这个粗大汉子的心头,荡漾着一个善良劳动者对家乡动人的感情。

对阿力玛斯,作家着力歌颂的,是他的令人吃惊的力量。从小说的描述里我们知道,骟马场上,本来就是个考验青春和力量的所在,身强力壮的年轻人,成群结队聚集在这里。可是,他们对于那个供奉神佛的灵聪儿马,却一筹莫展,但阿力玛斯却能不那么费力地拽起尾巴,甩它一丈多远。在一群脚夫对着坏了一轮子的车子而发愁无法赶路时,"他(阿力玛斯)毅然走到车前,卸下撞坏了的车轮,放在车上……一只手提着车轴,一只手握着鞭子,赶着辕牛出发了"。另外,还写了他能扛起粮车,背起一辆勒勒车才能拉动的五筐砖茶,并且能把王爷的摔跤手,摔个四肢朝天。作家一笔又一笔地着色、加浓,描绘阿力玛斯的英雄气魄,旺盛的生命力和那一身无法估计的力量。特别值得强调的是作家在描绘他的大力时,和他的正直、善良的性格紧密地结合着。就象他要到遥远的外旗流浪时,为了不让他年老的母亲,受那"栖息没毡包,喝水没有木碗"的罪,决定背起一个毡包赶路。通过这一个细节,我们不仅看到阿力玛斯那巨大的力量,而且善良的心地也是真实感人的。当他看见一伙乌珠穆沁的脚夫,为着车子坏了而焦急,他想:"决不能看着眼前这种危急的情况而置之不顾",于是帮助他们脱离了险境。这里,阿力玛斯的思想和行为,已不是一般的善良这个概念所能包容,而显示出他急人之难,豪爽任侠的英雄本色。后来,在他和胖老板的打赌中,在王爷的摔跤场上,更看清了那些有钱有势力的人们卑鄙的面目,从内心涌出对他们的蔑视和仇恨。阿力玛斯是个十分完整、丰满的艺术形象,在他身上熔铸了蒙族人民最美好的品质。

在小说里,阿力玛斯的形象,塑造得那么集中、突出,光芒四射,但是作家并没有把自己的人物不合实际地加以理想化,而是通过具体环境中的具体行动,真实地表现了他的成长。原来这个粗大的汉子,是那么安分守己,可以说任凭生活的摆布,我觉得完全可以这么设想:假若没有外力的逼迫,他会在汗山脚下不声不响渡过自己的一生的。而这样的一个人,竟摔死了王爷的神马,打死了官家的护林队,不得不顶着罪犯的恶名,到远旗流浪。乍听起来,这样的事是很难想象的,但在作家的笔下,却写得那么自然、真实、合情合理。在骗马场上,阿力玛斯是基于一片好心,帮忙别人套马的,若不是套马杆子突然折断,不是四面八方响起的"拽尾巴!拽尾巴"的喊声,不是儿马抿起耳朵,踢了他一脚,激怒了他,他是不会把它摔死的。打死公家的护林队员,也根本不是他的本意。那是在他逃亡的路上,和一伙脚夫同住在一个蒙古包里,半夜里忽然外面人声嘈杂,他以为是捉他来了,慌得连靴子没穿就想往外钻。不一会儿,他弄清了这不过是些打劫钱财的强盗,而且拿的都是木棍伪装的假枪,"披虎皮的毛驴,想吃家门口的庄稼",一股义愤,使他产生了"干掉这些狗养的"的念头。当他发觉把神马摔死了,打死的又是护林队员时,真象犯了弥天的罪过一样,"顿时汗毛倒立,头上冒出冷汗",任凭王爷的爪牙捆着毒打甚至昏死而不敢还手。——阿力玛斯虽然有满身力量,但还没一点勇气去触犯王爷的尊严和那不合理的社会秩序。

这样看来,阿力玛斯这个人物,似乎不太"理想"了。是的,作家没有拔苗助长,把他的人物从生活的泥土中拔起来,而按着现实的逻辑,给以合理的描写,事实上,生活只教会了阿力玛斯辛勤的劳动和对社会统治秩序的顺从,而没有教会他反抗和斗争。但是,当他冲出了那个和母亲相依为命的狭隘的蒙古包,走向了广阔的世界,经历了一番斗争之后,在生活的闯荡之中,由于亲身的体验,更认识了生活中美好和丑恶的东西,在他正直、善良的性格中,才注入了反抗的血液。这种性格成长的过程,描写是十分清晰而令人信服的。在王爷的摔跤场上,以阿力玛斯的体力和日夜锻炼的技巧,全盟冠军是左券在握的。可是王爷再三再四强迫他认输。胆小如鼠的章京,觉得大王的功勋摔跤手若不能获胜,不要说他的官职,就是脑袋也保不住了。他的朋友呼德尔楚鲁,在无可奈何之中,也满眼热泪劝阿力玛斯投降。当然,这些不论是无理的强迫或是善意的劝导,都是要他向恶势力低头的。而广大的牧民排山倒海的呼声,给了他力量,敌手野蛮的行为使他愤怒,终于,他使劲一劈,把大王的摔跤手四肢朝天,摔倒在地上。——阿力玛斯胜利了,这不仅是他摔跤的胜利,也是他意识的觉醒,并且他敢于公然违背大王的旨意,拒绝了"赏赐"和"大王摔跤手"的彩带。——一个对恶势力恐惧、屈从的牧人,经过了曲折的道路,和旧的思想意识作了深刻的决裂,成了一个叛逆的英雄。

作家对生活的忠实,贯彻在多方面的描写中。他夸张地歌颂了阿力玛斯力量的巨大,但也有节有度,真实可信。为了一双牛皮靴子,阿力玛斯和胖老板打赌,去背那五筐砖茶。在他背砖茶之际,有一节准确而精彩的描写:

他(阿力玛斯)紧了紧捆绳,抖了抖上身,试了试自己的力气,可是那装满砖茶的竹筐子却象生根的岩石似的一动也不动。阿力玛斯的心不禁怦怦的剧跳,冷汗从额际涔涔流下。

试想，如果这里写阿力玛斯轻而易举，把一辆车才能拉动的五筐砖茶背起了，那是违背人的体力的规律，根本不能令人置信，同时，若将他在困难面前，写得毫不以为意，也是不合常情的。英雄所以为英雄，并不是在困难面前闭起眼睛，或者盲目乐观，而在于他能正视困难，有足够勇气和信心去战胜它。虽然那五筐砖茶"象生根的岩石似的"，阿力玛斯却没有任何犹豫，而是坚决地把它背起来。敖德斯尔同志，始终把他的人物放在矛盾的漩涡中来考验，使他的人物的性格，逐渐明朗、深化，在生活的激流中站起来。他是那么谨慎、严肃，绝不让人物飞跃过应走的道路，绝不交给他们担不起的担子。正是这种生活真实，给他的创作，带来了不可抗拒的艺术力量。

民族的历史，是诗的沃土，每个民族都有他们千百年来流传下来的美丽的神话传说和英雄史诗。敖德斯尔说：《阿力玛斯之歌》是记述一个古老民族的诞生，是老一辈人在闲话中编织的一个动人的故事。我们姑且不论它是实有其事或是作家的虚拟，但英雄的阿力玛斯确是和人民有着深刻联系而又经过作家心血培育的形象。他那憨直善良的性格，深得人民的喜爱，无论在哪里看到他，都要向他热情地招手："喂，阿力玛斯，这儿来！"谁有了困难，都会想到，他毫不计较的给人以帮助，牧民也象关心自己的儿子似的，在生活中给阿力玛斯以支持和鼓舞。在和胖老板打赌时，牧民为他能否背起那五筐砖茶而提心吊胆，可是一经他背起茶筐站了起来，立刻响起了惊天动地的欢呼。在王爷的摔跤场上，牧民对阿力玛斯更是无微不至地关心着，要他提防暗害的诡计，激励他战斗的勇气。但是，在牧民的欢呼里，我们听到了作家激动的声音，在牧民担心之际，我们也感受到作家心弦强烈的颤动。柏林斯基说："如果艺术作品只是为了描写生活而描写生活，没有任何发自时代的主导思想的强有力的主观冲动，如果他不是苦难的哀歌或热情的赞美，……那么，这样的艺术作品，就是僵死的东西"。在《阿力玛斯之歌》里，随处都可感受到作家热情的跳动，而这种热情，是"发自时代主导思想"和广大牧民的意愿、情绪，是水乳交融地结合在一起的；而且作家带着这种热情，和他的人物共同经历着生活的苦难和战斗。因此，阿力玛斯的形象,才那么有光有热,焕发出震撼人心的力量。

热烈、丰富的感情,对于一个作家来说,毫无疑意,那是最宝贵的。但创造典型,还要求作家对生活素材进行理性的选择和概括。在《阿力玛斯之歌》中,由于作家能站在较高的思想水平上,精心地提炼生活,因而,挥笔所至,无不鞭辟入里,揭示出生活的底蕴。他是这样以坚实有力的笔触,描写了阿力玛斯背着五筐砖茶时的高大的身影和步态的:

阿力玛斯踏着松软的草地,向着那达慕大会的广场走去。草地上踩出两指深的脚印。……阿力玛斯在风暴似的沸腾的声浪中威风凛凛地迈步。他不顾背折肩裂的疼痛,一口气来到广场货棚的门前,轰隆一声将茶筐卸下,筐底在潮湿的土地上陷下去足有一尺多深。

当然,这里作家是歌颂阿力玛斯的坚毅和惊人的气力的,但由于他高度的概括,使我们透过这高大的形象,感受到蒙古族人民那种蔑视困难和无坚不摧的英雄气概。有这样的人民的民族,是一定有光明的前途的,不论有多少挫折,多大的困难,都不能阻碍它前进的脚步。蒙古族人民对生活、对斗争,也都有着必然胜利的信心,他们到处传唱着:"坚韧的香牛皮靴呵,哪能被人踢穿,外旗的阿力玛斯呵,谁能把他摔翻?"是的,阿力玛斯是不会被人摔翻的,但在那乌云笼罩着草原的暗夜里,这样的英雄好汉,也难辨清方向,他只好"放开马缰,任马儿慢慢迈步"。彷徨、追求,这正是在那个令人窒息的时代里,一个民族探索前进方向的写照。——"当地极浮现一丝鱼肚白色,阿力玛斯扭转马头,奔向了黎明的方向",多么富有革命哲理的预言和激越人心的诗呵!

有的小说,固然内容丰富,人物刻划也很生动,但读起来觉得过于平直,经不起咀嚼,缺乏引人深思遥想的思想力量。《阿力玛斯之歌》满足了我在这方面的渴望,它是我们文苑中新的收获,也是敖德斯尔创作中令人喜爱的一朵花。

《花的草原》

——读书杂记之四

茅　盾

史料解读

　　史料原载《草原》1963 年第 2 期。本文首先对玛拉沁夫的短篇小说集《花的草原》的创作进行了简要介绍，进而对两辑作品进行了详细阐述，指出《诗的波浪》以第一人称视角讲述了女站长的故事，该篇小说故事简单，叙事有虚有实，人物的性格刻画鲜明而深刻，文笔轻灵明丽，作品别出一格。本文同时指出，小说部分对话篇幅过多，与前文调性不和。而后对构思不落俗套、章法井然、形象鲜明、文字精练的《杨芝堂》，富含浓郁的民族情调和绚烂的地方色彩的《路》，饱含浪漫神韵的《歌声》《六月的第一个早晨》《鄂伦春人之歌》等作品进行了点评。

　　茅盾指出，玛拉沁夫的短篇小说行文流畅，诗意盎然，富含民族情调，地方色彩浓郁，其小说创作不以复杂曲折的故事强加于人物，而只是拈出最有典型意味的情节，又辅以抒情的叙写，来表现人物的性格，自然环境的描写同故事的发展有适当的配合，结构一般都很严谨。玛拉沁夫有丰富的生活积累，同时他个人又富有诗人气质，作品内容自在而清丽，自成一派，风格独特。茅盾对玛拉沁夫小说的评价，得到学界和作者本人的一致认同，并为后人所引用。

原文

《花的草原》，玛拉沁夫，短篇小说集。一九六二年，作家出版社。作者在《后记》中说：此集所收二十二篇，皆十年来所作，其中第二辑五篇曾以《春的喜歌》为题印过单行本。这五篇：《科尔沁草原的人们》写于一九五一年九月——十一月，《命名》写于一九五四年九月，其它三篇都写于五三——五四年之间。作为第一辑的十七篇，写于五七——六〇年者五篇，而写于六一年者共九篇，写于六二年一月者两篇。作者于六二年中或者尚有新作，但未收入此集。

第一、第二两辑各篇都不按写作年月排次序，而好象是依题材以类相从，但又并不十分严格。

《诗的波浪》，此居第一辑之首，写于六一年五月。此为第一人称之短篇小说，约七千字，共分三段，中段为回叙。第一段在全篇中最为精采，写草原风光，笔墨轻灵而明丽。作者为了衬托拖拉机站的女站长，先写了湖边牧羊的少女，然后又接连写了两个女拖拉机手，一个年纪不过二十上下，一个有二十六七岁，最后才揭底：这位女站长却是个满头白发的老太太。这第一段，只是写"我"在草原上找那个女站长一路所见所遇，只是写"我"两次错认了人（最初他以为拖拉机站长总是个男的，于是错认了人，第二次知道了站长是女的，便又把一位二十六七岁的看起来是十分精明强干的女拖拉机手，认为是他所要找的那个人），看来好象是闲笔，然而这一段闲笔起的作用可不简单。首先，它让我们跟着作品中的"我"看到了草原新气象的一角，（多么灿烂，多么生气勃勃的一角呀），看到了新人（青年一代和老一代的拖拉机手）、新事（十几台拖拉机在草原上来回奔驰）；其次，通过这些生动、鲜艳的面面，它使我们认识到草原的这个变化，其意义之深远是超过了一般人所能想象的，而这，作者用一个具体的人——拖拉机站的女站长，作为历史的见证。

第二段回叙了女站长的身世。一个终身奴隶得了大肚子病，先被"巴音"认为偷汉得孕而受尽了凌辱，后来又被认为得了鬼胎把她扔在雪地里；可是她没有死，爬出了雪坑，幸遇一个五十来岁的赶牛车的受苦人，两人成了夫妻。可是她的病越来越沉重了,但"天亮了",解放后第一批到白云鄂博勘探铁矿的勘探队的大夫们给她治好了病。此后她入了互助组,接羔,挤奶,拾粪,割草,啥活计也拉不下她。最后,她决心要学会开拖拉机,她果然学会了,而且当了站长。所有这一切遭遇,如果铺开来写,非万字不办,然而作者却借这个曾经是不幸的女奴隶的嘴巴用千把字交代清楚,然后抓着两件事,准确而鲜明地刻画出这个女人的性格。第一,作者布置那个"我"曾经在几年前遇见过这位老太太,在矿山医院的药房收款处;当时,这位老太太正把积了两年的一些钱拿出来请医院的会计员收下,作为两年前勘探队大夫们给她治病的代价。(当时她没有钱,而且医务所的所长早就告诉她不要钱,可是她还是在两年内积了一些钱特地送到矿区医院)。会计员说:"两年前咱们铁矿医院还没盖呢,那时是勘探队医务所;现在勘探队远走高飞,老帐早就结了,您的钱没有办法入帐呵!"但是老太太非给不可,会计员只好去请示院长。药费问题到底怎样解决的? 作者这样地一笔撇开:"我们(小说中的'我'同那位老太太——笔者)正谈到这儿,那个收款员把院长找来了,这时,我向她老人家告别,走出了医院。"这一手,干净利落,足见作者剪裁的功夫。因为,诚心诚意积钱至两年之久,然后巴巴地送到医院还那一笔人家早就宣布不收的药费,——这件事本身就入木三分地刻画了老太太(这个从前的终身奴隶)的志诚而又坚毅的性格。如果一定要交代清楚药费问题到底怎样解决,那就成了多余的笔墨。

　　第二,作者用又一件事深一层刻画这个女站长的性格。这是在本篇的第三段,当"我"把当年在矿山医院收款处所见的苍老瘦弱的老太太同眼前的驾驶着拖拉机鹰般矫健的巴达玛站长作一对比的时候,"我"就忍不住问道:"您什么时候学会开拖拉机的?""在跟你认识的那一年。""您这么大年纪,怎么一下想开拖拉机了?"于是老女站长回答:"……我的病好了,心活了,身上好象有了青年人那股使不完的劲儿,当时我想,我用什么去报答党呢? 我不分昼夜地埋头劳动,但只凭两只手,能干多少活? 从那时起,我就打定主意,要找个贡献更大、能使出我全身劲儿的工作去做。我们社的远景规划里有一条:建立机械耕作饲料基地,接着就开始培养拖拉机手。青年都报了名,我一下看中了这行工作,也去报名,可是人家不收我。"就连那些大姑娘们也看不起她,唧唧喳喳叫嚷着不收她。可是这位老太太不服老,一直告到了旗委。跟她同年的旗委书记了解她的心情,批准了她的请求。作者借老太太的嘴巴把这件事交代完,就收束全篇道:"对她这样人的生活,不是一下能够完全了解的,正如富饶的白云鄂博铁山不是一天能够开采完一样。"

《诗的波浪》梗概具如上述。这篇七千来字的小说同一般的短篇小说比较起来,有如下的一些独特的地方。一、它的故事很简单:"我"拿了介绍信去找草原上一个拖拉机站的巴站长,因为"巴"可以是"巴图","巴音"或者"巴特尔",所以"我"先在心里猜度此巴站长的风貌,可是两次认错人之后,才知道这是个老太太,而且曾有一面之缘;这样结束了本篇的第一段。接着就是一段回叙。这段回叙交代了女站长的身世,但笔墨有虚有实;作者在医院收款处遇见这位老太太的小插曲是用细致的笔墨来实写的,(老太太怎样解下腰带,拿出用里三层纸外三层布包了又包的一迭钱送进收款处的小窗口,会计员和老太太的问答等等),但是老太太过去的悲惨身世却用虚笔,——由老太太自己对"我"的讲话中叙述出来。这样结束了第二段。第三段最短,仍由老太太和"我"的一问一答叙述了她怎样学会了开拖拉机,而着重点在于说明她为什么看上了这一行,而且非要学会不可。

二、故事虽然很简单,可是人物(老女站长)的性格却刻画得解明而深刻。上面已经说过,此处不再重复。

三、文笔轻灵、明丽,尤其是第一段,富有散文诗的韵味。它并没借助于我们常见的那些浮夸而又陈腐的词句来啧啧赞叹草原的新变化,而只是通过蓝天一般的湖水、湖畔的牧羊少女,草原上奔驰的拖拉机,拖拉机旁的青年男女,——而最后是一老一少两个拖拉机手,用灵活的笔法揭出谜底,老的一个是女的,等等引人入胜的描写,来让读者闭眼一想就看到了草原上的翻天覆地的大变化。

也许,有人会说:第二段和第三段对话很多,而且这些对话都是交代过去发生过的事情,因而就和第一段不大调和。不错,我们也可以说这是美中不足,然而，如果作者变换手法，用细节描写（也象第一段似的）替代对话，其结果将是增加篇幅而实际效果（艺术的感染力）未必能加强多少。但这也许是我的偏见，聊备一说而已。

（六二年七月五日）。

《杨芝堂》，亦见《花的草原》集，原一九六一年一月十日作，第一人称，三千五六百字。这是集中的翘楚。如果所谓艺术的完整乃指结构谨严、形象鲜明、文字精炼而言，我以为此篇实足当之。

构思脱略俗套，是这一篇的特点之一。杨芝堂的高贵品格只用一件小事（半夜闻警——生产队的年青女队员在她的丈夫入山打猎还没回来的情况下忽然要分娩了，派人找医生，而在医生未来之前象一个母亲似的设法安慰那位第一次将要做母亲的少妇的惴惴不安），来点一下，但是这件小事本身却因作者的善于渲染的手法而光彩四射，从而刻画了杨芝堂的形象。这些渲染手法，一是珍珍在风雪、深夜、孤零零一人，突然肚子疼的时候，首先想到的人就是芝堂叔，这就轻巧地然而又多么富于暗示地写了芝堂如何为全体队员所爱戴；二是描写曾经为群众解决过无数困难的芝堂叔在闻警后十分钟赶到珍珍家里的时候，确实感到惶恐，因为不知道在医生到来之前怎样使这位被突如其来的分娩所吓慌了的少妇平静下来。这又把杨芝堂（这个老游击队员）的慈母般的个性刻画得相当深刻。在总共不过三千五六百字的作品中，用了千把字作如此这般的渲染，绝不是浪费笔墨而是极有分寸的剪裁。

但是尤其巧妙的，是杨芝堂安慰珍珍的方法。他讲了一个故事。这个故事也是一个少妇要分娩，但是当时她所处的环境和珍珍现在的相比，却不啻霄壤。那是在当年的大青山根据地，鬼子兵围剿游击队，杨芝堂和五六个队员保护那位孕妇黄大姐转移，可是半路上鬼子兵追来了，七八个，刚从杨芝堂他们隐蔽处走过，忽然枪声响了，鬼子倒下两个，这枪是躺在牛车上的孕妇打的，于是原先为了保护孕妇、不敢暴露自己的杨芝堂他们也开枪了，出其不意地把鬼子全部消灭，再看黄大姐，她却已经分娩了。这个故事却使珍珍听得入神，忘记了阵痛。这个故事,又使珍珍感到自己还是个共青团员呢,怎么临到这个生理上自然的现象就惊惶失措?这个故事,不光是随手写出一个当年的女游击队员的英雄风姿,却也刻画了杨芝堂的品格——他是怎样随时随地循循善诱地教育青年。

这篇作品的第二个特点是章法井然。全篇共计三千多字,可是既写了人物,也写了风景,既写现在,也写过去。开头第一段百多字,写当年著名抗日根据地大青山的自然环境,既美丽而又雄伟。接着第二段笔头一转,就从风景到人,——杨芝堂,这也是既坚强刚毅而又温柔慈祥的。尤其值得欣赏的,是用少妇分娩的小故事巧妙地把过去和今天作一对比。最后,用颂歌那样的笔墨把杨芝堂之为人及其崇高品格总写一笔。这个结尾和那个抒情诗似的开篇一段的风景描写遥遥相对,构成了艺术形象的完整。

(六二年七月六日)。

《路》,亦见《花的草原》集,原一九五九年九月四日作,约八千字。

这是第三人称的小说,主人公也是一位老太太,塔尔娃。和拖拉机女站长巴达玛一样,塔尔娃也是贫苦出身。但是《诗的波浪》用强调片段的方法来创造主人公的典型形象,《路》却相反,用系统地描绘生活长河中几个特出的浪花的方法,来表现塔尔娃及其家庭成员生活上的变化,——也就是草原人民生活的变化。

《路》——是实在的,又是象征性的;是抒情的,又是叙事的。

为什么说它是实在的?因为不论是从前的羊肠小道或是今天的公路,终究是一道实实在在的路。然而,作者告诉我们,最初的羊肠小道是怎样出现的呢?是由不能忍受巴音虐待的十几岁的姑娘塔尔娃在夜里偷跑回家,这才"在没有道路的荒原上,第一次踏出了一道白线";而且,"从那以后,她常常在静谧的月夜,踏着那道白线到附近沙丘上与牧马青年策郎相会……每年夏天,她又光着脚赶着牛犊,几百次、几千次地从这里走过,天长日久,草梗,踏断了,草籽,踩碎了,不觉之间,它已经变成了一条银带般的羊肠小道。"而且,当策郎以猎获的珍贵兽皮换得一辆花轱辘牛车以后，"在那条羊肠小道上，第一次辗出了辙印。从此，远方的旅行者，在干旱的暑天，常常赶着车到她家来喝几口茶，纳一纳凉。路是人走出来的。是呵，一条荒原上的道路，就这样形成了。"在这里作者告诉我们：这条由最初的白线到羊肠小道，终于成为远方旅客们来来往往的路，是由塔尔娃大姑娘最初反抗巴音、自求独立的"白线"，而后又由塔尔娃和策郎在月夜相会、赶着牛犊几百次、几千次走过，而成为"羊肠小道"，而后又由策郎的劳动果实——牛车，在这羊肠小道上"第一次辗出了辙印"，——是这样地经过"反抗"、"追求幸福"、"劳动"三个阶段方始"走出来的"一道路！这不是象征性的么？它不但象征着塔尔娃的一生，也象征着所有的草原上的劳动人民的命运呵！

但是，劳动人民走出来的路还不能保证不会从这条路上闯进来恶煞。作者告诉我们：当塔尔娃他们由于辛勤劳动、好不容易有了几只羊的时候，"那灾难的黑色影子，却顺着她家门前的那条道路，向他们走了来"，一天晚上，至少有五十只野狼将她家那些羊叼走了。后来，"沿着野狼走过的道路"，日本鬼子闯进了草原，策郎被抓去做苦工，策郎死了，然后，"一支人民的骑兵队伍打着一面鲜红的大旗，踏着塔尔娃走出来的道路，进入了草原"。

看呵，所有这一切，可不是既实在而又象征的么？

但是，路的故事还在发展。"第二年春天，从南面开来了两辆汽车……他们是从北京来的勘探队，到白云鄂博山去探宝……勘探队的汽车，在塔尔娃老太太门前的路上，第一次辗出了胶皮轮胎的印迹。"从此以后，每天来来往往的汽车从塔尔娃老太太门前经过时，总得停一下，司机们接受了老太太殷勤递给他们的茶，谈着这个草原上天天在发生的伟大变化。这就把这个不出远门的家在公路旁的老太太跟包头、白云鄂博以及整个草原联在一处了。

所有这一切，可不是既实在而又象征的么？

在塔尔娃老太太门前的这条路，也就是这位老太太一生走过的路，渗透着血、汗，渗透痛苦和快乐，而终于，这是走向富庶繁荣的社会主义的路；这也是象征着草原上劳动人民命运的路。作者笔墨巧妙之处在于不用通常的实写手法来回叙塔尔娃的一生,而是用半抒情、半叙事的笔墨写她的过去。因此,她曾经走过的这么长、这么坎坷不平的"路",作者却只用三、四千字就写得形象鲜明、情绪饱满,动人心弦了。这一段回叙,是这篇小说的第二段,也是构成故事的主要部分;即使在回叙中也已经勾画出塔尔娃的形象和性格,然而还得再加上几笔使这形象更为完整。这就产生了作品的第三段,一个小故事,有力地刻画了已经找到自己道路的劳动人民的主人翁态度。这个小故事是:老太太塔尔娃每天从公路上拾来的小洋缸、螺丝钉等等,积久成了几木箱,最后,她到白云鄂博去找"最大的官",告诉他,"是你们的人把这些东西扔到大道上不要了。有些青年人的口气真大呀!动不动就说,'我们包钢的建设大着哪,几个洋钉算得了什么。'听他们的话,好象包钢的东西是从南海飞来的,是从天上掉下来的。"这个小故事,本来也是耳熟的故事,但是放在这里,并不因其耳熟而失却光采,相反,它很自然地给塔尔娃的形象作了最后一笔的润色。

小说用这样两句结束:"雾散了,顿时,草原变得敞亮、明快,一片金黄。

"把公路填补完后,塔尔娃老太太顺着'塔尔娃大道'向家里走去。"

这个结尾是和开篇第一段相呼应的。这样,回叙(第二段和第三段)构成了本篇的主要部分。然而,正象抒情与叙事交错一样,过去与现实也是交融的,我们读这两段回叙时,没有"反刍"的感觉。

(七月十日)

《花的草原》,万四千余字,一九六一年八月二十日作。故事梗概如下:过去是"终身奴隶"的长跑家杜古尔在回家的路上看到十来个小伙子跟着一个骑马的人练长跑;杜古尔问他们为什么这样练习,他们说,三次全国纪录创造者、运动健将杜古尔小时候整天跟着王爷的马后头跑,后来就成了长跑家。原来他们不知道眼前这个陌生人就是杜古尔。于是杜古尔把自己小时候被王爷虐待、叫他跟在马后头跑,以及自己怎样摸索出长跑的规律等等告诉他们,"……我是在怎样情况下被迫跟着马跑的,那不是一件好事情,更不是什么'成功的经验',我们现在应当进行科学的训练。你们以后不要再跟着马练跑,那样会影响你们的进步。"在三天以后的"那达木"大会上，杜古尔同那些长跑小伙子比赛，他好不容易才胜了被称为"小杜古尔"的齐米德。

这篇作品的优点是浓郁的民族情调和绚烂的地方色彩，并且还有浪漫蒂克神韵。可是比起《杨芝堂》来，它显得笨重，比起《路》来，它又显得单调。杜古尔，作为终身奴隶时，他的性格是奕奕动人的；但在作品最后一段，作为诱掖、爱护后进的长跑家时，他没有被写到应有的（读者所期望的）那样深刻。

《歌声》（小题：过去的故事），一九六二年一月十日作；《琴声》，一九六二年一月十八日作。这两篇可以说是姊妹篇，前者较长，约万余字，后者约九千字，都富于抒情诗的味儿，而前者又有激昂慷慨的浪漫蒂克风格。但就塑造人物形象而论，后者似犹胜于前者。《琴声》虽也有九千字，但可以说并无故事，只是失琴而又得琴一段小插曲，但老诗人的形象非常鲜明。

《六月的第一个早晨》，约七千字，一九六一年三月七日作。这是矿山生活的一个片段，但是这个片段暗示了轰轰烈烈的矿山面貌的全景。只写两个人物，耿书记和张师傅，只用两件小事烘托此两人性格，虽然所挖不深，但这两个人物的形象非常鲜明可爱。故事结构谨严，写气氛颇见功力，笔墨饶有风趣。

《鄂伦春人之歌》共四篇：《旅伴》、《篝火旁的野餐》、《捕鹿的故事》、《神鸟》，写于一九六一年八月二十五至三十日。你可以说这四篇是特写，不是小说，但是，象《篝火旁的野餐》写那一家父子母女，虽只几笔勾勒，却已经眉目如画了。至于自然环境的描写应当给以相当高的评价，我想说，这些都是洋溢着诗意、喷薄着自然的芬芳的。

（七月十五日）

从这个集子，我们看到了玛拉沁夫的短篇小说具有下列的显著的特点：

一、行文流利，诗意盎然，笔端常带感情而又十分自在，无装腔作势之病。

二、民族情调和地方色彩是浓郁而鲜艳的，不但写牧民生活的作品如此，写矿山工人生活的亦复如此。

三、不以复杂曲折的故事强加于人物，换言之，即是不借助于复杂尖锐的矛盾、冲突来刻画人物的性格,而只是拈出一、二最有典型意味的情节,又辅之以抒情的叙写,来表现人物的性格。

四、自然环境的描写同故事的发展有适当的配合,结构一般都谨严。

我以为上述各点在玛拉沁夫作品中,可以说已形成为风格,十年来始终一贯。

初期的作品(收在《花的草原》第二辑如《科尔沁草原的人们》,作于一九五一年九月至十一月)虽然不及后期作品那样成熟,但是作者的自己风格的要素已经存在。《科尔沁草原的人们》从结构上讲还有点拖沓,从人物描写上讲还未能勾勒传神而近于浓妆艳抹;但是《春的喜歌》(作于一九五四年五月)却已经能以淡淡几笔就写出了巴德玛的性格。

但是,和别人一样,我读了《花的草原》的各篇以后,虽然为作品的轻灵明丽所吸引,同时却又感到某些不餍足。怎样的不餍足呢?正好象吃惯了清淡肴馔的人希望吃一些浓烈的、辣的。当然,清淡并不是不美好,比起那些挖空心思地矫揉造作的篇章来,我宁愿清淡的;然而我自然也希望虽然清淡而又深扣你的心弦,回响袅袅,绕梁三日。我想,也许正因为有这么一点美中不足,所以玛拉沁夫的短篇不能一篇初出便掀起一个风暴。

有人认为这和他的作品未能同各个时期的举国关心的问题紧密结合,颇有关系,比方说,李准的《不能走那条路》,比起《路》、《杨芝堂》等篇来,无论在思想上、艺术上都不能说高了多少,然而《不能走那条路》却轰动一时,岂不是因为它正当其时反映了举国关心的一个问题么?

我们承认这一说法可以成立。但是我们也不能不想到,也有不少作品刻意反映时代的中心问题,然而效果并不怎么好,——结构公式化,人物概念化。推原其故,大家认为这是因为作者下笔时"从政策出发,而不从生活出发"。(我想这句流行的术语不需要作解释,但是若干年后,时世变迁,文学创作上不存在这个问题的时候,我们的后辈骤然读到这句话,会瞠目不得其解的;因此我打算画蛇添足地作一注解:从政策出发云云者谓作者未尝在生活的积累中发现问题、分析问题,从而产生艺术形象,而却相反,拿着政策的概念作为模子,到生活中寻找适合于这模子的材料,然后作"艺术"的加工。至于从生活出发,却就和从政策出发相反。)我以为玛拉沁夫的作品,好处就在它们都是"从生活出发"。玛拉沁夫富有生活的积累,同时他又富于诗人的气质,这就成就了他的作品的风格,——自在而清丽。这就是为什么他的作品短的胜于长的。(此仍就短篇小说言,并不是说他的短篇小说胜于他的长篇小说)。但是,自在而清丽者不一定隽永。玛拉沁夫所缺少的,似乎正是这一点。也就是说,"从生活出发"了,还须视野远大广博,分析深入细致。我相信玛拉沁夫在现有的优良基础上,终于会给我们以更多的餍足的。

(十二月十五日)。

读《遥远的戈壁》

茅　盾

史料解读

　　史料原载《草原》1963 年第 3 期。本文首先对敖德斯尔的创作进行了简要介绍，其次详细地解读了《遥远的戈壁》中《撒满珍珠的草原》这部小说的主要内容，指出这部小说主要有三个特点：首先，故事发展先缓后急，笔墨简洁，从展开矛盾到解决矛盾，既井然有序而又错综交织；其次，小说的人物描写的篇幅分配服从于主题思想的发展，角色篇幅小但使读者印象深刻；最后，小说的开头引人入胜，景色描写明媚生动，情节新颖，小说人物篇幅安排详略得当。而后又对以第一人称书写的小说《"老班长"的故事》进行了详细点评。

　　茅盾还对取材、布局、用笔等方面都有相同之处的《欢乐的除夕》《春雨》《老车夫》《水晶宫》《金色的波浪》《阿力玛斯之歌》进行了分析，认为敖德斯尔的作品故事动人，自然环境描写生动优美，人物刻画和谋篇布局有所进步，个人风格突出，但是仍存在人物的对话缺少个性等需要改进的地方，茅盾对敖德斯尔小说的点评式分析和评价，被学界广泛认同。

原文

　　《撒满珍珠的草原》，敖德斯尔，一九五九年十月初稿，一九六二年一月定稿。中篇小说，四万余字。

　　这是收在《遥远的戈壁》的唯一的中篇，作为该集子的第二辑。敖德斯尔于一九五二年开始业余写作，用蒙文，最近二、三年也用汉文写。《遥远的戈壁》第一辑收小说七篇，其中写于五九年者一篇，六〇年者四篇，六一年者二篇，其中《老车夫》原为蒙文，余皆汉文。第三辑也收七篇，最早一篇写于一九五二年十月，原为蒙文，余六篇写于五三年者一，五六年者二，五七、五九、六一年者各一；除《草原童话》（六一年五月）外，余皆原为蒙文。

　　此外，《阿力玛斯之歌》，一九六二年三月作，原为蒙文，刊《人民文学》六二年八月号。《血衣》刊六二年七月二日《人民日报》第四版，原为汉文。

　　《撒满珍珠的草原》初稿写于五九年十月，而最后定稿则在六二年一月。初稿想来是用汉文写的，作者用汉文写稿似在五八、五九年之间。

　　说明这一点，不是没有意思的。因为从《撒满珍珠的草原》可以看到作者驱使汉文的功力，从而也可以同那些从蒙文翻译的作品比较一番。

　　现在我打算简单地说一说我读过这个中篇小说后的感想。

　　这篇小说通过草原上一件新事（推广人工配种细毛羊）表现了先进与落后的矛盾、阶级斗争、干部的工作作风，党的正确领导等等。全篇共分十段，外加一个"尾声"。第一段就摆开了矛盾的线索，出场了五个人物。第二、三段，矛盾进一步发展，新出场了一对人物（富裕牧户莎木腾夫妇），于是在进步与落后矛盾之中又渗入了阶级斗争的因素。第四、五段，矛盾渐入高潮而且斗争也更加复杂了，这是由于新来检查工作的农牧助理不先调查研究而主观简单地背诵教条，对人工配种站的积极分子灌输了这样的思想："每做一项新的工作，总遇到各种旧势力的抵抗。如果你不跟它进行坚决的无情的斗争，新的工作就不能开展，旧势力就不会动摇，社会主义也就永远不能实现。因此，必须进行坚决的无情的斗争……开展一个攻势，先攻破最坚固的堡垒，把莎木腾一斗倒，那些单干户的问题就迎刃而解了。"这样,就把主要是内部矛盾的一件事,也就是应当通过耐心说服来解决的一件事,推到阶级斗争的边缘,应用起阶级斗争的方法来了。第六、七段,进一步写这种错误的指导思想如何"鼓励"青年积极分子(娜仁是其代表),采取了粗暴的工作方法,结果,非但工作不能展开,反而帮了破坏分子(莎木腾夫妇)一个倒忙,使得他们的造谣破坏在群众中更有市场,使得一些基本群众也对政府的新设施抱怀疑态度,使得积极分子娜仁陷于孤立,在家庭中也发生了激烈的争吵。第八段,是故事的高潮;农牧助理根据情报(莎木腾已经布置好,要把自己的最好的母羊二百头转移隐蔽),认为"攻堡垒"的时机到了,他调兵遣将,连夜在半路上截取了莎木腾的二百头母羊,赶到娜仁家的院子里暂时圈着。第九、十段,矛盾解决——纠正了错误的做法,教育了破坏分子,党的政策得以贯彻,干部、群众在这次事件中提高了思想认识,改进了工作作风。作者用侧面烘托和正面实写相配合的笔法,表现了农牧助理和娜仁他们认为的胜利如何产生了反效果(群众们认为截取了莎木腾的羊正是莎木腾造谣所谓政府将没收单干户的羊群的第一步,于是纷纷杀羊、卖羊);表现了及时回来的支书(他因公出差)如何以沉着态度对助理提出了纠偏办法;助理不同意,支书坚持向上级党委请示;也表现了这错误的一步所造成的不好影响已经立时传遍草原,因而支书的请示报告刚刚送出而上级党委的指示已经来了。作者在第十段中点出娜仁经此一事,思想认识、工作方法都有了提高和改进,用群众一句话给娜仁作了鉴定:"别看她还是那个泼泼辣辣劲儿,办事稳重多了。"

上述故事梗概可以说明这篇作品在结构方面的严密,下面再讲它的其他特点:

一、故事的发展,从开展矛盾到解决矛盾,既井井有序而又错综交插。故事的发展有节奏,先缓后急,最后急转直下;高潮之后便是矛盾的解决,只花了千把字,笔墨极为经济。"尾声"用喜气洋洋的笔调写第二年春天人工配种的羊羔如何给牧民带来了满怀的喜悦,根本破除了落后思想对改良羊种带来的阻碍。

二、作者所描写的主要人物有这样几组:娜仁及其父母(希力莫、古木达),乌仁和她的母亲(斯尔吉玛),莎木腾和他的老婆(诨号"没灯油"),支书丹森和农牧助理其伦巴干。这九个人是搬演故事的骨架，抽掉其中任何一根，那故事就撑不起来。然而作者对此九人并不是平均使用力量的。九人之中，主角是娜仁，可是斯尔吉玛和莎木腾夫妇的"戏"并不少于娜仁。支书和农牧助理的"戏"甚至比乌仁的还少，然而作者安置他们在紧要关头为故事的两个转折点（第一个转折点为终于造成大错，第二个为纠正错误）作出了贡献，因而，此二人的"戏"虽然少，给读者的印象依然深刻。作者分配给这些人物的"工作"有多有少，都经过仔细斟酌，都服从于主题思想的发展，不是随便"瞎指挥"的。

娜仁和乌仁（这两个姑娘）都是积极分子，但娜仁与乌仁各有其个性。娜仁敢作敢为，乌仁好象柔弱些，但在大关节目上，乌仁也是很坚决的。如果娜仁的作用在于打开场面，那么，当问题变得复杂的时候，她却不如乌仁那样能够嗅到其中的异样的气味。娜仁的父亲希力莫和乌仁的母亲斯尔吉玛都有落后思想，然而这两个老人又各有其个性，两人对新事物的态度同样是又迎又拒，但又不是出于同样的动机。希力莫也跟斯尔吉玛一样，认为一个大姑娘做"人工配种"工作是丢脸的，但是，改良种能多产好羊毛这件事对于他二人同样有吸引力。希力莫也象斯尔吉玛一样，对于人工配种一度热心以后又产生顾虑，但顾虑的动机是不同的；希力莫怕"人工配种"不能产生羊羔，因为他有落后迷信思想，认为"人工配种"不会受胎，因为没有"羊魂"，（作者巧妙地先让斯尔吉玛用这个"理由"来为自己的又不热心于人工配种作辩护，但是斯尔吉玛这个随手拈来的"理由"却在希力莫脑子里生了根），他怕"人工配种"如果失败，社里的羊和社员交给配种站代为"配种"的羊都不怀羔，那么，公私的损失就太大了。但斯尔吉玛顾虑的动机却是怕产生的羊羔要归公，而在她相信了"没灯油"的谣言以后，这种自私的思想完全支配了她。

莎木腾夫妇各自的个性并没多大显著的不同。丈夫的坏主意比老婆的多些，丈夫应付的招儿也比老婆的巧妙些，但这是因为他的"文化"比老婆高，二人的个性的差别不太显著。

对于支书和农牧助理，虽然着墨不多，但二人的不同的个性确因作者的精确鲜明的勾勒而颇为突出。支书的坚持原则而态度温和谦虚，一见于他听到娜仁得意洋洋地讲述如何截住了莎木腾打算藏起来的好母羊,他明知此事违反政策,却不责备这个犯急躁病的姑娘,而只用默然不语来表示他的不赞许;二见于第二天他同农牧助理商议如何纠正错误;三见于群众大会上他一字不提农牧助理的错误,而只怪自己平时对娜仁等帮助不够,出门时又没讲清该怎么做。写农牧助理的个性,也只在两三处"点睛"。上文已经提到他最初如何教条的对娜仁灌输不正确思想,后来在事情严重时他又采取了粗暴做法。此外,作者又轻轻点了他两下。他不但在同支书辩论时不能认识自己的错误,而在群众大会上,支书给他留面子,一字不提他的错误,而他居然在讲话中不作一字的自我批评却装作一个正确的指导者那样教训了别人。作者又在两处说他老是摊开一本很厚的书在读,活画出一个死啃教条、脱离实际,脱离群众的青年干部的形象。作者虽然用含蓄的笔墨描写这个助理,但意在弦外的对他的鞭挞却是很猛的。

年来流行着这样一个公式:矛盾发展——党委书记出场——矛盾解决。本来,这个公式确也反映了现实生活中的一个规律,在这一点上,这个公式是无可议的;但是,它既然在文艺创作中成为一个公式,却又说明了这个现实生活中的规律在不少作家的笔下被简单化了、定型化了。简单化、定型化之后,就会使得本来合理的东西成为可笑,至少是庸俗。但是,为了谴责简单化、定型化而一定不让书记出来解决问题,这叫做因噎废食。敖德斯尔没有因噎废食,而且很正确地作了艺术上的处理。首先,他不把支书写成众人中间的超人而只是众人中间的一个,他写这个支书不是走到任何地方就有一群人围着问长问短、要求解决这、解决那;他不取这样的排场。其次,作者写矛盾的发展和进入高潮是这样的有层次,这样的合情合理,因而,农牧助理和娜仁的简单粗暴的违犯政策的作法好象是实逼处此、不得不然;这样,就完全没有人为地制造矛盾的毛病,也就是说,这个矛盾的发生、发展不是简单化、公式化的。最后,作者并不让他的支书用一场高谈阔论来打通娜仁的思想,而用一连串的小插曲(群众恐慌,急忙把本地公羊放进母羊群中,斯尔吉玛还偷偷杀了一条好肥母羊)使她自悟错误,因而当支书召开大会时,干部们的思想问题已经解决,只剩个教育落后群众的任务了。从这些手法，说明了作者既有深广的生活经验，也有相当高妙的艺术手腕。

三、常言道，文章开头难。一篇小说，故事千头万绪，人物十来个，从何人何事开始，的确要费点脑筋；而且这个开篇和全局有关，不能只是按故事发生的先后次序来处理，而应该按艺术构思的需要来处理。所以，从一篇作品的第一段可以看出作者手腕的高低；第一段写得好，便吸引读者非看下去不可。

《撒满珍珠的草原》的第一段可以说是写得很精彩。开头百来字一幅草原清晨的风景画多么开朗、寥廓、明媚！接着就出场了古木达和斯尔吉玛两位老太太。但是，写古木达在井边打水，写斯尔吉玛是在远远地招着手走来，一静一动，形象就十分鲜艳。在这里，作者夹叙夹议先把斯尔吉玛的身世性格作一番初步介绍，这就提起了读者的兴趣，而且，趁势笔锋一转，就进入了全篇矛盾的第一阶段。由斯尔吉玛口中说出了人们对于人工配种这件又好奇又怀疑，对于娜仁这么个大姑娘干这个工作议论纷纷，以为是不害羞。接着，作者就撇开斯尔吉玛，让希力莫（他正是认为女儿干那个工作是丢脸的）上场，但是此时只写希力莫听说女儿要回来而高兴，并不写他回想起娜仁为了要学习人工配种曾和他发生冲突，不辞而行。到此为止，作者先把娜仁烘托得呼之欲出了，然后用有声有色的笔墨，引导娜仁上场来；我们看他是怎样写的：

当阳光从蒙古包的天窗射进来，照在北边的"哈那"根上时，在赛罕乌拉山脚下那草浪滚滚的原野上，出现了一个骑马的姑娘，这就是娜仁斯其格。她肤色微黑，中等身材，穿着一件绿色蒙古袍，腰带扎得很紧，要不是头上扎着粉红色的绸巾，人们准会把她当成男人。

接着就是一段同样有声有色的回叙：

她小时候，头刚和马蹬一般高，就学会了骑马；十岁那年就在"敖包会"上参加了赛马。到了十五岁，她一个人去掏狼窝，一下子打死了八只狼崽。这样，村里人就给她取了外号，叫"树日盖胡痕"。（蒙古语，泼辣姑娘。）

在这里，作者顺手叙述娜仁怎样要去学习绵羊人工配种，怎样她父亲不许，父女大吵，父亲灰白胡子抖着，警告女儿："你敢去，我打断你的腿！"女儿一声不吭,过了几天,就偷偷地跨上父亲的枣红马,向苏木驰去了。于是又一笔带回来:"现在娜仁斯其格稳坐在马鞍上,怀着无限深情,望着家乡的美丽景色。……"此下又是百来字的自然环境的描写,这都是娜仁的马上所见。这就使我们看见骑着枣红马的这个"泼辣姑娘"怎样驰过深秋的美丽的草原到了她自己的家。这些风景描写,作为这个姑娘的背景,真使她有点飘飘欲仙。

我想我不必多噜苏做疏解了,读者自己可以理会得,这篇小说的第一段处处引人入胜,叫人放不下手;而所以然之故,在于这第一段构思的灵活,叙事与抒情错综相间,初步描绘了五个人物的形象,提出了问题,展开了矛盾。

应当说,这篇小说的其它各段都象第一段似的,一、决不平铺直叙;二、详略得宜;三、继续用画龙点睛的方法刻画人物的性格。

所有这一切,对于读者构成一种"压力";什么"压力"? 一定要一口气把这四万字的中篇读完。

(十一月四日记)

《"老班长"的故事》,一九五九年九月二十五日作,二万八千字。第一人称。

此篇比《撒满珍珠的草原》仅少万余字,但此篇描写的人物仅一"老班长"而《撒满珍珠的草原》则写了十来个人物,其中重要者有九个之多。如果我们读《撒满珍珠的草原》时,并不感到九个人物挤在四万余字的篇幅中缺少回旋之余地,那么,当我们读完《"老班长"的故事》以后也不会觉得用三万字来写一个人物有浪费笔墨之处。把这两篇作一比较的研究,可以看出作者塑造人物的功力。

娜仁的形象是随着故事的发展而逐渐充实、鲜明、发展的,犹如一人迎面而来,最初仅能辨明其身段,后乃辨其为娥为妍,最后则眉目如画地赫然站在你面前。"老班长"的形象的塑造过程亦复如此。但是写法又有不同。娜仁的形象是在复杂的矛盾斗争中完成的。"老班长"的形象却以"我"的所见和"老班长"的自述两部分构成的;在这两部分内,都没有娜仁所会遭遇的复杂的矛盾。因此,用将近三万字来写这么一个人物而不使读者有枯燥之感,是不容易的。

现在我们且看作者怎样下笔。

因为这是第一人称的小说，开篇自然是"我"上场了。开头就从"我"的眼中看到了草原的诱人的风光；第一节写"就象一大块锦绣的绿缎"的草原，第二节写万里晴空的雁子，——这两节先创造了宏伟美丽的气氛，这都是"我"所见的，但笔锋突然一转，由"所见"引起感想，"我"对此美景，却无心欣赏，因为"我"到这陌生地方，还不知将接受什么工作，心情很是不安。在这样心情下，车到站了，"我"下车了，看见一个头发半白的老人同一个满面红光的青年战士走过来。老人先问"我"："同志，你也准备上车么？"于是"我"就打听矿区党委在哪儿，有没有接站的车？老人的回答是："车是多得很哪，不过没有专门拉人的"。后来，青年战士上车，车开了，老人要带"我"去党委，当然是步行；老人看出"我"好象没有出过门，百来斤重的大行李掮不动，就要代劳。"我"当然不好意思，二人争夺，结果还是老人掮上就走，说，剩一半路你自己扛罢。约摸走了一里路，"我"觉得实在太不象话，（白发老人为一个二十多岁小伙子扛行李），硬夺过行李来，可是走了半里路就满身大汗，脚步踉跄。老人看出"我"不行，提议休息。休息时老人问"我"是不是调这儿来工作的？"我"说自己是北京工业大学毕业，分配来此工作。"我"又转问老人，是不是也在矿区党委工作？回答是："党委也算包括在我的范围。"这句话，叫"我"吃了一惊。"矿区党委也包括在他的范围，这是什么一般的大干部呢？"于是，"我"上上下下打量这位老人。在这里，作者这才仔细写了老人的相貌，服装。作者描写人物，惯用这个方法：先使读者听到他的声音，看到他的行动，然后仔细端详他的相貌。写娜仁用这方法，写《春雨》里的朝鲁，也是这个方法，而写《"老车夫"》里的老盟长则直到故事快结束时方始写他的一表堂堂的风貌。

但是，这个老人到底是何等样的人呢？作者却不肯一下揭底。作者继续用侧面烘托法给老人的形象加上一层神秘的闪光：在路上，几起的车子（大车或卡车）看到老人就停下来，车夫或司机向老人亲热地打招呼；由于一个司机称老人为"老班长"。"我"估量他可能是运输部门的一个什么班长，但是到了党委书记室，老人呼一个在打电话的青年女子为"小娜布琪"，却又把"我"的估量推翻了，因为这个青年女子正在电话里大叫大喊,而且说"党委的决定,为什么不服从?……什么?……我负责!"看来这女子口气不小,然而老人却呼她为"小娜布琪",而且大刺刺地吩咐她把"我"领到组织部。而且这老人还把党委书记巴图木伦呼为"老巴"。

作者用了三千字左右的篇幅从各种细节上渲染这位老人的形象,把读者的好奇胃口吊得十足,这才借小娜布琪的嘴巴叙述了这位老人的身世,何以称为"老班长"。但也不是平铺直叙,而是跳跃的点染,因而这一段相当长的对话逸趣横生,同时,我们头脑中的老班长的性格也逐渐形成——这是一个具有高度的主人翁态度、任何事情都要了解、过问,十分关心群众生活,真心为群众服务,丝毫没有个人打算的崇高品格的人,然而又是普通劳动者。

可是,谈话到了"我"问小娜布琪,为什么老人姓卜而他的儿子却又姓金的时候,作者突然打断,变换章法,先写了闯进老人家里找东西吃的邻家的孩子,(因为小娜布琪和"我"的对话是在老人不在的情况下在老人家里进行的),然后又写了老班长直接指挥下的那个供应一千五百多人伙食的中心大食堂,在食堂里,小娜布琪把"我"介绍给巴书记,(巴书记出场,是先写他的相貌,后写他处理事务,最后点出姓名职位),然后又写了第二天"我"随同巴书记到矿场熟悉情况,老班长也要求同去。在这里,作者又奇峰突起似的布置两个小插曲:半路上,老班长(他同巴书记、"我"同坐一吉普)忽然叫停车,下去和几个工人谈话,原来他要了解,山上的小食堂(采矿工人们用的)为什么还没有办起来;步行到山顶时,巴书记和老班长互相扶掖,没有说什么客套话,但彼此那么互相尊敬,互相亲爱。这两笔,把老班长的形象描写得饱满而生动,同时也把巴书记的风度品格勾勒得相当鲜明。

最后,作者笔锋再转,从"我"这个未经锻炼的青年知识分子的思想矛盾上做文章,进一步再刻画老班长对青年人的帮助,(不用"我打你通"的教训方式而用以身作则的启示方法),顺势由老班长自己回答了何以他姓卜而儿子姓金的疑问。这是回叙老班长的前半生的惨痛遭遇和坚强斗争。这不是闲文,因为这使得抱怨分配不当、怕矿上生活艰苦而要求调回城市去坐办公桌的"我"终于解决了思想矛盾,痛自悔悟。本篇到此结束。

这篇将近三万字的小说，重点只写一个人，此人只是普通劳动者，担任着平凡而又被人认为"卑微"的工作，然而此人却有崇高的共产主义思想品德和朴素实在的工作作风，他称党委书记为"老巴"然而他又给素不相识、萍水相逢的青年知识分子扛行李，他为矿区人人所热爱，他也给人人服务。不用说，我们有不少作品描写了这样类似的典型人物，但是，在这一类的人物画廊中，老班长有其个性，而作者刻画这个人物的手法也有其特点。

同时，也不能忘记，除了老班长，巴书记的形象也是鲜明的。小娜布琪着墨不多，但也活跃纸上。一般第一人称小说中的"我"没有性格，只是贯串故事的一根线，但此篇的"我"是一个活人，虽然性格写得还不够深。

（十一月六日）

《欢乐的除夕》，一九六〇年九月十五日作，七千字。《春雨》，一九六一年五月三十一日作，九千字。《老车夫》，一九六〇年三月十三日作，八千字。《水晶宫》，一九六〇年十月作，万余字。《金色的波浪》，一九六〇年十一月作，七千字。《阿力玛斯之歌》，一九六二年三月二十九日作，万七千余字。

以上各篇写作时间，最早为六〇年三月，最迟为六二年三月。篇幅最长者为万七千字，最短者七千字。其中作于六〇年者四篇。

我为什么把这六篇归为一类呢？因为我觉得这六篇在取材、布局、用笔等方面都有相同之处。如就取材而论，他们大都截取了生活的一片，（《阿力玛斯之歌》，因其是传奇传说性的，稍有不同），也就是说，发生于短时间内的小故事，——日常生活的一个小波浪，但是它所包含的意义却较为深远，自然，其教育意义也就同故事的性质不成正比例，换言之，不能因为它是日常生活中一个小波浪就以为它的教育意义不够大。这一点，我不多说了，读者是有目共睹的。至于布局，除了《阿力玛斯之歌》，都不用"现场描写"和"回叙"交叉的方式，也就是说，同《"老班长"的故事》的布局方式完全不同。《水晶宫》虽然也用了回叙，但该篇一头一尾只是摆样子的，删去它们也并不损伤作品结构的完整性，因而它的那个大肚子回叙，不同于《"老班长"的故事》中的回叙。最后，用笔，又都是轻松而诙谐,(只有《阿力玛斯之歌》不完全如此,中间有冷色和重笔),特别富于抒情味,带浪漫主义色彩。

　　至于人物描写,应当说是"各有千秋"。例如在《欢乐的除夕》中,那位女主人公的可敬而可爱的品德只用一两件日常生活小事一加渲染就显得光彩逼人,使整篇作品放射出浪漫主义的色彩。《春雨》亦复如此,但它提出了如何是主人公态度的问题而且从一件小事挖掘人物精神世界,故尤其耐人咀嚼;而全篇章法则起落跌宕,欲擒又纵,(关于羊尾巴毛不应随便剪的问题,提起又放下,凡两三次,直到篇终方才作结,这就布置了处处引人入胜的局面,亦即所谓波澜迭起,不同于平铺直叙),极有风致。《水晶宫》的主人公胡日钦,始终没有出场,(就整个故事而言),这是第一人称的小说,然而偏偏让第三者用第一人称来讲述胡日钦的生活一片段,由此片段,叫人对于胡日钦的品德、思想、作风等等发生了许多的联想。因而这个人物性格写得相当深刻。《老车夫》里,完全没有回叙,故事发生于二十四小时,事情不过是赶路,在风雪袭击时保护羊群,如此而已,可是老盟长的形象多么鲜明,可爱。《金色的波浪》与《欢乐的除夕》伯仲之间,但前者写了四个人,各人铢量相称,可以说这写的是四人的群象,没有主人公。

　　如果从短篇小说的严格要求来看上述那几篇,我以为《欢乐的除夕》、《老车夫》、《春雨》三篇最佳。当然,如能略短,那就更好了。

　　前面已经说过,敖德斯尔描绘人物的得意之笔,是在人物出场之前,多方烘托。《欢乐的除夕》一开头就夸奖米德格老俄吉的二十八岁的儿子哈达巴图怎样又红又专,象民间艺人说的"八弟罗成"一般,有多少姑娘向他求爱,他却都不在意,老俄吉为此很着急,后来听说儿子和幸福人民公社副社长、有名的女将张瑛爱上了,老俄吉很高兴,朝思暮想,要见这个未过门的媳妇一面。后来她决定趁春节假期,到儿子的工地上看看儿子,也看看媳妇;她在工地上看到了儿子。作者在这里又描绘了这个儿子的英雄气概。七千字的小说已经写了三分之一强,可是张瑛这个人物还未上场。但因为写哈达巴图就是烘托张瑛,读者心目中自会出现一个配得上这样的"八弟罗成"的想象中的女将张瑛的形象。同时,读者还在期待。弓已经拉满了，看作者如何把张瑛写得更好，——至少也得一样。果然，作者不负读者的期望。在小说的后半，奇峰突起，半夜车声，一人来到。这个人的声音笑貌无一不吸引人，一下子就叫老俄吉喜欢得什么似的，却不知道此人是女扮男装，就是老俄吉的未过门的媳妇。这一个谜，连读者也不能马上猜透，直到篇末揭了底，这才又惊又喜，忍不住拍案叫好。《金色的波浪》也是同样的写法，但又有变化。可以说，作者的短篇小说大体上都采用这个人物出场的写法，然而一定又有变化，没有两篇的笔法是雷同的，足见手腕之高妙。

作者描写自然环境，常常有即景生情，笼盖全局之妙。这里不再举例，读者自己会找到很多。然而不可不特别提一下《老车夫》开头的数十字描写：

深秋的天空里，团团白云象弹好的羊毛，慢慢地飘浮着。白云下面，那金色的草原上，有一辆三套胶轮车迎风急驰。被鞭响惊吓了的大雁，从镜子般的湖面上飞起，"咕嘎咕嘎"地叫着奔向远方。

下边就直接写人："车上坐着三个人，中间那位……"

这样简洁而又如画的描写，真叫人如身临其境。这比刺刺不休多费几倍笔墨强得多。

《新春曲》，一九五九年三月作，三千余字；《草原童话》，一九六一年五月十六日作，三千余字；《血衣》，一九六二年七月二日《人民日报》，三千六百余字。这是作者所写的最短的作品。基本上同作者的较长的作品有同样的风格。

（十一月十日）

敖德斯尔十年来的作品，我所读到的，就是上面讲的那些。说真话，读他的作品，感到很大的愉快和激动，每一篇（不论多么长），总是非一口气读完不可的。收在《遥远的戈壁》第三辑各篇，凡属早期的作品（一九五九年以前），有一个共同点：故事动人，描写自然环境也颇楚楚有致，然而人物性格的刻划是不深刻的。这些人物有一般的性格，但是没有个性。五九年到六一年的作品却就大大地前进了一步，这主要表现在人物塑造和全篇布局这两方面。也是在这两方面,(不用说,这在短篇小说是重要的方面),作者显示了他的个人风格。当然,抒情味和浪漫主义色彩,也是构成作者自己风格的重要因素。

如果从汉文本(有些是原稿为蒙文而经别人翻译的,有些是原稿即为汉文)来看这些小说的文学语言,我觉得除了人物对话而外,我都是满意的。不仅满意,应当说,使我欣然忘倦。但是人物的对话却缺少个性,不能闻其声如见其人。这一点,同作者最近方用汉文写作,大概有关系。我相信不久以后,我们定当刮目相看。

(十二月二十八日)

附:茅盾同志给敖德斯尔的信

亲爱的敖德斯尔同志:

大函敬悉,如果我的不成熟的感想对您有点儿帮助,那是我很大的荣誉。您在您这样年纪所作的成就,超出了上一辈人在同样年纪所作的,这是我们祖国、也是蒙古族弟兄们值得骄傲的。我以为您此后在创作上还有一个高地必须攻下来,这个高地就是文学语言的个人风格。攻这高地,首先从作品人物的对话使有个性开始。不同身份、不同性格的人物,他们一开口便自不同,——所谓如闻其声。王汶石、李准的作品所以引人注目,此为其重要因素。若论结构、人物描写,您和其它内蒙古作家实无多让。我给乌兰巴干的信里,也讲到这一点。

我的评论只是个人感想,我没有就您的作品和别人交换过意见;因为大家都忙,很少闲谈的机会,而且我读过的,他们未必读过,评论方面百家争鸣的空气还不太浓,我们有责任使它浓厚起来,活跃起来。我希望听听你们那里对我的评论的意见,也希望我的不成熟的评论会抛砖引玉,在《草原》上激起一点波动来。

不多写了,祝您更大的成功,祝您身体健康!

茅盾

六三年一月十六日

谈谈对《路》的批评意见及其修改

奎 曾

史料解读

　　史料原载《草原》1963 年第 4 期。本文首先对玛拉沁夫的短篇小说《路》进行了简要阐述，随后引出内蒙古文艺界对该作品的评价以及玛拉沁夫对该部小说修改的新动态。小说通过包头—白云鄂博的一条公路的发展变化，描写了一个蒙古族老太太的生活经历，反映了乌兰察布草原上新旧两个时代的概貌，刻画出富含集体主义精神，拥有以路为家、公而忘私的共产主义道德品质的主人公塔尔娃形象。

　　对于该部作品，有两种主要批评意见，第一种认为《路》宣扬了资产阶级个人主义思想，另一种批评意见认为《路》的作者对主人公的处理太残酷。玛拉沁夫之后对《路》进行了修改，奎曾认为《路》的原稿不必修改，小说情节严谨紧凑、层次分明，人物塑造饱含感情，语言生动，富于草原气息。《路》（原稿）不仅不是什么错误的作品，而且还是相当优秀的作品，虽然存在需要进一步斟酌的地方，但是并不影响这部小说的优秀性，我们应该欢迎此类作品的创作。

原文

　　《路》是玛拉沁夫同志为庆祝建国十周年而作的一篇短篇小说，原稿发表在一九五九年十月号《人民文学》庆祝建国十周年专号上。这篇作品发表后，立即受到广大读者的欢迎。一九六〇年，它先后被收入兄弟民族作家小说合集《新生活的光辉》和《内蒙古自治区短篇小说选》（一九五七至一九五九年）中；一九六一年，它被译成英文，先发表于《中国文学》二月号上，继又收入中国短篇小说集《耕云记》中；一九六二年，它被选入普通中学高二的语文课本；最近中国作家协会在编选一九五九至一九六一年三年短篇小说时，也选入了这篇作品，认为它是玛拉沁夫同志近几年来的代表作品之一，是优秀的作品之一。①

　　不过内蒙古文艺界对这篇作品的评价，却是曾经存在过较大的分歧意见的。两三年来，它固然得到过一些同志的欢迎和赞许，但也受到过一些同志的批评和责难。在意见分歧面前，作者出版了自己的小说集《花的草原》。在重新收入这篇小说时，他将它作了某些重大的修改。这样，现在《路》就有了两种不同的稿本——《人民文学》上的原稿和《花的草原》中的修改稿。

　　几个月前，我在评介小说集《花的草原》时曾经提到过这篇小说："玛拉沁夫善于从多方面来刻画人物性格，其中最常见的一种，就是描写主人公和一定的环境、一定的事物的内在的联系，从而打开人物心灵的窗，让读者洞悉人物的生活经历与思想性格。例如：在《路》中，作者着重描写了塔尔娃和路的关系——这条路，联系了她的整个身世，也反映了草原上的整个新旧时代的变革……应当认为，这是作者为揭示人物心灵的奥秘而采用的一种手段，它可以更好地刻画人物的个性，塑造生动感人的典型形象。"（见《内蒙古日报》一九六二年七月二十五日《花的草原，百花齐放》一文）很显然的，这里我是就作者的整个创作的艺术特点、表现手法等举例而言，而不是全面地去分析评价这篇作品。不过对于这篇作品的某些批评意见，我个人一直是有着不同的看法的，特别是在仔细

———————————

①　（注）以上各书刊所选入、译载的《路》，均根据《人民文学》上发表的原稿，非修改稿。

读完了《路》的修改稿以后，就更觉得有商榷的必要。这篇文章，我就想着重分析一下《路》的思想内容，比较一下原稿和修改稿的得失，同时谈谈自己对这篇作品的看法，以及对某些批评意见的意见。谬误之处，希望得到同志们的指正。

　　关于小说《路》的故事梗概，我不打算再在这里重复了。小说通过包头—白云鄂博的一条公路的发展变化，概括地描写了一个蒙古族老太太的整个生活经历，反映了乌兰察布草原上新旧两个时代的概貌。可以说，《路》在这里，不仅是普通的、一般的路，而且还具有更深刻、更广泛的含义。作品写道，在黑暗的反动统治年代里，灾难深重的草原上原本是没有《路》的。年轻的挤奶工塔尔娃因受不了巴音（富户）的压榨，深夜逃跑，从而"在没有路的荒原上，第一次踏出了一道白线"。这就是这条路——被称为"塔尔娃大道"的包白公路——的开始。从此，塔尔娃的一生就再也离不开这条路了。这条路是塔尔娃亲自走出来的，它成了她整个生活的见证人。在这条路上，她固然有过爱情的欢乐，却也有过生离死别的痛苦。狼群沿着这条路走来，日本强盗沿着这条路走来，一切灾难和不幸也都沿着这条路走来。于是，她第一次失去了羊群，第二次失去了丈夫。但是坚强的塔尔娃勇敢地承受着这一次比一次更为深重的灾难，从来没有低头屈服；而总是记仇恨于心间，擦干眼泪，继续前进，终于等到了人民骑兵打着红旗，沿着这条路进入了草原。于是，草原变了样。第二年春天就在这条路上出现了勘探队的汽车。……这一切，都是在这条路上发生的。当这条路由白线而羊肠小道而大车道，而最后变成为每天要通行无数辆汽车的草原上的一条重要公路时，塔尔娃也就由少女而变为头发花白的老太太了。她既然和这条路有着如此密切的关系，从而也就对它有着深厚的感情。此后她一直住在这条路的旁边，并自动地成为这条路的义务看守员和义务养路工，怎么也不愿离开。因此我们可以说，在某种意义上，这条路就是塔尔娃一生的生活之路的像征；同时，这条路也是乌兰察布草原四五十年来发展变化的历史之路的象征，它在一定程度上从侧面反映了内蒙古人民在中国共产党领导下同日本帝国主义和民族败类所进行的革命斗争，以及开始进行的大规模的社会主义工业建设。应当说，这是很有意义的。

　　在小说里，作者还描写了塔尔娃的儿子解放后自愿参军、在剿匪战斗中不幸牺牲的故事。但在这里，主人公的态度一直是勇敢的，积极的，并没有什么"不可摆脱的痛苦"。作品写道，为了保卫白云鄂博矿山，保卫社会主义建设，保卫勘探队的汉族工人弟兄，儿子要参军，母亲送他去，虽然"家里只剩下她一个人了，但她一点都没有感到寂寞"；儿子到前线剿匪多时了，有些好心的亲友劝她把儿子找回来，但"塔尔娃老太太一点也没有动摇"；直到儿子牺牲了，塔尔娃老太太这才"两眼含着满眶的泪水，悲哀地低下了头"。作为一个已经失去了丈夫的老人，又面临着失去独生子的巨大不幸，这时塔尔娃的悲痛一定是很深的。作品对这种内心活动的描写完全可以理解，我以为并不过分。而更重要的是，悲痛以后，塔尔娃并没有因儿子的牺牲就哀伤无以自拔，就丧失对生活的信心；相反，她却是更加积极、更加坚强了。请看小说的这段描写：

　　对把一切希望都寄托在独生儿身上的塔尔娃老太太，这次打击，是那般沉重，沉重！但是俗话说得好："流眼泪，莫如攥拳头。"真正的人，在灾难面前会变得更加坚强！塔尔娃老太太在当地政府和人民的协助下，埋葬了儿子，扫清了门前道路上珠尔赫洒下的血迹，勇敢地生活着。

　　几天以后传来了捷报：匪徒被我军全部消灭了。乡亲们为纪念烈士珠尔赫，把当地苏木改名"珠尔赫苏木"。

　　儿子为保卫矿山而牺牲了，只剩下塔尔娃老太太一个人。矿山公司为了照顾她的生活，请她搬到矿山去住；但是老人家没有去，她说："我舍不得离开门前这条路啊！"（此段引文见《人民文学》一九五九年十月号）

　　这里，已死的成了人民悼念敬仰的烈士，活着的受到政府和人民的照顾和关怀；塔尔娃本人虽然失去了个小家庭的幸福，却获得了革命大家庭的温暖；虽然失去了自己唯一的儿子，却获得了无数汉族青年工人的爱戴。因此她依然生活得很幸福，她不但不搬到矿山去养老，反而老当益壮，自告奋勇地成了这条路的义务看守员和义务养路工。夏季，每当下雨，老人家披着自制的毡雨衣，站在公路旁，对过往的车辆一遍一遍嘱咐着哪里有沟、哪里陷泥多！到了冬天下雪天，老人家就更辛苦了，雪下一层，她扫一遍，草原上积了三尺深雪，而她门前很长一段公路上,连一片雪花都没有!不仅如此,她还随时一点一滴的注意爱护国家财物,甚至连路上的一个小洋钉、螺丝钉也不放过,以致后来满满装了五箱子,送到了白云鄂博矿山党委。她说得好:"我给包钢尽不了多大力量,拣拣这些洋钉、铁片,也算是尽一点心意了。"这真是语重意长,道出了她作为一个革命烈属对党、对人民、对社会主义建设的高度的责任感。这样,主人公塔尔娃的形象,到这里就显得更高大、更光荣了。也正因此,这条公路才被人们命名为"塔尔娃大道"——这是一个多么光荣、多么有意义的名字啊!

这里,很显然的,作品所歌颂的,是塔尔娃的集体主义精神,是她的那种以路为家、公而忘私的共产主义道德品质,以及她那努力摆脱个人生活的不幸,而把自己的一切同革命事业、同社会主义建设连结在一起的革命意志。唯其如此,她才这般乐观健壮,自强不息。我以为,这正是这篇作品的思想意义所在,也正是它最感人的地方。

如果以上的分析是符合原作的精神的话,那么,某些批评意见恐怕就难以成立了。这些批评意见认为《路》描写的乃是所谓"个人幸福、家庭幸福由于战争而破灭的悲剧",并武断地说它"宣扬了资产阶级个人主义思想"。这些批评意见曾经一度颇为流行,从而有一时期《路》就不仅没有得到应有的正确的评价,反而被目为错误的作品而受到了指责。

也许正是因为受了这些批评意见的影响,小说作者玛拉沁夫同志后来在出版小说集《花的草原》时,就重新修改了这篇作品。修改的地方并不多,主要是在剿匪战斗中,作者没有让塔尔娃的儿子牺牲,而是"在追击战斗中负了伤,晕了过去"。于是,我在前面所引的那段文字,现在改成了这样:

对把一切希望都寄托在独生儿身上的塔尔娃老太太,这次打击,是那般沉重,沉重!但是真正的人,在灾难面前反会变得更加坚强!塔尔娃老太太,在当地政府和人民的协助下,给孩儿治好了伤,又把孩子送到部队里。但是捷尔克(即珠尔赫——笔者)伤了腿骨,不适合再当骑兵,于是就转业到白云鄂博铁矿工作。小伙子干啥都有股钻劲儿,很快就成了穿孔司机。家里只剩下塔尔娃老太太一个人了,矿山领导为了照顾她的生活,请她搬到矿山去住;但是老人家没

有去,她说:"我舍不得离开门前这条路啊!"(此段引文见小说集《花的草原》第
108 页。文中重点处,是作品修改的主要地方。)

认真地听取读者和评论家的批评意见,努力使自己的作品修改得更好,这
对于一个作家来,确实是必要的和应该的。这表现了一个作家的虚怀若谷的心
胸和对人民对读者的高度责任感。古今中外有许多作家,他的著名作品总是虚
心听取了多方面的批评意见,经过一次又一次的修改,然后才逐步臻于完美的。
但是,问题还有另一方面。作为一个作家,他固然要勇于接受批评、勇于修正错
误;同时也要勇于坚持原则、坚持正确意见。我并不认为小说《路》的原稿就完
美无缺,不可改动;但同时,我也不认为现在的这种修改是成功的,必要的。

我还听到过另一种批评意见。这种批评意见认为《路》的作者对主人公的
处理是"太残酷了":他不仅让塔尔娃失去了羊群、失去了丈夫,而且还在解放后
让失去了她相依为命的唯一的儿子;似乎这样一来,作品就容易情调低沉,悲观
消极。我以为,这种意见同样是值得商榷的。因为,事物的发展本身,原就不是
一帆风顺,有矛盾就有斗争,有斗争就不免要有牺牲。有时,当革命力量暂时处
于低潮的时候,会有成批的革命者牺牲在敌人的屠刀下。这种事实举不胜举,
单看看小说《红岩》中所描写的那些情景,就可以很清楚了。革命的道路就是这
般曲折、复杂,文学作品理当将它真实地全面地并生动地反映出来。这里应当
说清楚:恶意地歪曲现实,自然主义地极力渲染战争的残酷性和牺牲的惨重,自
然是我们所坚决反对的;但是,"好心地"粉饰生活,极力避免接触牺牲死亡之类
的事件,将一切都描写得轻而易举、和风细雨,也不是我们所要提倡的。我们的
作家,有责任用自己的作品去教育人民,特别是教育青年一代,让他们懂得革命
斗争的艰苦性和复杂性,懂得胜利的不易得来,从而,更热爱今天的新生活。

乌兰察布草原属于原绥远地区,解放并不很早。按照作品所写,解放后的
第二年春天(按:是 1950 年),草原上原有一股蒙奸德王的伪蒙军残部。他们不
但扰乱治安,抢劫人民,而且竭力挑拨蒙汉团结,破坏白云鄂博铁矿的勘探工
作。牧民们忍无可忍,自动地组织起一支骑兵部队,消灭土匪,保卫矿山,这是
一件大好事。塔尔娃英勇地送儿子参加了剿匪部队,更是一种了不起的行为。

但是草原解放伊始，情况还很复杂，要彻底消灭土匪，可不象清扫灰尘那般容易，因此在剿匪过程中牺牲一两个同志，虽不幸，但也是合乎情理的事。而且小说写得很清楚："珠尔赫是在追击战中，被埋伏着的敌人打死的。"这又有什么可以责怪的呢？

再就文艺创作而言。文艺作品虽然来源于生活，却又不同于生活。文艺作品所描写的，必然要求比生活更集中、更强烈、更富于典型性，这样才能"使人民群众惊醒起来，感奋起来，推动人民群众走向团结和斗争，实行改造自己的环境。"（《毛泽东论文艺》第 66 页。）在实际生活中，像塔尔娃老太太这样的遭遇，也许是不多的（但也并非没有），但是"革命的文艺，应当根据实际生活，创造出各种各样的人物来，帮助群众推动历史的前进"。（同上书第 65 页。）因此，责备作者把塔尔娃老太太的遭遇写得"太残酷"，责备作者写她儿子在追击战中被敌人打死，等等，我以为都是不应该的。

但是玛拉沁夫同志终于修改了自己的作品，他让塔尔娃的儿子又活了过来。我不知道别的同志读了修改稿后有何感想，但我自己明确地感觉到，修改稿的艺术感染力不及原稿。如果仔细思索一下，我们还可以发现修改稿存在着一些或大或小的矛盾：例如既然儿子并没有死，只是负了轻伤，那为什么塔尔娃会"两眼含着满眶的泪水，悲哀的低下了头"，而且说"这次打击是那般沉重，沉重"呢？这岂不是显得塔尔娃感情太脆弱了么？但作品中的塔尔娃可不是这样的人呀。又如，既然儿子没有死，在白云鄂博铁矿工作，那为什么塔尔娃一定坚持要孤零零地留在公路旁住呢？为什么儿子不来看望她，而她即使到了矿山，也不去看望儿子呢（甚至信也不通一封）？须知塔尔娃只有这样一个独生儿子，她们母子间的感情向来是很深的（"她把一切希望都寄托在孩子身上"）。这岂不又是有些不近情理了么？类似这样的矛盾还很多。如此种种，结果是显得作品里的主人公——塔尔娃老太太的性格很不统一，她不仅不能令人同情、令人敬爱，而且简直有点性情古怪、令人费解——为什么她对一条没有生命的路的感情，竟大大超过了她对自己亲生的、唯一的儿子的感情？

产生这样的矛盾是必然的。但凡是一篇经得起推敲、经得起咀嚼的成功的作品，其中的人物性格、人物命运，总是在作家进行艺术构思时就已经形成了、确定了的，而作品的情节结构、语言对话等等，也都是为这已经确定了的人物性格、人物命运来服务的。因此，现在要改动人物性格、人物命运，特别是要把原来已经牺牲了的人物改成没有牺牲，就不是那么容易。这种改动，不能不影响到整个作品的主题思想，影响到整个作品的情节结构，断非只改动一两段文字所能解决问题。因此，《路》的修改稿中就出现了上面所说的这些矛盾。

　　我曾经和玛拉沁夫同志交换过意见。我以为《路》的原稿是大可不必修改的。我个人的看法是，《路》（原稿）不仅不是什么错误的作品，而且还是相当优秀的作品，正如有些同志所称赞的那样。一篇优秀的小说除了深湛的思想内容外，还要求具有与之相应的优美的艺术形式。《路》的艺术构思相当精巧而又毫无穿凿之嫌：它通过一条看来极其平常的公路，竟能联系到一个人的一生，反映出草原生活的巨大变化，并塑造了塔尔娃老太太这样一个正面人物形象，这是很富于独创性的。《路》的情节结构也比较严谨紧凑，层次分明，干净利落，既很平易，又有起伏。《路》的语言相当优美生动，富于草原气息，又富于抒情色彩，作者对他的人物饱和着感情，为塔尔娃母子唱着由衷的赞歌，因此它也就易于激动读者，具有一定的艺术魅力。此外，这篇作品剪裁也很得当，很少有繁枝蔓叶，它篇幅短小，内容却很丰富。可以说，《路》是真正发挥了它作为一篇短篇小说的功能了。

　　当然《路》也不是毫无缺点的，也还有些需要进一步斟酌的地方。但是这些地方，并不影响它作为一篇成功的好作品。像这样的作品，我们还不很多，我认为，这样的作品是应当受到欢迎而不应当受到指责的。

1962 年 11 月 6 日写成
1963 年 2 月 7 日四改

评朋斯克的短篇小说

郭　超　丁尔纲

史料解读

史料原载《草原》1964年第7期。该文指出,蒙古族青年作家朋斯克以短篇小说创作见长,他凭借对社会主义事业强烈的热爱,书写了社会主义革命和建设时期农牧林区各条战线上的火热斗争和新民主主义革命时期蒙古族人民的英勇斗争。朋斯克的短篇小说情感充沛,幽默乐观,诙谐讽刺。比较朋斯克写的新民主主义革命时期生活的小说,不难发现,他写当代生活的小说稍显逊色,主要是因为生活的积累直接左右了作品的思想艺术质量。朋斯克对社会主义革命与建设的生活积累不够丰厚,造成了作品思想艺术上的单薄。

原文

在内蒙古文学创作中,短篇小说的成绩是比较突出的。它们具有浓厚的民族特色与地方色彩,反映了内蒙古农村牧区城市广大人民丰富多彩、热火朝天的斗争生活,充满了强烈的时代精神;突出地体现了蒙古族人民在党的雨露滋润下蒸蒸日上的民族生活。比如玛拉沁夫的《花的草原》、敖德斯尔的《遥远的戈壁》等短篇集,都因此得到读者的好评。蒙古族青年作家朋斯克同志近年来也写了不少短篇。他对社会主义革命和建设时期农牧林区各条战线上的火热斗争和新民主主义革命时期蒙古族人民的英勇斗争,怀着喜悦和崇敬的心情,并把它倾注在自己创作中。朋斯克的这些短篇,既保持了《金色兴安岭》的某些特色,而且在思想深度上又有所提高,艺术视野也更为开阔了。

作为社会主义时代的作家,要使自己的作品更好地为无产阶级政治、为工农兵群众服务,必须以社会主义、共产主义精神教育人民,努力反映我们伟大时代的矛盾斗争,歌颂无产阶级革命派的英雄人物。作家应当从现实生活出发,以当代人民的生活斗争为表现主体。我们的现实生活是沸腾多彩的,社会主义时代的新生活、新矛盾、新人物、新道德、新风尚最便于展示社会主义思想的创作题材,只有把这些现实题材典型化,从而塑造出我们时代的英雄形象,对他们的创造力和崭新的精神境界,作出深刻有力的描绘和探索时,才能使作品产生巨大的思想影响。从这个角度看,朋斯克的短篇有它的成绩,同时也有它的不足。

一

敏锐地观察和扶植现实斗争中新生力量的成长,对他们加以热情地歌颂,这是革命作家责无旁贷的任务。朋斯克的大部分作品就是这样。例如他对年轻持重、严肃认真、开朗乐观的小安全主任博彦图的热情肯定[1];对生于穷乡僻壤,成长在党的怀抱和解放军的融炉,战斗在水利战线上的牧人之子赛音夫的由衷赞颂[2];对年纪、性格虽各有不同,但对社会主义事业却同样忠心耿耿的萨尔花一家三口的表彰[3],都感受到作者那颗跳动着的火热的心。其他如《第二次战役》中的女队长周小燕[4],《风雪灰腾山》中的阿古拉等[5],也都是这样。这些新人在作品中的出现,都是朋斯克饱满的政治热情和对党的文艺事业严肃认真的态度的体现。作者在火热的生活与斗争中发现了他们,用文艺彩笔一定程度地提炼和加工了他们,使之具有较强烈的艺术感染力量,用他们的优秀品质鼓

---

[1] 《桃汛时节》,载《草原》1963 年 3 月号。

[2] 《雷雨之夜》,载《草原》1962 年 4 月号。

[3] 《牧人之家》,载《草原》1963 年 9 月号。

[4] 《民族团结》1963 年 5 月号。

[5] 《人民文学》1963 年 9 月号。

舞读者。他们各自从生活的一角，程度不等地反映了社会主义的时代精神，和无产阶级的优秀品质。这些作品虽然深度不同，有的还有缺陷，但总的说对读者仍然很有教益。

朋斯克写新人的较好的作品，多数是从革命传统哺育了社会主义新人的角度来描写，在重大的斗争冲击下来塑造性格，歌颂共产主义、革命英雄主义品质和跃进精神。这方面的代表作是《雷雨之夜》和《第二次胜利》。

《雷雨之夜》中的主人公赛音夫是蒙古族年轻的党员专家，他参与了一个可使千里之外的公社受益的巨大水库工地的工程设计。他身上最突出的品质是临危不惧、坚韧沉着和忘我的牺牲精神。在水库尚未完工之际，暴雨使莫尔根河改道，七千流量的洪水向未完工的水库冲来，党委书记和总工程师又恰好不在，天大的担子落在这个年青的副总工程师和党委委员身上。赛音夫临危不惧，以他共产党人的战斗气魄，当机立断地决定牺牲导流槽，扩大排水量，并与筑堤措施相配合，从而解决了这个难关。在赛音夫的指挥下，一场自然灾祸安然地摆脱了。赛音夫的性格中具有社会主义新人所特有的无比坚强的品质和大无畏的精神。它体现出人民掌握了科学，依靠了集体力量后与自然开战的高度勇气，这是人民的英雄气概在新人身上的形象表现。赛音夫的这一精神是和他那忘我牺牲精神有机联系着的。为了拯救落水的工人弟兄，他不顾危险潜入漩涡中达四十分钟之久。这种忘我救人的精神和上述的英雄气概，是他对人民革命事业赤胆忠心的表现。这是我们时代的新人身上最为闪光的品德。

作品不仅表现了新人身上这种闪光的品质，而且在阶级斗争历史的长河中发掘了形成这种精神品质的根源。赛音夫是在苦难的旧社会中长大的。党组织的教育和在解放军中的战斗考验使他变得十分坚强，党在学校和工地上对他的多年培养使他掌握了工程技术。他身上贯注着老一代革命者的血液，他的成长依靠党的教诲。他是党一手培植的红色专家，他又是蒙古族人民的第一代红色专家。这个新人是党的民族政策开放的灿烂花朵。作者这么刻划这个形象，显然是在歌颂新人的优秀品德之同时，显示党的伟大功绩，说明为科学武装起来的蒙古族人民，只要能继承革命传统，依靠党的领导和集体力量，是无坚不摧，战无不胜的。

从这个角度说，《第二次胜利》的主题和《雷雨之夜》有一定的联系。这是歌颂林业战线蒙汉两族年青一代的冲天干劲。年青的运材路线建筑队长巴根和副队长周小燕，为了把社会主义建设所急需的木材运出森林去，绞尽脑汁克服困难。在这当中他们表现了蓬勃的朝气和耿耿的忠心。然而这种革命战斗精神和老一辈革命者的战斗传统是密不可分的。作品在歌颂新人身上的优秀品质的同时，通过巧妙的穿插揭示了革命前辈对他们的熏陶。作品指出对阶级敌人的胜利是"第一次胜利"，向大自然开战必然会取得"第二次胜利"。一代新人这种革命朝气，使人相信他们的豪言壮语是一定能够实现的。

这些关于新人的作品，通过生产斗争和日常生活的描写，反映了沸腾磅礴的社会主义生活，表现了作为时代中心的无产阶级新生力量。这些新人是时代的标兵，他们继承了革命传统，凝集了当代先进思想的精华，这对鼓舞读者的革命斗志，加强与旧势力斗争的战斗热情，都是有作用的。这些成绩应该热情肯定。当然朋斯克写新人的作品也有某些缺点，我们在后面还要谈到。

朋斯克的短篇多数反映现代生活，这种革命热情是值得鼓励的。但他的短篇中最优秀的篇章，却是反映新民主主义革命斗争生活的。代表作是《在腾格里边缘地带》[1]和《没有枪的战士》[2]两个短篇。

中国革命的特点是以革命的武装消灭反革命的武装。在这个斗争中，中国人民解放军（其前身是工农红军和八路军、新四军）立下了不朽的功勋。朋斯克本人就是在这支部队中成长起来的。对兵的生活的熟悉，使《在腾格里边缘地带》写来格外得心应手。在这个短篇中，作者借助抗战末期活跃在内蒙古草原上的一支武工队远征腾格里沙漠，袭击日本特务基地的故事，塑造了侦察英雄巴雅尔泰的形象，借此体现出中国人民在与日本帝国主义的浴血斗争中的革命英雄主义精神。作者认识到人民战士是武装起来的工农，是人民群众的子弟兵。人民战士的革命英雄主义是人民精神的集中体现。因为他们来自人民，所

---

① 《解放军文艺》1963 年 10 月号。

② 《草原》1961 年 8 月号。

以才能平凡而又伟大；也因为他们来自人民，有强大的阶级集体做后盾，有强烈的阶级、民族仇恨，所以他们才能英勇顽强，战无不胜，创造出惊人的奇迹。作者抓住现实生活这种本质内容来塑造巴雅尔泰。一面借人们口头传说描绘他只身闯入王爷府，差点割下王爷脑袋，行踪不定，力气非凡，枪口比碗口还粗的传奇色彩很浓的事迹；另一面又轻舒写实的笔，引出一个平常的战士和读者见面：他瘦小、严厉、貌不惊人。然而正是这个外表平常的人物在战斗中却精神抖擞、雄姿英发，机智而又果敢。他的奇迹，不是靠李逵式的莽撞和勇武得来，而是靠周密策划，出奇制胜。经过一场战争的考验，作者把两种描写重合起来，终于完成了这个又平凡又不平凡的蒙古族侦察英雄的艺术形象。他那英勇无畏，气概非凡的性格通过他独特的个性和蒙古族人民那种强悍、朴实、豪放的民族心理，比较充分地体现出来了。巴雅尔泰的革命英雄主义的基本内容是敢于斗争、敢于胜利。这是中国人民反帝斗争中最可宝贵的性格。

帝国主义的战争侵略和蒋匪帮的武装压迫，给中国人民带来了巨大灾难，同时也给人民以巨大的锻炼，从一分为二的辩证观点看来，这个战争又未尝不是一件好事。列宁指出：帝国主义和一切反动派所发动的战争"是使人民群众革命化的最好手段"，它"愈向前发展，就愈能加强劳动群众同领导这一战争的无产阶级间的联系。"①为了揭示人民在战争考验下的这一革命化过程，《没有枪的战士》的典型环境描写由以下两个因素组成：一个是对时代的概括，庆祝抗战胜利的鼓声未落，美帝就指使蒋匪挑起内战，草原上的人民再度被卷入战火硝烟之中。仇恨使他们愤起参军，以"小米加步枪"的战斗精神向武装到牙齿的敌人进行斗争。朝克图就是无数参军青年中的一个。作品环境的另一个因素是朝克图的独特遭际：朝克图所参加的虽是一个英雄连队，但仍存在着武器不足的严重困难。对敌的仇恨使朝克图渴望有一支枪，同时这个新战士的觉悟水平又不能理解决定战争胜负的根本因素是人而不是武器的道理。于是"要枪"和"没枪"的冲突，形成了朝克图性格发展的内心线索。他从渴望有支枪发展到化

---

① 《列宁全集》第 30 卷 153—154 页。

仇恨为力量,在战斗中夺取敌人的武器武装了自己。性格的这一发展体现了蒙古族人民敢于斗争敢于胜利的革命精神,揭示了决定战争胜利的根本因素在于人。这一对战争与和平问题认识的真理,由于帝国主义的继续存在显得十分重要。从这个角度说,《没有枪的战士》在今天也是有意义的。

二

朋斯克善于把握短篇小说这一文学样式的截取生活横断面的特点,努力利用其思想容量和多种多样的艺术方法:既能从充满矛盾斗争的重大题材中写出人物,又能借日常生活的平凡琐事揭示出具有高尚品德的人物性格。

一个作家应该有独特的艺术风格和取材特点,然而这并不妨碍他有几付笔墨。比如有的作家擅长撷取重大题材,把人物放在矛盾的尖端、斗争的漩涡去凫泳和弄潮,以显示人物的性格特点;有的作家却善于通过日常生活的横断面的描绘,显示出蕴蓄在人物内心深处的闪光的品德。朋斯克对这两种方法都曾尝试过。但是形式(包括手法)是由内容和主题思想决定的,必须根据不同的题材和内容采取不同的方法。作者也很注意这一点。例如《雷雨之夜》、《在腾格里边缘地带》所写的是重大题材和主题,故采用前一种方法,《牧人之家》、《小师傅》①取材于日常生活,采用的是后一种写法。然而值得注意的是不管他采用哪种方法去概括、剪裁和提炼,却大体上能扣紧人物,满怀热忱地描写新人的成长过程,从中又流露出作者对新人性格的遏止不住的赞美感情,并依靠这些揭示作品的主题思想。

短篇小说的容量是有限的。它要求作者在现实斗争的瑰丽多彩和纷繁的事件中,精选和提炼出蕴藏着深刻社会意义的事件与情节,并给以巧妙的安排和集中的概括。这一切的重要关键是塑造人物形象,但没有别出心裁的安排,不在矛盾冲突中考验人物,就会使作品平铺直叙,落入窠臼,流于一般化,在短篇中,作家必须描写浓缩和深化了的事物,通过生活横断面反映时代的风貌和

---

① 《新港》1962 年 6 月号。

人物美好的心灵。这就要求作家必须在情节构思上花更多的工夫,才不致把短篇写成压缩了的中篇。

朋斯克的短篇,特别是那些较好的短篇,基本上是合乎这些要求的。《雷雨之夜》就是采取生活横截面,经过新颖的构思,刻划了新人形象的作品。它主要写了两个人物:老社长巴特尔仓和他的在水库工地当副总工程师的儿子赛音夫。作者以巴特尔仓找儿子的正面描写为线索,墨饱笔醋地渲染了水库工地那狂风急雨、雷电交加的战斗场面,以人民群众的英雄行为作主人公赛音夫性格的衬景。赛音夫性格刻划的主要"工程"都是借父亲的所闻所见和内心反应衬托着完成的。父亲了解了儿子肩负的千斤重担,听到了他那沉着果决的声音,感受到他那指挥若定的共产党人气魄。气氛的渲染浓、细笔的勾勒少,重传神而不重具象的描摹,因此作者对这个在冲突中行动着的人物的描写给读者留下了想象的余地,从而显示了人物性格的一面。另一方面,作者在关键时刻,也对人物作特写镜头的表现,例如写他因救人跳下翻着白沫的深潭,在漩涡里搏斗达四十分钟之久。这侧笔勾勒出的画面使寻找儿子的牵线人物老社长挨了当头一棒,读者之心也为之怦然。此后作者又把笔锋轻轻一转,在用老社长的焦虑心情作了衬托之后,又点出尾声,引导这英雄人物和读者再次见面。作品以父子大团圆作收场,到此两个社会主义新人形象跃然纸上了。这儿所写的不过是父子相会和水库抢险等三两个场面,但却充满了人与自然的矛盾冲突,性格的光辉是在矛盾的撞击中耀人眼目地显出来的。这篇东西对短篇体裁潜力的挖掘,对短篇小说思想容量的运用以及短篇作品的构思,都是比较成功的。

值得称道的是在这纷繁芜杂的情节和尖锐冲突的场景中,作者的画笔始终能扣紧主线,有条不紊地引导人物性格向前发展,从进行中使性格和主题凸显出来。奥妙还在于作者能够把握住情节发展的线索来刻划人物:《没有枪的战士》概括的场景虽宽,但却以"想"枪、"没"枪、"夺"枪的"枪"作物件线索。《雷雨之夜》描写的冲突虽尖锐,但却以父亲找儿子和"抢险"两件事的过程为事件线索。以父亲为牵线人物。线索分明,情节就紧凑;纲举则目张,短篇的结构也就严谨了。这一点和前面分析《在腾格里边缘地带》时所提到的悬念一样,都使读者的耳清目明,心神贯注,这是朋斯克运用短篇形式的重要技巧和特点,同样也是值得我们注意的。

和上一类写法不同,在借助日常生活题材构思成的《牧人之家》和《小师傅》中,作者无意寻觅尖锐的冲突和曲折离奇的情节,而只是通过日常生活的横断面摘取一束生活的花朵,用白描手法来探求足以表现我们生活本质力量的芳香所在,从日常琐事中发掘诗意的火花。例如《小师傅》只写了"小"牧人带"大"徒弟的一天放牧生活。但作者怀着喜悦的心情描写出这个小牧人善于思索,讲求方法,满脑子生活经验的性格特征,从他和他的"大"徒弟的性格对比中显示他那全心全意对待集体事业的不平凡的心灵,从这外貌平凡的小牧人身上,我们看到了不平凡的社会主义接班人的飞速成长。而他那既稚气又早熟的独特性格,又恰恰合乎这一特殊环境中的"小"牧人的身份。作品通篇折射出时代的光彩,散发着草原的气息。在这些方面,《牧人之家》也有类似之处。

朋斯克的短篇小说饱和着对社会主义现实的强烈的热情,字里行间透出幽默乐观,诙谐成趣,且偶有讽刺嘲弄的艺术特色。

作家是用形象体现自己的创作意图、显示出社会主义思想的。结实、丰满、有立体感的形象之所以有动人的力量,一方面是因为它带有生活现实的泥土气息,另一方面由于作者把自己的爱憎好恶,倾注在人物身上,使之成为有灵魂有性格的活生生的人物,而不是概念的幽灵。因此人物身上,必然会留下作家思想的烙印,这就是作家风格能在人物身上体现出来的原因。朋斯克笔下的某些正面人物特别是新人形象,往往是朝气蓬勃,热情洋溢的。有的人物还时时从心底和动作里带出诙谐幽默的情趣。这是作者对社会主义新人的热爱感情的坦率表露,也是作者的人生观和生活态度的具体写照。

在《小师傅》里,诙谐的情趣是从小牧人那人小心大,本是孩童却又相当成熟的矛盾中产生的,而对那个"大"徒弟的描写,又微含着善意的讽刺。这是因为作者对我们下一代红色接班人有强烈的爱护之情,抱着十分赞赏的态度,他在为革命的红色接班人而欣喜,这情感熔筑在"小师傅"身上,就产生了忍俊不禁的诙谐情趣。但作者正是从热爱和关怀下一代出发,所以又不能允许下一代新人身上有些许污点。这就是写"大"徒弟时用讽刺手法的来由了。但作者毕竟是爱护下一代的,"大"徒弟的缺点也不是不可改正的,作者对他有殷切的希望,所以讽刺又是善意的,有别于对敌人的冷嘲热讽。同样,也是从这种种认识和情感出发,《打狼》这个短篇才以调侃那既胆小又爱吹牛,既无能又好充行家的乌利吉图为基调,写了一段森林工人战斗生活间隙的一次打狼的小插曲。至于那字里行间饱和着不加掩饰的社会主义热情的作品,则以《桃汛时节》表现得最为明显。

朋斯克有的短篇还不能明显地看出这一特色,例如《在腾格里边缘地带》就是如此。但这是作者最近的作品。这一方面说明了本来一个作者的作品的艺术特色不是一成不变的,另一方面又说明朋斯克的作品的艺术特色不是很稳固的。风格的稳固形成,是一个作家艺术上相当成熟的标志,对一个青年作家来说,是不能急于要求的。朋斯克的作品的艺术特色初具雏形,我们应该珍视和重视。

三

朋斯克的短篇,在艺术方面取得了一些经验。但是比较起来,作者写民主革命时期的作品(如《在腾格里边缘地带》、《没有枪的战士》),人物显得较为鲜明、丰满、扎实,而对社会主义革命与建设时期生活的描绘,人物的刻划就不如前者那么得心应手,性格比较单薄,主题思想不够深刻,作品缺乏那种热腾火辣、冲击心扉的力量,这原因在哪里呢?最主要的是作家对当前的生活还不象对过去的生活那么谙熟,政治视野不够开阔,立足点还不够高。他的这些作品对社会主义时期两种思想、两条道路的斗争就很少接触。有的作品(例如《风雪灰腾山》)对阶级斗争刚刚有所触及就轻轻地回避开,把矛盾斗争推到"幕后"去处理了。有的作品(如《打狼》、《小师傅》、《牧人之家》)有点象静止的写生画,没有故事的行动性,作者没有把人物放在矛盾的尖端,斗争的旋涡里去凫泳弄潮,所以人物就显得平面,不那么完整、饱满和高大,令人感到缺乏深度。

新人是每个历史时期革命阶级中的先进分子,是每个时代革命要求的体现者和历史发展的推动者。因此要求作者通过新人形象的塑造反映出我们时代的根本特点、斗争要求和先进思想水平。我们估价一个作家塑造新人的艺术成就首先就要看他们身上所体现的时代精神和革命斗争的深度。只有具体深入地刻划英雄人物在社会主义革命中，在兴无灭资斗争中，在社会主义建设中所表现出来的对敌对力量毫不容情，对革命事业无限忠诚的高贵品质，新人形象才会生动、深刻和光彩夺目。

朋斯克的作品写当代生活不如写新民主主义革命时期的生活，其另一个原因是生活经验方面的。因为生活的积累直接左右着作品的思想艺术质量。朋斯克对新民主主义革命时期的部队生活比较熟悉，他的《在腾格里边缘地带》和《没有枪的战士》，是从比较丰富的斗争生活中提炼出来的，因而能体现出生活的底蕴和丰富性。因为知道得多，才能提炼得精。反之，他对社会主义革命与建设生活，特别是这一时期的牧区生活不如以前的生活积累雄厚，因此作品也显得单薄。正因为所写的东西不是从广阔现实生活中用沙里淘金的方法选炼出来的，因此不能比实际生活更高、更典型、更理想。艺术上的"借一斑而窥全豹"，"以一目而尽传精神"，那是先对"全豹"和"精神"有深入的体察，充分的了解之后才能达到的。所以毛主席要求作家深入生活，获得取之不尽、用之不竭的创作的源泉。

朋斯克的短篇还有一个弱点，就是有的人物还没有成为活生生的性格。

塑造出富有时代特征和鲜明个性的英雄人物是作家的战斗任务。我们时代的生活丰富多彩，英雄人物及其性格也是多种多样。他们既有时代的阶级共性，又有独特的个性。共性寓于个性之中。他们必须具有独特的个性，才能成为一个活生生的人。朋斯克短篇小说中的有些人物如巴雅尔泰、朝克图、赛音夫等的性格是比较鲜明的，但另一些人物性格就不那么鲜明了。虽然他们也勇敢、勤劳，不怕困难、公而忘私，但因为缺乏个性色彩，这些品质在人物身上显不出性格的光辉，使人感到比较苍白，因而一定程度上削弱了思想感染力量。这个缺点也有待于作者进一步去克服。

真的艺术永远是发现，对我们革命时代的新人和新事物满怀热情，并不断在艺术创造上作新的探索的人,一定会逐渐攀登上艺术的高峰。朋斯克同志已经有了一个很好的开始,预计更多更好的带有强烈战斗性的好作品,定会不断呈现在我们面前。我们怀着殷切的心情等待着。

一九六四年四月于包头

读敖德斯尔反映牧区生活的新作

汪浙成

史料解读

　　史料原载《草原》1964 年第 8 期。该文对敖德斯尔的新作进行了评价。《平静的一天》写了反动阶级处心积虑的阴谋活动；《礼物》通过岗巴图的形象，批判了无视阶级和阶级斗争的错误思想；《家庭》则以幽默风趣的笔触，描写一心为公的生产队管理员松波尔和他只顾自己小家庭的妻子之间的矛盾。

　　敖德斯尔的新作在艺术上多以日常生活中的侧面和片段来体现其背后广阔的社会环境和时代背景。在结构上采用逐层深入的手法，作品的不足之处主要是正面人物还缺乏鲜明的个性。

　　该文认为，要使作品具有时代精神，首先要塑造社会主义新人形象，其次作者要站在无产阶级立场，使事件富有深刻的时代意义，最后要准确地描绘故事的生活环境和社会背景，尤其是对革命群众力量的描绘。敖德斯尔的作品体现了积极响应党的号召，努力深入群众生活，积极参加阶级斗争的政治热情，这种政治热情是可贵的，这种勇于探索的精神是可喜的，这些作品所提供的一些经验，也是值得我们重视的。不难发现，该评论话语和立场具有时代局限性。

原文

最近，连续读到了敖德斯尔同志反映牧区斗争生活的几个短篇。这位曾经以小说集《遥远的戈壁》为大家所熟悉的蒙古族作家，在参加牧区社会主义教育运动后，又以几个富有时代气息的作品，引起了读者的注意。当我怀着兴奋的心情，读着他的这些新作时，突出感到的一点是：这位作家在走着一条健康而正确的创作路子：努力把自己的作品和我们整个时代的斗争结合在一起，并服务于这个斗争。

敖德斯尔的这几篇新作，除了《雪花飘飘》（《草原》一九六四年七月号），写的都是当前牧区阶级斗争，《平静的一天》（《花的原野》一九六四年五月号）写一个名叫诺干其其格的女社员，在反动牧主"排骨"的怂恿下，要拿幼小的自留畜换队里大羊。老队长先是不同意，但经不住她和另一个被"排骨"煽动起来的富裕牧民的反复要求，也就私下让他们换了。这就给了"排骨"一个可乘之机，他借口换牲口已有先例，威胁队长答应他拿自己的小公牛换公社的大乳牛。但妖雾毕竟迷惑不了明眼人。反动牧主想"借别人的手逮蛇"的诡计很快被揭穿，被粉碎，那些一时糊涂的人也从这场尖锐复杂的斗争中，受到一次深刻的阶级教育。

如果说《平静的一天》所写的还是反动阶级处心积虑的阴谋活动，那么《礼物》里的那个牧主却已经在明目张胆地发动攻势了。他不仅拿自留畜里的赖羊羔调换集体的好羊羔，还私下残害和偷吃公社的羊，多记工分，冒领奖金，故意找冷天洗羊，造成大群冻死牲畜的事故；与此同时，他又施展"拉出去"的手段，从生活上腐蚀生产队领导干部，妄图窃取集体经济的领导权。小说通过岗巴图的形象，严厉地批判了那种以为党在牧区实行不斗不分政策，就可以无视阶级和阶级斗争的错误思想。事实上，牧区同全国一样，存在着阶级和阶级斗争，不仅解放以前和解放以后的各个时期存在，当前也激烈地存在着。反动阶级是决不甘心于自己灭亡的。我们必须时刻保持高度的革命警惕性。

敖德斯尔小说所要告诉我们的，就是这样一条千万不可忘记的真理。

　　在当前牧区的阶级矛盾和阶级斗争中，既有敌我矛盾，又有人民内部的矛盾。后一种矛盾是大量存在的。但是在当前内蒙古文学创作中，这似乎还是个薄弱环节。敖德斯尔的这几篇新作，可以说是这方面的一个可喜收获。

　　我们以《礼物》（《人民文学》一九六四年四月号）为例。这是篇有相当思想深度的作品。一开头，作者以他固有的手法，通过几个制造气氛的故事和细节，设置好环境，交代清情况，就揭开了矛盾的盖子。故事从琪琪格玛去看望阔别三年的丈夫写起，作者着力渲染她这一路上兴奋激动的心情，她对岗巴图的信任和热爱。但事态的发展却出乎她意料之外，她的"心上人"竟跟残害自己父亲、又曾企图糟蹋自己的反动牧主打得火热，几乎成了反动牧主的俘虏。小说所描写的在这对党员夫妇间展开的斗争，实质上，是一场意识形态领域内兴无灭资的斗争。

　　当然，人民内部矛盾除了反映阶级斗争的阶级矛盾，还有由于思想认识、思想方法不同而产生的先进与落后，正确与错误之间的矛盾。假如说《礼物》是前者的反映，那么《家庭》（《草原》一九六四年四月号）所触及的，显然便属于后者了。这篇小说以幽默风趣的笔触，描写一个一心为公的生产队管理员松波尔和他的眼光狭小、只顾自己小家庭的妻子之间的矛盾。这里虽没有阶级敌人的阴谋破坏，也没有你死我活的激烈斗争。但是两种不同的思想行为，却在这个小家庭的日常生活中，每时每刻都冲撞出斗争的火花来。一个精打细算，一心想赶快盖好队部的仓库；一个煞费心机，一意要先上起自家的房顶。真是"羊群跟着骆驼群"，连一句话也说不到一块去。还是支书几次提醒，松波尔才想起在连队时候的"四个第一"，开始从思想上去说服自己的妻子。这种意识形态上的斗争，看去似乎并不怎样惊心动魄，却具有普遍的社会意义。象松波尔老婆这号人，不仅牧区有，城市农村也随处可见。无产阶级要把社会主义革命进行到底，既要把小生产者改造成为集体劳动者，又要肃清他们小私有者的一切旧的习惯势力，这是比经济上消灭剥削阶级艰巨得多、也复杂得多的一项长期的阶级斗争任务。

　　写现实的火热斗争生活，是目前我区许多作家所共同追求的。但是要把这种题材写得深刻、生动,并从中发掘开它们普遍的思想意义,表现出内在的感人力量,显然不是一件轻而易举的事。在这里,关键问题是在于:作者能否大胆地涉及生活中的矛盾冲突,正确地描写和处理这些矛盾冲突,并且写出当前矛盾的主要方面,用正面形象把它们体现出来。敖德斯尔在积极反映牧区火热斗争,为当前阶级斗争服务的同时,在这方面也相应地作了一些可贵的努力。他的这几篇新作,不论是描写一次回家探亲,也不论是表现一席夫妻间寻常的夜话,还是反映一场换不换羊的争执,大都能够通过日常生活中的几个侧面和片断,让读者感受到那显现在人物和事件背后的广阔的社会环境和时代背景,触摸到时代脉搏的跳动。

如象上面提到的《平静的一天》,这篇小说所直接描述的,不过是生活中的一件小事。但是作者却让我们看到了围绕在换羊事件上所展开的不同观点不同立场之间的直接交锋。作为矛盾一方的狡猾的牧主占布拉,在这里不仅仅是一种消极思想的代表,在这个人物身上,作者所体现的是一种敌对阶级对社会主义社会的刻骨的阶级仇恨,和竭力破坏社会主义集体经济的复辟势力,如果让占布拉的阴谋得逞,贫苦牧民就有可能回到过去那种从"牧主灰堆里捡羊骨头吃"的日子;支书玛吉格和共青团员乌兰琪琪格是作为矛盾的另一方面出现的。在他们身上,读者看到了一股强大的社会力量,党和群众的力量。这是一股战胜一切牛鬼蛇神,建设社会主义的阶级动力。作品取名为《平静的一天》,是富有深意的。初看起来,小说中所展现的那个生活场景,确是一个风平浪静的和平环境,社员在愉快地劳动,集体经济在不可阻挡地向前发展。然而平静的表象下却潜藏着尖锐的斗争。被推翻的阶级不甘心自己的灭亡。两条道路,两种思想的斗争,以一种更为隐蔽、曲折的方式,在现实生活中激烈地进行着。

和《平静的一天》手法相似,《礼物》是敖德斯尔另一篇以一个生活横断面反映出时代风貌的作品。不过在这里,支部书记岗巴图这个形象的塑造,有着更深一层的意义。岗巴图是个聪明干练精力充沛、"样样都有两下子"的小伙子。可是打从生产队受过两次奖励,上了几回报以后,他骄傲了,他只喜欢听与自己一致的意见,不爱听跟自己不同的、能如实反映情况的贫苦牧民的意见。慢慢的，他终于脱离了群众，被能说会道的反动牧主钻了空子，差点堕落成为反动阶级在革命队伍里的代理人。幸而在党的及时教育和帮助下，他很快觉悟过来，放下包袱，重新回到革命道路上来。作者通过岗巴图的思想发展和心理变化，形象地告诉我们：假如一个人在成绩面前沾沾自喜，停滞下来，开始对阶级斗争丧失了警惕，那么，即使岗巴图这样的优秀干部，也可能会使自己解除武装，离开社会主义的道路。岗巴图这一足资警戒的经历，还揭开了社会主义革命深入时的一种发人猛省的阶级斗争形式。提醒我们在日常生活，特别是物质生活方面同敌对阶级思想渗透作斗争的严重意义。我们必须经常以防微杜渐的革命精神来进行彻底的自我教育和自我革命。这样，就使这篇作品闪发着一种社会主义时代特有的思想光芒，一种新的教育意义。

当然，在这几篇作品里，敖德斯尔笔力所深入的程度，也是不相等的。如象《家庭》，比较起来就显得浮浅一些。这篇作品所直接描写的矛盾冲突，本来是有很深刻的社会主义内容和典型意义的，可惜作者没有把它们充分挖掘出来，没有提高到谁改造谁，谁溶化谁这样一个思想高度来处理；矛盾的解决也显得不够有力，没有达到热烈歌颂社会主义制度，社会主义思想，和社会主义新人的效果，因而影响了作品的思想深度，削弱了作品的时代精神。

写到这里，我想起了目前大家正在热烈谈论着的一个问题：怎样才能使作品具有鲜明的时代精神。从敖德斯尔这几篇近作看，我觉得主要有（当然不是全部），一、要塑造社会主义的新人形象。文艺作品要反映时代精神，反映阶级斗争的时代特点，不写我们时代的新的英雄人物是不可想象的。因为阶级斗争就是由这些英雄人物来进行的，在他们身上，突出地体现了革命阶级的意志、愿望、理想和要求，体现了我们时代的精神和风貌，但他们又不是孤立的存在，他们总是同广大群众在一起，站在阶级斗争、生产斗争和科学实验的最前列，因此第二，作品所写的事件，也就是说，作品通过各种人物所组成的具体矛盾冲突，要富有深刻的时代意义，要具有社会主义时代的内容，而且作者要站在无产阶级立场，运用马克思列宁主义的阶级分析方法来正确地处理和开掘这些矛盾冲突。只有这样，文艺作品才能通过个别反映一般，通过具体矛盾的展开和解决，富有说服力地帮助人们认识什么是社会主义,什么是资本主义,什么是正确的道路,什么是错误的道路,什么应当发扬,什么应当批判,什么应当反对;才能教育和激励人们自觉地按照社会主义的方向改造客观世界和主观世界。第三,还要准确地描绘那显现在人物和事件背后的生活环境和社会背景,在这里,特别要注意革命群众力量的描绘。社会主义革命,本来就是党领导下的强大的群众运动,它的每一个胜利的取得,总是由先进人物带领下的群众行动的结果。但是我们有些作品,只有先进人物在那里起作用,看不见革命群众的动向,群众的觉悟,群众的行动,因而也减弱了作品所要表现的时代精神。敖德斯尔的这几篇近作比起来,《礼物》在这方面处理得要好些。我们不仅从琪琪格玛身上和她跟岗巴图的冲突中,而且还从对社会主义事业忠心耿耿的达贲老人身上,从一些出场和没有出场的党员身上,感受到那种推动我们时代前进的强大的阶级力量,触摸到那种要改造社会、改造世界的不可阻挡的物质力量,让人们对作品所要表现的时代,获得一个相当清晰的轮廓。

人们常把短篇小说比作雕栏,比作画础。那么,是不是可以这样说,敖德斯尔的几篇近作,大都能程度不同地透过这一座雕栏,一块画础,让我们窥见整个社会主义大厦的建筑面貌,具有帮助我们深刻认识生活、思考生活的作用。

在艺术上,这几篇作品大都保持了作者固有的特色:写时代声息,不从鼓噪呐喊中出,而常常从一些看去十分平凡的日常生活事件入手,(诸如调换牲口,回家探亲,修盖房顶等),截取一个生活的横切面(这些故事所进行的时间大都只是一天或一天一宿),托出一团耀眼的时代新景象。他三年前写的《春雨》是采取这种手法。现在的《礼物》、《家庭》、《平静的一天》基本上也是这样,淡墨中含有深意,平淡中蕴着遒劲,偶然中闪着生活真理的光彩。

在结构上,作者依旧喜欢他那细针密缝(几条相联但又不相同的线索,都安排得相当清楚),描写详切,构思由远及近,逐层深入的手法。由于适时地插入带有浓烈抒情色彩的写景文字,使画面常常达到一种耐人寻味的境界。

敖德斯尔的近作有这些值得重视的特色,当然不是说它们就完美无疵。一个比较明显的不足之处是:作品的正面人物还缺乏鲜明的个性。如《家庭》里的松波尔，写得就不如他妻子乌日金鲜明生动；《平静的一天》中的玛吉格，也较之一些次要人物来得单薄，表现手法也嫌平板了些。所有这些，都影响了作品的深刻程度和艺术感染力量。

如果说，阶级斗争的观点是我们创作思想的灵魂，那么，塑造性格鲜明的正面形象，就是这个灵魂赖以存在的有血有肉的躯体了。革命的文学创作要反映我们时代的种种矛盾斗争、要对当前的阶级矛盾和阶级斗争作比较深刻的艺术概括，其目的是为了阐明新事物必然战胜旧事物，正确的必然战胜错误的，先进的必然战胜落后的这一生活真理，而不是为反映矛盾而反映矛盾，更不是为了突出斗争的尖锐程度而把矛盾的对立面写得飞扬跋扈，神通广大。因此创造既有共性又有个性的正面典型，是当前文学创作更深广地概括两条道路、两种思想斗争的一个中心课题。敖德斯尔在热情歌颂社会主义新人的同时，如何相应地运用各种不同的艺术手法，从不同生活侧面多方面地探索、表现这些新人丰富多采的性格、品德和气质，这恐怕是这位作家反映当前火热斗争的作品今后进一步提高的一个关键问题。

尽管如此，敖德斯尔的这几篇作品却已经表明：作者认真地响应了党的号召，努力深入群众生活，积极参加阶级斗争，而且开始在自己的作品中接触到当前牧区中的斗争形势，力图表现出我们时代的精神。这种政治热情是可贵的，这种勇于探索的精神是可喜的，这些作品所提供的一些经验，也是值得我们重视的。

一九六四年国际劳动节

千里草原鹰雏飞

——读《旗委书记》

蔡之藻

史料解读

史料原载 1964 年 11 月 12 日《成都晚报》。蒙古族作家敖德斯尔于
1964 年 9 月在《人民文学》上发表了《旗委书记》，这部小说主要讲述了为了
集体利益和促进本地区畜牧业发展的需要，内蒙古锡林郭勒盟草原某旗旗
委让出新开辟的牧场，使国家财产免遭损失的故事。

《旗委书记》讲述宝力德在情况复杂时，亲自调查，以全局为重，让出草
原，给人民群众做思想工作，体现了民族干部高远的共产主义觉悟，对党和
人民的无限忠诚、为无产阶级革命事业奋不顾身的革命者态度和风格，成为
新一代蒙古族干部的典型形象。

该文认为，培养坚强的无产阶级革命接班人，是党和毛主席向我们提出
的一项具有伟大战略意义的任务。《旗委书记》的创作对广大革命干部和群
众活学活用毛泽东主席的思想具有典型意义和教育意义，主人公宝力德为
培养坚强的无产阶级革命接班人提供了良好的形象参考。这一评价的时代
特征和局限非常鲜明。

原文

敖德斯尔同志,是我们广大读者比较熟悉的一位蒙古族作家。最近他在一九六四年九月号《人民文学》上发表的《旗委书记》,是一篇比较深刻地揭示了年轻一代蒙古族干部的精神世界的优秀短篇小说,对我们有着较大的教育意义。

《旗委书记》写的是内蒙古锡林郭勒盟草原某旗旗委,为了适应本地区畜牧业发展的需要,决定新开辟一个冬季牧坊。不料寒潮突然袭击了邻近的国营牧坊。为了服从整体利益,他们让出了新开辟的牧坊,使国家财产免遭损失。同时,作品在这中间塑造了宝力德这一年轻的蒙古族干部的光辉形象。

《旗委书记》里的宝力德,是一位旗委书记的接班人。那末这位年轻干部是否能在不久后就接此重任呢? 作者间接地告诉我们宝力德在青少年时代就经历过革命战争的考验,在社会主义革命和建设的道路上经受过许多次风暴锻炼,但更主要的是通过他的思想言行来回答人们的。

宝力德提出了新开辟牧坊的计划,而他又被委派去执行这一计划。可是事情发生了意外,遭到寒潮袭击的国营牧坊要求他让出牧坊。这时他亲自赶到国营牧坊,看看别人的情况是不是真的那么严重。此时,他这种调查研究的工作作风,是表现得十分感人的。当他了解了真实情况,决定让出草原,而自己的同志和群众的思想又不通时,他却没有因别人反对而放弃革命原则,做群众尾巴。而是通宵达旦,不辞辛劳地说服同志和教育群众:"我们要大公无私,必须在任何情况下把全局利益放在第一位!"这里就表现出一个优秀的党员在条件艰难情况复杂时,那种坚定,刚毅的性格,那种以全局为重,从整体出发,高瞻远瞩,胸怀世界的革命气度。所以当他的同志,旗委的农牧部长阿木尔不敢对让出牧坊的决定负责时,他就英勇无畏地去担当一切:"你怕负责,天塌下来,我一个人顶!""我是中国共产党的党员,我按毛主席思想办事。"充分地表现了一个具有高远的共产主义理想,对党和人民无限忠诚、为我们无产阶级革命事业奋不顾身的革命者的态度和风格。这也就回答了上面提出的问题,作为一个无产阶级的革命者,所信仰和遵循的,应该只有一个,那就是马克思列宁主义和毛泽东思想。带着这个思想原则去生活和战斗，就会无往而不胜。宝力德就是这样的人。这个形象在目前广大革命干部和群众活学活用毛泽东思想的时候，是极其富有典型意义的。在目前正在积极培养革命接班人的时候，也是很有教育意义的。

培养坚强的无产阶级革命接班人，是党和毛主席向我们提出的一项具有伟大战略意义的任务。我们希望文艺工作者更努力地提高思想，深入生活，用更加绚烂的彩笔，描绘出我们时代无产阶级革命接班人的光辉形象，用以更好地教育广大人民群众。

喜读《燎原烈火》

马　白

史料解读

　　史料原载《文学评论》1965 年第 1 期。该文首先对《草原烽火》和《燎原烈火》的内容进行了简要的介绍。《燎原烈火》讲述了抗日战争前夕，由于太平洋战争的爆发，日本帝国主义深入草原，用血腥的手段镇压人民，用宗教迷信欺骗人民，企图为太平洋战争和侵略中国提供更多物资，遭到草原人民奋起反抗的故事。《燎原烈火》的首要特点是主题鲜明、深刻。作者把自己最强烈的感情集中倾注在作品中巴吐吉拉嘎热等英雄人物身上，以自己出色的描写表达对英雄人物的无限钦佩、崇敬、热爱的感情。《燎原烈火》在描写方法上适当地继承了蒙古族文学传统，具有鲜明的民族特色，反映了特定历史时期内蒙古地区蒙古族人民和日本侵略者、王公贵族之间的阶级斗争，塑造了一批具有民族特征的劳动人民的形象。作品反映了鲜活的革命斗争生活，呈现了为人民所喜闻乐见的民族特色。

　　该文指出，《燎原烈火》也有某些不足之处，例如与《草原烽火》内容衔接不紧密，巴吐吉拉嘎热的性格还有待进一步丰满等。

原文

长篇小说《燎原烈火》是《草原烽火》的姊妹篇。

读过《草原烽火》的读者都不会忘怀那些激动人心的场面和情节：在那黑暗统治的年代里，科尔沁草原的人民受着王公贵族、日本强盗的残酷压迫，过着牛马不如的生活。在党的领导下，蒙、汉人民提高了阶级觉悟，紧密地团结起来和反动统治阶级展开了面对面的斗争，草原上燃起了革命的怒火，把王爷府付之一炬，显示了革命人民不可战胜的力量。在这样的火与血的现实斗争中，作为一个带着"罪"字的奴隶巴吐吉拉嘎热，逐步冲破被欺骗、被愚弄的迷雾，摆脱受压榨、受凌辱的命运，成长为一个无产阶级的革命战士。

《燎原烈火》所反映的是两年之后，蒙、汉人民在科尔沁草原上所展开的革命斗争生活。

抗日战争胜利前夕，由于太平洋战争的爆发，日本帝国主义妄想实现征服全中国的侵略计划，进一步深入草原，和王公贵族、反动喇嘛勾结起来。一方面使用血腥的手段镇压人民；另一方面则又利用宗教迷信，欺骗和麻醉人民。从这两个方面着手来强制推行"出荷运动"，企图为太平洋战争和整个侵略中国的战争提供更多的物资。党派自己优秀的儿女李大年、巴吐吉拉嘎热、黑子、桑布大叔等人领导、组织人民，和人民群众一起进行了反"出荷"的斗争。"出荷"与反"出荷"这一场涉及全体草原人民命运的你死我活的斗争，便是《燎原烈火》贯串全书的情节主线。

压迫一件件、一桩桩接踵而来，先是封锁、"出荷"粮食，然后是"出荷"铜铁器具。为了达到"出荷"铜铁的目的，日本帝国主义侵略者施尽了罪恶的伎俩：他们利用大特务主权喇嘛及其走狗，推行蒙、汉分居移民并屯政策，梦想挑起蒙、汉两族人民之间的仇恨，达到分而治之的目的。敌人的阴谋一一被揭穿，革命斗争的浪潮也一浪高似一浪。在这个过程中，更多的人提高了觉悟，明确了方向，投入到这一斗争的洪流中。终于，整个科尔沁草原都燃起了熊熊的烈火，革命的人民以全民规模的武装暴动的胜利而告终。《燎原烈火》就以这样的艺术描写，表现了深刻的主题思想，只要有党的领导，只要有蒙、汉劳动人民的团结斗争，不管反动派的压迫多么沉重，革命的人民终究会取得革命斗争的胜利。

主题鲜明、深刻，这是《燎原烈火》的首要特点。除此之外，作品还具有这样的特色：由于作者和作品中的人物有着共同生活、共同战斗的经历，休戚相关的共同命运，因此他熟悉他们，热爱他们，用爱憎分明的阶级立场，强烈、充沛的阶级感情，真实而诚挚地叙述了他们的战斗历程，描绘了他们的英雄行为，歌颂了他们的崇高品格。作者为他们的苦难生活而愤恨，为他们的暂时挫折而担忧，为他们的取得胜利而欢欣鼓舞、拍手称快。鲜明的阶级立场，强烈的阶级感情，这是长篇小说《燎原烈火》的又一个鲜明的特色。斯日古朗的丈夫以反抗粮食封锁的罪名被王爷的马队拖死，自己又被日本兵奸污，最后自尽而死，留下嗷嗷待哺的孤儿；阿力宾的妻子受反动喇嘛的愚弄，不仅亲自送儿子到庙里当奴隶，而且自己也背经、念经，结果葬身于石旗杆底下，连尸首也不能保全，头颅被砍下当了主权喇嘛的经手鼓；嘎拉曾在庙内屡遭毒打；散丹玛在王爷府内时遭酷刑；仁亲莫德格的妻子和女儿惨死在鬼子兵的刀下……。这一幅幅血淋淋的阶级压迫的生动图景，是作者含着血泪，以按捺不住的强烈阶级感情描绘出来的。每一幅图景都是对于反动统治者滔天罪行的揭露与控诉，对于阶级兄弟的不幸遭遇的无比同情。作者的爱与憎，在这里是表现得清清楚楚，毫不含糊的。

作者把自己最强烈的感情集中倾注在作品中的英雄人物桑布大叔、刘大娘、巴吐吉拉嘎热等形象的塑造上，以自己最出色的描写来表示对于英雄人物的无限钦佩、崇敬、热爱的感情。在《燎原烈火》中，桑布大叔及其儿子小桑布的出场次数是不多的，但在读者脑海里却留下了不可磨灭的印象。桑布大叔是进行地下工作的共产党员，长期潜伏在王爷府内从事革命工作，他不仅帮助钢铁木尔打进黑马队，而且自己也几次到黑马队进行活动，搜集重要情报，因此被敌人监禁，投入饲狗房。他和恶狗搏斗，用生命和鲜血把情报保存了下来，直到巴吐吉拉嘎热赶到为止。桑布大叔对于革命事业无限忠诚，对工作积极负责的高贵品质，在这一瞬间得到了光辉的、淋漓尽致的表现。作者对于小桑布的死的描写也是十分感人的。小桑布在他父亲桑布大叔牺牲前夕才在作品中出现，桑布大叔死后不久,他抱着为父亲报仇的决心,完成掩护巴吐吉拉嘎热脱离险境的任务之后,在寡不敌众的形势下,也壮烈牺牲了。"小桑布停止了脚步,他瞪圆了眼睛,他望着湛蓝如水的万里长空,望着那冉冉升起的一轮红日,望着狗血污染了的大地,望着对面战战兢兢吓傻了眼的金川和达尔罕,他哈哈地大笑了起来,这时他象是一个披着金光的巨人,象是大地在他的脚下都在颤抖。猛的他收住了笑声,用最后的力气,把攥在手中的铁棍子,朝敌人投了过去,随着铁棍子击出去的声音,他象一座山似的重重地倒下去了……"乌兰巴干同志就是这样以由衷赞许、蘸满感情的艺术笔触为自己心目中的英雄塑起雕象的。作者是在和《燎原烈火》中的刘大娘一样的汉族老妈妈的抚养下长大的,他以全力来塑造刘大娘的英雄形象,在塑造中倾注了敬仰、感激、热爱的感情,这也是不难理解的。作者不仅写出了刘大娘的嫉恶如仇、急公好义等优秀品质,而且也写出了她的忠于革命、勇于牺牲、视死如归的高尚品德。作者通过对于刘大娘的牺牲的描写,谱成了一曲英雄的颂歌。这是震撼人心的描写:"……刘大娘被水淹没下去了,月亮把圆的、扁的、长的、短的碎光洒在河面上,随着激流的翻滚,象是白牡丹、紫丁香、红芍药、野黄菊漂浮在水面上,好象是代表着科尔沁草原上的所有蒙、汉同胞,献给刘大娘的一个大花圈。"作者的满腔热情跃然纸上。读到这里,禁不住会使人热泪盈眶,心魄为之剧烈跳动。

巴吐吉拉嘎热是《燎原烈火》的主人公,也是作者着意刻划的人物。在《草原烽火》的基础上,作者通过《燎原烈火》的情节的展开,完成了巴吐吉拉嘎热的形象的塑造。出现在《燎原烈火》中的巴吐吉拉嘎热已经不是一名被愚弄、受欺压的奴隶,而是投身于人民解放事业的无产阶级革命战士。由于李大年的委派,他从大兴安岭的抗日游击队回到了自己的家乡科尔沁草原,在这里他和广大人民一起度过了战斗的年月,赢得了战斗的胜利。《燎原烈火》中的巴吐吉拉嘎热经历了两年的艰苦战斗生活之后,进一步提高了他的觉悟,锻炼了他的意志,培养了他的工作能力。他已由一名普通战士成长为有勇有谋、有组织领导能力的职业革命活动家,一名出色的革命战士。当敌人煽动一群蒙族牧民到南岸汉族聚居的屯子去杀害汉族同胞,接近黑龙坝时,巴吐吉拉嘎热挺身而出,向被煽动的群众说明情况；当他一发现有人要暗害嘎拉曾时，"巴吐吉拉嘎热来不及说话，急忙一手把嘎拉曾拉到自己的身后"，子弹"直射到巴吐吉拉嘎热的肩头上……嘎拉曾没有受伤"；当真相大白，人民认清真正的敌人是日本法西斯、王公贵族、反动喇嘛，为复仇力量所激动，纷纷要求不顾一切代价冲向王爷府堡，和日本鬼子拼杀时，他保持了清醒的头脑，分析了一切有利及不利条件，勇敢果断地作出不能盲动、有待请示上级的决定；而当真正总进攻的日子到来，他身先士卒，指挥队伍向敌人冲去……。这一切，生动而完整地刻划了巴吐吉拉嘎热的性格，展示了巴吐吉拉嘎热的性格的发展，较好地完成了性格创造的任务。巴吐吉拉嘎热形象的成功创造，是《燎原烈火》的重大成就之一。

作为一部出于年青的少数民族作家之手的长篇小说，《燎原烈火》有着鲜明的民族特色。作品散发着强烈的草原生活的气息。作品描绘了一幅幅草原的民族生活风俗画；反映了特定历史时期内蒙古地区蒙族人民和日本侵略者、王公贵族之间的阶级斗争；创造了一批具有民族特征的劳动人民的形象；在描写方法上也适当地继承了蒙族文学的传统。这就使作品在反映革命斗争生活的同时，具有为人民群众所喜闻乐见的民族特色。

《燎原烈火》也有某些不足之处。首先，《燎原烈火》既然作为《草原烽火》的续篇，作品中所描写的科尔沁草原的斗争应该是在《草原烽火》所已经展开的基础上展开的。从作品看来，似乎这个地区仍是空白点，革命斗争缺乏群众基础，这样便使人感到两部作品的内容衔接得不够紧密。其次，巴吐吉拉嘎热的性格还有待进一步丰满，使他真正成为一个血肉丰满的生动形象。

《燎原烈火》不失为一部优秀的作品，是值得向大家推荐的。

独具色香的艺术花朵

——重读《遥远的戈壁》

魏泽民　梁一孺

史料解读

史料原载《草原》1978 年第 5 期。该文认为,敖德斯尔的《遥远的戈壁》是一朵美丽的艺术之花。作品根据实际生活,创造出丰富多样的人物,多方面地反映了党领导下的各族人民的革命斗争,塑造了英雄人物群像。敖德斯尔多年来始终追求"用更加对立的方式"刻画鲜明的人物性格,塑造共性与个性相统一的典型形象。作家在亲身的战斗经历中,深切感受到时代生活的脉搏。《遥远的戈壁》既反映出作家创作思想的发展轨迹,又饱含强烈的生活气息和时代色彩。敖德斯尔的作品艺术特色鲜明,《遥远的戈壁》体现了他有别于其他蒙古族作家的风格。

原文

真正美的艺术花朵,是经久不凋的。短篇小说集《遥远的戈壁》(敖德斯尔著,人民文学出版社 1962 年初版,1977 年再版)这朵艺术之花,冲破"四人帮"煽起的妖风毒雾,生机勃勃,愈开愈艳。它在祖国多民族文艺的百花园里,是一枝色香独具的鲜花,特别惹人喜爱。

一

　　"革命的文艺，应该根据实际生活，创造出各样各种的人物来，帮助群众推动历史的前进。"作者遵照毛主席的光辉批示，在不断探索"新的人物，新的世界"的艺术实践中，一步一个脚印，取得了可喜的成就。

　　《遥远的戈壁》共收录作者各个时期的作品二十三篇，分为四辑。第四辑是这次重版时增编的。除了一九七七年写的《骑骆驼的人》一篇，其余各篇均写于1964 年以前。这些作品多方面地反映了党领导下的各族人民在民主革命和社会主义革命阶段所进行的伟大斗争，塑造了战斗在不同历史时期、各条战线上的英雄人物群象：在鄂尔多斯播下革命火种的高原雄鹰塔林布尔日古德，严惩日寇的英雄父子冈木仁和西如摩，顽强不屈、视死如归的"好大娘"和莎仁姑娘，英勇战斗、出生入死的牧人之子包乐图、巴图苏和，焕发着共产主义思想光辉的老"班长"，在继续革命的大道上勇往直前的老"车夫"，坚定乐观、豪情满怀的牧场场长胡日钦，眼光远大、胸襟开阔的旗委书记任明远、特木尔，还有在党的阳光下茁壮成长的一代新人琪琪格玛、朝鲁、宝力德、小冈苏和，等等。作者满腔热情地歌颂这些"倔强的、叱咤风云的革命的无产者"的时代性格，把他们描绘得风采多姿，可敬可亲，如同撒满草原的珍珠，在灿烂的阳光下放射异彩。沸腾的生活，跳动的脉搏，和扑面而来的草原气息。正因为作者熟悉他所赞颂的人物和斗争，了解"毛泽东时代的中国人"具有的性格特征，因此，哪怕是摄取生活激流中一朵细小的浪花，选取人物经历中一两件平凡的小事，他都能涉笔成趣，人物音态并作，跃然纸上。

　　作者对我们伟大的祖国，英雄的各族人民，蓬勃发展的社会主义新生活，是如此地充满着热爱，他把这种奔腾激越的感情倾注到艺术形象上，刻画典型性格确实是下了一番功夫。他笔下的英雄人物，往往寓伟大于平凡之中，既是普通劳动者，又是组织群众、宣传群众、带领群众前进的先进分子。过去是艰苦备受的奴隶，今天是纯钢般坚强的老盟长，这样一个经过革命战争锻炼的英雄人物，当他出现在群众眼前时，却是一位态度和蔼、平易近人、谈笑风生的老"车夫",既保留着劳动牧民勤劳淳朴的本色,又具有领导干部组织生产、指挥全局的才干,能上能下,能官能民。同样,"老班长"性格闪光的地方,也是他身居厨房,放眼世界,继续革命不停步的高贵品质。他干了一辈子炊事员,这种事业是这样地平凡,甚至被某些人视为"卑贱"的工作,但是他的精神是伟大的,高尚的。在战争年代的万里行军路上,他没有叫战士们吃过一次凉饭;在社会主义革命的征途上,他又把矿区食堂"办得头头是道","让职工们吃得又香又甜"。作为艺术典型,老"车夫"和老"班长"的称呼既亲切淳朴又包含着深刻的思想内涵,因为在平凡的岗位上做出不平凡的贡献,正是我们这个英雄辈出的时代里,千千万万革命人民正在从事极其光荣的伟大的事业。

列宁在阐述文学的党性原则时,对无产阶级文学提出了很高的要求:"这将是自由的文学,它要用社会主义无产阶级的经验和生气勃勃的工作去丰富人类革命思想的最新成就,它要使过去的经验(从原始空想形式的社会主义发展成科学社会主义)和现在的经验(工人同志们当前的斗争)之间经常发生相互作用。"作者塑造人物典型一直在努力体现这一原则。他没有因为短篇小说着重描写人性格的横断面,忽略对人物成长史的艺术概括,总是力图用精确的笔墨,详略得当地处理这两个侧面之间的辩证统一关系,正确地表现人物性格发展的历史必然性,揭示过去与现在、昨天与今天的内在联系,使过去的斗争传统与今天的现实生活"经常发生相互作用",而不是割断历史,孤立地处理人物和事件。老车夫,老班长,牧场场长胡日钦等,这些从战争年代的硝烟中冲杀过来,肩负着"打碎旧世界和建设新生活历史使命"的英雄人物,都善于把传统斗争经验创造性地运用于当前建设事业,在新的历史条件下继续保持战争年代"那么一股劲,那么一股革命热情,那么一股拼命精神"。真实地再现了民主革命向社会主义革命转变的历史发展规模,这对"四人帮"鼓吹的"民主派——走资派"的反动政治纲领,也是一个有力的批判。

二

"用更加对立的方式"刻画鲜明的人物性格,塑造共性与个性相统一的典型形象，这是敖德斯尔多年来刻意追求的美学理想。艺术实践证明，他取得了显著的成效。马克思主义经典作家强调"卓越的个性刻画"的重要性，敖德斯尔在这方面尤见功力。他喜欢用素描的简洁笔法绘制人物肖像，使各种人物栩栩为生。茅盾先生在分析《撒满珍珠的草原》时，特意指出作者在刻画人物性格方面的这种特点，说他"对于支书和农场助理，虽然着墨不多，但二人的不同个性确因作者的精确鲜明的勾勒而颇为突出"，即使是同类人物，经过作者别具匠心的构思，性格也区别得十分清楚，比如"娜仁和乌仁（这两个姑娘）都是积极分子，但娜仁和乌仁各有其个性。"（茅盾：《读〈遥远的戈壁〉》）作者特别注意不同阶级出身和斗争经历对人物性格的影响。《水晶宫》中的胡日钦和曾格是两个很不相同的个性，前者经历过长期革命战争的考验，是个把全身心都贡献给了草原建设的大无畏战士，坚定、乐观、豪爽，以斗争为乐，以艰苦为荣，以创业为莫大的幸福，这就是胡日钦的"时代性格"。曾格则完全不同，他是个缺乏实际锻炼的知识分子，害怕草原风雪的肆虐，又不理解调查研究的甘苦，因此对大草原充满了神秘感，表现为忧虑、恐惧、退缩。形成不同性格的基础是人的阶级地位，以及他在长期实践中所经历过的"生动的生活形式和斗争形式"。敖德斯尔在创作中坚持这个马克思主义反映论的基本原理，摒弃那种自作聪明的"恶劣的个性化"倾向。《春雨》中的老牧民阿日宾一心为公的高贵品质，有它深刻的阶级根源。《血衣》中"我"的思想转变也是在蒙汉战友用鲜血和生命结成的阶级情谊的发展中，最后完成的。

敖德斯尔塑造英雄典型不满足于"形似"和外在美，而是下苦功夫不断地追求"神似"，开掘灵魂的美，把外形美和精神美融为一体，铸熔成完美的艺术形象。《礼物》的主人公琪琪格玛一出场，是一位热情朴素、娴静和气的年轻女干部，衬托着优美动人的草原秋色，这位新婚妇女的外貌举止是很美的，但是随着故事情节的深入展开，她的灵魂美却愈益鲜明地放射出光彩。帮助丈夫，她不是靠柔情蜜意的"感化"，而是靠毛泽东思想的强大威力，又不是简单地争吵逼迫，而是循循善诱，娓娓动听地引导说服。等到丈夫岗巴图在煦日临窗、晨风送爽的黎明终于心情激动地悔悟过来时，读者确信这是一个来自生活激流中的真实的故事,因为一对久别的年轻夫妻,只有这种表情达意的方式、矛盾冲突的解决方法才是可信的,自然的;但他们又是两个共产党员,而不是一般意义上的夫妻关系,这样,当丈夫转变过来以后,他们建立在新的基础上的爱情便更加充实、更加动人,琪琪格玛这个具有共产主义思想的干部的精神世界,优美的情操也一下升华到一个新的高度。《礼物》和《家庭》这类描写日常生活题材的小说,作者的高明之处都是绝不停留在编织一般生活事件的故事上,而是着力发掘因小见大、见微知著的主题,从家庭关系的深刻变化中打开人物优美崇高的心灵之窗。如果说,松波尔公而忘私的精神开阔了爱人乌尔金的狭隘眼界,把一个局限于小家庭圈子的劳动妇女,引导到光荣的集体事业中去,那么琪琪格玛的原则立场和斗争精神通过岗巴图的幡然悔悟,更显示出她带来的礼物——共产主义思想品质的无比珍贵!

敖德斯尔还善于通过描写富有深刻思想意义的家庭纠葛,以及劳动农牧民健康的爱情生活,多方面地揭示人物丰富多彩的精神世界。如《欢乐的除夕》和《金色的波浪》在艺术构思上是姊妹篇,都以轻松明快、诙谐风趣的笔调赞美青年男女的劳动和爱情。这里没有沉溺于小家庭温暖的庸人习气,没有小资产阶级的卿卿我我以至金钱买卖关系,有的是志同道合的倾心爱慕和高尚的道德情操。女将张瑛冒着大风雪连夜给兄弟公社运去水利工程急需的炸药,孟根乌拉偷偷给竞赛的对手修理好马拉收割机,他们建立在集体主义、共产主义思想基础上爱情是纯真动人的,作者总是把爱情生活放的在三大革命运动的背景上,赋予崭新的社会内容,赞美一代新人的广阔胸怀。

三

作者在亲身的战斗经历中,深切感受到时代生活的脉搏。工农牧兵改造客观世界和主观世界的伟大斗争,引起作者强烈的激动。《遥远的戈壁》是作者二十多年优秀小说的集锦,就整体而言,它反映了抗日战争、第三次国内战争到社会主义时期各个历史阶段的时代风貌,清晰地显示出作者创作思想发展的脉络。敖德斯尔对本民族的历史和现实,对解放战争时期的骑兵生活是熟悉的,因此这类题材的作品就显得更加丰厚饱满，表现出作者对生活的独特感受和理解。

反映民主革命时期斗争生活的作品，如《鄂尔多斯雄鹰》《遥远的戈壁》《牧人之子》《莎仁姑娘》等；热烈歌颂了蒙古族人民怎样在党的领导下砸碎铁锁链，走上革命的道路，在同民族敌人和阶级敌人的英勇斗争中取得了伟大的胜利。《鄂尔多斯雄鹰》描写了母亲湖畔蒙汉人民的觉醒过程，这些饱尝辛酸苦难的奴隶，在共产党的领导下揭竿而起，以摧枯拉朽之势推翻了蒙汉反动派的联合统治，这是民主革命时期内蒙古草原上革命斗争的一幅缩影。《欢乐的除夕》《金色的波浪》《春雨》等则是赞美龙腾虎跃的战斗风貌和共产主义精神大发扬的动人情景。如果说，作者在五十年代的作品还往往限于写一些引人入胜的故事，点染描绘草原景色，而在塑造具有深刻共性和鲜明个性的典型形象方面，在构思和深化矛盾冲突方面，都还显得薄弱的话，那末进入六十年代，他就更多地注重刻画性格，扩展作品的思想容量，从阶级斗争、路线斗争的高度去挖掘主题。写于 1964 年的《旗委书记》，当时就锐敏地表现了培养造就革命接班人这个重大课题，说明作者学习掌握毛泽东思想收到的成效，他的路线觉悟和政治洞察力的提高。旗委书记任明远知人善任，选拔培养干部既注意历史的考察，又重在现实斗争的锻炼，因此他能够选准苗子，正确处理了"交班"和"接班"这个至关重要的问题。作者在六十年代初表现的这个重大主题对当时和今天都有深刻的思想意义，他的艺术处理符合毛主席关于培养接班人的条件和要求。《骑骆驼的人》和十三年前写的《老车夫》在情节安排上颇有相似之处，一篇写老盟长深入牧区劳动，一篇写旗委书记走马上任，他们都是从启程就投入紧张的战斗。作者会编故事，情节安排得巧妙，"老车夫"冒雨赶大车忙了一夜，第二天人们才知道这就是盼望已久的老盟长；那个骑骆驼的人也是沿途同革命群众共同战斗，最后才被"猜出"他就是新来的旗委书记。这两篇作品都以精巧的构思饶有趣味地表现主题，《骑骆驼的人》尤为出色，作者把主人公的思想境界提得很高，尖锐地指出"作风问题实际就是路线问题"，因为坚持和发扬我们党的优良传统和优良作风，相信和依靠群众，关心群众的疾苦，少说空话，多做工作，扎扎实实,埋头苦干,这种干部必然就受到群众的拥护和爱戴。以文艺形式大力宣传党的优良传统和作风,有迫切的现实意义。

《遥远的戈壁》真实地记录了作者创作思想发展的轨迹。作家作为"阶级的眼睛、耳朵和声音",应该时刻倾听着时代进军的鼓点,关注着生活前进的脚步,憧憬着历史发展的未来,这样,他的作品里一定响彻着时代生活战斗的回声,激励人们不断地前进。敖德斯尔对待生活和创作是严谨的,他总是在不停步地发展自己的创作思想,如履台阶,步步提高,努力反映各个历史时期的伟大变革,使自己的作品具有强烈的生活气息和时代色彩。

四

因为作家的生活经历、成长道路、思想修养乃至性格气质、审美趣味各不相同,因此反映在创作上,必然出现千差万别的艺术个性。

《遥远的戈壁》不但具有浓郁的民族特色,而且开始形成一种有别于其他蒙古族作家作品的鲜明的艺术特色。在描绘人物的心灵世界,选取民族生活题材,提炼故事情节和运用民族化的语言等方面,敖德斯尔的小说别具一格,这种艺术上的特殊性很可宝贵,应该保持和发扬。如果用绘画来比喻现代蒙古族作家们的艺术风格,那末有的作家的作品好比色彩浓重的油画,笔调粗犷奔放,气势雄浑;有的如同色调清淡的工笔画,精雕细刻,清新自然;敖德斯尔的小说呢,它象一幅幅酣畅淋漓的墨画,浓妆淡抹,风采秀发。盛夏草原的早晨,吹拂着湿润凉爽的微风;秋阳照耀下成熟的田野上,翻滚着金色的波浪。读敖德斯尔的作品,就是给予读者这样一种精神上的享受。

如前所述,敖德斯尔的生活基础比较深厚。象熟悉自己的指纹那样熟悉草原的昨天和今天,在新中国黎明前的微曦中,他曾经是人民骑兵的一员,跨在马背上向蒋家王朝作最后的冲击,对部队生活有一种特殊的感情。因此,他的作品常常把草原的苦难历史同解放后新牧区的巨变贯穿对照,把当年戎马倥偬的骑兵生活同三大革命的火热斗争交织在一起。他长期经历过这些生活和斗争。所以他的小说显示出情节的生动性和丰富性,人物性格浑厚饱满。出于对草原故乡的无比热爱，他观察深刻细腻，洋溢着充沛的激情。譬如四季的草原风光，在他笔下是那样色彩斑斓，气象万千，勾画了一幅幅令人神往的艺术境界。他这样来写草原的辽阔、宁静：

太阳从宝格德山后徐徐升起，天边染上灿烂的朝霞。晨雾在千里草原上升腾；在明媚的阳光下，露珠闪耀着晶莹的光辉。秋天的原野一片金黄，草丛中处处开放着鲜黄的阿拉坦花。在这天边的草滩上，有几座蒙古包，白色的毡包闪着银光，好象金织的大地毯上扣着几个银碗。（《遥远的戈壁》第 103 页）

他又是这样来写草原欢腾的充满生机、热烈的劳动画面：

早晨，风雨过后，草原又活跃起来。天空中无数的云雀吵成一片，草散发着强烈的香味儿。高高的白彦康慨山峰戴上了一顶耀眼的银盔，插进粉红色的朝霞里。公社挤奶员们的歌声，在草原上空荡漾着。接羔员打开了温暖的棚圈，几千只雪白的改良羊羔，象决口的洪水一样涌出来，快乐地跳跃着，向各自的母亲跑去。母羊和羊羔的叫声汇合起来，变成了洪涛般的声响。（《遥远的戈壁》第 83 页）

敖德斯尔是个正在走向成熟的作家（包括他驱遣蒙汉两种文字的能力），《遥远的戈壁》是他创作道路上的一个小结，也是新的起点。读者期望他继续深入工农牧兵火热的斗争，发扬民族风格，创作出更多无愧于我们伟大时代的优秀作品。

和新中国一起成长的作家

——介绍蒙古族作家敖德斯尔

奎　曾

史料解读

　　史料原载《中国民族》1979 年第 4 期。该文作于中华人民共和国成立三十周年前夕，从三个方面对蒙古族作家敖德斯尔的创作历程和作品进行了系统的评价。敖德斯尔的创作历程大体可分为三个时期：第一个时期是从新中国成立初期到 1959 年，主要是以解放战争为背景，用蒙古文短篇小说的形式，描写他所熟悉的战斗生活；第二个时期是 20 世纪 60 年代初到"文化大革命"前，敖德斯尔经过系统学习和研究文艺理论，创作得到了极大的进步；第三个时期是"文化大革命"以后，敖德斯尔又创作了许多优秀的作品。该文分析了敖德斯尔的短篇小说，指出他的小说内容充实，语言朴实，擅长人物和景物刻画，具有浪漫主义色彩和民族特点、地区特点。该文还谈及了敖德斯尔三十年创作的启示，认为敖德斯尔以丰富的生活阅历作为创作基础，勤奋学习，善于继承本民族优秀的文艺传统，根据作品的需要，加以改造发扬、推陈出新。

原文

　　在举国欢庆伟大的中华人民共和国成立三十周年的前夕，我访问了蒙古族著名作家敖德斯尔同志。他现在是内蒙古自治区文学艺术界联合会副主席兼作家协会内蒙古分会主席。我们共同回顾了他三十年来的创作历程之后，给我的鲜明感觉是：他是在中国共产党的领导和毛泽东文艺思想的哺育下，和中华人民共和国一起成长起来的一个少数民族作家；而他的成长，又恰恰反映了我们党在建国以后培养新的一代作家的可喜成就。

一

　　敖德斯尔是在一九四五年抗日战争胜利以后，为了推翻我们各族人民的共同敌人蒋家王朝而参加革命的。在那战火纷飞的解放战争中，他在内蒙古骑兵部队曾经勇猛地参加过多次战斗；在广大的农牧区，也曾从事过减租减息和锄奸反霸的火热斗争。当时，为了工作的需要，他开始编写一些小的剧本和歌词，但正式用蒙文从事短篇和剧本的创作，则是在建国以后。三十年来，他的创作道路大体可分做三个时期：

　　一、从建国初期到一九五九年。在这个时期，他主要是以解放战争为背景，用蒙文短篇小说的形式，描写他所熟悉的战斗生活。其代表作有《布谷鸟的歌声》、《枣骝马的故事》、《莎仁姑娘》等。故事是写得生动感人的，语言是朴实的，歌颂了战斗的友谊、军民关系和民族团结。但是，在他的创作道路上，这一个时期仅仅是他的习作阶段。对作者的发展来说，具有重大意义的是，他于一九五七年从部队转到文艺界来工作，为他的创作发展打开了一个新的局面。

　　二、从六十年代初到"文化大革命"前。这是敖德斯尔同志创作的黄金时期。

　　为了系统地培养少数民族文艺创作骨干队伍，内蒙古自治区党委在一九六〇至六四年，于内蒙古大学附设了"文艺研究班"，采取听课进修、深入实际和进行创作三结合的方法，选调部分有一定写作成就的文学作者离职学习，进行深造。敖德斯尔同志参加了这个研究班的学习。这又使他有机会系统地学习和研究了文艺理论,并且从理论高度分析和总结自己的创作,同时也更专一地深入了生活。因此他的作品无论就题材的广阔、主题的深化、人物形象的刻画、故事情节的组织和文学语言的运用等方面,都有一个长足的进展。这时,他不仅能用蒙文写作,而且也已能用汉文写作;不仅写短篇,也写中篇。在一九六二年自治区成立十五周年时,人民文学出版社出版了他的小说集《遥远的戈壁》,受到了读者的热烈欢迎。文学界老前辈茅盾同志,特为他写了长篇评论《读〈遥远的戈壁〉》,给了很高的评价。

三、自"文化大革命"至今。敖德斯尔同志如同其他大多数知名作家一样,遭到林彪、"四人帮"的疯狂迫害。但是,敖德斯尔没有屈服,当他在一九七一年"解放"后不久,便又背起背包到基层去了,《骑骆驼的人》就是这个期间的作品。粉碎"四人帮"后,敖德斯尔焕发了创作的青春,仅在两三年内,他就与其他同志合作创编了两部电影文学剧本(均已拍摄发行),还创作了长篇小说《骑兵之歌》(已由人民文学出版社出版)和其他一些散文及短篇小说。并且修订、增添,再版了《遥远的戈壁》小说集。

因此,可以说,在迎接建国三十周年的文艺献礼中,敖德斯尔同志是献了厚礼的。

二

敖德斯尔的创作,是具有鲜明的独特风格,这同作家特定的经历、个性以及文学素养、艺术特色紧密联系的。他的创作主要是短篇小说。读他的小说,首先给人的突出印象是"实"——内容充实,语言朴实。这是他严肃认真的创作态度的表现。每篇作品,他总是根据自己所熟悉的人和事,选取其中最有意义、最感人的部分,精心结构,注意剪裁,使主题鲜明、突出,并讲究文学语言的运用。他的作品语言生动而朴素,不尚词藻的华丽,但能恰到好处地描绘景物和刻画人物。他笔下的主人公们(大多是普通的农牧民、解放军战士及其干部),也都是那么英武勇敢,剽悍顽强,显示出蒙古族人民性格中独特的精神风貌。

　　他的小说,还十分注意典型环境的描写。从作品不同的主题思想和人物性格出发,他给我们描绘了一幅幅现代牧区的乡土人情的风俗画。这些画面显得是那样的真实、亲切,带着浓郁的草原芳香,吸引着广大读者。正是在这些地方,他的作品有一种抒情诗般的浪漫主义的色彩,这同作家的现实主义的创作态度相结合,就构成了敖德斯尔小说的独特的风格:朴素、壮美,含意深刻,耐人寻味。

　　作为一个蒙古族作家,敖德斯尔的小说是具有鲜明的民族特点和地区特点的。他不是仅在反映内蒙古牧区(主要是锡林郭勒盟、昭乌达盟和伊克昭盟的牧区)现实生活的作品中,极力表现当地的风俗人情,精心刻画蒙古族人民的思想性格,而且还从民间传说和民族遗产中吸取养料,创作了《阿力玛斯之歌》这样的歌颂勇士、歌颂正义、歌颂力量的传奇性的作品。阿力玛斯(蒙语:金刚石),正是蒙古族劳动人民的象征。

　　人民群众是文艺作品最有资格的评判者。广大群众欢迎敖德斯尔的作品,特别喜爱他那些散发着草原芳香的、民族特色和地区特色鲜明的短篇小说。我觉得,这正是敖德斯尔对祖国这多民族的社会主义文艺的主要贡献。

<h2 style="text-align:center">三</h2>

　　综观敖德斯尔三十年的创作历程,我们可以从中获得许多有益的启示。

　　首先,敖德斯尔的创作有一个坚实的基础,这就是他丰富的生活阅历。但是,他并不满足于过去的战斗经历。多年来,他一直坚持深入生活,与牧民相结合,从而使他进一步获得了丰富的创作源泉。

　　其次,敖德斯尔的勤奋学习,是使他作品不断提高的重要因素。他不但认真学习理论著作,而且学习中外文学名著,广泛学习各种科学文化知识,钻研本民族的文化遗产,乃至汉语汉文。我们明显地看到,随着作家本人政治思想和文艺素养的提高,作品的思想深度和艺术水平也日趋完美。特别是他作为一个少数民族作家,不但能用本民族文字写作,而且在不太长的时间内,就能运用自如地使用汉文写作,也是难能可贵的。

第三,敖德斯尔善于继承本民族优秀的文艺传统,根据作品的需要,加以改造发扬,推陈出新,这是他的作品为广大群众,特别是蒙古族群众所喜闻乐见的重要缘故。

以上三点,毛泽东同志早在《在延安文艺座谈会上的讲话》中就已明确指出来了。敖德斯尔同志正是在毛泽东文艺思想的哺育下成长起来的。他在过去的三十年中,已经取得了显著的成就。我们相信,在伟大祖国即将跨进八十年代的新长征中,他一定会用自己的笔为四化建设作出新的贡献。

第三辑

藏族、维吾尔族、哈萨克族小说

本辑概述

　　本辑收录了中彗、陈箭、秦弦、沐阳以及哈米提、胡振华、张云秀撰写的 4 篇关于少数民族小说的研究论文,这些论文分别发表在《长江文艺》《文学评论》《文艺报》《人民日报》上,涉及藏族、维吾尔族和哈萨克族小说的详细评论。中彗认为,反映西藏民主改革斗争,描写农奴翻身的小说《醒狮》是一篇可贵的短篇小说;陈箭、秦弦、沐阳对祖农·哈迪尔的学习经历和小说创作过程进行了梳理,并对几部优秀作品进行了详细分析,认为祖农·哈迪尔的小说集具有丰富的时代价值与现实意义;《可贵的新花》分析了柯尤慕·图尔迪创作的维吾尔族长篇小说《克孜勒山下》,认为该部小说富有民族特色,表现了社会主义建设初期阶级斗争的尖锐和复杂,赞扬了维吾尔族干部群众艰苦奋斗、自力更生的革命精神。

　　从少数民族小说的研究角度来看,相较于蓬勃发展的蒙古族小说,藏族、维吾尔族、哈萨克族的小说发展仍然十分缓慢,作家因文化程度不高而在实际创作中受到了重重阻碍,但是在党的文化普及和教育下,少数民族作家们丰富了自己的文化知识,掌握了更加全面的文学书写技能。这个时期的藏族、维吾尔族、哈萨克族的小说创作多以封建阶级斗争和民族解放为背景,侧重对民主改革等重大历史事件的描写,反映了当时的政治背景和时代背景,为少数民族历史发展和文学史的发展提供了文本支撑。作者认为,应该持续关注并鼓励更多优秀的少数民族作家加入到小说创作的行列中去。

读《醒狮》

中 彗

史料解读

　　史料原载《长江文艺》1963 年第 3 期。《醒狮》中千年来农奴的悲惨命运，暴风骤雨似的民主改革斗争，站起来的生活主人，构成了一幅幅惊心动魄的斗争画面，强烈地引起读者感情的共鸣，使人久久不能平静。这是一篇反映西藏民主改革斗争、描写农奴翻身的小说。通过主人公央中的觉醒，较大幅度地揭露了西藏农奴制度的残酷。作者除了在表现手法上的巧妙运用以外，还通过特殊情境集中的矛盾冲突、详略得当的布局安排，在短小的篇幅中反映了西藏民主改革斗争波澜壮阔的历史画卷。同时，作者指出，小说人物形象欠缺丰满度与深度，但能够以央中的命运反映千百万农奴的命运，是难能可贵的。

原文

　　读完《醒狮》(载本刊四月号)，非常激动。那千年来农奴的悲惨命运，那暴风骤雨似的民主改革斗争，那站起来的生活主人，这一幅幅惊心动魄的斗争画面，都强烈地引起感情的共鸣，使人久久不能平静。

　　这是一篇反映西藏民主改革斗争，描写农奴翻身的小说。作品以四千字的篇幅反映这样重大的主题，是颇不易的。作者没有写斗争的全貌，也没有写事件过程,而是从复杂的阶级斗争中截取一个片段,捕捉了斗争最尖锐的一刹那,以一点反映全貌。通过主人公央中的觉醒,集中笔力刻划了人物,又较大幅度的揭露了西藏农奴制度的残酷。作者能选择这样一个较好的角度,不是从生活中随便撷取的,而是在复杂纷芸的生活中精心选择的结果。

这篇作品不仅对生活作了较大的概括,在艺术构思上也很巧妙。作品情节单纯,场景集中,没有什么铺陈和旁枝杂叶;其中出现的三个人物。也都很有代表性,可以说是象一个短篇小说应有的那样,采取了极其经济的表现手法。

但作者并不止于此。如果单只求得经济,那将只能成为简单,不会达到作品现在的艺术效果;而是在经济的手法中运用了一个"巧"字,人物关系巧,情节安排得巧。如果没有"巧",是难以用如此短小的篇幅来完成人物塑造,并达到较深的思想意义的。作者在作品中这样巧妙地作了安排:农奴央中和工作组长曲珍,她们不仅是干群关系,还是母女关系(事前不知道);农奴主土登和曲珍,不仅是一般的阶级对立关系,而且还有着个人的生死冤仇(事前也不知道)。由于这样一些特定的人物关系,在情节的安排上也就复杂了,因此当曲珍以工作组干部的身份发动央中起来斗争农奴主土登,以苦引苦时,不仅引起央中对封建统治阶级的仇恨和对自身遭遇的回忆,而且最后还使得她们母女团圆相认;正因为土登二十五年前曾逼迫央中埋杀过自己的女儿,二十五年后的今天,仍然要杀害她,使央中不仅加深了对土登的认识,还觉悟到只有起来斗争才能掌握自己的命运。在这里作者巧妙的把央中的新仇旧恨交织起来,把央中的个人命运和当前的阶级斗争紧密结合起来,因而更迅速的促成了央中觉醒。这样使情节起了"一箭双雕"的作用,既帮助了人物性格刻划,又推动了故事情节开展,既节省了篇幅,又达到了一定的艺术效果。

作者很善于从矛盾冲突中刻划人物,在矛盾的顶点展示人物的内在精神面貌。更难得的是:作者不是把人物轻易的推向矛盾顶点,而是将矛盾放置在它的特定情境里,做好矛盾冲突前的准备,使箭不虚发。作者是这样安排的:央中在听了曲珍的悲惨身世,拣到铜钱合圆,知道曲珍就是自己生死不明的女儿,正在老泪纵横、欣喜若狂时,不料土登来了。作者把矛盾的开展放在这里,放在即将发生矛盾的一种极其相反情境下,也就是央中的极喜心情下,继而开展冲突,推向顶点。土登之来,不仅是威胁她,要她象一塘死水,永远不往外流,而且还要杀害曲珍。央中刚刚获得的一点平生愿望,又遭受致命一击,她的感情发生急骤的变化,由喜、到悲、到恨,从而认识到土登的杀性永远不变,阶级斗争是你死我活的斗争。因而一反过去胆小怕事的性格,胆壮气足的去告发土登,她跑到曲珍那里象一头醒狮一样,挺胸屹立,白发倒竖,怒眼圆睁……。至此,央中这个人物就象一座雕塑似的站立在读者面前,使人不仅看到她的外貌,而且还看到她内心世界的深刻变化。人物性格在这里有了新的发展。情节也在这里达到了意外的而又是必然的结果。这些,都是与矛盾冲突前的一系列安排紧密相关的。

作品的结构严谨,布局周密。有概括的叙述,也有详尽的细节描绘。如小说的开头,作者通过央中从马厩走出来(一个从来不参加会的人)所听见和看见的,对当时的背景作了概括的交待,这样很自然,又省笔力。而对央中二十五年前被迫抛弃女儿的情景,和对今天揭露土登的情景,则不惜笔力的加以描绘,在布局上有疏有密。就是对一些微小的细节,作者也没放松,尽力使其前后呼应、相互衬托。如土登来杀曲珍的事,作者没有明写;只写他进门时双手抄在背后,来后的对话中问到一句:"和你住的工作组长呢?"最后在出门时,央中见他贴在背后的右手,紧握亮闪闪的短枪。不用说明,读者就知道土登想做什么。用这样的细节来显示,给人的印象很深。在作品结尾处作者把央中和土登两个人物形象的变化,作了一次鲜明的对比。然后才激情的发出议论:"这时,央中和土登正好象互相调换了往昔的地位。不!不是'好象',而是革命彻底改变了这种地位,铁定了这种地位,直到永远!"作品直到最后一句,作者才禁不住对所写的事物作出直接的评价。而这种评价正是读者从两个形象的对比、从整个作品中所获得的思想。从这些地方,都可以看出作者的艺术匠心。

稍感遗憾的是:人物形象还不够丰满,人物思想的深度还不够;后面母女团圆一段嫌长一些,因为这时塑造人物的任务已基本完成,央中抛弃女儿之事前面已交待,可以不再重复,应更快的结束。

　　《醒狮》在短短的篇幅里，以一个短暂的片刻反映出西藏民主改革的斗争，以央中的命运反映千百万农奴的命运，是难能可贵的。它以短小的篇幅反映了较深刻的思想内容，称得起是一篇短小精悍的小说。特别是在目前短篇小说不短的情况下，更是令人欣喜！值得提倡！

读祖农·哈迪尔的《锻炼》

沐　阳

史料解读

　　史料原载《文艺报》1959 年第 2 期。新疆维吾尔族作家祖农·哈迪尔的小说集《锻炼》，有声有色地描写了新疆维吾尔族人民解放前后的生活和斗争场景。透过这些作品，我们可以触及历史现实的真实面貌和时代脉搏，同时，我们强烈地感受到维吾尔族人民为自由解放而战的革命精神。小说集具有丰富的时代价值与现实意义，我们从中可以看到解放前维吾尔族人民在斗争中前进的脚步，广大人民一同反抗反动派的血腥统治、为争取民族自由和民族解放浴血奋斗，又一同在解放后农业合作化的道路上得到锻炼而成长起来。

原文

　　一口气读完了新疆维吾尔族作家祖农·哈迪尔的小说集《锻炼》，合上书页，我仍然好像置身在书里所描写的生活环境中，和维吾尔族人民一同遭受国民党官僚和财主的重重压迫，一同为反抗反动派的血腥统治、为争取民族自由和民族解放而浴血奋斗，又一同在解放后农业合作化的道路上得到锻炼而成长起来。

　　祖农·哈迪尔是新疆维吾尔族有影响的老作家之一。这本小说集共包括了他的四个短篇:《筋疲力尽的时候》《教员的信》《慈爱的护士》和《锻炼》。尽管这四篇小说写于不同的时代——前三篇是解放前的产物,最后一篇是解放后的创作,但它们有着明显的共同特点,那就是:有声有色地描写了新疆维吾尔族人民解放前后的生活和斗争。透过这些作品,我们可以触及到历史现实的真实面貌和时代的脉搏,同时,我们强烈地感受到他们为自由解放而战的革命激情。

第一篇《筋疲力尽的时候》给我们展示的是一幅悲惨的图景。它揭示了在国民党统治年代,一个普通农民的哀苦无告的境遇。作者通过巴海的生活遭遇,典型地反映了维吾尔族劳动人民的被压榨被侮辱的共同的命运;使我们清晰地看到民族压迫和阶级压迫使得像他这样的农民落得无依无靠,很难生存下去。作者在揭露过去的暗无天日的生活的同时,也刻划了这个值得同情的人物,他对现实充满了愤懑的呼声和热情的向往。我们通过巴海临死前对一生的叙述可以看到,尽管他知道他的生命就将终结,但是反抗的火花并没有熄灭,他说:“人活在世界上,难道就为了这样一个欺压一个么?”“我们就是被那些贪婪的财主和官府压榨得变成干柴了。”努力发掘和表现人民在黑暗浓雾中闪耀着的反抗怒火,倾吐对旧制度的愤懑,成为作者在思想和艺术上的成就之一。

如果说《筋疲力尽的时候》所表现的还只是隐埋着被压抑的民主革命和民族解放的要求和希望,还多少透露出一些哀伤的情绪,那么,在另外两个短篇小说《教员的信》和《慈爱的护士》中,这种“要求”和“希望”,便如火如荼地爆发出来了;如果说,巴海还只是旧势力的一个无辜牺牲者的形象,那么,教员绕孜和沙德克(《教员的信》)则是寻找到了走向幸福之路的反抗者,那可爱可敬的女护士热依孜菀姑丽(《慈爱的护士》),更是觉悟了的革命战士的英雄形象。

绕孜和沙德克是两个辗转在恐怖统治下的普普通通的教员,他们的同事和学生有许许多多人被捕进监狱而再没有出来,而他们并没被吓倒,他们懂得了斗争才是出路,尽管牢门、枪弹可能夺去他们的生命,但这些只是促使了他们英勇地站立起来。沙德克说:“如果我们也需要自由解放的话,与其整日呆在这些肮脏的废墟堆里,还不如向人民群众宣传三区革命的意义,唤醒民众,在解放的路上尽我们能尽的一份力量多好。”(三区革命是指 1944 年秋末冬初,新疆伊犁、塔城、阿尔泰三区的人民，不能忍受国民党反动派的压迫，在阿合买提江领导下爆发的民族革命运动。)虽然《教员的信》的题材是写的在三区革命影响下的知识分子的心理动向，但他们的思想和行动，是当时历史现实的一个重要的方面，我们也可以由此看到这一革命运动的影响所及是如何的深远。《慈爱的护士》是令人激动的作品。虽然，这是祖农·哈迪尔1948年写下的，但今天读起来，那十九岁的维吾尔族姑娘热孜菀姑丽的英勇的行为，仍然是激励人心的。三区革命战争开始的第六天，她就跑到司令部来了，她决心做祖国的好儿女，说："那一页历史上记载着'妇女不能拿枪杆?'给我们武器。我们再不能等待了。我们也要上火线去!"就是这样的一个倔强的姑娘，在军队中当了护士。在炮火激烈的时刻，哪里枪林弹雨最密，哪里最需要她，她就奋不顾身的前去救伤员。在一次战斗中，她被敌人的一颗罪恶的流弹恰恰打在头上，壮烈牺牲了。这是一首英雄儿女的赞歌，作者禁捺不住他那烈火一般的感情，时时刻刻写下诗样的抒情词句，歌颂这位优秀的战士。曾经闪烁在《筋疲力尽的时候》中的自由、解放的火花，在这里进一步发扬光大了。把这三篇作品连续起来，我们看到了解放前维吾尔族人民在斗争中前进的脚步。现实在发展，作家也随着现实在发展，他的革命的激情越来越昂扬，作品的基调也就越来越明朗。由于祖农·哈迪尔是三区革命的热情参加者，亲自感受过革命风暴的洗礼，因此他得以用文艺反映这一运动，他的创作和时代一同成长。

解放以后，在党的领导下，维吾尔族人民建设着自己的幸福生活。《锻炼》中的麦提亚孜，在集体劳动中得到了锻炼，由一个懒汉转变成为一个有用的劳动者。这样的主题和选材角度，初看起来是平平常常的，但是作者没有一般化地描写现实的某些现象，公式化地交待一下人物的转变过程，而是通过互助组中贫农和中农对这个人物的不同的态度，反映了农村中两条道路的斗争。在互助合作的道路上，人物成长了，无用的人变为有用的，优秀的互助组长艾木拉加入了党的组织。作品的结尾，作者热情洋溢地展示了阳光普照大地的灿烂的前景。最后我们也要感谢翻译家尤素夫·赫捷耶夫，由于他的熟练的汉语翻译，使我们有机会读到祖农·哈迪尔的忠于现实、而又散发着浪漫气息的优秀小说。

谈祖农·哈迪尔的创作

陈箭　　秦弦

史料解读

　　史料原载《文学评论》1959 年第 6 期。本文首先对祖农·哈迪尔的创作进行了简要的介绍，随后从三个方面对祖农·哈迪尔的作品进行了详细的分析和阐述。首先概述了祖农·哈迪尔的学习经历和创作经历，其次对其代表性作品进行了分析评价：一是反映农村阶级矛盾日趋激化的真实图景的戏剧《蕴倩姆》、小说《精疲力尽的时候》；二是描写新疆三区革命的《教员的信》《慈爱的护士》以及表现初期农业合作主题的短篇小说《锻炼》、剧本《喜事》，作者分别对这些作品进行了详细分析。

　　祖农·哈迪尔善于对人物内心感受和外界环境进行描写，善于抓住不同历史时期农村生活中为群众所关注的主要矛盾。其创作的特点是题材重大而篇幅短小，对现实生活有相当高的艺术概括力，做到了精细入微、绘声绘影的具体描写与浓郁的抒情色彩的和谐统一，祖农·哈迪尔笔下的劳动和爱情生活场面充满诗情画意，其在文学语言方面的成就也为大家一致称赞。

原文

祖农·哈迪尔是维吾尔现代文学的先驱作家之一,他以他的戏剧特别是短篇小说,为维吾尔散文文学的发展开辟了广阔的道路。而且,他的主要代表作品都已译成汉文,在我国万紫千红的多民族的文学花圃中,也不失为一簇令人喜爱的、别具色香的艳丽的花朵。

一

祖农于一九一五年生在新疆额敏县一个小手工业者的家庭里,他的童年生活,是在经济走向破产,生活日趋穷困的维吾尔农村中度过的。早年,他曾在私塾里念经文,后来,在乌鲁木齐中学和畜牧专科学校求学。卒业后,一直在伊犁教育界工作,同时和农村保持着密切的联系。他的创作是从抒情短诗和讽刺性寓言开始的。一九三七年,他把长期流传在人民口头的维吾尔叙事诗《艾勒甫·赛莱姆》改编成戏剧,并公开演出,获得了普遍的好评。剧本虽取材于民间流传的爱情故事,但它的反封建的主题和改编的成功,初次显示了祖农鲜明的民主主义者的立场和卓越的文学才能,并使他正式走上了文学创作的道路。一九四〇年,祖农写成了反映伊犁农村悲惨生活景象的三幕剧《蕴倩姆》,他以犀利的笔触,激越的热情,揭穿了封建统治者残忍无耻的种种恶行、丑态,表达了新疆劳动人民追求自由解放和幸福生活的热望,公开召唤人民起来用武力反抗残暴的封建统治。今天看来,《蕴倩姆》不但标志着祖农在创作上的成熟,而且是维吾尔戏剧发展史上第一个以现实生活为题材的彻底反封建的优秀作品。此后,作者开始了短篇小说的创作,这对维吾尔文学来说是一种全新的探索和尝试。可惜这一时期,作家留给读者的作品不太多。直到一九四四年末,新疆三区民族民主革命爆发,祖农是热情的参加者,现实斗争激发了他的创作热情,促使他写下了《精疲力尽的时候》《教员的信》《慈爱的护士》等优秀的短篇,比较全面的描写了新疆三区革命前后城市和农村的革命斗争形势和各阶层人民的心理动态。解放后,可能是由于作家对新生活、新人物的不熟悉,在创作上曾有过相当长时间的沉默。直到一九五四年,农业合作化运动蓬勃开展,在党的亲切鼓励下,在新生活的感召下,作家才离开中学教员的工作岗位,深入到南北疆农村体验生活,于一九五五年先后写出了反映维吾尔农村两条道路斗争的短篇小说《锻炼》,话剧《喜事》。《喜事》曾在一九五六年全国话剧会演中荣获三等奖。目前祖农已在美丽的伊犁河畔安家落户,我们完全可以期待,他将会以更饱满的热情,更高亢的声调唱出公社化后维吾尔新农村的赞歌。

二

祖农解放前的作品不多,但留给我们的几乎是篇篇珠玉,其中的代表作是戏剧《蕴倩姆》、小说《精疲力尽的时候》。

《蕴倩姆》是以青年长工奴柔木和园丁的女儿蕴倩姆的爱情悲剧为线索,描写了解放前伊犁地区农民在统治阶级重重压榨下的悲惨命运,勾画了农村中阶级矛盾日趋激化的真实图景。作者以鲜明而深厚的爱憎,不但在经济生活上,而且在精神面貌、道德品质上把农民和地主这两个阶级作了极为强烈的对比。在作者笔下的农民形象都是那么纯朴可爱、勇敢坚强。蕴倩姆和奴柔木这对恋人,他们从小一起长大,在共同的劳动生活中,结下的爱情是多么率真,多么诚挚啊!蕴倩姆是一个天真、娇憨、大胆、热烈的少女,她把自己的全部希望和幸福都寄托在爱情上,除此以外,似乎她再不要什么了。虽然她对那些吸血鬼有一种本能的厌恶和憎恨,但她对那罪恶社会的本质是并不理解的:"有生命就有天地,有饭就有锅。钱!钱!要那么多钱干嘛?我们又不开铺子!"你看她想的多单纯!难怪当奴柔木唱到"情人的花园里花朵盛开,情人,情人,你爱我不爱?不管你爱不爱,我就是你的乞丐"的时候,蕴倩姆突然皱着眉头生起气来:"难道还要我把心剖开给你看看么?不信,给你赌个咒行不行?"这里,我们看到了这个热恋中的少女的一片赤诚,一片痴心,也看到了她的过分的幼稚和天真!柔奴木就不一样,他是个孤儿,从小给地主扛长工,这就养成了他强烈的阶级意识和阶级敏感,他清醒的看到了横在他们爱情道路上的障碍——那替封建制度为虎作伥的陈规旧俗。在他那情火燃烧着的歌声里,也充满着忧郁的预感:"我要走了,情人,让我把衷曲说端详,为着亲爱的人儿,我的血泪会洒在戈壁滩上。"而残酷的现实:佐尔汗大妈的死,自己的倍受侮辱,蕴倩姆的被骗,一次次在他的心头激起了仇恨的火花,他终于勇往直前地走上了反抗的道路——用生命保卫自己的自由、幸福的权利。在斗争中,奴柔木并不是孤立的,在他周围有许多双阶级兄弟的手扶持着他,慈祥而机智的帕他木汗大婶为他通风报信,忠实而勇敢的朋友吐尔干和阿满台同他一起赴汤蹈火,即便是那个一时糊涂的迈西热甫,谁又能怀疑他最后为这一对情人祈求幸福的善良的心呢? 与此相对,作者也勾画了一组以大地主乌玛尔乡约一家为中心的丑恶的统治阶级的人物形象。乌玛尔乡约是一个象恶狼一样贪婪、残忍、无耻的财迷和色鬼,夏尔宛太太则是一个淫猥、泼辣、象毒蛇一样可怕的地主婆娘,还有那个鼻涕鬼色以提少爷的无赖、愚蠢,走狗巴色特的一副奴才相,作者都以犀利的笔触,通过戏剧情节本身,给予了最辛辣、无情的嘲讽和抨击。作者不但刻划了他们在物质生活上的作威作福,贪得无厌,而且揭穿了他们为夺取钱财、满足淫欲而勾心斗角的黑幕,暴露他们在精神生活上极端空虚、堕落、卑劣、无耻。从这里我们可以看出:这个腐朽透顶的统治阶级的末日的到来已经不远了。全剧以蕴倩姆被折磨惨死,奴柔木放火烧毁乌玛尔全家而告终。从那熊熊的火光中,我们仿佛听到了千万农民不可遏止的怒吼,这正是作者彻底反封建的革命民主主义精神的最高表现。但是奴柔木终究还是采取了个人报复的手段,作者没有揭示出只有无产阶级政党领导下的农民革命才能取得彻底的胜利,农民才能真正解放自己。作者对奴柔木个人反抗的前途仍是茫然的,这又是作者革命民主主义立场的不可避免的局限。

短篇小说《精疲力尽的时候》发表于一九四八年,这正是国民党反动派垂死挣扎、白色恐怖笼罩新疆的最黑暗的年代。小说通过巴海由精疲力尽走向死亡的悲惨的一生,概括了在财主、官府重重压榨下的维吾尔农民哀苦无告、濒于绝境的共同命运。巴海原是一个健壮的农村青年,他精力旺盛,能唱美妙的歌,有一个称心的妻子。可是,父亲的死象一根无情的铁棍打在他头上,他再也站不起来了。为了买葬服,那如狼似虎的衙役夺走他的车马;为了父亲的丧礼,他卖掉了牛。从此他不得不在财主的盘剥下喘息求生。生活的魔手掐得他喘不过气来，苦难的毒液麻醉、歪曲了他亲子之爱的天性，他变得粗暴、阴鸷，把自己无处申诉的悲愤发泄在妻子身上，甚至对病中的孩子，也无故的发出刀刃一样刺心的咒骂。最后，不到四十五岁的巴海的悲苦生涯，终于形成了一条可怕的阴影归宿到抬尸架上了。作者正是通过这幅为千万个农民共有的阴冷、悲惨的家庭生活的图景，十分沉痛地控诉了旧社会吃人的血淋淋的罪恶。小说的调子沉闷得令人窒息，这正是当时社会气氛的真实反映：黎明前的黑暗还统治着大地，但群情的愤激已达到一触即发的饱和点。从巴海临死前闪烁着反抗怒火的自述里，从作者含蓄的描写中，都预示着革命暴风雨即将到来了！一个光明的世界快要诞生了！小说在短短的篇幅中，概括了极为深刻的社会内容和时代特点，这正是它震撼人心的地方！

另外两个较重要的短篇《教员的信》、《慈爱的护士》，都是从不同角度描写新疆三区革命的。前者，通过绕孜和沙德克两个教员在阴森漆黑夜晚的谈话，写出了城市知识分子对自由解放的渴求，对三区民族民主革命的向往。后者，则是通过女护士热孜菀姑丽勇敢救护伤员和壮烈牺牲的事迹，表现了民族革命军的英雄气概。这里可看出，随着现实的发展，作家的创作题材越来越扩大了，格调也越来越明朗了。

综观祖农解放前的作品，在思想内容上有一个十分值得珍视的特点，那就是作品锋利的矛头始终准确地指向本民族的反动阶级和全国人民共同的敌人国民党反动派，没有掺杂狭隘民族主义的情绪。作为一个民主主义战士，祖农是彻底而又坚定的。

同样以初期农业合作化为主题的短篇小说《锻炼》、剧本《喜事》，不但是祖农解放后的代表作，而且也是社会主义现实主义在维吾尔文学中最初结出的两颗硕果。

《锻炼》是通过主人公麦提亚孜由一个懒汉转变为出色社员的过程，从侧面反映了农村合作化运动中两条道路的斗争。麦提亚孜原来是一个懒散得叫人生气，又忠厚、幽默得叫人喜欢的妙人。作者用极真切的细节描写，惟妙惟肖地勾画出他那股懒散疲蹋劲儿：一个车轮子修六个月；半天给别人剃一个头，还自鸣得意地讲着旧小说里的故事；油菜熟过了期，可他却躺在老桑树下，咒骂糟蹋了他包谷籽的乌鸦，幻想着桑椹掉到他嘴里来。同时小说还挖掘了形成这种性格的社会根源。麦提亚孜在阴暗的旧社会度过了四十多个年头，虽然学会了不少手艺，可得到的仍然是半饥不饱的生活，甚至于不敢认真的想讨一个老婆，那么生活对他还有什么起码的兴趣呢？不糊糊涂涂的过日子又怎么办呢？可是，尽管这样，劳动人民的纯朴、善良的本性，在他身上并没有泯灭。因此，解放后，合作化运动的开展，党的亲切诱导，使这颗麻木了的心复活了。但要克服长期来养成的恶习，并不象丢掉一件破棉袄那样容易。作者也相当细致地写出了麦提亚孜在转变过程中的矛盾心理，一方面是对紧张的劳动的害怕和逃避，一方面，又对自己可怜的单干生活厌恨，越来越强烈地倾慕于集体劳动的欢乐。这里，正确执行了党的政策的互助组长艾拉木（后来入党成为前进社的社主任）起了决定作用。他不但揭穿了为了维护私利而挑拨离间、打击麦提亚孜积极性的富裕中农赛以特，而且给麦提亚孜以最实际的帮助和鼓励。对麦提亚孜两种态度的斗争，实质上是愿不愿意把广大农民引向共同富裕的社会主义道路的阶级斗争的反映。这正是作者取材的独到处及他对生活的独特、深邃的理解。因此，当我们最后为过着美满的劳动、爱情生活的麦提亚孜祝福时，也激动地看到了党的合作化的政策在维吾尔农村中的伟大胜利。看到了在无比强大的社会主义思想影响下，即使象麦提亚孜这样的人也发生了这么惊人的变化！这就是小说的深刻的思想性所在。

《喜事》是通过中农阿西姆对互助合作运动态度的转变，来正面反映农村两条道路的斗争。阿西姆是具有典型性的老中农形象，他自私、保守，一切根据现成的经验办事。他有两句口头禅：一句是"……真是"，表明他对陈规的迷信，对己见的固执；另一句是"这也是新鲜事儿"，表明了他对新事物的疑虑。可是，就是这样一个顽固的老头儿，首先在家庭里遭到一致的反对。儿子是团员，是社干部，自然会用一些新道理来惹老头儿生气；可老伴也偏偏袒护儿子，说他"死落后"。于是阿西姆只好摸着胡子不解地说："我落后？！瞧，这也是个新鲜事！"

在合作化运动这个滚滚的浪潮里,阿西姆确实受到各方面力量的冲击:合作化给农民带来的现实好处,使他动心;富农吐尔迪的利诱、挑拨使他潜在的资本主义倾向不时抬头。只有当这个只相信自己的精明人上了富农大当的时候,只有合作社帮助他摆脱了困境的时候,他才开始转变:揭露了吐尔迪的水淹社里高粱地的破坏行为和罪恶面目,并申请加入合作社。阿西姆这一形象体现了中农的两面性,他们在走社会主义道路时见一步迈一步的观望态度,同时也揭示了社会主义在农村逐渐胜利的必然趋势。剧本围绕阿西姆转变这一主线,不但写出了富农和合作社之间激烈的阶级斗争,而且也写出了对待中农的两种态度的斗争。批判了社主任及部分社员中对单干中农单纯讥笑和狭隘的报复心理,肯定了以党支书热衣木为代表的对中农耐心解释、循循善诱的正确态度。全剧以喜庆丰收、载歌载舞的欢乐场面结束,给我们展示了一幅阳光灿烂的幸福生活的图景。

从《蕴倩姆》到《喜事》,从《精疲力尽的时候》到《锻炼》,不但反映了新旧两个时代维吾尔农村的翻天覆地的变化,而且也标志着作家创作思想的发展:由一个民主主义者对旧制度的无情抨击转向用社会主义激情歌颂新的时代、新的生活;与此同时,贯穿在他解放前作品中的沉郁、悲愤的基调,也一变而为明朗、欢快、幽默了! 时代在飞跃发展,作家也随着迅速成长。可是,我们显然可以看出:作家前进的步子还是赶不上瞬息万变的时代的飞跃。这首先表现在解放后的作品数量较少,但更重要的,还是表现在他解放后歌唱新生活的作品,比起那些表现人民疾苦的揭露性的篇章来,思想上的深度就显得不够了,动人心魄的艺术力量也有些削弱了,甚至在人物塑造和情节结构上也出现了缺乏艺术光彩的薄弱的章节。作为一个被旧社会麻醉了的懒惰成性的麦提亚孜的形象,作为一个有着根深蒂固的私有习惯的顽固的阿西姆的形象,作者是刻画得栩栩如生、细致入微的。可是,当接触到这些人物的思想转变时,作家刚刚让我们看到人物内心矛盾的波澜,刚刚让我们窥见人物必然转变的那些最初契机,故事情节忽然象一根弦一样断了。接着而来的,往往是一大段概念的叙述,或者让剧中人物讲大段的党的政策词句,便很匆忙地转向那个欢乐的结尾了。拿阿西姆看,我们只能看到引起人物转变的那些客观条件,但却看不到这些条件在人物身上引起的极为复杂的行动反映和内心反映,更看不到一个背负沉重的旧包袱的老农民走向社会主义的极为曲折、艰苦的过程。这就削弱了作品的说服力,影响了人物形象的完美。至于作品中的先进人物。不论是《喜事》中的党支书热衣木,技术员阿布都克里木,还是《锻炼》中的互助组长艾木拉,都显得概念无力,缺乏鲜明而丰满的个性。所以出现这种情况,除了祖农对新农村的熟悉还远不如对旧农村的熟悉外,主要原因恐怕还是政治热情和思想高度问题。尽管作家掌握了某一方面的大量感性材料,如果未能掌握马列主义,去透辟地理解这些材料,并通过饱满的激情加以铸炼,那是很难产生具有魅力的艺术精品的。祖农解放后作品中的某些欠缺,正向作家提出进一步深入生活、提高思想的迫切要求。但是,总的说来,祖农基本上还是掌握了社会主义现实主义的创作方法,写下了反映具有生活特色的维吾尔农村的优秀作品,这在维吾尔文学中自然是一种意义极为深远的开创性工作,就是对丰富全国的多民族文学的宝库来说,作家也作出了显著的令人欣喜的贡献。

三

善于抓住不同历史时期农村生活中为群众所关注的主要矛盾,用新颖、别致的艺术构思,精雕细刻的行动描写和心理描写,极简练地描绘出维吾尔农村的色彩鲜明的生活画面,同时灌注进作家真挚的感情,凝聚起一种浓郁的抒情气氛,这可说是祖农·哈迪尔创作中的主要艺术特色。随这些特色的形成,是和他刻苦严谨的创作态度,对本民族文学优良传统的创造性的继承密切相关的。

题材重大而篇幅短小,对现实生活达到相当高度的艺术概括和集中,这是祖农作品的一个特点。这鲜明地表现在艺术结构的紧凑、别致,情节的安排得当和精心布局上。祖农的戏剧,不论是情调悲壮的《蕴倩姆》,还是轻松幽默的《喜事》,都善于抓住戏剧冲突的主线,交织起一个充满多种性格矛盾的网,来反映当时复杂的阶级关系。以《蕴倩姆》为例。它以争取爱情自由所展开的封建地主和劳动农民的殊死斗争为主线，写出了统治阶级内部的尔虞我诈、勾心斗角，也写出劳动者之间某些令人不快的纠葛。不论是那个受了陈规支使、为了成全儿女好事反把儿女送进火坑的好心的佐尔汗，还是那个受了地主婆娘的笼络、驱使，一时迷失了阶级本性的模糊的迈西热甫，虽着墨不多，但在全剧中都有清晰的脉络可寻。更难得的是，作者把这样众多的矛盾压缩在短短三幕戏里，删去了那些不必要的枝节和过程的交代，突出了热恋、诡计、婚礼、营救等几个最能显示人物命运、强化作品主题的戏剧场面，有起伏、有高潮，终于把读者的情绪引向那个激越、悲愤、燃烧着复仇烈焰的结局。《蕴倩姆》在艺术上确实已达到了相当完美、和谐的地步。

祖农的短篇小说大多是概括了主人公相当长时间内的一段生活经历，甚至是一生遭遇，因而主人公的性格都有他明显的发展过程的。这种取材方法本身就要求作者有较高的艺术概括能力，把素材加以最严格的过滤，选择其中最重要的东西，并加以精心安排，否则，就很容易流于冗长乏味的人物介绍。而祖农在这方面确实是别具匠心的。他的小说往往是从情节发展的紧要关头开始的，然后又回过头来用插叙、回忆的笔法层层交代事情的原委，最后又转到矛盾的节骨眼上，很快把情节发展推向高潮，适可而止，常给读者留下一个值得回味的余波。《精疲力尽的时候》是从主人公在紧张的碾麦场上，疲惫地睡去，因而遭到财主毒骂的场面开始的，而主人公的身世是他自己在临终前满怀悲愤地诉说出来的。《锻炼》的开头更加巧妙，一块已经熟过期的油菜刚刚动镰收割，可收割者却不见了；随着，我们在老桑树底下发现了这块地的主人，由于天热难耐，他还在怨天尤人地发着牢骚呢！读者立即被这个怪人怪事吸引住了，急于知道这里面的缘由，于是作者就按着这种愿望，回忆了主人公性格形成的历史，然后进一步展开矛盾。从这些地方可以看出，作家在情节的提炼和安排上，确实是煞费苦心，自创一格的。

精细入微、绘声绘影的具体描写和浓郁的抒情色彩的和谐统一，是祖农创作的另一特色。作家极善于从人物的强烈的内心感受中来抒写外界环境，同时又借助于景物的渲染造成一种气氛，和人物的性格、心理达到水乳交融。例如：

在这一望无际的田野上,蒸发着唇气,远望去宛如湖水在荡漾。拴绊在渠边木桩上的马,也不吃不喝地在那里不停地摇摆着头,袅袅的熏风,把田野里的蝗虫的鸣声懒懒地送到远处去。而这"吱、吱"不断的叫声却使麦提亚孜感到厌恨。他虽然躲在老桑树底下避暑,可这些显示着炎热难耐的虫声也好象故意和他为难。

懒洋洋的画面,懒洋洋的人,简直很难分清作者是写景物呢,还是写人物的心理。祖农小说中静态的环境描写的精细(肖像描写也是这样)恐怕是接受了俄罗斯文学,特别是高尔基作品的影响,但这种描写能那样无间地和人物的心理交融,又显然是和维吾尔民间叙事诗中借景写人的传统手法有血缘关系的。

特别值得指出:作家笔下的劳动和爱情生活的场面是充满诗情画意的。那被鸟的鸣啭、花的清香、迷离的月色、青葱的果林点染得幽美如画的维吾尔田野风光,那让热情和欢乐长上翅膀的轻歌曼舞,快活而风趣的打闹、逗笑……都洋溢着一种纯朴、自然、健康的感情,构成了令人留恋忘返的田园诗的境界。这不但是维吾尔农村生活本身的色彩所决定的,而且,也由于作家善于从本民族悠久的诗歌传统中吸取养料,丰富自己创作,才使他的作品具有一种特别明丽、细腻的抒情风格!需要补充一句:在祖农解放前的作品中同样也有着令人陶醉的牧歌式的章节,但它和响彻在《喜事》中的集体劳动的豪迈、欢乐的歌声不同,在蕴倩姆和奴柔木的赤诚、热烈的爱情对唱中,都笼罩着一层忧郁的浓雾。作者并没有单纯地欣赏田园景色,而是用他来烘托、衬映作品的主题。不是吗!作者对蕴倩姆和奴柔木的炽烈的爱情生活的渲染,不是在我们心头更激起对破坏了这种生活的封建剥削制度的深沉的憎恨吗?

祖农在文学语言方面的成就是为大家一致称赞的。他作品中的描写语言是精确、鲜明、动人的,富有维吾尔语言简捷而又含蓄的特色。让我们随便摘引一段吧:

巴海咽下了财主的那些恶毒的丧气话,舔着苦焦的嘴唇,长吁短叹,象是给谁吊孝似的,垂着头有一步没一步地朝村庄走去了。

多么朴素!又多么精炼!可一个被苦难压碎了的旧社会的农民形象却象

浮雕一样凸现在我们眼前！

祖农作品的人物语言，那更是朴素而生动，洗炼而明畅，充满着维吾尔农民特有的风趣和才情。下面是《喜事》中阿西姆和吐尔迪的一段对话：

吐尔迪：他们会把所有的草带走的。你该知道，一筐子草，就是一碗奶皮，一碗奶皮至少是一块，一块五角钱。

阿西姆：你尽给我打空算盘，真是。你说你的牛今天到底借不借给我？我也不央求你。

吐尔迪：慢点，我有个主意。你愿不愿意试试我那头花乳牛？

阿西姆：什么？什么？你别再欺侮人啦！象女人拿不动砍土曼一样，你的那头不死不活的乳牛还能牵犁吗？

吐尔迪：（笑）好了，别生气了！会有法子的。要是贸易合作社不向我的饭碗伸手的话，也不会使你受那么大的委屈，借给你买一头牛的钱也不要紧。成立合作社，对我是害，对你也是害。

阿西姆：借给我一百块钱也行。

吐尔迪：有钱还能不借给你吗？

阿西姆：做买卖的人家还能缺钱吗？

吐尔迪：我向天发誓，要有现钱，就叫我死！

从这段生动的对话里，阿西姆的固执、自私，吐尔迪的圆滑、奸险，及他们拉拉扯扯但又肚里各打算盘的相互关系，都跃然纸上了。在不少对话里，作家还选择了农民喜欢用的土语、谚语来烘托人物性格。如阿西姆说："到了立秋后，再来数鸡雏。"这是他对合作社的观望态度的自白；吐尔迪则说："忍嘴不欠债，国王要说瞎乌鸦是鹰，你就说它能擒拿天鹅。"这是他一语道破了自己伪善的嘴脸。象这样的谚语非常符合人物的基本性格，决不可能从剧本中第二个人物嘴里说出来；它显得又机智，又贴切，又具有民族色彩！

祖农曾长期住在农村，他对维吾尔农民的语言是熟悉的，对维吾尔丰富的民间口头文学，如叙事诗、谚语还下过一番搜集、整理的功夫。他不但大量采用农民的口头语言，而且在采用时是经过严格的选择、锤炼和加工的，从而也就显得更精粹,更优美了。因此,祖农在维吾尔文学语言方面的努力和造诣,是十分值得我们珍视的。

但是,勿用讳言,这些可贵的艺术特色在祖农的创作中,并不是任何时候都获得充分表现的。我们相信,在今后的创作中,他将会创造出无愧于我们这个时代的更高大、更瑰丽的艺术形象,来反映新的维吾尔农村飞跃发展的面貌及创造奇迹的劳动者的英雄气概。对于这一点,我们是丝毫也不怀疑的。

可贵的新花

——读维吾尔族长篇小说《克孜勒山下》

哈米提　胡振华　张云秀

史料原载 1975 年 12 月 15 日《人民日报》。柯尤慕·图尔迪创作的维吾尔族长篇小说《克孜勒山下》围绕新疆沙漠地区干旱缺水问题，通过塔克拉玛干大沙漠边缘的克孜勒山下的维吾尔族贫下中农学习大寨精神，艰苦卓绝地凿山引水的故事，表现了这一时期阶级斗争的尖锐和复杂，赞扬了维吾尔族干部群众艰苦奋斗、自力更生的革命精神。小说具有浓郁的民族特色，对各民族间的文化交流以及维吾尔族现代文学语言的丰富与发展具有积极作用。该文和小说具有鲜明时代特征，集中反映了那个时代的话语特征。

原文

我们欣喜地读到长篇小说《克孜勒山下》（由人民文学出版社、新疆人民出版社分别用汉文、维吾尔文两种文字出版）。作者是维吾尔族青年业余作者柯尤慕·图尔迪。这部小说的出版，标志着在毛主席的革命文艺路线指引下，在党的民族政策光辉照耀下，我国各民族革命文艺的繁荣发展和各族革命文艺队伍的茁壮成长，也是对苏修叛徒集团诋毁我国"毁灭民族文化"等谬论的有力回击。

　　这部小说可贵之处,首先在于它反映了边疆兄弟民族以阶级斗争为纲,坚持党的基本路线,搞好农业学大寨这一重大主题。"水利是农业的命脉",在新疆广大的沙漠地区,普遍缺水。干旱,严重地阻碍着农业的发展。小说作者抓住新疆沙漠地区干旱缺水问题,通过塔克拉玛干大沙漠边缘的克孜勒山下的维族①贫下中农,高举大寨红旗,发扬艰苦奋斗、自力更生的革命精神,凿山引水,灌溉农田,终于打破"长流水自古不下山,凿山引水难上难"的神话,创造出"茫茫戈壁水长流,漫漫沙海稻花香"美好图景的斗争故事,有力地说明"农业学大寨"是毛主席为我国各族人民指出的一条发展社会主义农业的金光大道。

　　农业学大寨是一个在无产阶级专政下继续革命、多快好省地建设社会主义农业的伟大革命群众运动。学大寨,就是要用社会主义战胜资本主义,巩固农村社会主义阵地,加强无产阶级专政,因此必然会遭到阶级敌人和资本主义势力的抵制和反抗。小说通过围绕着凿山引水这一中心事件所展开的一幕幕斗争,形象地揭示了农村这场革命运动的实质,说明学大寨,必须从根本上学,坚持党的基本路线,狠抓两个阶级、两条道路的斗争,不断批判资本主义,大干社会主义。你看,当刚从大寨学习回来的新地大队党支部书记沙比尔提出学习大寨,艰苦奋斗,凿山引水,彻底改变新地干旱缺水的落后面貌这一主张后,错综复杂的矛盾斗争立刻展开了。坚决走大寨道路,加速农业发展,是贫下中农和社员群众的共同愿望。以党支部委员图拉洪和受人尊敬的老愚公铁木耳爷爷为代表的贫下中农,欣欣鼓舞,精神振奋。他们把心都贴到凿山引水、重新安排河山上,表现出极大的社会主义积极性。而做梦都想着变天的反革命分子苏莱曼、地主分子纳曼,出于反动的阶级本能,狂叫什么:"向大寨学习,就是不让你我过太平日子。"他们制造谣言,蛊惑人心,阻挠学大寨运动的开展,甚至亲自出马决水堤,并妄图炸毁新建的水电站。他们还用糖衣炮弹拉拢、腐蚀公社水利干部卡斯穆,让他破坏学大寨运动,自己则隐蔽在幕后。大队革委会副主任尼亚孜,工作勤恳,可是思想麻痹,他只看到阶级敌人表面老实,看不到阶级敌人

---

① 编者注:"维族"应为"维吾尔族",后同。

时刻想复辟，被阶级敌人钻了空子。同时，小生产的传统观念，使他只算小帐，不算大帐；只管生产，不看路线。因此，一开始便成了向雪山进军的反对派。中农阿希穆的"吃饭靠集体，花钱靠自己"的思想是有代表性的，他热衷于个人套上小毛驴上山拉柴搞外快，对凿山引水不感兴趣，还不时跟在尼亚孜后面反对。这些矛盾，有敌我之间的阶级斗争，也有人民内部的两种思想的斗争，交织在一起，贯穿于"农业学大寨"革命群众运动的整个过程中。

小说作者力求揭示出矛盾的尖锐和复杂，抓住了无产阶级专政下阶级斗争的新特点，深刻地揭露阶级敌人的阴险、狡猾，这对读者是有教育意义的。使我们感到不满足的是，作者虽然着力写了阶级斗争，但挖掘得不够深；路线斗争只是稍有接触，整部小说的矛盾冲突不够激烈，作品的思想深度不够，也缺少波澜起伏、引人入胜的故事情节。

在人物塑造上，沙比尔这个维吾尔族基层干部的形象虽然还不够丰满，总的来说，是比较感人的。这个在人民解放军部队服过役，又经过风雨锻炼的大队党支部书记，英姿勃勃，有改天换地的决心和气魄。他从大寨学习回来以后，满腔热情地向干部和群众宣传大寨发展农业生产的基本经验。他和干部、群众一道制订重新安排克孜勒山公社山河的美好计划，亲自到雪山上查勘水源。他在凿山引水的斗争中，有一股天塌下来撑得住，地陷下去填得平的英雄气概，哪里任务重，他就在哪里出现。党的基本路线武装了沙比尔的头脑，使他心明眼亮，有高度的阶级斗争觉悟。水库决堤，他从决口不是在坝底，而是在坝顶，并且从河滩边搜查到一只旧烟袋这些迹象，意识到是阶级敌人在破坏；透过卡斯穆和地主纳曼之间异常的"亲戚"关系的迷雾，以及卡斯穆在凿山引水问题上表现出来的反复无常，沙比尔敏锐地意识到，阶级敌人正在拉拢和腐蚀我们的干部，做他们的挡风墙，这是一场激烈的阶级斗争。隧道工程出现事故，阶级敌人乘机兴风作浪，蛊惑人心，煽动社员离开工地，沙比尔率领党员、民兵和贫下中农，狠狠揭发批判阶级敌人破坏水利建设、破坏农业学大寨运动的罪恶活动，擦亮了人们的眼睛。作为带头人，沙比尔还善于团结和自己意见不同的同志、甚至反对过自己的人一块工作。他对尼亚孜的种种错误，感到痛心，但决不迁就，而是同志式的严肃批评,热忱帮助。他多次提醒尼亚孜要牢记党的基本路线,不能穿新鞋,走老路,只顾生产,忘了路线。一再用大寨的经验说明:"路线走正事事成,自力更生样样有。"真是热情诚恳,语重心长。即使对卡斯穆这样的被阶级敌人所利用干了不少坏事的人,沙比尔也是根据党的政策,不计较个人恩怨,尽量挽救,表现了他宽阔的革命胸怀。

小说描写的南疆农村斗争生活,具有浓郁的民族特色,读了感到亲切。语言朴实、生动,特别是使用了不少维吾尔族人民熟悉的谚语和吸收了大寨贫下中农的新谚语和豪言壮语,寓意深刻,富有感染力,这对各民族间的文化交流和维吾尔现代文学语言的进一步丰富和发展也是有益的。

我们衷心希望不断创作和出版更多更好的反映边疆兄弟民族地区战斗生活的新作品!

第四辑

满族、回族、朝鲜族小说

本辑概述

　　本辑收录了李镜如、王向峰、吴之今、肖玉撰写的 4 篇少数民族小说评论，分别发表在《宁夏文艺》《辽宁日报》《读书》上，涉及满族、回族、朝鲜族的小说创作。李镜如分析了哈宽贵的小说《夏桂》，认为小说中夏桂形象塑造具有重要的现实意义和典型价值。王向峰认为《井边》的题材、主题比较新颖，反映了农村新人的成长，但是人物塑造中的性格逻辑不够自然；吴之今认为《甘薯嫂》反映了集体主义与个人主义的斗争问题；肖玉对端木蕻良的作品进行了简要介绍并预告了端木蕻良新作《曹雪芹》的内容。

　　从少数民族小说研究的整体高度来看，满族小说研究在此时期侧重于对端木蕻良新作的预告和宣传；回族、朝鲜族的小说取材多来自新农村，侧重于农业生产，描写了社会主义革命中小人物的珍贵品格，具有浓厚的地域特色和民族特色。从整体上说，这一时期回族、满族和朝鲜族汉语小说创作数量较少，相关评论也较少。

略谈《夏桂》的地方特色

李镜如

史料解读

史料原载《宁夏文艺》1962年第8期。作家哈宽贵的小说《夏桂》饱含激情地描写了回族妇女夏桂在与丈夫存在思想冲突的情况下,凭借勤劳的双手、不屈的性格和柔韧的毅力最终改造盐碱荒地,在艰难的境遇中成长和强大起来的故事。小说中夏桂形象塑造具有重要的现实意义和典型价值。作家哈宽贵的创作是建立在对民族地区风土人情,以及人民的情感愿望的深切理解基础之上的,小说因而具有鲜明的民族特色和地域特色。

原文

夏桂,俗名沙枣,塞上常见植物。它,不畏严寒,不怕干旱,有强壮的生命力。即使在广袤无垠、沙丘滚滚的荒原上,也能开出香气扑鼻的花朵,结出金灿耀眼的果实。

哈宽贵同志发表在《宁夏文艺》今年第七期上的近作——《夏桂》,用饱含激情的笔触,描写了象夏桂那样倔强、在任何困难条件下"肯生韧长"的回民妇女形象。

女主人公在1958年后的第一个夏天,终于跳出了封建束缚的小圈子,和男人一起参加了生产劳动。在新的劳动生活中,她获得了独立生活的能力。一心

271

向往城市的丈夫看不起她，冷言冷语羞辱她："你别想拖后腿，咱俩过不到一搭!"她敢于决然回答："……贺兰山再高挡不住大雁，你远走高飞你的!"丈夫一去三年不归，她不但没有旧时代妇女被遗弃的那种苦闷、悲伤和不幸遭遇，相反，在党和政府的关怀帮助下，她用自己勤劳的双手，和同志们一起，在改造盐碱荒地上，做出出色的成绩。最后还改变了丈夫的错误看法，赢得了爱情。

哈宽贵笔下的这个形象，有一定程度的典型意义，思想也比较深刻。

《夏桂》的艺术构思，比较严谨。情节在人物间的矛盾冲突中，入情入理发展。作品一开始就揭示出夏桂和她丈夫之间的矛盾。这是热爱家乡、热爱劳动，和嫌弃家乡"滩多地少、天旱风沙大"，向往城市生活的矛盾；是实心实意争取丈夫在共同劳动中建立新的爱情，和鄙薄自己的媳妇只会"种瓜点豆，养鸡喂鸭"、不会"象小说书中写的那样"谈情说爱的矛盾。一句话，这是小资产阶级知识分子的思想感情，和劳动人民的思想感情的矛盾。

作者紧紧地扣住这个矛盾，并以它为线索，刻划人物性格。夏桂刚强、有志。丈夫抛开她出走之后，她"往常在家不吭不响的那股蛮劲"，全用到改造自然的生产斗争中去了。她不怕艰苦，不相信命运，说"苦我从小吃惯了，命我可不认。"她听党的话，三九天带头挖渠引水，冲洗盐碱地，第一年稻子种不出来，第二年再种。她能经受任何考验，在失败面前、百折不挠。最后，终于把白皑皑的盐碱地，改造成稻田、麦子地。

这一切，在克强怀着满腹心事，急于探明究竟的情况下，作者巧妙地通过他娘的嘴转述出来，益觉真实、生动，而又简括。

在生活、劳动和实际工作的锻炼中，夏桂能够沉着地对待事情。既重视群众的意见，又尊重新任队长的领导，凡事都要经过"谨慎小心，脚踏实地"的调查研究。因此，在群众中享有很高的威信。

作者为了充分地揭示夏桂性格形成的历史原因，使人物形象血肉更加丰满，更有说服力，还生动地追述了她的身世：她自小"和羊羔在圈棚里一起长大"，七岁时，就和爹一把血一把汗地冲洗盐碱地，在那暗无天日的岁月里，穷人想要活命，该是多么难啊。地主为了掠夺他们辛勤劳动的果实，用镰刀砍死他爹,她手腕上也留下了仇恨的伤疤。

艰苦岁月的磨炼,对旧社会的深深仇恨,使她更加珍惜新生活,全心全意投入到改造自然和创建新生活的斗争中去。在风沙狂作的深夜里,她能够克制怕别人误解自己的心理,带领群众抢救熟透了的枸杞。她虽然不满意丈夫的以往行为,但她能够宽容地热诚地欢迎他回乡参加劳动……

夏桂在生活、劳动中成长的事实,教育了克强。使他由瞧不起夏桂,而转变到尊重她,敬爱她。他说:"媳妇的名字不应该叫小羔,完全应该叫夏桂。"这样作品的矛盾就得到了彻底而完善的解决,人物性格也被鲜明地表现出来了。

《夏桂》这篇作品,有比较明显的地方特色。

首先,主人公夏桂,是在特定的生活、斗争的土壤中,培育出来的。她那坚韧、顽强、勤恳、踏实的思想感情、性格特征,具有"塞上风度"。这是作者深入劳动人民生活,细致地了解他们的精神世界、生活道路和人生遭遇的结果。

其次,作者对于本区人民生活中的谚语(如"贺兰山再高挡不住大雁")、口语(如"……咱俩过不到一搭"、"别家咋说的"),也很重视,并且在极力探索如何通过群众惯用的生动的语言,描写鲜明、生动的人物形象。

第三,作者选择地方性很强的景物,加以点染,对加强作品的地方特色,也有很大的助益。象作者笔下的"闪着银灰色光彩的夏桂树幼林","红玛瑙珠一般的枸杞",甚至连那些为作品中人物的特殊心理所制约的景物描写,也涂上了浓重的地方色彩。比如,克强下了羊皮筏子后,所看到、感受到的"白皑皑常年草木不生的盐碱地","没有一丝风"的天空,头顶上"火辣辣的太阳"以及脚下那"松软的滩地"等等,虽说是通过克强的心理折射,有了某种程度的艺术夸张,但是他们也的确反映了黄河沿上某些盐碱地的实在景象。

作者带着浓厚的情感,用本区人民惯用的生动语言,描写自己长期以来细心观察的景物、风土人情,刻划自己从内心里挚爱的人物形象,就自然会使作品带上明显的地方特色,读起来令人感到真实、动人、亲切、可爱。

哈宽贵同志写出了具有一定程度地方特色的作品,是他长期努力探求的结果。1958年刚到宁夏时,他还苦于这里并不像自己臆想中的那样"富于所谓'边疆情调'和所谓'奇特的民族色彩'"，心里甚至认为"在这儿写不出有特点的文章来"。后来经过多次下厂下乡，和工人、公社社员一起劳动。在他们中交了朋友，才逐渐改变了那种看法，而开始认识到，作品的地方特色"首先应该建筑在我们对当地人民的了解上，对人民的历史、生活习惯、理想与愿望等等的了解上。"这个认识与体会，是很可贵的。他的写作实践也证明，沿着这条路子走，就能取得成绩。我们相信，只要作者能够继续深入生活，开阔视野，进一步认识、把握本区人民在现实生活和历史斗争中所形成的性格特点，并注重学习、提炼本区人民生活中常用的语言，贴切地表现他们的生活斗争，思想性格，精神面貌，生活环境（风土人情、自然景物等），那就一定能够取得更大的成绩。

读《井边》

王向峰

史料解读

　　史料原载 1963 年 3 月 27 日《辽宁日报》。李惠文《井边》中的灵花为人朴实、稳重，积极、肯干，大家公选她为妇女组长，王亚娟因只动嘴皮子不务实能干，不得人心而最后落选。小说围绕新上任的妇女组长灵花与落选的前妇女组长王亚娟之间的矛盾展开故事情节。为了更好地开展工作，灵花容忍王亚娟的冷言挑战。而在处理"马蜂王"的老儿子小青摘了生产队的黄瓜一事上，灵花并没有因私废公、徇亲护短，反而表现出极高的智慧、原则性和公平性，最终赢得了王亚娟的钦佩和赞赏。这篇小说的题材、主题比较新颖，可称为农村新人成长的赞歌。当然，在人物塑造中的性格逻辑尚有人工雕琢的痕迹，这是这篇小说尚需完善的地方。

原文

　　常言道："新官上任三把火"。可这"三把火"也不是容易点的，所以常言又道："头三脚难踢"。《井边》（李惠文作，载《辽宁日报》一九六二年十月十日）中的灵花，这头几脚真踢得开！

　　灵花是生产队新上任的妇女组长。小组里的姐妹们，看她为人朴实、稳重、积极、肯干，就选她当了生产组长；那个过去靠两片嘴领导小组生产的组长王亚娟，被选掉了。《井边》的矛盾，也就从这里展开了。这个矛盾的提出，很有吸引力，把读者一下子就带进了作品的境界里去，去看一下新上任的组长，是不是称职，自然也难免不为初露头角的灵花担几分心思！

在灵花这方面，当不当组长都一样，就是勤勤恳恳地干，对于前任组长王亚娟她也毫无取而代之的战胜者的心理。然而不知道自己的弱点在于何处的王亚娟，却把落选的恼火，统统投在灵花的身上。

在去菜园浇黄瓜的途中，王亚娟就曾以冷言向灵花发出过挑战，身旁的小兰听了之后都感到刺耳，主张以牙还牙地给以回击，然而灵花却宽容地忍让了。在灵花这方面这个让步是很必要的，否则工作就不能进行了，所以她这时就显示了"风物长宜放眼量"的气概。这一点，虽还不能说它就是战胜王亚娟和"马蜂王"的决定因素，却也是一个重要条件。如果灵花是一个心胸浅薄的人，不能用自己行为的光彩和智慧去影响别人，改变别人，那就无法解决与王亚娟和"马蜂王"的矛盾了。

从表面上看，灵花这个姑娘好像处处都是容忍的，其实她才不呢，——她只在不关原则的小事上容忍，而在原则问题上，却分毫不让。

作为组长的灵花，当她给王亚娟分配活儿的时候，王亚娟出于惯常的避重就轻，出于眼下对新组长的别扭，她什么都不愿接受，最后实在没有办法才去黄瓜架里拔草。王亚娟要找麻烦，看来又没有把组长难住。因为，这时"理"始终在灵花这一方面。你一个组员顶多只能挑最轻的活干，还能怎样？小说的情节至此，好像阴云密布的天空响过两次隐隐的闷雷，大雨虽然没有降下，但却是不可避免了！果然，矛盾通过"马蜂王"的老儿子小青摘了生产队的黄瓜被王亚娟"当场捉住"的导火线爆发了。

王亚娟抓住小青大兴问罪之师，乃是既有新因又有宿怨的。她当组长时，因为浇黄瓜的水流经"马蜂王"的园子的瓜葛，"马蜂王"给过她厉害看，今日天假其便，抓到了把柄，乘隙报复一下，也可出一口怨气。这真是因为娘老子的"面子"才不放过晚辈后生。但这时王亚娟捅这个马蜂窝的目的，主要还是为了和灵花过不去。因为灵花就是马蜂王未过门的媳妇。在王亚娟看来，如果灵花要秉公处理,那"马蜂王"断然不肯接受,事情会越闹越僵,组长就难以当下去;如果灵花息事宁人,小事化了,那她王亚娟,出来说上一通风凉话,不论是指责她因私违公,还是数落她循亲护短,她灵花都得听着。——而这一切都可以被她说成新上任的组长领导无方。这样严重的关头,正是充分地表现人物性格的最好时机,作者充分地发挥了这一点。灵花的性格,到此也得到了升华。

王亚娟虽然不是一个"省油灯",但比起"马蜂王"来说,她还是小巫见大巫的,用小小的一点把柄,针尖对麦芒地和她斗,是斗不了这个"拿不是当理说"的老泼妇的。果然,王亚娟被冲得连连后退,最后把事情完全推给了灵花。在鲜明的对比之下,灵花的心劲集中地显示出来了。她抓住了"马蜂王"的性格的特点,摆下了引其深入的"连环套",使"马蜂王"无法不承认孩子动了社里的东西,是自己理亏。一场难以平息的风波,灵花处理得十全十美,皆大欢喜,王亚娟也不能不衷心钦佩、择善而从了。

从这篇小说的题材、主题来看,都是比较新鲜的,可称为农村新人成长的赞歌。但作品在人物性格的描写上还有一个值得研究的问题:我认为,在描写王亚娟的性格时还没有十分牢固地把握住她的性格逻辑。王亚娟在黄瓜架里薅草,因黄瓜秧的刺把胳膊扎红了,把自己的长袖布衫给了她,叫她穿——这在灵花这方面是必然的行动,她的宽阔的胸怀能使她以德报怨,所以这是出之于性格的必然的作为,——但是从王亚娟那方面来说,她是绝对不会接受的。因为她这时对灵花还是满腹怨气,并认为分配她去黄瓜架里薅草,是存心和她过不去,这个自恃聪明的姑娘,在火气没有消时,怎肯接受"对头人"的"同情"!我觉得王亚娟是不会接过灵花的布衫的。

我想,假如王亚娟不接受灵花的布衫,情节的基本线索丝毫不会受到妨害。我又想,即使不要这个小过场,人物性格也不会受到损害,相反地,有了这个这样处理的过场,倒给人留下了一些人工雕琢的痕迹。

谈谈《甘薯嫂》

吴之今

史料解读

　　史料原载 1963 年 7 月 24 日《辽宁日报》。该文简要评价了小说《甘薯嫂》，认为韩甘薯和妻子甘薯嫂吵架的情节虽然写的是夫妻间的矛盾，实质上却反映了农村的重大问题——集体主义与个人主义的斗争，也就是走社会主义道路还是走资本主义道路的问题。韩甘薯的形象描绘得相当逼真，笔调简练，如闻其声，如见其面。甘薯嫂的形象刻画得比较细致，尤其是对她的心理描写很具体，但没有韩甘薯的形象生动。小说结构严谨，作者尤其善用伏笔，前呼后应，意趣横生。该文作者也指出了作品存在的缺点，主要表现在甘薯为妻子隐恶添善，编造了她"主动张罗把五间闲房子借给队上"的事迹，妻子被选为妇女队长，他家被评为"五好之家"，这些描写一定程度上降低了小说的现实意义和真实性，这也是主题先行的具体表现。

原文

　　《甘薯嫂》（见《辽宁日报》一九六三年四月十七日三版）是一篇吸引人的小说，它把你带进一个有声有色的农村环境去；等你看完了，人物的音容笑貌还在头脑中萦绕。

　　小说的情节很简单，写的是韩甘薯夫妻俩家庭纠纷的故事。甘薯嫂原是个贪心不足的"一撮三刀的厉害老婆",遇事顾家不顾社。韩甘薯是个老实厚道以社为家的好社员。这样两个人弄到一起,当然要起摩擦。妻子要把一冬积的肥用在自留地上,丈夫却把肥送到生产队的地里去了;妻子要把秫秸卖钱花,丈夫却把秫秸送到队上编芡子了。看起来,这些情节虽然写的是一些夫妻间的矛盾,实质上它却反映了目前农村中的重大课题:集体主义与个人主义的斗争问题,也就是走社会主义道路还是走资本主义道路的问题。

我觉得韩甘薯的形象描绘得相当逼真,笔调淳朴简炼,如闻其声,如见其面。他"不管妻子怎么说,怎么厉害",总有"一定之规","在既成事实面前,你闹就闹去吧,反正我作得对"。这是个多么耐人寻味的人物啊!他热爱公社热爱社会主义,也爱他的妻子,老想把她引向正路。作者通过可信的细节描写,具体地把这个人物的个性表现出来了。甘薯嫂的形象刻划得比较细致,尤其是对她的心理描写很具体,但没有韩甘薯的形象生动,我想这可能由于甘薯嫂在几次冲突中始终处于被动地位的缘故,她除了用嘴吵骂以外,没有什么行动,因而这个人物的性格没得到充分的发展,有些欠火候。

小说的结构严谨,一丝不乱,作者尤善用伏笔,前呼后应,意趣横生。如小说一开始就说社里牲口不够用,甘薯把秫秸送到队里编芡子换牲口,挨了甘薯嫂的骂,到结尾时,却通过甘薯嫂的嘴叫甘薯去借驴子拉大石槽子。又如在小说前段甘薯说的"队上地是谁的? 还不是咱的嘛!"和在小说后段甘薯嫂说的"不是咱的,还是谁的!"都是前伏后起,入丝合扣,叫人读起来津津有味。

小说还存在着较大的缺点,主要表现在甘薯对待妻子的态度上,表现在被评为"五好之家"一事上。从整个情节看来,甘薯嫂的转变是由于甘薯的帮助。本来甘薯嫂私心很重,处处扯甘薯的后腿,但她却糊糊涂涂地当上了"五好之家"的一员。甘薯故意隐瞒了她的缺点,编造了她"主动张罗把五间闲房子借给队上"的事迹,以致在她得了"五好之家"的奖状时,弄得"丈二和尚,摸不着头脑"。继而,她又被大家选为妇女队长,把她弄得更尴尬了,"她作梦也想不到,生活竟会这样安排,这可让人怎么应付好呢?"若仔细考究一下,今天农村中生活会这样安排吗? 我想是不会的。即或有,恐怕也是极个别的现象,是不值得写的;要写,也要有批判地写。照理说,甘薯作为一个五好社员,不应该包庇妻子的缺点。实际呢,他不但包庇了,还为妻子隐恶添善。再进一步说,社里在评定"五好之家"时不经过仔细的调查研究,也不经过群众的推选,只听甘薯一面之辞,就发了奖状,那是可能的事吗? 这样,就使人感到甘薯嫂的转变是由于甘薯的包庇所造成,弄得她下不了台,怕露出她自私自利的马脚,才不得已而被迫"转变"了。这是不符合今天农村的生活真实的。由于这个缺点的存在,就降低了小说的现实意义,也使人物性格受到损伤,格调不高了。我觉得这可能与作者对生活的认识和理解有关。如果只在情节上下工夫,不注意主题的教育意义,就会形成一种偏向,在这方面作者是应引以为戒的。当然,这是作者前进中的缺点,所谓美中不足,并不能因此否定作品的成功之处。相信作者在今后定会写出更加出色的作品。

端木蕻良的《曹雪芹》和续《红楼梦》

肖　玉

史料解读

史料原载《读书》1979 年第 2 期。本文首先介绍了端木蕻良的主要作品，并着重对端木蕻良正在撰写的长篇小说《曹雪芹》的内容和情节以及端木蕻良的创作构思进行了简略的介绍，着重表达了端木蕻良关于《红楼梦》既要反映历史真实，也要进行艺术创作的写作追求，同时也交代了关于续《红楼梦》的写作夙愿。

原文

在三十年代就以《科尔沁旗草原》、《大地的海》等闻名的作家端木蕻良，现正致力于长篇小说《曹雪芹》的创作。

他是个《红楼梦》迷，自小就"常常偷看父亲皮箱里藏的《红楼梦》"。他的第一部长篇《科尔沁旗草原》很多地方，尤其是人物描写，深受《红楼梦》的影响。1943 年他还曾将《红楼梦》改编成话剧，也写过不少《红楼梦》的评论文章。由于对《红楼梦》的爱好，他对曹雪芹也深有感情，总想努力将他再现出来。

《曹雪芹》的创作，既要从社会的角度写出产生曹雪芹的一整个时代，又要通过曹雪芹的家世写出产生《红楼梦》这部巨著的必然性；既要反映历史的真实，又必须是一个艺术创作。这要求是严格的。

　　现在他计划，这部长篇将写五十万字。

　　端木蕻良还有一个宿愿，就是续《红楼梦》。他不满意高鹗的续作，认为续作没有看出曹雪芹的真意。"高兰墅对于曹雪芹的政治观点的歪曲是基于他的市民阶级的市侩主义而作的；高兰墅的对于曹雪芹的情节的没有理解，则是由于他的文学才能的低能。"

　　他认为，续《红楼梦》大约要续三十回，这样可能更合理些。人物的处理也想尽量按曹雪芹原作八十回的思路发展，如小红应当有一段大故事，探春应当回来收拾残局，妙玉的结局也须改变，等等。

　　高续本中符合曹雪芹原意、已为读者熟悉的部分情节，则准备适当保留。

第五辑

彝族小说

本辑概述

　　本辑收录了杨仲明、卢静、禾子、斯光、吴高致、村心、萧祖灏撰写的 7 篇少数民族小说的评论文章，分别发表在《云南日报》《边疆文艺》上，涉及彝族作家李乔和普飞的小说创作。杨仲明认为《欢笑的金沙江》描写了凉山的自然环境和人民的生活面貌，有利于我们更好地认识凉山、开展民族工作；禾子、斯光认为《欢笑的金沙江》对凉山彝族人民的生活、风俗习惯等描写细腻真实，但彝族干部丁政委形象则略显刻板；萧祖灏认可李乔长篇小说《早来的春天》中有关民族传统的描写，认为其对进一步反映民族地区的生活有很大启发；卢静认为，李乔描写少数民族经过和平土改、直接过渡到社会主义社会的新作值得肯定。《挣断锁链的奴隶》题材新颖，反映了凉山彝族人民由奴隶社会直接过渡到社会主义社会翻天覆地的变化。卢静、村心都认为普飞在人物刻画上具有一定特色，但是人物形象不突出，对农村新人形象的思想挖掘和提炼还不充分。

　　从少数民族小说研究的整体高度来看，彝族小说水平较高，其中李乔的创作比较成熟、故事生动、感染力强，其对彝族人民生活面貌的描写对日后民族工作的开展有着重要参考作用。而青年作家普飞作为彝族小说创作的新兴力量，给人们不少的启迪，但在故事和人物刻画上仍需进一步提高。

读《欢笑的金沙江》

杨仲明

　　史料原载 1956 年 5 月 21 日《云南日报》。《欢笑的金沙江》是彝族作家李乔的长篇小说，生动地描写了凉山分工委会团结彝族人民，协助解放军肃清残匪的生动故事。小说中，一小部胡宗南残匪混入凉山地区，利用历史遗留的民族隔阂，阻碍凉山民族工作迅速开展，形成了汉族与彝族人民之间的矛盾。丁政委正确执行党的民族政策，联系民族领袖，调节了彝族磨石拉萨家和沙马木扎家之间的矛盾，解除了彝族头人的顾虑。彝族人民帮助解放军渡过金沙江肃清残匪。小说在开头就点明了克服大汉族主义思想残余的重要性，通过丁政委正确执行民族政策，证明了培养优秀民族干部能更加有利于密切党和少数民族人民的联系。

　　《欢笑的金沙江》介绍了凉山的自然环境和人民真实的生活面貌，有利于我们更好地认识凉山，开展民族工作。该文认为这部小说中关于人民群众的描写较少，在反映凉山的解放、描写彝族人民的英雄形象方面还是不够的。

原文

　　《欢笑的金沙江》是彝族作家李乔最近完成的一本长篇优秀作品。这本小说，形象地描写了凉山分工委会团结彝族人民，协助解放军肃清残匪的生动事迹。故事反映了凉山彝族人民生活的特点，有力地说明党的民族政策的伟大和汉族人民对凉山彝族人民兄弟般地关切。

　　西南解放时，有一小部胡宗南残匪混入凉山地区。他们利用历史上遗留下来的民族隔阂，欺骗少数与群众有联系的彝族领袖人物，让他们潜伏下来进行破坏活动，七拼八凑的组成了"江防大队"负隅顽抗，阻止彝族人民归向祖国温暖可爱的大家庭。同时，他们制造了磨石拉萨家和沙马木扎家打冤家事件，使得凉山民族工作不能迅速开展，彝族人民仍处在水深火热之中。这时，领导凉山地区民族工作的丁政委，正确执行了党的民族政策，争取团结了与群众有联系的彝族领袖人物，孤立了敌人。同时，运用"钻牛皮"的民族形式，调解了磨石拉萨家和沙马木扎家的冤家关系。在活生生的事实面前，彝族头人解除思想顾虑，积极靠拢党和人民，彝族人民也协助解放军渡过金沙江，肃清残匪，开始了幸福的生活，金沙江欢笑了。

　　这本书里，开头就生动地说明了搞好民族工作，必须经常不断地克服汉族干部的大民族主义思想残余。分工委兼凉山民族贸易公司经理董迈，分工委兼专区粮食局局长刘存义等类型人物，忽视凉山彝族的特点和民族形式，看不见客观存在的事实，由此产生政策上的急性病、冒险主义，作风上的包办替代，想单凭主观力量立即进兵凉山消灭残匪。幸好，经过党培养17年的优秀民族干部丁政委，认真执行了党的民族政策，克服了自己地方民族主义思想残余，并勇敢坚决地向大民族主义思想开展斗争，才没有上敌人的当，使凉山彝族人民很快得到解放。事实有力地证明：培养优秀民族干部，就能更加密切党和兄弟民族人民的联系。像丁政委这样优秀的民族干部，他不仅注意到本民族的特点，而且也注意到本民族的发展前途，他不仅关心到他在凉山尚未得到解放的母亲和哥哥，而且也关心到整个凉山的彝族人民，使敌人无空子可钻。虽然漏网的匪团长焦屠户,费尽心机地散布"丁政委是个假彝人"、"投降了汉人的彝人"等各种无耻的谣言,但掩盖不了彝族人民的雪亮眼睛,终于彝族头人沙马木扎和磨石拉萨,先后渡过江来,解除了冤家关系,使敌人制造民族纠纷的一切阴谋诡计都彻头彻尾的宣告破产。这本书还详尽地介绍了凉山的自然环境和人民的生活面貌,对于帮助我们认识凉山和开展民族工作是有很大好处的。

但从民族问题的阶级本质上看,这本小说在人物的安排上,还有未尽完善的地方。例如这本小说里描写了凉山的 10 多个人物,基本群众(白彝、娃子)阿火黑日、果果、阿罗、阿土等人物的活动写的少,而黑彝(奴隶主、上层人物)和管事的活动却写得多,因此,这本小说在反映凉山的解放,描写彝族人民的英雄形象是不够的。

可喜的收获

——读《欢笑的金沙江》

禾子　斯光

史料解读

　　史料原载《边疆文艺》1956 年第 7 期。彝族作家李乔创作的长篇小说《欢笑的金沙江》讲述了党领导下的民族工作队解放凉山彝族群众，以及帮助彝族人民与流窜凉山的国民党残匪进行斗争，解决彝族内讧、打冤家，最终民族工作队成功过江的故事。作家李乔长期从事凉山民族工作，对彝族群众的思想情感有着深刻的体会，对凉山彝族人民的生活、风俗习惯等方面十分了解，因此描写细腻真实。小说塑造了彝族干部丁政委，彝族沙马木扎、磨石拉萨、阿火黑日等个性鲜明的人物形象，其中，对凉山下层人民阿火黑日的塑造较为鲜活生动，而彝族干部丁政委形象则略显刻板。总之，这部作品较真实地表现了党的民族政策的正确性和彝族解放等重大主题，展现了作家的艺术创造力。

原文

　　随着祖国社会主义事业的巨大发展，近年来我们的文学创作上也同样呈现着蓬蓬勃勃蒸蒸日上的一片新气象。作家们以各种题材和不同的文学样式，为我们展现了一幅幅祖国建设的宏伟图景；同时，我们也看到各兄弟民族已经出现了自己的作家,以自己的作品在祖国的文艺大花园中斗奇争妍。

彝族作家李乔同志,曾较长期地深入凉山地区生活,参加了凉山民族工作。他以自己丰富的生活写出了《欢笑的金沙江》,当我们打开《欢笑的金沙江》的第一页,凉山的美丽风光、雄伟的山峰、浩荡的金沙江、矗立的灌木林和炎热的有如蒸气一般酷热的气流,便构成了一幅特殊的图画,使读者呼吸到了凉山的气息,触摸到了那边远的风土。这对我们云南的读者来说,是格外亲切、格外感人的。作者描绘的人物、情节吸引着我们,在作者选择的典型环境典型事件中,我们找到了象离乡长征多年的彝族干部丁政委、彝民领袖沙马木扎、磨石拉萨、木锡骨答、娃子阿火黑日、阿罗以及民族工作队莫强、小苏、李维经这样一些人物。他们都在凉山分工委争取彝族人民归向祖国大家庭与流窜凉山残匪所挑拨起来的彝民内讧、打冤家、阻挠民族工作队过江工作这样一个巨大矛盾中活动着,展现了多样的性格和心理冲突。其中作家所突出刻画的丁政委,自从十七岁参加长征以后,再没有回过家乡,整整十七年,他在外面参加了长期的斗争,久经锻炼以后又由党派回到他的家乡——凉山去工作。十七年没有看见的家、母亲和哥哥、寨子和部落都要立即再见。他的心理状况是错综复杂的,而面临的困难、斗争的尖锐又更加加深了这一复杂性。他带了民族工作队停留在金沙江的这一边。金沙江,就恰好象征着民族间的深远隔阂,使党的政策一时无法与彝族人民见面,在敌人挑拨造谣和欺骗下的彝族部落领袖,也不让民族工作队过江。然而,党的民族政策从来都不是生硬的强制的,当所有的人,包括民族贸易公司的经理、粮食局局长和民族工作队队员以及江这边的汉族群众在内,都一致认为不能长期等待彝族人民的觉悟,而主张向凉山的残匪进兵时,丁政委,这个从民族的情感来说,比别人都更迫切希望渡江去到江的那一面解放凉山彝民的人,这个可以根据具体情况向上请示主张进兵的领导者,却坚持了党的政策,即使遭受四面八方的攻击、提意见,但为了不致引起误会,仍然按兵不动,本着慎重稳进的方针,在江的这一面等待着,一面动员大家做争取工作。作品在一开始给我们显示的这样一个局面,在丁政委可以说是一个具体的考验,在考验中,只要有一丝一毫的急躁,一点一滴的行动,就会坏了大事,就会加深以往民族间的隔阂与不和。而以后，事件发展着，矛盾更加深刻化了——敌人挑起了战争，沙马木扎的部落与磨石拉萨的部落打起冤家来了。沙马木扎，作为丁政委从小在一块儿生长的朋友与亲戚，亲自过江来请丁政委帮助，派去解放军打磨石拉萨部落，打潜伏在磨石拉萨部落里的残匪——"逃难人"。丁政委的母亲和哥哥都住在沙马木扎的部落里，战争是无情的，每一分钟都有可能给他自己的亲属带来死亡……这样一些情况，对丁政委来说，又是一次严峻的考验。从表面上来看，只要丁政委下命令进军，部队连同着民族工作队进入凉山地区是不成问题的。丁政委自己的母亲、家属可以得到安全的保护，工作也可以因此得到开展；而流窜在凉山地区的这一小股敌人，所谓的江防大队呢，也正如民族工作队李维经所分析的一样："几十万几百万匪军都消灭了，解决这一小股土匪，不必费多大力气……"可是，作为党的负责人，伟大民族政策的具体执行者与体现者，丁政委看见的却是那隐藏在假象后面的真理——在磨石拉萨部落和彝民群众没有认清残匪真面目之前，在工作没有做深做透之前，盲目发动进攻，只可能影响团结，加深隔阂，而在打土匪的同时，也完全可能误伤彝民，打着自己的彝族亲弟兄。因此，他坚持了争取彝胞觉悟、团结彝族人民调解民族纠纷的做法，说服沙马木扎和磨石拉萨；工作队和解放军部队却仍留在金沙江这边，没有出动。在做出这一决定的时候，丁政委不是没有内心斗争。他曾失眠，曾心中有所"震动"；也曾想到一个部落和另一个部落发生战争时，被打败的部落的人民，不是被杀死就是被抢去当娃子的悲惨命运，也曾反来覆去地考虑、思索。但他始终没有动摇，没有凭感情用事，他把彝族人民的长远利益放到了最前头。沙马木扎回去时和木锡骨答大爹说："共产党什么都好了，就是不讲人情！"沙马木扎所说的"不讲人情"，站在党的立场来看，正是讲人情，不过讲的人民的"情"，不是"私情"。作者把他放在一个尖锐矛盾的焦点上，通过这一人物的心理斗争，刻画出久经锻炼、原则性高于一切的党的优秀民族干部的形象。因而进一步阐明了党的民族政策是如何自觉自愿地体现到了民族先进分子、有觉悟的党员民族干部身上，他代表了彝族人民，选择了摧毁部落社会的习惯势力、永远跟着共产党走的民族解放的道路。

从整个事件来说，丁政委只是构成矛盾冲突的一方面；另一方面，作者着重地创造了两个彝民领袖——沙马木扎和磨石拉萨——的形象。由于这两个人物的创造，作者才全面地显示丰富多彩的斗争生活，才有可能展示出生活中的矛盾冲突的多方面。虽然，作者在刻画沙马木扎和磨石拉萨这两个人物的时候，并未能对这两个人物进行细致的分析，区分他们性格上的不同的地方，创造出鲜明的个性，而是过多的停留于对这两个人物的外形的，而且几乎是共同的特征的描写。但在那一系列的画面中，沙马木扎和磨石拉萨的命运是曾不止一次地引起我们的关怀的，同时，通过这两个人物，我们的感情就和凉山的命运，凉山人民的命运联结在一起了。当我们看到磨石拉萨由于被国民党残匪利用他和沙马木扎的传统的私仇，而挑起了他发兵向沙马木扎部落进行攻击时，我们和凉山人民一起感受到了"打冤家"的痛苦；而当我们看到沙马木扎和磨石拉萨进行了情况不同的、复杂的内心斗争，终于过江来，并且在丁政委的面前拥抱痛哭，和携着手钻过象征团结的牛皮时，以及他们齐心协力地领着解放军渡过金沙江打残匪，解决多难的凉山时，我们的心就和凉山人民一起欢笑了，金沙江一起欢笑了。这两个形象无疑是反映了在那种特定的环境下的人们生活道路的曲折情况，同时，通过这两个形象，也就使作品的主题得到了突现。作者在处理这两个人物时，是有他的特色的。

在作品中所有这些人物中间，娃子阿火黑日是比较重要的一个。阿火黑日是凉山下层人民中具有代表性的一个人物。在作品的末尾以及民族工作队莫强、小苏、李维经等同志向他作教育的过程中来看，显然阿火黑日将是未来的民族干部。他接受新事物很快，出身于凉山受压迫最深的阶层，同时自己也已表明了态度，愿意参加民族工作队工作。可是，和同样是凉山民族干部觉悟远远在前面的丁政委来比较，阿火黑日的性格，心理刻划，和形象的塑造都要比丁政委鲜明。作为一个领导干部，丁政委的表现可以说是铁面无私的，但作为人，具体的人，丁政委的思想感情面貌，却是过于拘谨：丁政委回到凉山来了，但在作者笔下似乎感触不大；母亲和哥哥过江来了，丁政委除了见面时说了句普通的安慰话外，就再没有更多的深入接触；听说到两个部落的战争，丁政委只是从政策上考虑得多,而作为一个目睹过以往部落间械斗的惨痛景象的人的感情,却没有得到更细致更深刻的描绘,因而出现在作品中的丁政委给人的艺术感染是不够强烈的。而与此恰恰相反的是:阿火黑日虽然在作品中不像丁政委那样占着最重要的地位,但他的性格,他的形象,读者却是闭眼可以看见、可以想象得出的。在奴隶社会制度中,他对主人的忠实,对女娃子果果的爱情,对民族工作队忠心的信任,对未来的幸福生活的憧憬,一切都历历在目,非常真实。作者通过事件的矛盾冲突,通过许多生活的细节,生动地刻划出了阿火黑日的勇敢、智慧、善良。在整个小说情节的发展中,作者很喜欢采用回忆和倒叙的手法,其中一般倒叙关于阿火黑日怎样和猛虎搏斗的故事,在阿火黑日刚一出场时,就给了读者一个鲜明的印象,说明了他的勇敢与智慧,他的朝气蓬勃的青春和娃子的悲惨生活。而以后在写到他如何回去向部落里拢谈在金沙江那边见到的人与事,在写到民族工作队的小苏如何叫他宣传在江这边见到的事物时,他的回答"前次过江来,回去我就对我们的西坡讲过了;还有对果果也讲了"的两句话讲得又是多么可爱多么纯朴啊;小苏并不知道果果是什么人,但在阿火黑日来说,他已经是向他最亲近的人说了心腹话了。第三次他过江来,莫强讲到将来要吸收他当民族干部时,他想到能摆脱娃子的命运,高兴得眼睛发亮,马上又想到心爱的姑娘果果,本着他的性格,他又立刻毫不避讳地问:"你们要女的吗?果果那样的……"这样的一些对话,都是极其生动而且富有生活实感的,作者在塑造这一人物时,丝毫也没有矫柔做作,因而阿火黑日的性格,令人感到是那么明朗那么可爱。而他们的幸福与凉山的解放又有着那么密切的联系,这就使读者从这个人物刚出现起,就时时刻刻关怀他的命运,盼望着他能得到幸福。

这部作品就这样,通过了对那些人和事的具体描写,比较真实地展示了生活发展的规律,同时也体现了这样一个重大主题:党的政策的威力是巨大的,是任何人为的和自然的障碍都难以阻挡的。《欢笑的金沙江》除了在塑造人物上,取得了以上的成就外,在描写凉山彝族人民的生活、风俗习惯各方面也都是很细腻真实的。打冤家、说和、钻牛皮等等这样富有地方、民族色彩的场景,在作品中随处可见。而铁路的勘测、发电站的蓝图,这样一些穿插,作者都处理得很巧妙,使人们在呼吸着出入凉山地区的火药气息的同时,看到了那未来的凉山的远景。可以这样说,这部作品,是真实地反映了凉山当时的现实斗争的。彝族人民自己的作家描写了自己的生活变革是难能可贵的。在字里行间,我们可以看到作者对生活的热情,特别是作者结尾的那一段,当斗争取得胜利,金沙江欢笑了,江上飘荡着歌声……作者那抒情的、强烈的语句,将我们从江的这一面带到那一面。这时,作为读者的我们,也不禁和金沙江一同欢笑起来了!

我们希望彝族作家李乔同志今后能写出更多的比这更好的作品来;我们热烈地希望各民族涌现出更多的作家!

《挣断锁链的奴隶》读后

卢　静

史料解读

　　史料原载《边疆文艺》1958 年第 5 期。彝族作家李乔的新作《挣断锁链的奴隶》描写少数民族经过和平土改，由奴隶社会直接过渡到社会主义社会的重大历史事件，在文学创作上这是一个重大而崭新的主题。作品包括八个短篇小说，其中有反映解放初期傣族和佤族人民生活面貌的《牛》与《拉猛回来了》；有描写民族工作队进入少数民族地区工作，克服各种难以想象的困难，全心全意为人民服务的《第一次医治》。其他五篇分别为《会见》《挣断锁链的奴隶》《接米乌乌和他的老伴》《一个奴隶的命运》《多松和佳佳》，反映了凉山彝族人民经过和平土改，由奴隶社会直接过渡到社会主义社会的翻天覆地的变化。

原文

　　继《欢笑的金沙江》以后，彝族作家李乔同志的新作《挣断锁链的奴隶》又和我们见面了。它包括八个短篇。其中有反映解放初期傣族和佤族人民生活面貌的《牛》与《拉猛回来了》；有描写民族工作队进入少数民族地区工作，克服各种难以想象的困难，全心全意为人民服务的《第一次医治》。其他五篇：《会见》、《挣断锁链的奴隶》、《接米乌乌和他的老伴》、《一个奴隶的命运》和《多松和佳佳》，都是反映凉山彝族人民经过和平土改，由奴隶社会直接过渡到社会主义社会,由奴隶成为主人,由地狱迈向天堂,由黑暗跨入光明的翻天覆地的变化。这个变化,以通常的社会发展来看,要经过好几个世纪,甚至要经过好几千年的时间。而在今天,在伟大的共产党领导下,使不可思议的事实现了,使神话变成了现实,使凉山的奴隶们挣断锁链做了生活的主人,把历史的巨轮推进了千百年。作品如实的描绘了在这个伟大的变革中,那些受尽苦难的奴隶们的欣喜和激动;作品还描绘了在前进的道路上,挣断了锁链的奴隶们如何努力摆脱旧社会的传统、习俗、生活方式等给予他们精神上的种种束缚与影响。这种影响在他们的心灵上刻下了深深的创伤和烙印,它们在社会主义制度的阳光照耀下被很快地治愈了。作品告诉我们,和平土改不单使奴隶们在经济上翻了身,而且在思想意识上也起了一个深刻的变化。起初,他们有的对和平土改表现了胆怯、犹豫,甚至不信任;有的在蓦然跨入阳光灿烂的天地里,在强烈的光亮照耀下,一时间感到眼花缭乱,如在《挣断锁链的奴隶》中在黑彝家当了二十多年锅庄娃子的提合札日,《多松和佳佳》里的多松就是这样。而在《一个奴隶的命运》那个短篇里,作者为我们展示了另一幅苦难的图画:一个奴隶的孩子一生下来,一切奴隶制的习俗、灾难就在等待他了。奴隶制象面天罗地网,他不是在这天罗地网中活生生的被折磨死,就得当一辈子的娃子。他求生不得,逃亡不了,没有第二条路可走。在这样一个残酷的现实面前,作者一开始却为人们安排了一个抒情的场面:山坡上洒满一地暖和的阳光,山风徐徐的吹着,不知名的鸟雀发出"割格哩!——割格里!——"的叫声,而就在这样一个静谧的环境里,作品的主角登场了。"在松林里钻出一个穿着破烂衣服,头发蓬里蓬松的孩子,脸色灰扑扑的,透出一片铁青,嘴唇抽搐着,额上挂着儿滴汗,气喘呼呼的,睁大着两只眼睛,象只受惊的小麂子,没命的直从山坡上滚下去。"这就是娃子阿堵,他的五六个兄弟姊妹都被奴隶主象小猪般拉出去卖了。他的父亲被奴隶主砍死,他的母亲受气受鞭打而死,这个遭到家破人亡,感情上受到极大摧残的小孩,在民主改革中终于冲破了这面罗网从他的奴隶主那里逃了出来,进了学校。他是千百万得到解放的奴隶中的一个。在他以前的那个漫长岁月里,正不知有多少个阿堵,多少个"心里明白得很,什么都会做"的多松被埋没、被摧残而死。在《接米乌乌和他的老伴》里，作者写出了那个"百姓"接米乌乌的形象。他虽然有两个奴隶，但他也受黑彝的压迫。他的一双儿女当了别人的娃子，他有他求生的算盘，他不能也不可能象黑彝一样去抢劫奴隶，他以自己的劳动所得买了两个奴隶。当工作人员去动员解放他那两个奴隶时，因为他是奴隶的所有主，他有他的"苦衷"，他是不愿轻易把奴隶放出来的，但他也是个受压迫者，他也感到奴隶的悲惨命运，终于说出了他买这两个奴隶的目的。这正是他的忠厚、本分、诚实的地方。但是，奴制是不甘心退出自己的历史舞台的。在《挣断锁链的奴隶》中的那个黑彝娘子岂不就象块"顽石，总想堵住那汹涌的激流"？她借耕牛给提合札实犁地，答应把他犁的那块地给他。他病了，她给他一支羊去请毕摩来为他献鬼，还赶忙把一个娃子给他做媳妇。但是她的这一切努力都不能阻挡奴隶解放的洪流。许多受尽折磨，受尽压迫的奴隶们站起来了。象在《挣断锁链的奴隶》中的阿略一样，奴隶们表现出了为解放本阶级而斗争的大公无私的英勇气魄！读了这些短篇，人们都会被它们的故事情节，人物的遭遇所激动，为他们的命运叹息、焦急、终于为他们获得解放而欢乐。这些作品之所以感人，首先是和作者自 1950 年起，先后到佤族，到德宏傣族景颇族自治州，尤其是长期在凉山的工作分不开的。正如作者在"后记"中所说："亲眼看到了各兄弟民族解放前后的生活的鲜明、强烈的对比，亲眼看到了这几年间的翻天覆地的变化，亲眼看到在各兄弟民族间的沸腾的新生活……这一切都如此地激动着我，我不能不尽我之所能把它们记录下来。"作者还说："我还是忠实的反映了我的所见所闻，写下了我的爱和憎。"正因为它们是作者从现实生活中采来的，作品中的人物是集体中的成员，他们本身就有自己的美。这种为自己的命运，为自己的美好未来而斗争的愿望，正是我们现实生活的美。因此，作者以他简朴的笔调，把他的所见所闻，如实写来，就使读者感到亲切，感人。这是这些短篇之所以成功的主要一面。其次，作者在进行创作时，也相当注意作品的艺术结构。以《会见》来说，作品用旧社会所造成的阶级矛盾和民族矛盾纠缠在一起，反映了"汉族打彝族，彝族来抢汉族"的尖锐冲突，揭露了劳动人民所过的悲惨生活，有力的控诉了反动统治所造下的罪恶。作者以周桂芬（沙马阿葛）在新婚之夜和她的小姑高兰英（金古略略）一块被抢到凉山各卖一方，在和平土改时她下凉山来开会会见她的小姑和她丈夫高文贵一事为题材，紧紧抓住主角周桂芬的内心矛盾：她一面感到当了八年娃子即将得到解放，重见天日时的喜悦，一面想起在新婚晚上被掠到凉山当娃子的非人待遇，八年来她丈夫和婆婆不知死活，而她自己却被奴隶主匹配给沙马家的另一奴隶沙马十恰了。作者抓住这一主线，扣紧这根琴弦，随着情节的发展，把矛盾逐渐推向高潮，把她八年来内心的创痛和在凉山当娃子所遭受的压迫一步步的揭开，使人们读了留下个深刻的印象，这是一篇较为严谨的作品。

但是，在读了这些作品以后，也使人们感到有不够满足的地方。文学作品如果仅仅做到对现实生活的忠实，或把所见所闻记录下来是不够的。如果单做到忠实，做到客观记录，其结果，不是使作品写得平铺直叙，减低它的个性和风格，也会使作品抓不住生活的主流，走向琐碎的描写而削弱它应有的光采的。譬如那几篇以第一称写作的短文就给人这种印象。本来以第一人称来写的作品，作者是很方便来抒写他自己感情的，但在这几个短篇中，人们只见那个第一人称"我"在交代政策、解释政策；很少见到其以身历其境的感受来丰富作品的内容。再以"百姓"接米乌乌夫妇俩来说，他们俩的子女作了黑彝的奴隶，他们俩又以别人的子女做自己的奴隶；他们对解放娃子有顾虑。但和平土改解放了他俩的娃子，他俩的子女也得以回家来和他们团圆了。这是一个很动人的题材，但作者在写到那第一人称的"我"到区上去领回接米乌乌的一对儿女时，却只是写了寥寥几句话，使人感到"我"领回老人的一对子女，就象领来两件无关紧要的东西一样。相反，作者却一而再的去描写黑彝热可拉诺如何去杀死阿堵的父亲黑子。作者写道："忽然，热可拉诺由后面猛然一斧子劈在他的脑袋上，他哎呀的惨叫了一声，晃了一晃，头上喷出一股鲜血，丢开手里的斧子，倒在血泊里。""黑子两颗眼珠象死鱼似的瞪着，嘴唇不住的在颤动……热可拉诺不禁吃了一惊，回头看了看没有人，又举起斧子来在他的嘴上使力砍了一斧，咔嚓一声，嘴巴被砍开了，露出一排白牙齿，血从牙根下流出来，一直流到地上，汇成一个血塘。"大家知道，文学作品是反映生活的，而现实生活是丰富曲折的，究竟如何反映生活,反映些什么,为什么要反映它们却是一个作家需要深刻考虑的问题了。我们不能说作者在描写热可拉诺杀死黑子时,写得不忠实,不详尽,也不是说杀人就不能写,但这样详尽描写的作用究竟是什么呢?

少数民族经过和平土改、直接过渡到社会主义社会,在文学创作上,是一个重大的题材,也是一个崭新的题材,在目前,关于这方面还很少有人写过。作者的努力与孜孜不倦的探索是首先应当肯定的。我们希望在今后的年月中,作者能以更大的热情,把凉山劳动人民在解除压迫和剥削以后,在社会主义建设事业中所涌现出来的新型的人,在作品中能更多更好的反映出来。

彝族人民的赞歌

——读普飞同志的近作六篇

卢　静

史料解读

　　史料原载《边疆文艺》1959年第6期。该文热情地评价了彝族青年农民作者普飞的六个短篇小说，称作者是个"素描手"，以朴质的笔调，通过生活中的一个个侧面，描绘出普通劳动人民的日常生活面貌，展现了他们新的精神品质以及人与人之间新的关系。该文称这些短篇是"抒情短曲"，诗意的语言使这些作品充满浪漫情调，如"作者娓娓而谈，正像一条在春日的阳光里淙淙不绝流着的小河"，"作品洋溢着生活气息，读了以后，使人仿佛闻到一阵彝族村寨的清新的泥土香味，仿佛听到镜湖流水的汩汩声"。

　　该文指出了作者创作上的进步，如摆脱了作品自传式的局限性，开始捕捉生活中的生动细节，并把人物的内心活动、行动结合起来。同时善意地指出作者的概括力不足，还不善于刻画人物和表现人物丰富复杂的内心生活，因此作品的人物形象不够鲜明生动，文字朴素，但不够凝练，等等。

原文

　　彝族青年农民作者普飞同志在《边疆文艺》上连续发表了六个短篇,它们是《镜湖》(1958 年 3 月号)、《门板》(1958 年 7 月号)、《月夜》(1958 年 9 月号)、《画丰收》(1958 年 10 月号)、《献礼》(1958 年 11 月号)和《洗衣》(1959 年 3 月号)。作者以朴质的笔调,通过生活中的一个侧面,描绘出我们生活的主人,普通劳动人民的日常生活面貌,他们新的精神品质和人与人之间的新的关系。作品洋溢着生活气息,读了以后,使人仿佛闻到一阵彝族村寨的清新的泥土香味,仿佛听到镜湖流水的汩汩声。

　　作者是个素描手,不加浓艳的笔触,毫不矫揉造作的用"描花画样"的笔法在我们鼓足干劲,力争上游的总的富丰的革命现实的背景上,不仅写出我们的劳动人民的脚步声,而且写出他们的心跳声。这里有《献礼》中听说要办公社,乐得"眼都笑眯了","有病不知痛",一面用脚踩着打谷机,一面"唱起彝族山歌"来的秦老头;有《画丰收》中看到田野里谷子"像一片金色的海洋","从心里发出了笑声"的施老太太;有《镜湖》里的彝族老人翼林海,他推着满满的一车车的土,匆匆忙忙的赶路,使收工的喇叭不得不大声的喊:"已经九点正啦!……从今晚起,到九点钟坚决收工,谁违犯就严厉批评。"但是这老人在劳动之余,还不想休息,他"喜洋洋"的去镜湖边坐坐"欣赏迷人的坝水",欣赏他们自己的劳动创造,像"喝了酒似的高兴"沉醉在他的劳动创造里,并为这坝水命名,按民族习惯为坝水祝福,写出我们劳动人民不但创造了物质财富,也善于欣赏自己劳动创造的美。

　　作者还把劳动人民的心声,他们朴素的心愿、理想谱进了他的乐章。虽然它们不是什么大合唱,交响曲,但它们却是一支动人心弦的抒情短曲。说它们是抒情短曲,试想想《画丰收》里的施老太太,她七十三岁了,还参加文化学习,还要自编春联,要把她感谢党,感谢毛主席的心意在春联上完满的表达出来。是的,她老了,可是她还要参加农业劳动生产,社员们不让她夜里出工,她就在家里画她的丰收图。这丰收图上有她孙儿的一份,有她儿媳的一份,有她自己的一份。正像大丰收是由于党的领导和群众的努力,这张画,也是由于集体的力量画成的。可以想象,在她画这图时,田野里一片劳动的歌声,丰收的歌声,而这个头发花白的老太太却在灯下,"心跳着,手哆嗦着",画着、画着。那时,屋外是千军万马的跃进声,屋内是静静的,一个老人在画丰收。强烈的对比,更衬托出老人内心的激动,屋内外的环境是统一的,屋内外人的心情也是统一的。这是一首抒情诗,一首抒人民之情的诗章。再如那篇《月夜》,作者写那个彝族青年矣宗和生第一个孩子的喜悦心情。社长、社员们关心他,让他在家招呼妻儿。他知道这份关心,珍惜这份关心。过去又有谁来关心人,关心一个初生的孩子?有谁会说:"一个小孩子,多宝贵呀,好好抚养他"呢?这正是农业合作化以后,经济基础变了,生产关系变了,人与人之间的关系更密切,互相更了解了。矣宗和生活在这集体的海洋里,他感到温暖、幸福,他知道这幸福是从那里来的,所以他还是要去开夜工,他哄着孩子说:"不要哭,不要哭,爸爸开夜工,多出些活计,你会上学时,就要共产主义了。"在开夜工时,他想起了他的孩子,想起美好的未来——共产主义,想起了各色各样的农业机器,他情不自禁的歌唱,但又怕被社员们听到,不让他出工,所以他"不敢高声,只是低低地哼"着唱。此时无声胜有声,这正是矣宗和喜悦心情的写照,这是作者把幸福的现实生活和矣宗和朴素的理想糅合在一起了。可是这还不够,作者把这些情节安排在一个月夜里,这就使矣宗和的内心世界和外部世界显得更和谐,协调,为作品添了不少的光彩。

在描写这些时,作者娓娓而谈,正象一条在春日的阳光里淙淙不绝流着的小河。它流着、流着,流得那么自如,又那么新鲜,不时泛起一个个美丽的小浪花,如在《镜湖》里,写镜湖的虽然只有几笔,却写出作者故乡景物的美,自然的美,劳动创造的美,而更美的是作者笔下我们彝族人民内心朴质的美。作者把人物的精神状态和民族的风俗习惯、劳动生产联系在一起写,就更增加了作品的色彩。当然,这种人物的精神美的成长并不是没有斗争的。如在那篇《洗衣》里,作者写一个见人就害羞的新媳妇李莱英婚后回婆家,按彝族习惯她到婆家第一件事就是给丈夫洗衣。作品通过洗衣一事,写出她一心想给丈夫洗衣,而她自己的围腰却被她丈夫洗了，这是从来没有过的事，致使她薅小麦时，一见姑娘们在讲话，就侧着耳朵听，生怕她丈夫为她洗衣的事被人知道，受人议论。她离开娘家不久，她知道得很清楚，她总认为她娘家三牙寨的老大妈不会来铁厂工地洗衣的。但出乎她意料之外，她们居然来工地洗衣了。事实终于打破了习俗对她的束缚，突破了她思想上个人主义的小圈圈，去小伙子住的工棚里伸着手要衣洗。作品中穿插了她回婆家后投入紧张的劳动生产，参加修铁厂等，写出了农村的沸腾建设生活，在生产斗争中人们思想上的跃进和"我为人人、人人为我"的共产主义风格的成长。这种人们思想上的急烈变化，作者在《门板》那个短篇里写得更鲜明更有层次。彝族老人普连光自报拆旧土房给社里作肥料，他报了，但他顾虑重重，担心这，担心那的。他怕给他病中的妻子知道了而加重她的病，怕他姨妹来了把拆旧土房的事告诉他妻子。房子拆后，按规矩要请巫师念咒，但巫师修水库去了。念不成咒，他还是在南边屋子的大门旁点上两炷香才放心。他又怕拆下的门楣被人跨过不吉利等等，最后他经过斗争，把拆下的木材烧了做晚上社员干活的照明用，把板壁给社里打成手拉车，为了让车子顺利的通过路上的缺口，他不怕门板为人踩踏，也用作垫路了。作者写普连光如何打破迷信习俗，克服个人主义思想的过程是真实的，生动的；也只有真实的，生动的人物形象才能打动人们，吸引人们的心灵。

但是，不管《镜湖》里的翼林海，《门板》里的普连光，《画丰收》里的施老太太，《月夜》里的矣宗和，《献礼》中的秦老头和《洗衣》里的新媳妇李莱英，他们都是普通的劳动人民，都是我们在日常生活里天天可能遇到的人。正如作者的短篇《镜湖》中的首句所说，他们都是"创造幸福的人们"，作者注意了他们，反映了他们，这是因为作者生在农村，长在农村，他熟悉劳动人民的思想感情，熟悉他们的生活斗争，又满怀热忱的歌颂了他们，表现了他们。这是丰富的现实生活为作者提供取之不尽的创作源泉；当然作品里也有作者自己的一份思想、理想、感受、感情。而作者的这种思想感情和他生活、环境，社会条件息息相关联，正像作者在那篇《画丰收》中所说的："画上了这样，漏了那样……大丰收，画不完，画不完啊！"

　　普飞同志的创作经历并不长。从作者在《边疆文艺》1956 年 7 月号上发表他第一篇作品《我的舅母》到目前也只有两三年。在这两三年里,我们的社会向前一日千里的在飞跃,作者在创作上的进步也是大的。他摆脱了作品自传式的局限性,开始捕捉生活中的一个侧面,并把人物的内心生活、行动和斗争结合起来写作了。从作品所反映的内容来看,它们都是取自生活的。因此它们就有较为浓厚的泥土气息,生活气味。这说明工农群众知识化了,他们将为我们的社会主义文学的百花园中开出多少奇花异葩。从普飞同志的现有的思想水平、文化水平来说,作者能写出这些作品是难能可贵的。但这并不等于说这些作品就够好了。它还存在着缺点。这些缺点主要是作者的概括力不够,还不善于刻画人物,表现人物丰富复杂的内心生活,因此作品的人物形象不够突出;民族特色不够鲜明;有些情节有重复,但并没有加深它们的意义,有助于人物的塑造;作者的文字是朴素了,但不够锤炼等等。

　　文学艺术正象一片浩瀚的大海,我们不能满足于在海滩上拣取几个五彩的贝壳。一个高明的潜水员知道怎样深入海洋撷取海底的明珠;一个生物学家经过林中的小径,从苔藓里会看到一片无限的生命之海,会听到枝头绿叶簌簌的低语;一个真正的作家会知道怎样学习,用马克思列宁主义来武装自己,深入生活,提高自己,锻炼艺术技巧,去窥探生活的本质,把人物塑造得更鲜明突出。鲜明的人物形象可以把生活的本质展示得更深,把社会的关系表现得更广,可以使作品更有诗意,更激动人心。我们希望普飞同志在生活里继续观察、分析、研究、提高思想水平,艺术水平,为读者写出更多更好的作品来。

读彝族青年作者普飞的几篇小说

吴高政

史料解读

　　史料原载《边疆文艺》1959年第6期。作者以喜悦的心情评析了彝族青年作者普飞的几篇小说。认为普飞描绘了彝族人民心灵的美妙图画，呈现了彝族劳动群众精神上的崇高的诗意美。该文准确细致地分析了短篇小说《月夜》、《门板》和《洗衣》，认为作家不仅描写了彝族人民乐观开朗的精神面貌，而且也写出了这种新面貌的成长过程。文章概括出普飞短篇小说的优点：能紧紧地跟着时代的脉搏，表现时代的美；集中力量表现人民的内心变化，这使他的作品有真正的民族特点，甚至可以说，新的民族特点是他的作品不可缺少的因素；普飞的小说是真正的短篇小说，选材上能充分地发挥短篇小说的特长，善于摄取新鲜活泼、意味深长的"生活的横断面"，善于再现生活中转瞬即逝的人的内心世界中扣人心弦的闪光点，善于从行动中表现人物心灵的每一个细小变化。

　　该文指出，普飞的创作还存在不足，作品反映的现实还不够广，特别是党的领导在他的作品中还没有直接地反映出来，但对其具有民族特色的作品汇入社会主义文化的意义给予了充分的肯定，并对他今后的创作寄予期望。

原文

　　春天是创造的季节。春天来了,听着祖国大地上粼粼的车马声,心中就禁不住勃勃跳动;乐融融的景象包围着你;生产、创造的热望烧灼着你……读了普飞同志去年写的几篇小说以后,这种春的喜悦的情绪更加浓了。是啊,他写的那个年代的气息我们还可以闻到,那个年代的音响我们还可以听到,但主要的还不是这些;他的作品之所以使我们感到那么新颖、亲切,是由于他描绘了彝族人民心灵的美妙的图画,是他用诗篇铸下了社会主义给彝族劳动群众精神上带来的崇高的诗意和美。

　　时代的气息会随着时间的推移逐渐淡薄下去,可是,英雄历史给人们精神上留下的美的印痕却将永远是亲切的、新鲜的。烟雾蒙蒙的抗日战争和国内革命战争的年代是过去了,今天,除了在矿山、工地上,我们已经很难闻到火药味。可是,那在战火纷飞的环境中忘我工作的吴运铎同志的崇高品质,却仍然感动着我们;而且,可以想象,无论时代怎样向前,吴运铎同志的光辉形象,将永远为我们所珍视。是什么东西使吴运铎同志的形象永不褪色呢,就是共产主义革命和建设给人类精神上带来的诗意和美。这里,使我禁不住要说出一个热切的想法:我们的革命作家,无产阶级作家,应该是一切用力量来铸造这人类的"永不褪色的东西"。这是我们的崇高使命,也是毛主席提出的革命的现实主义与革命的浪漫主义相结合的创作方法的要谛。我们真是高兴,我们不少同志已经这样做了。梁斌、王愿坚、曲波、王汶石等很多同志,就是因为用他们的心血表现了我们时代的"永不褪色的美",人民已经喜欢他们了。

　　使我们更加高兴的是:彝族青年作者普飞同志,也跟我们许多敬爱的作家站在一条线上,他正在踏着他们的足迹前进。就是说,彝族同胞也有他们自己土生土长的青年,在表现他们的革命精神的美了。普飞同志总是把他的注意力集中在彝族人民的内心的变化和革命意识的成长上,这使他的作品有一股朴实,但又无法掩盖的生气,读着他的短篇,心中也禁不住同样感到彝族人民的新生活的喜悦。

　　《月夜》（载《边疆文艺》58年9月号，其他几篇都载《边疆文艺》）这篇小说，写的就是彝族人民的压抑不住的喜悦；跃进的喜悦，劳动的喜悦，对幸福理想的喜悦。每当月夜，人民"便兴奋得忘记了家事，跑到地里大干猛干起来，""陪着月亮到天亮。"这是人民个个都有的干劲。作者就是要表现这种干劲。但是，他没有去寻找一大堆人在"月夜"里创造的奇迹，而去选了一个刚做爸爸不几天的青年。第一次做爸爸，这青年是多么高兴啊。为了那"胖胖的小男孩"，人们不让他下地，他也几乎把天天盼望的月亮都忘记了。这天出来洗尿布，看见周围白霜霜的月光。人们都下地去了，愉快的劳动的歌声不断从地里传来，他无论如何按捺不住了。跟妻子说了一声，他奔到地里去了。可是，这里也不要他，那里也不要他，说他妻子才睡了两天，不管怎样不该把她一个人撂下。社长也对他说："……一个小孩多么宝贵啊，好好抚养他，长大了，让他把庄稼盘得更旺。"他背着背箩回家了。他想着小宝贝儿："嘻，那圆圆的嘴，细细的手指。但是，白霜霜的四周，他又想到地里的活。他抬头望着月亮，月亮挂在山顶，又大又圆，又圆又亮，啊，这月亮多么引人啊，多么宝贵啊，他决定仍然去赶夜工，为了不让他们赶回来，必须独自暗暗去搞一种活计。"他到了山脚下薅洋芋。"他高兴了……他唱起歌，但不敢高声唱，他又想起小儿子"，"圆圆的嘴，细细的手指"，他想，要"让他在社里办的学校里读书将来开拖拉机、呜呜呜，遍天遍野都犁起来了。"这是多么纯朴的劳动者欢乐心情。劳动人民之所以那么喜爱月亮，之所以有那种日夜不休的干劲，就是因为他们的劳动总是跟"小宝宝"，"拖拉机"，以及对共产主义的幸福的想望联在一起的。社长的话，深刻地点出了他们劳动的豪迈意义：人们是在为自己为下一代创造着幸福的生活。对未来的幸福理想，推动着人们忘我的劳动；为社会主义而劳动，又激发着人们的美和更丰富的理想。这篇小说反映了理想与现实的这种辩证的和谐与美。作者巧妙地把一般的人民的喜悦表现在这个有特殊感受的青年上，使一般的劳动的喜悦与主人公的爱小宝宝的喜悦交织在一起，这就使这种美妙的感情显得更集中，更鲜明，更有个性。也使理想与现实的关系在作品中表现得更自然，更统一。这里没有铺陈、夸张，但是，在这个纯朴的"小镜头"中，人们的英雄劳动和浪漫主义激情，却是表现得很充分的。

　　普飞同志不仅写了彝族人民的新的开朗的精神面貌,而且,也写了这种新面貌的成长过程。《门板》(1958 年 7 月号)和《洗衣》(1959 年 3 月号)这两个短篇,就生动地反映了这一变化。共产主义理想吸引着人民投入了社会主义劳动,而集体的劳动又帮助人们摆脱了旧意识的束缚;建立了新的内心世界。

　　彝族老汉普连光,想到日子"一节比一节甜",决心报名拆去自己的旧土房做肥料。报了名,又想到老伴。老伴的顾虑打消了,开始拆房子了,可是又想到要请巫师念咒语。巫师没找着,他想"别按老规矩了!"房子拆下来了,但又左叮咛右叮咛、不要踏着木板,因为,那样是违反规矩哪。普老汉就是这样,每向前一步,"规矩"就狠狠地绊他一下,但是他没有在障碍前停下来,新的生活就是这样帮助他摆脱迷信偏见的束缚,斩断了私有观念的拉连,投入到社会主义的集体中来。

　　新的生活解放了人的思想,扩大了人的精神境界,这个主题还表现在《洗衣》中。比起《门板》来,我更喜欢《洗衣》这篇小说。在人物心理刻画上,《洗衣》写得更细腻,更生动。读完了它,我们深深地为那个被彻底解放了的青年妇女的欢乐心情所激动。按彝族过去的风俗,新媳妇"归家"后的第一件事,就是给婆家洗衣服,可是由于种种原因,新媳妇的"任务"没有完成。她为这件事难过得"几乎要哭出来"。她一面怀着"羞死我了"的心情,决心想法要为婆婆和丈夫洗衣服,但另一面却又愉快地投身到生产活动和炼铁活动中去了。她在大工地上,体会到了人与人的真正地平等的喜悦,体会到了最有意义还不是为丈夫婆婆洗衣服;丈夫婆婆以外还有广大的亲热的世界,因此最有意义的是给国家和人民多做些事。她在这里找到了真正的快乐。她不再因为自己不能为婆婆丈夫"尽责"而感到羞愧了。她仍去抢洗衣服,但已经不是抢自家人的,而是"跑到合寨的小伙子们住的工棚里""要起衣服来了"。小伙子们互相大笑着:"哈哈哈,这个新媳妇。"这是一个被彻底解放了的"新媳妇"。去年一年,这样的新媳妇有成千上万。普飞同志为我们生动地描绘了她们内心世界发展的微妙的画图,这是多么可喜啊。

上面几篇小说，表现了彝族人民的革命意识的成长过程，表现了他们新的精神面貌的美。在《画丰收》中，人民的新的精神世界表现得更加多彩丰富。社会主义的生产大丰收，也带来了人民群众的精神、文化的大丰收。丰收的喜悦和物质生活的改善，使彝族施老太太也产生了表达自己的感情的欲望。她不能写字，也不知道什么是艺术，她青年的时候描过花，她就用那"描花画样"的本领来画丰收的图画。她画的是现实，也有自己的理想，她抒发的是自己的喜悦，也有时代的赞叹。这是一幅双丰收的画卷。作者通过这幅画卷，表现了人民的精神文化的无穷的潜在力。也表现了党及其所领导的豪迈事业对这种"潜在力"的解放和开发。普飞同志的作品表明：今天，这股无穷的"潜在力量"，已经汇成一股强大的洪流，以排山倒海之势，从古老的地下奔流出来了，正是这股洪流，将给共产主义的文化艺术乐园，带来真正的繁荣。

因为是爱，对普飞同志的表扬难免会有一些过分。但普飞同志能紧紧地跟着时代的脉搏，表现时代的美。这是值得大大地欢迎的。普飞同志不注意外部的表面现象，而集中力量在人民的内心变化上，这使他的作品有真正的民族气味。我们甚至可说，新的民族气味是他的作品的不可少的因素。没有这种"民族气味"，我们很难想象会有《洗衣》那样的小说。因为那篇小说就是建立在彝族妇女摆脱传统习惯的斗争上的。由此可见，真正的民族风格，是建立在真正的民族内容上的。不深入生活，不了解人民的内心世界，而想从一般景物的描摹上"创造"出"民族特色"那不过是一种无益的空想。人民的生活发展着、变化着，各民族的习俗和"民族心理"也在不断地被新的内容充实着。因此，那种仅仅读几本民族风俗习惯介绍的小册子，就想获得"民族风格"的做法，是不会有什么结果的。话又扯远了，让我们还是回到普飞同志的作品上来。除了上述优点外，我们觉得，普飞同志的小说还有一个优点，那就是，在选择题材的时候，他能充分地发挥短篇小说的特长。他近来的短篇小说，可以说是真正的短篇小说。就是说，不是那种压缩了的中篇，也不是那种添枝生叶地拉长了的小故事。他善于摄取那种新鲜活泼、意味深长的"生活的横断面"；善于再现那种在生活中常常是转瞬即逝的人的内心世界的扣人心弦的闪光。他不写人物的历史、传

记,甚至也很少描写那些作品中所反映的"主要事件"以外的东西。但他的小说
却是自然的、丰满的。这与他的描写心理的技巧有很大的关系。作者善于从行
动中表现人物心灵的每一细小变化。这大大地帮助了他在很小的篇幅内表现
很多的内容。由于作者总是把注意力放在人物的内心上,因此他近来的几篇小
说,在一定程度上成了彝族人民的心灵的写照。

当然,普飞同志的创作,从整个方面来说,也还有很多不足之处:比方说,他
反映的面还不够广,特别是党的生活、党的领导活动,在他的作品中还没有直接
地反映。如果对某一篇小说来说,不这样做也没有什么可以非难之处。但是,
作为一个青年创作者,忽略了这方面的工作就是值得遗憾的了。其次,作者在
反映新的事物的时候,对旧的丑的现象也注意不够。不能在表现新东西的时
候,同时揭露对立面,不善于在矛盾斗争中描绘新事物,这就使作品不够深刻。
另外,作者虽然已经能够抓住生活中很美妙的浪花,并把它们生动地再表现出
来,但还没有做到这点,就是:把这样的"浪花"集中起来,加以提炼概括,使它们
变得鲜明,更突出,更有典型意义。

可是,尽管这样,我们还是看到,一只载着彝族人民精神文化的小船。是以
它的刚健的姿势,向着社会主义的文化的大海中开来了。我们满心地希望它,
给我们"运送"更多的彝族人民的"更新更美的图画"。

（本文有删节）

农村新人群像

——漫谈普飞的短篇小说

村　心

史料解读

　　史料原载《边疆文艺》1962 年第 12 期。该文认为彝族作家普飞在刻画农村人物形象方面具有一定特色。他巧妙地将本民族的风土人情和社会主义现实斗争交融起来，着眼于彝族农民外在与内心生活激起的深刻变化，表现人物对社会主义执着的理想。普飞小说的不足之处在于对共产党员的形象描绘较少，作品中缺少沐浴党的光辉的领导者形象，对农村新人形象的思想挖掘和提炼也不是很充分。

原文

　　普飞同志是我喜欢的一位彝族农民作者。七年多来，他陆续在《边疆文艺》上发表了二十多篇短篇小说，引起了读者的关注。自 1956 年 6 月的《我的舅母》到今年 7 月的《新芽》，我全部读过。最近我又系统地浏览了一遍，得益良深。前后比较，便能看出他的创作在思想深度和人物刻划上，都有着明显的提高和进步。在刻划农村新人形象方面也是很有特色的。

一

　　普飞同志是怀着翻身农民的喜悦心情开始创作的。起初，他多以自己熟稔的真人真事为对象,仿佛顺手拈来,侃侃而谈。在党的领导下,觉醒并站起来了的蛾山彝族农民那种深沉、淳朴的秉性,在他的作品中都有着生动感人的描写。《我的舅母》《三个牧童》《辣椒》《小波》《红旗》等,歌颂了翻身农民的阶级自豪感和高涨的劳动热情。

这个阶段的作品,《辣椒》写得比较好。作者以粗犷有力的线条勾勒出历尽风险,坚韧不拔的父子两代人的形象。旧社会受苦受难的彝族农民,只有在党的领导下才能摆脱被剥削被压迫的命运。为了能生动地表现这个主题,作者突出描写了旧社会农民自发组织力量征服自然的斗争,将阶级斗争作暗线处理,故事重心放在前半篇,细致描写一群被压迫受欺凌的农民,时而结集挖沟,时而散伙谋生。挖沟的工程时断时续,每次都要从头动手,工效缓慢;为凿岩李得龙冒险,不幸瞎了左眼,瘸了右腿;拜求山神赐福,劳动人民只不过受了地主的一场愚弄,到头来,辣椒粉吃了十五石,李得龙的父亲也死了,沟还是挖不通。东方升起了一轮红太阳,党和毛主席的光辉照到了彝族山区,互助合作运动大开展,邻村邻寨开来了人马支援,不几天就挖通了水沟,辣椒粉才吃了五升。李得龙一群人敢于斗争,敢于胜利的思想,贯穿全文,给人很大的鼓舞。一身钢筋铁骨、不惧任何势力的农民形象,在漫长、艰巨而又曲折的斗争中渐渐清晰,跃然纸上。作者没有给人物挑选平坦的大道走,个性的火花在每个斗争回合中自然地迸发出来,炫人眼目。《辣椒》寓意深刻,它自始至终显示了新旧社会的迥然不同和人物截然两样的命运。我想,若将阶级斗争表现得更明朗些,人物可能更丰满,教育作用会更大。

二

1958 年后,是我国社会面貌发生巨大变革的时期,也是普飞同志创作丰收的季节。社会现实急剧变化,他意识到如果长期受真人真事的局限,就难以塑造出有血有肉的艺术形象。

看得出他在这一时期的作品已经具有较大的概括性,较深刻的思想内容,比过去大大地提高了一步。因篇幅所限,我来不及细细评点,且分三类加以分析,（这样的分类不一定妥帖,故先说明）：

第一类:《门板》《洗衣》《镜湖》

第二类:《画丰收》《献礼》《月夜》

第三类:《普大嫂》《一个营业员》

先从第三类说起。《一个营业员》是写供销社的老营业员共产党员江万春,主动去替换不安心在山区工作的青年营业员李树华,着力写江万春"和彝人的心一样","为了他俩,我应该多做点事"的高尚品质。一个是山野的苍松,一个是温室的花朵。我们以为,在这场尖锐而复杂的两种思想的斗争中,是能创造出一位坚强的革命者的形象的;可是不然,李树华调回县城去了,作者轻易拆除了对立面,避开了生活的旋涡,风平浪静,平面铺叙,人物终究站不起来,而次要人物凯达大爹倒写得活灵活现的。本来有意识地通过人物性格之间的对比、补充或衬托、照映,来雕镂人物形象,是常见的有效方法。但在这篇作品里,作者并没有这样做。在另一篇《普大嫂》里是做到了,一方面,以普大嫂为代表的家庭妇女,要求到田野上去"和丈夫一样跟别人比本领";另一方面,以普贵为代表,总是对新事物摇头:"太不象话,太不象话。"这是人民公社中革新派与守旧派的斗争,也是社会主义革命深入人心的真实写照。故事情节就是在旧思想处处碰壁、新事物节节取胜之中展开的。写得颇为诙谐有趣。这类作品中,江万春赤膊上阵,无用武之地,赞词多于性格的披露;普大嫂单枪匹马,所向无不披靡,却缺少性格的光华。我们需要的作品,是深厚的思想内容和生动的艺术形式的统一,从活跃的个性中间,反射出时代的投影。为什么这两个人物的性格,模糊不清？根本原因是艺术的须根还未能植根于现实生活的深处,人物的精神面貌也没有作深入的揭示,所以才会使作品显得无力。

第一类作品,依我之见,有这样的特点：

首先,作者把人物的外在活动当作镜子,照出了人物心灵深处的奥秘。如《镜湖》中:"这个五十五岁的彝族老头子,推着满满一车土,匆匆忙忙的赶路,他只顾跑,不觉已冲到发牌的矮坡上","不,不！这车是义务车了"。"不大工夫,翼林海又推着一满车土来了,远远向发牌员说:'别跟我闹！这车也是义务咧！'"

经干部劝阻后,他才"喜洋洋地向水边走去,欣赏迷人的坝水"。"兴奋得象喝醉了酒似的",他浸沉在劳动的幸福里了。你认为这是平淡的描述劳动场景吧,不,这是作者精心选择用来透视人物心灵的镜头。世上从来没有无缘无故的爱,也从来没有无缘无故的恨,旧社会含辛茹苦的农民,如今以集体的事为己任,其中蕴藏着多少阶级的深情厚意呵!还有《门板》中的普连光、《洗衣》中的李莱英,他们都有各自的特定生活环境,各自的不同性格。普连光在拆土房前夕要悄悄地点两炷香,李莱英在头一次回婆家时先买一把刷子、两块肥皂,过身急忙又用围腰包起来。这些无不暗示着他们自己不同的思想波浪,反映出旧意识同新思想的矛盾与斗争,从而为这些平凡的生活细节抹上了现实生活的鲜艳色泽。

其次,普飞同志十分巧妙地将本民族的风土人情和当前的社会主义现实斗争交融起来。他没有着力描绘沸腾壮阔的斗争场面,而是把火热的时代作为背景,刻意抒写人们的一个生活侧面,一段感情波澜。《洗衣》中的李莱英是初回婆家的新媳妇,按彝族的风俗她头等重要的工作是"给婆家洗衣服",所以当她看到丈夫(教师)带领小学生去帮助日夜苦战的人们洗衣时,她便说:"横竖你的衣服不能自己洗,公婆的衣服不能由你洗!"一旦她的围腰也让丈夫洗净时,他说:"羞死我了!"感到无地自容。最后她终于走上炼铁工地,主动去工棚里向工人要衣服洗,工人都笑哈哈地称赞"这个新媳妇"。作者通过新媳妇的这个变化,歌颂了新的思想,新的风尚。《门板》中妹妹探望姐姐要带只鸡来,并且将鸡杀吃了才兴走;拆房子要请巫师念咒语,谁家的门板被人踩过会凶多吉少,这都是滇中一带彝族的旧习俗。可是,为什么妹妹鸡不杀就走了?因为她"不遵守那规矩了"。为什么不请巫师来念咒语?因为"巫师修水库去了"。不过香不得不点两炷。这又是紧紧跟沸腾的农村生活和跃进的人们相结合的,丝毫没有游离现实生活的感觉。而且,道出了受封建思想习染的个体生产者在转变为社会主义集体生产者的途程中,老一辈的农民思想上正经历着深刻的变化。

在普飞同志的作品中,有些日常琐事的交代,有些风土人情、习俗信仰的介绍,都并非闲笔,乃是笔下生花。我们知道,在这类作品中,人物自然得体地在时代激流中经受推动，步上层楼，是不可多得的。普连光捐橼子烧火照明，献板壁作垫车板，主动催逼别人去抬"踩不得"的门板来垫路口子，让公社的运肥车队飞奔向前。多少年来缠在这个老农民身上的私有观念突破了，迷信思想解除了；并且意义还远不止此，茅盾同志在评《门板》时说得好："表面上说的是迷信的旧习俗如何在新时代逐渐被抛弃，但实质上反映了社会主义思想战胜了个人主义思想。"也就是说，这是无产阶级思想和资产阶级思想斗争的一部份，从而真实有力地揭示出我们时代最本质的一面：农村正在进行着激烈的新旧斗争，广大农民正在建设自己的新生活，他们在战胜自然、改造环境的斗争中，也改变着或改变了自己的思想和精神面貌。我认为，风土人情的描写，只要是为作品的内容服务，不仅不会冲淡或削弱作品的战斗性，反而能使人物性格血肉丰满，富有民族特色，为广大群众喜闻乐见。这样的作品，当然会受到读者的欢迎。

回头再看看第二类作品吧！诚如有的同志所说，普飞同志擅长选取汹涌的生活海洋中的浪花，并且几乎每朵都是晶莹璀璨的。作者在这类作品中，颇费匠心地增强了优美和谐的情调。从立意看，三篇都是着眼于时代给彝族农民外在与内心生活激起的深刻变化，尤其是人物对社会主义执着的理想，如《献礼》中的秦老头"有病不知痛"，边踩打谷机边唱彝族山歌，他自个儿种了一块白菜作献礼，地边的牌子上写着："绿绿菜园，现（献）给我们的人民公社"几个字。又如：《画丰收》中七十三岁的施老太太，被眼前的丰收景象迷住了，使出年轻时描花画样的本领，在一张白纸上画出了一个弯弯的坝子，又直又旺的稻杆，一架架打谷机；小孙孙加上了八面红旗，平坦的车路；媳妇又添上了车马如龙运载粮食的千军万马……写这样一副对联："感谢共产党，感谢毛主席；彝家翻身了，五谷丰登了"，是彝族农民心理特征的写照；那幅写不完、画不尽的 1958 年的丰收图，则是农民想象中社会主义建设的蓝图。从手法看，作者善于用跌宕起伏的感情节奏打动读者，引起读者心灵深处的共鸣。在这三篇作品中，有跃进时代风貌的勾画（挑灯点火忙中耕），又有鸟瞰式的全景（千军万马抢收割）；有情景交融的点缀（月光、锄地、歌声、婴儿、美景），也有特写式的近影（给公社的献礼）。作者长期在生活中并能以主人翁的态度去感受事物，抒写胸臆，因此挥笔画伟大时代的侧影,放声歌唱劳动的欢乐,笔尖注满了他热爱党和社会主义的深情厚意,读来令人激动、兴奋,倍觉亲切。但生活内容还不够深厚,境界还不够开阔,未能达到引人深思的境地。

三

普飞同志近三年来,在《边疆文艺》上发表的作品有:《农业中学校长》《移山填海的人们》《蒙深的假日》《短短三天》《支书的儿子》《秘密》《摔跤》《新芽》等八篇。作者有一年多时间没有新作问世,但他一直在脚踏实地学习,辛勤地探索,并且创作还有可喜的跃进。

作者大胆地在选择重大的社会生活题材方面,作了有益的尝试。党支书李福领着农民披荆斩棘,在过去野兽出没的深山老林里创办农业中学,说明劳动人民应当做文化的主人。妇女队长阿四娜向往着"一片金穗滚滚的稻田",一马当先,带领群众大闹技术革新,改进了工具,以前开不成荒的马鹿丘,在天神般的公社社员面前低了头。这两篇作品热情奔放,调子高亢,着力描绘出了一幅社会主义建设的图景。这是前一个时期少见的。《蒙深的假日》通过学校放假,教师蒙深积极响应党的各行各业支援农业的号召,奋不顾身到山区帮助农民打兽护秋的故事,为我们展示了全党全民大办农业的一个剪影。舍己为公的新思想的火花爆发,是青年进步的征兆。这恰恰符合党的教导:只有经了风雨,见了世面,在阶级斗争和生产斗争中,年青的一代才能健康地成长起来。这篇作品语言上虽有些粗糙,仍然受人欢迎,不是没有原因的。

另外,作者能密切配合现实斗争的形势,尽量发挥短篇小说的战斗性与现实性。无数事实证明,在社会主义革命和建设时期,无产阶级和资产阶级之间的阶级斗争,社会主义和资本主义之间的两条道路斗争是长期存在的,并且必然反映到各条生产战线上和个人的思想意识上来。社会主义文艺创作绝不应掩盖人民革命斗争中的各种矛盾和冲突,而理当发扬人民群众在劳动和革命斗争中的英雄主义和集体主义精神,帮助农民(特别是青年农民)理解生活的复杂性,培养他们对旧制度、对阶级敌人的仇恨和警惕,教育他们同一切违反社会主义利益的现象作斗争,鼓舞他们的革命理想和建设新生活的热情。普飞同志的三篇近作:《支书的儿子》《摔跤》《新芽》,在这方面是有所探索的。

我们看,支书的儿子说着不大顺口的汉语,最初学会的汉字是"坏人,恨,恨,一手打倒他;好同志,爱,爱,我的心给你。"他自幼受到严峻的家庭(也可以说是党)的教育,把敌友分得一清二楚,严查行人是那么铁面无私;护送同志是关怀备至,真是个革命的好后代! 富于民族特征性的肖象描写跟憨厚、醇朴、坚定的个性特点是相吻合的,给人十分明晰的印象。"这两年,自然灾害欺负我们,可我的劲头越来越大了,供销社供应的锄头,我都觉得小啦,我要自己打一把大大的锄头。""我这个人最容易想起的是明年的生产,和我那把大锄头。"——可能谁也想不到这是《摔跤》中一对情人的话题吧! 想得到也罢,想不到也罢,客观的生活规律愈来愈明白地告诉人们:除了社会主义革命的胜利和集体经济的发展外,还有什么可以作为现今时代青年爱情幸福的坚实基础呢? 火把节是彝族农民传统的较为隆重的节日,作者不是离开现实斗争去写青年男女如何沉湎于个人感情的悲欢,也不是纯属报告式的盛会记录,而是通过毕士发这个出众的生产能手如何用十足的劲头及不同的方式、技巧战胜"劲敌",赢得了奖赏从而点明深远的思想意义:摔跤场上得奖固然可喜,在广阔的天地间与大自然摔跤获胜才更可贺。毕士发不愧为新时代的硬汉子! 在《新芽》里,一提起有着象柿子一样团团的红喷喷的脸,身材短胖胖的,穿着一套学生装的初中毕业生李忠福,便令人想到他为家乡发展果林,改变"穷白"面貌而实心实意学习米丘林嫁接法的决心和勇气。失败挫伤不了他的锐气;困难阻挡不住他的上进心。他一心想把知识献给社会主义新农村,让自己和梨芽一块儿成长的宿愿雄心是多么珍贵呵! 毛主席说:"与天奋斗,其乐无穷! 与地奋斗,其乐无穷! 与人奋斗,其乐无穷!"在长期、复杂而艰巨的与天、与地、与人的斗争中造就出来的一代新人,外表朴实无华,内心闪闪发光,足以使人惊醒、振作和效法。这写的是三个青年农民吗? 不! 是战斗在社会主义农村中新的年青一代的代表。

普飞同志生在农村,长在农村,写作也在农村。在长期的农村生活中,他和家乡人民一同劳动,一同战斗,一同享受劳动战斗的果实。他的创作成就,首先得力于没有脱离农村生活,没有脱离劳动群众。因此他熟悉生活,对自己身边的新人新事也特别敏感,写来也亲切动人。他的创作擅长于透过新农村的日常生活,新巧地融合民族心理素质和地方习俗情调,组成生动的故事或动听的曲子,歌颂农村新人的优美情操,散发出浓郁的色香味。他笔下的农村新人具有生龙活虎、朝气勃勃的特点,人物个性在生活细部和侧面的剖析之中,层层显示出来(其中包括对人物的言谈举止及感情潮汐的描写),自然地唤起了读者的联想,使我们觉察到生活的整体,捉摸到时代的脉搏。如象《门板》、《洗衣》、《镜湖》、《支书的儿子》、《摔跤》和《新芽》等优秀篇章,都是具有这个特点的。

普飞同志的作品,美中不足的是对于我们革命事业的核心力量,共产党员的形象描绘太少,更缺少光辉的党的领导者的形象;其次是以故事情节或以火热般感情取胜较多,对人物作精雕细刻的功夫不够。作者笔下的农村新人有新的思想火花,但若能作深入一步发掘、提炼,在更丰富、更广阔的生活基础上概括集中,新人的形象将可能会更高大、更丰满,也有更大的教育意义。

普飞同志创作的方向和道路是明确的,我们希望他保持和发扬长期生活在农村、与劳动群众同劳动、同战斗的优点,任何时候也不脱离生活,同时进一步努力学习马克思列宁主义和毛泽东思想,提高理论、政策思想水平,扩大自己的政治和艺术的视野,向生活作广阔和深刻的探求,在创作上再接再励,精益求精,写出更多更好的讴歌社会主义新型人物的作品来。

1963 年 10 月五稿改毕于金沙江畔

从《早来的春天》谈民族新人形象的塑造

萧祖灏

史料解读

　　史料原载《边疆文艺》1963 年第 5 期。文章指出，李乔的长篇小说《早来的春天》是反映少数民族生活的力作之一。在这部小说里，新人形象被成批地刻画出来，对于我们进一步反映民族地区的生活有很大的启发。挖七形象的塑造给我们的启示主要在描写奴隶觉醒过程方面。作家对细节和场面进行精心的选择和提炼，在艺术概括中使挖七性格里的本质方面得到了生动的表现。此外，作家还在现实生活不断发展的过程之中去组织情节，展开描写，表现挖七思想成长的过程。虽然挖七这一形象的塑造未能达到理想的境界，部分描写还存在瑕疵，不过在作家的创作中显然是不小的成就。作家对另一个奴隶俄西形象的塑造，在表现民族性格方面有一定突破。作家通过对民族性格特征的高超把握，显示出浓厚的生活色彩。该文认为，我们应该熟悉民族传统，对于民族生活的各个方面进行细致的观察，使民族特征成为生活中自然显现出来的文学作品内容有机的部分。

原文

　　随着我省民族地区社会生活的急剧的变化,反映民族地区社会生活的作品逐渐地增多了,这是一个可喜的现象。如果我们粗略地考察一下,就可以看出这些作品有着某些共同的趋势:作家们越来越把自己的注意力集中到民族新人的刻划上。当然,塑造更为生动的民族新人形象还有待作者们不断的劳动。"年年岁岁花相似,岁岁年年人不同",社会主义新人的成长是我们时代的特征之一,他们的生活斗争和性格的不断发展,不仅反映了我们现实生活日新月异的变化,而且加强着人们不断创造更美好的生活的信念。我们有理由要求作者们在自己的艺术画廊里描绘出一系列有理想、有胆识、敢于斗争,对革命事业赤胆忠诚的英雄形象,对于时代特征作广泛的艺术概括,担当起以社会主义共产主义思想教育人民群众的光荣职责。但是我们也知道,新人的塑造并不是一蹴而就的事情,正如一切新生事物那样,生活中新人们的性格正在发展着。他(她)们有待作者们去肯定、去创造;在艺术实践的过程中,需要作者们具有敏锐的时代感和艺术家的胆识。基于上面的理由,我们对于作者们在艺术实践过程中所取得的经验应给予充分的重视。

　　李乔同志的长篇《早来的春天》(1962年作家出版社出版)是近年来我省反映兄弟民族生活的力作之一。在这部著作里,作者以极其朴素的笔触描绘挖七、金古阿略、果果、阿火黑日、俄西、阿罗、洋芋嫫等等一系列觉醒了的奴隶形象,通过他们,作者对于凉山彝族地区作了较广泛的艺术描绘,揭示彝族人民在党的领导下朝着社会主义大道迈进的事实。新人形象在作品中成批地被刻划出来,虽然显得还不是笔酣墨饱,但的确标志着作者创作道路上取得的新成就,是一个可喜的收获,对于我们进一步反映民族地区的生活也是不无启发的。

　　一个民族从苦难中得到新生,粉碎了奴隶制度的镣铐站立起来,走上了社会主义道路。这个充满了新生欢乐的历史进程,大大地促进了奴隶们普遍的觉醒,这股汹涌澎湃的激流,迅速地把奴隶制度送进了坟墓。生活中成千上万的阿火黑日们成长起来了，他们的精神品质里萌生了新的因素；他们的生活里，充满着纷纭灿烂的动人事迹。对于一个作家来说，能否在进入创作过程之中从生活中熔炼出艺术的形象，这是关系到作品的形式和内容的完美的程度，关系到作品成败的关键。《早来的春天》中奴隶群象的塑造是有着一个相当艰苦的素材积累的过程的。早在《欢笑的金沙江》第一部《醒了的土地》出版以后，作者曾经先后发表了短篇集《挣断锁链的奴隶》和散文集《小凉山漫步》。在《挣断锁链的奴隶》一书的"后记"中作者写道："尽管我的作品还不免幼稚，但我还是忠实的反映了我的所见所闻，写下了我的爱和憎。"作为凉山地区进入和平改革的"所见所闻"的纪录来看，正如一个画家在进入巨大画幅的创造过程之前，通过他的素描和写生积累了丰富的创作素材。比如《会见》中的沙马阿略（汉名张桂芬）和洋芋嬷之间；《多松和佳佳》中佳佳和果果、金古阿略之间；《十一万人奔往社会主义》的几个下层代表和挖七之间都有着一些联系。为了说明方便，我们不妨具体地谈谈挖七这一形象的塑造。

在塑造民族新人还缺乏更多的经验的情况下，李乔同志在《早来的春天》里成功地描写了挖七的动人形象，这的确给人们以不少的启迪，邵荃麟同志曾经说过："当作家从现实生活中观察、体验、分析、研究了各种英雄人物，进入到创作过程的时候，他一定要经过概括和集中。他突出其人物的某些方面，而舍弃其另一些方面。他所突出的东西，一定是属于最充分最尖锐地足以表现人物社会本质的东西。"（《沿着社会主义现实主义方向前进》）挖七这个形象塑造得比较成功，我想，正是作者经过艺术的概括，鲜明地突出了他的阶级本质，斗争的坚定性，在敌人面前所表现的威武不屈的精神。比如他冒着寒风到县上去开会，奴隶主便企图用物质来引诱和收买他。挖七毫不含糊地拒绝了奴隶主的"好心"，后来他对一个女售货员说："却波，你不知道，我要斗争他！他给我金子，我也不饶他。"在这些动人的描写中，我们看到了挖七的内心里充满着强烈的阶级仇恨的感情，这种感情，体现了凉山彝族人民的觉醒，体现了彝族人民富于革命性的斗争传统。挖七的这种坚定的斗争精神，随着作品情节的开展，表现得越来越感人了。第九章里,作者描写了少数奴隶主不接受和平改革,杀牲口来破坏奴隶们的翻身大事。挖七知道消息以后立即赶到磨石兹达家里,义正词严地质问他:

"在县里开会时,你可举手表决过《凉山和平协商改革条例》没有?

磨石兹达病恹恹的答道:'我举过手了。'

挖七粗声问道:

'你举过手,为什么破坏?"

这些描写,相当富于特征地写出了奴隶们已经不再是把眼泪往肚里咽,把仇恨、痛苦埋在心里的受苦受难者了,他们在党的领导下,抬起头,挺起胸脯,在斗争中开拓着自己的新生活——属于人民的生活。这些细节和场面的选择和提炼,使挖七性格里的本质方面获得了生动的表现,这是成功之处。那末,让我们来具体分析一下挖七的性格发展是怎样得到表现的。

在《十一万人奔往社会主义》一文里,作者叙述了几个彝族下层代表的事迹。一个代表的事迹是:他的父母亲各属于两个奴隶主,他们生下了五个孩子,但又都被分去做了娃子,甚至他们赖以活命的羊也被地主抢走了。(这个代表的遭遇,在《一个站起来的女奴隶》中也有相似的叙述。)另一个代表的事迹是:他和一个女娃子很要好,奴隶主不愿把这个女娃子配给他,为了反抗奴隶主的迫害,他们相约逃走了。后来被抓了回来,他逃走了,女的被吊打致死。这篇散文里对于这两个奴隶的遭遇仅仅有极简略的叙述。但是它说明了生活中类似的事情是屡见不鲜的,它们分散地存在着,对于艺术形象的创造来说,这无疑是一些可贵的素材。从作者创造的挖七身上,我们看到这些材料集中起来了,它们构成了挖七遭遇的主要事件。作品中,作者把挖七安排为磨石家的娃子(父亲属于磨石兹达,母亲属于磨石拉萨),这就使挖七的活动交织于本书所写的主要矛盾之中。

构成性格描写的主干,对于塑造出一个成功的艺术形象说来,还仅仅是一个初步的工作,因为在我们看来,现实生活乃是"一种对立物不断斗争的行动"(卢那察尔斯基:《社会主义现实主义》)人物性格是否最充分最尖锐地表现出社会的本质，关键还在于作者能否在现实生活不断发展的过程之中去组织情节，去展开性格的描写。李乔同志在自己的构思过程中注意到这个问题，他把笔力集中到摹写奴隶和奴隶主的复杂冲突上面，在作品里展开了几条相互交错的线索：党的民族工作干部丁政委、张副书记、周进时、莫强、小苏等等正确地贯彻了党的民族政策，深入群众，组织群众，筹划翻身大计；民族下层挖七等在斗争中迅速成长；一部分民族上层在大势所趋的情况下，被迫接受改革（如沙马木扎），另一部分民族上层（如磨石拉萨、磨石兹达）不甘心放弃剥削，和潜伏下来的土匪勾结起来阴谋暴动。通过这样一个设计，表现了现实生活发展中的矛盾冲突，并在矛盾冲突中刻划人物性格。

作者在作品开头通过挖七到县上开会的描写，就突出了这个饱受痛苦的奴隶的朴素的阶级觉悟和强烈的翻身要求。他还不懂得党的政策，他粗声粗气地对丁政委说："却波，我要斗争！"在丁政委的教育下，他初步地懂得了对民族上层要执行"团结、教育、改造"的道理："我们不但要有斗争的勇气，还要有斗争的策略。"当然，这时的挖七，还是相当不成熟的，作者在情节继续开展的过程中，让他去经受斗争的考验，在斗争的风浪中去描写他的性格。比如，奴隶主磨石兹达为了打击进步的奴隶，收买还没有完全觉醒的娃子，阻挠民主改革的进行，把挖七的爱人金古阿略配给了马黑做妻子。在这斗争的波折之中，挖七显然没有完全识破奴隶主阴险的伎俩，最初显得相当激动，当他把被马黑关进草房里的金古阿略救出来时，对丁政委说："却波，她给奴隶主的狗腿子——马黑，抢去关在一间草房里。我要是迟一步，他要逼她成亲了。这个狗腿子，我非狠狠的揍他不可！"后来丁政委对他讲了要认清敌人、朋友，团结还未觉醒的奴隶的道理，挖七才在行动上未对马黑进行报复。这里，作者把挖七和金古阿略的爱情关系和作品中主要的冲突结合起来，在表现挖七的性格方面是成功的。比之《十一万人奔往社会主义》一文里所叙述的事件来说，无疑是进行了成功的艺术提炼的。这一情节的处理也显示了斗争的复杂性。

从上述中我们看到，作者企图通过现实发展的过程，去表现挖七怎样从具有阶级复仇的心理，发展为懂得了要用党的思想武装自己，来推翻整个的奴隶制度。从而描写出凉山地区的奴隶们怎样在党的教育下，在现实斗争的考验下成长起来的过程。我感到，要能够深刻地反映出边疆地区社会生活面貌，无疑塑造出体现着一个民族前进道路的正面形象是十分重要的。李乔同志对挖七这一形象的刻划，提供了一些成功的经验。但是挖七这一形象的描绘也还未能达到理想的境界。他的性格的发展过程还没有得到充分的展开。他的思想发展的一些重要场合描写得还比较单薄。描写领导同志对他的教育无疑是重要的，但如果缺乏丰富的细节描绘，没有出色的场面的组织与描写，那么挖七思想提高的过程将不能得到充分的表现。造成挖七性格刻划的缺陷，我想是与作者对现实生活的提炼不够有关吧。人物活动的一般过程在作品里交代得比较多，而能够充分表现性格的事件则写得不够。于是在表现人物"怎样做"这一问题上便显得单薄了。此外，作者在人物描写的手法上也显得过于单纯。作者主要是借助单纯、明朗的叙述手法来刻划人物的。这种写法有它的优点，比如能在作品中形成自然、单纯、朴素的格调，但是在长篇创作里，刻划性格的手法过于单纯，便不能用多种多样的描写手段展示人物性格的各个方面，使人物达到呼之欲出的境地。

尽管挖七的性格刻划还显得不够丰满，不过在作者的创作中显然是一个不小的成就。比如《醒了的土地》中由于作者对于阿火黑日阶级觉醒的现实基础（奴隶制度内部的矛盾）写得不充分，这就使得七章以后所描写的阿火黑日的性格和作品前半部的描写不够统一，阿火黑日进步的过程也便显得不十分清晰。在《早来的春天》中，由于作者关于挖七遭遇的插叙写得相当精彩，并且从他的遭遇的描写中较概括地写出了奴隶制度内部的矛盾，以及奴隶不断反抗的斗争传统，这就使得挖七性格形成的现实基础得到了合理的表现。在情节展开的过程中，又写出了他在矛盾冲突中性格发展的情况，揭示了在阶级矛盾激化的过程中奴隶们觉醒的状况。此外，就短篇《挣断锁链的奴隶》中关于奴隶觉醒过程的描写来看，挖七这一形象的塑造也有值得肯定之处。作者的短篇中，对奴隶的觉醒也不无出色的描写，比如扎合提日（《挣断锁链的奴隶》）缓慢的觉醒过程，写得就真实可信。不过在这些短篇里，写救济物品对于奴隶们的影响过多，使得作品的思想深度受到了损害。关于挖七的形象描绘,作者强调了丁政委对于他成长过程的影响(实质上体现了民族政策对于奴隶们觉醒所起的作用),这就在很大程度上克服了作者过去的弱点。我想,随着作者生活不断的充实,血肉丰满的具有巨大概括性的正面形象的出现是一定可能的。我们充满信心地期待着。

如果说,挖七的形象给我们在描写奴隶觉醒过程方面有了不少启示的话,那么,关于另一个奴隶俄西形象的塑造,却使得我们在表现民族性格方面受到了不少的教益。

有一些作品,我们从人物的服饰上可以明显地区别出民族的特征来,而在人物的精神状态方面,民族心理的素质却表现得不显著。这样,作品常常停留在故事情节传奇性的烘染上,而没有能够进入生活深处。李乔同志的小说,在民族性格特征的把握上有些地方是做得成功的,特别是俄西的描写,显示了更浓厚的民族生活色彩。

俄西和读者见面时,是在县里开过民主改革会议,通过了《凉山和平协商改革条例》之后。奴隶主磨石兹达心怀不满地回到了家里,决定宰杀耕牛破坏和平改革的进行。他把放羊倌俄西叫了进来,这时作者向我们介绍了俄西的简单的经历。从俄西这个名字的来历的交代中,作者在人物一出场时便突现了他勇敢、机智的性格特点,给读者留下了鲜明的印象。这个以马卜和牲口作伴的奴隶,是彝族人民天才的歌手。作者牢牢地把握了这一特征,透过了那些溢洋着民族气氛的民歌表现了他的性格。例如,他看到耕牛一天天地减少,心里异常焦急,他掏出了马卜,吹出了他对牲口的热爱,吹出了对奴隶主的怨愤:

> 奴隶主把我的亲人不知卖到哪方,
>
> 如今我的亲人就是你们这群牛羊;
>
> 我天天陪伴着你们在一起,
>
> 背着火药枪替你们警戒虎狼。

有一种动物比虎狼还凶残，

我对他没有办法阻挡；

他要把你们完全杀死，

我的心燃烧着愤懑！

这忧郁的调子，相当出色地体现了他的精神境界：一个牧放牲口的奴隶特有的爱和恨的感情。工作组来到以后，在那积极准备翻身的日日夜夜里，他心花怒放，心里充满了动人的感情，产生了那些"吹不完的调子"。奴隶们的共同要求在他的歌里越来越得到强烈的表现：

往日彝家象没毛的小鸟，

如今彝家象羽毛丰满的凤凰；

往日彝家象雪压的竹丛，

如今彝家象雨后的春笋。

往日彝家象冰冻的小河，

如今彝家象解冻的小河；

往日彝家象没娘的小鸡，

如今彝家找到了爹娘共产党毛主席。

正如洋芋嫫对他的歌的评价那样，"俄西吹出了我们娃子心中的话了"。

俄西的歌，既朴实又动人，它渗透着娃子们在翻身过程中的喜悦；同时又烘染了凉山地区特定的生活氛围，让人物的性格里，显示出彝族人民心理的共同实质。从形象描写的角度说，它深化了人物的性格。自然，刻划和表现民族的精神和心理状态，在描写手法上应该有着不同的途径，不过从俄西这一形象的塑造来说，我以为至少说明了一个问题，我们应在深入生活的过程中熟悉民族传统，对于民族生活的各个方面进行细致的研究。这样才不致使民族特征成为离开作品内部组织贴上去的东西，而成为生活中自然显现出来的有机的部份。

《早来的春天》里对正面形象的描写还有许多值得认真分析的地方，由于水

平的限制，仅涉及了挖七和俄西两个形象的描写。这些有待深化的体会，希望
得到读者和作者的指正。

白族小说

本辑概述

　　本辑收录了冰心、馨人、叶圣陶、郑乃臧、唐再兴、陶陶撰写的 5 篇有关白族作家杨苏小说的评论，分别发表在《民族团结》《边疆文艺》《文艺报》上，前四篇都是对白族作家杨苏的作品《没有织完的统裙》的介绍和评价，而最后一篇则是对杨苏作品的总体评价。冰心认为，《没有织完的统裙》记录了民族交往交流交融的历程，歌颂了少数民族的勤劳和民族政策的伟大，富含民族特色；馨人则对《没有织完的统裙》的内容进行了详细介绍；叶圣陶从母女形象的塑造和二者所代表的新旧思想之间的矛盾入手，对《没有织完的统裙》进行了分析；郑乃臧、唐再兴则从结构上分析作品，认为《没有织完的统裙》以裙子为线索，通过三个典型事件，深入细致地刻画了人物性格，显示出他们的精神世界，同时景物描写多，善于渲染人物活动的环境和气氛。陶陶则对杨苏的《求婚》、《没有织完的统裙》和《春雨满山寨》三篇作品集中进行分析，认为杨苏作品的民族特色体现在少数民族语言的使用和风景描写上。

　　从少数民族小说研究的整体高度上看，杨苏在白族小说的创作中独树一帜，他对少数民族语言的运用、景色的描写和人物的塑造方面都有其独特的优势。本时期白族仅有杨苏一位代表性作家，学者们对杨苏作品的研究较为透彻。

一朵鲜艳的攀枝花

——读《没有织完的统裙》

馨　人

　　史料原载《边疆文艺》1959年11期。本文在新中国成立十周年的背景下，对白族作家杨苏的《没有织完的统裙》这部小说的内容进行了简要的介绍，《没有织完的统裙》以戴瓦姑娘娜梦的故事为主线，描写了戴瓦人在新的社会、新的生活启示下，拥有新的命运和理想的故事。不同于娜梦的母亲一辈，娜梦的理想不再停留在织出漂亮的花统裙来获得如意的男人，而是更加关心玉麦播种和人民公社。娜梦如愿加入了中国共产主义青年团，学习气象知识，让玉麦地更多更好地产出，这比织一条美丽的统裙更有价值和意义。本文认为戴瓦人在共产党毛主席的领导下，凭借双手一定会打开幸福的闸门，走向更加美好的生活。

原文

　　《边疆文艺》庆祝建国十周年特大号，是献给祖国的美丽花环。串成花环的朵朵小花和片片花瓣都是绮丽、馨香。我喜欢花环上的每朵小花。我尤其喜欢白族作者杨苏同志的《没有织完的统裙》。

　　火红的攀枝花越来越鲜艳，姑娘娜梦长得越来越健壮漂亮。新的社会新的生活启示了戴瓦人，娜梦有了新的命运和金色的理想。无怪娜梦的母亲，头发花白的麻比，比对女儿的心也"越来越摸不透了。麻比想起自己遥远的少女时代，那时，姑娘们想的只是织几条漂亮的筒裙，找个如意的男人就行了。可是娜梦她们这一代人，想的多么宽广，她们想飞得多么远啊！戴瓦人古老的生活，仿佛孵着小鸡的蛋壳一样，不断被新的生命冲破。"是的，在曙光照耀下的娜梦想的是青年小组玉麦播种的问题，关心的是人民公社的事，她说："让我出去，让我和共青团里那些红色的老鹰学习飞翔吧！"

景颇谚语说："女人不会织筒裙，不能嫁人。"时间过去一年了，娜梦的筒裙才织了半条，麻比这位按老规矩生活的慈母，一直在为女儿的花筒裙操心。在麻比这位老人家的心目中，戴瓦姑娘没有花筒裙，就好比树上没有花，好比孔雀没有羽毛一样。更使麻比着急的是："可娜梦就不操心这些，一个心都放在公社的玉麦地上。"牛铃铛还没有响，房子里还没有春米的声音，天还没亮，娜梦就爬起来，她要到青年小组去突击玉麦地。麻比怎能了解女儿的心呢!? 她非要娜梦在家织筒裙不可。娜梦想，青树已经开花，金蝉已经叫了，她要说服阿妈："阿妈，家里的米酒什么时候都可以打开，自己的筒裙那一天都能够织，我们的玉麦地可不能等了。"麻比却一句也听不进耳里，反而"按着她坐在竹楼上，把织筒裙用的东西塞在娜梦的怀里"。爱寻求自由的"山麻雀"——娜梦，在沸腾而新鲜的生活激流中，怎肯丢下青年小组中玉麦的事，一个人躲在幽静的竹楼里去拈针缠凤，织自己的筒裙呢！趁母亲背着竹筒打水去的时刻，娜梦溜走了，"山麻雀"飞到了公社的玉麦地里……

心地开豁，追求新生活的娜梦，不满意在戴瓦姑娘的筒裙上老是这些鸟的羽毛呀，花呀，花瓣呀……她要织一条新的筒裙，戴瓦姑娘从来没见过的筒裙，她要把自己心里想的织在筒裙上。"……我要织我的心……要是能把我的心织在筒裙上，送给毛主席，毛主席一看就明白，那该多美呀！"

麻比要女儿织的筒裙虽然没织成，可女儿却织成了自己的理想，她被批准参加共产主义青年团了，又被公社派去学习气象，去学管天管地管风雨的本领，这比织一条身上穿的筒裙有意义得多，有价值得多，照梦娜说的："我入了共青团,这比九千条九万条筒裙还宝贵呀!"因此母亲感到女儿那颗青春的心在突突地跳,麻比回忆起自己第一次和爱人到山林里幽会的时候,也是这样激动和喜悦。"

戴瓦姑娘理想的生活,仅仅是初次放射出青春的火花,娜梦理想的筒裙,还没有织完。她说:"一定要织一条最好的筒裙,织一条戴瓦姑娘从来没有见过的筒裙。"我深信戴瓦人在共产党毛主席的领导下双手一定会打开幸福的闸门,毛主席给插上了翅膀的"山鹬子",在祖国辽阔的蓝天里会一天天飞得更高更高……

谈《没有织完的统裙》的艺术结构

郑乃臧　唐再兴

史料解读

　　史料原载《边疆文艺》1961 年第 2 期。该文分析评价了《没有织完的统裙》的结构特点。作品把三个"清晨"的场面、三个典型化的事件和景颇人传统的织统裙的风习糅合在一起展开情节。这种结构的最大特点是能够十分集中地通过三个典型事件，深入细致地刻画人物性格，展示他们的精神风貌。作品结构上的另一个特点是，景物描写多，作者善于运用带有色彩、声音的词来渲染人物活动的环境，描摹景色，营造气氛。织统裙这条线索贯穿始终，对整个作品的组织起了巨大的作用。织统裙是景颇人传统风俗中一件带有特征性的事项。作者善于把它和新的生活结合起来，表现景颇人生活的变化以及随着生活的变化所引起的景颇姑娘精神面貌的变化，既有浓郁的民族色彩，又带有强烈的时代气息。《没有织完的统裙》是一篇比较成功的作品，它在艺术上有着鲜明的特色，值得充分肯定。

原文

　　结构，是文学作品显示人物性格，体现主题思想的必要手段。文学作品只有通过完整的结构,才能把作者所认识的复杂多样的现实生活,组织成统一的有机的艺术整体,从而使人物性格、主题思想得到集中而明朗的表现。杨苏同志的《没有织完的统裙》(见《边疆文艺》59 年 10 月号),不论在题材的处理上,人物和事件的安排上,情节结构的组织上,都具有鲜明的特色。

《没有织完的筒裙》全部只是描写了三个"清晨"的场面。这三个"清晨"由织筒裙作为线索,紧紧联系起来,组织成统一而有机的整体。三个"清晨"又主要描叙了三件典型的事:一、娜梦参加青年小组要趁假日去突击撒玉麦种;二、娜梦参加了共产主义青年团;三、公社派娜梦去学气象学。作者把这样三个不平常的"清晨",三个典型化了的事件,和景颇人传统的织筒裙的风习糅合在一起,来开展情节和性格冲突,十分妥善地安排了娜梦和麻比这两个主要人物的出场,活动和相互关系,充分显示了她们的性格特征。

这样的结构的最大特点,是在于能够十分集中地洗练地通过三个典型事件,来深入细微地刻划人物性格,显示他们的精神世界。在第一个"清晨",初醒的杜鹃"才一啼出清脆的'咕、咕'声,娜梦就一骨碌地爬起来了",她这样早起来是为了什么呢?是为了突击给公社撒玉麦种。突击撒种和织筒裙产生了矛盾,而这矛盾的展开就引起了娜梦和麻比的性格冲突:一边是"我们青年小组商量,趁今天有空的功夫把地突击完",一边是"今天放假还撒什么玉麦?好好在家织你的筒裙";一边是"金蝉一年也要换一次壳,戴瓦姑娘一年不织一次花筒裙,小伙子也不爱看你咧"……。突击撒种和织筒裙是十分典型的事件,娜梦和麻比就环绕着它,一走一留,一进一阻,一推一拉,展开作品矛盾冲突,表现了人物的性格特征。这就是作品的第一个段落。第二个"清晨",是以娜梦织筒裙写起的,从织筒裙写到景颇人生活的幸福和欢乐,又写到了母女两人对党和毛主席的深厚的爱,作者通过巧妙地暗示了她们精神世界发生巨大变化的社会原因,又从另一个侧面反映了母女俩的精神世界。娜梦加入了共青团,是这个"清晨"中的中心事件,它意味着娜梦在生活之路上又大大迈进了一步。这个典型事件对人物性格的展现有很大的意义,请看看这动人的情节吧!当娜梦入团回来,"她(麻比)轻轻地搂着娜梦,娜梦也紧紧地贴着她,麻比见姑娘眼里闪着无限幸福晶莹的泪花，撩起裙角，慢慢地替她揩掉快乐的眼泪……"啊，这是何等深沉的母爱呵！你再听听娜梦的话吧："阿妈，我入了共青团，这比九千条九万条筒裙还宝贵呀！"呵，这又是一种什么样的思想，在她的身上放着绚烂夺目的光彩！"飞吧，让她跟共青团里那些红色的老鹰"去学习飞翔吧！作者善于抓住生活中典型的事件，并把它巧妙地安排在情节结构的主要部分，让它集中地、突出地、鲜明地来表现人物性格。实在是值得肯定的。第二个"清晨"也就是作品的第二个段落。紧跟着第二个"清晨"之后，作品的第三个"清晨"开始了：

"荫绿的山谷里，百鸟喁啾，明丽的太阳光，照着盛开的攀枝花树，乳白的雾，象轻纱似的，慢慢被揭开了，火红的攀枝花，仿佛一片殷红的朝霞浮荡在山谷里。一听见鸟儿"吱吱喳喳"的鸣叫，娜梦就挎起背包，兴高采烈地站起来，她走到门口……"

娜梦到哪儿去呢？"公社派我去学气象"，这句话的含义多么深广！它不仅反映了公社化以后，景颇人生活的巨大变化，而且充分展现了娜梦这年青一代广阔、灿烂的前途。"毛主席已经给山鸽子插上了鹰的翅膀"，年轻的娜梦呀，你高高地飞吧，高高地飞吧！祖国的万里晴空，正等待着你们自由地翱翔！这里，作者用火一样的热情，用诗一样的语言，结束了作品最后一个段落，使作品构成了一个统一的完整的艺术整体。

三个"清晨"，三个典型的事件，三个动人的场面，完全服从于人物形象的显示和主题思想的体现。这是这篇作品结构组织得到如此成功的主要因素。作者对这三个"清晨"的描写，不是静止而是发展的。从自然景象上，我们先看到的是"晨雾象一匹蓝色的缎带，萦绕着正含苞待放的攀枝花树……"再看到的是"金红色的阳光，把刚绽开的几枝攀枝花，照的象火一样红……"，最后看到的是"明丽的太阳光，照着盛开的攀枝花……"，这里攀枝花从"含苞待放"到"刚绽开"到"盛开"正表明了时间在不断地推进，也暗示了人物性格在不断地发展，娜梦这个人物从"突击种玉麦"到"入团"到"学气象"，是一个发展的过程，前面已经着重谈到，这里就不遑细论了。这里要分析的是麻比。麻比这个人物，可以说是景颇人中老一辈妇女的一个出色的典型。她对娜梦充满着那么深沉、质朴的母爱。她在过去的社会里度过了漫长的岁月,她"想起自己遥远的少女时代,那时,姑娘们想的只是织几条漂亮的筒裙,找个如意的男人就行了",可是现在呢,她面对着"仿佛象孵着小鸡的蛋壳一样,不断被新的生命冲破"的生活,她不能理解她的女儿。这种"爱"和"不理解",就是作品形成矛盾冲突的基础。时间前进着,麻比的性格也在发展着。你看!在第一个"清晨"里,她是一味地阻止娜梦去种玉麦,她说"今天说甚么你也得在家里织筒裙"!在第二个"清晨"里,她已经不同了,她为娜梦入团感到高兴,认为"今天就是个喜日子",并且当娜梦要不织筒裙而出去时,她是"偎依着娜梦,沉思了一会儿,点了点头……"在第三个"清晨"里呢,她就更不同了,她竟说出了"娜梦,你插上毛主席给的翅膀,高高地飞吧,可不要离开戴瓦人的山谷才好",三个"清晨",充分地表现了麻比性格的发展,既真实,又自然,真是不可多得!

作品的结构是谨严的。全部内容都集中地突出在这三个"清晨"中,没有多余的描写,没有不必要的重复,三个"清晨"之间又有着内在的紧密联系,不松散,不混乱,条理清楚,段落分明。这样的结构,一方面主要是依据生活发展的逻辑和人物性格发展的规律来安排的,但另一方面又是始终沿着织筒裙这条线索来进行组织的。织筒裙这条线索贯串始终,对整个作品的组织工作起了十分巨大的作用。织筒裙是景颇人传统的世态风俗中的一件带有特征性的事。作者善于把它用来和新的生活结合起来,表现他们生活的变化,以及随着这生活的变化所引起的景颇姑娘精神面貌的变化,既带有浓郁的民族色彩,又带有强烈的时代气息。织筒裙在作品里是一条连接各部分的纽带,作者在情节的各个部分总是不脱离它进行描写的。它把人物的刻划、事件的组织,环境的描写、作者对生活的理解和评价都紧密地结合起来,构成一件完美的艺术品。织筒裙这件事的本身,又带有很大的双关意义,它象征着景颇姑娘的勤劳、智慧和理想。新的时代赋予了它新的意义,作者安插了娜梦希望把自己心里想的都织到筒裙上送给毛主席的细节,不仅表现了娜梦那种纯真、朴实的想法和她对生活对领袖的热爱,同时,也象征了年青人的伟大辉煌的理想,成了他们美的化身。麻比说"就是没有织在筒裙上,毛主席也知道你的心的!"我们觉得是很恰当的。而一直到作品的结尾时，作者还不放弃对织筒裙这件事的描写。他让麻比在娜梦出门去学气象时，还把没有织完的那条筒裙，拾掇成一个小包交给娜梦，再三叮嘱她要织完这条筒裙。这里，娜梦自己也说："一定织，一定要织一条好看的筒裙，织一条戴瓦姑娘从来没有见过的筒裙！"多么发人深思，耐人寻味的描写啊！这条"最好看的""戴瓦姑娘从来没有见过的筒裙"究竟是什么呢？难道不就是娜梦自己的化身么？难道不就是娜梦的那种美丽的理想的结晶么？娜梦的生活才刚刚开始，就象这阳光晨雾，百鸟和鸣的清晨一样，也象这织上了精致花纹图案的筒裙一样。它虽然没有"织完"，但已经是够美丽动人的了；要是它真的"织完"了，那又该怎样的美丽呢！这里，我们从这没有织完的筒裙上，窥见了作者的艺术匠心。这条没有织完的筒裙，不仅在结构上，起了前后呼应，互相照顾的纽带作用，而且就其整个思想内容而言，它的含意也是极为深刻的。

作品结构的另一个特点，是景物描写多，作者善于运用带有色彩、声音的词来渲染人物活动的环境，描摹景色，加强气氛。读《没有织完的筒裙》，简直使人沉醉在一幅幅优美绮丽的图画之中；苍青的山谷，蓝色缎带也似的晨雾，金红色的太阳，盛开的攀枝花……真叫人应接不暇。而杜鹃"咕、咕"的清啼，群鸟的喧嚷，牛群出村时母牛"唡、唡"的喊声，"叮、咚""叮、咚"木铎的音响，村子里传来舂米的鲜明节奏，寨子上响起的铜锣和象脚鼓雄劲的"吭……嗡……""吭……嗡……"的声音……真所谓是百乐交响，五音繁会，使读者如闻其声，如临其境。这种欢乐的声音，鲜明的色彩，晴朗灿烂的背景，给作品染上了一层魅人的颜色，增加了作品欢乐的情调，使人得到很大的美的享受。

《没有织完的筒裙》是一篇比较成功的作品，它在艺术上有着独创的特色，这些特色是值得加以充分肯定的。

绚烂的文锦

——读《没有织完的统裙》①

叶圣陶

史料原载《文艺报》1961 年第 7 期。杨苏的《没有织完的统裙》富有诗的构思，围绕着母女二人关于统裙的不同认知展开故事情节：母亲忘不了传统习俗，认为戴瓦姑娘没有好统裙，就好比树上没有花，所以她老是跟娜梦唠叨，要娜梦赶快把统裙织成。可是娜梦的心思早已远远超过母亲，她的脉搏和呼吸跟新时代的青年合着节拍，至于统裙还没织完，她却看得非常之淡漠。全篇情节虽简单，可是写对话、叙心情、描景色，融和一体，相互映衬，叫人在本文之外还可以想到好多东西。此外，小说的语言非常形象，有很多比喻，新鲜生动，极富情趣。

原文

三月五日《人民日报》第七版登载一个广播剧，题目叫《没有织完的统裙》，说是根据杨苏同志的作品改编的。我读了这个广播剧，才去翻《新生活的光

---

① 编者注：本篇原稿为《没有织完的筒裙》，为保持前后一致，故修改。

辉》①，欣快地读到收在里边的杨苏同志的原作。现在就原作来谈谈。

《新生活的光辉》这个集子，书名下边用括号标明"兄弟民族作家短篇小说合集"。可是这篇《没有织完的统裙》，说它是短篇小说，不如说它是散文诗更为恰当。散文诗和短篇小说的定义怎么样，彼此的区别怎么样，我都说不上来。不过我觉得这篇作品分作三段写，三段都以清晨的景色开头，三段都叙母亲麻比巴望女儿早早把统裙织完成，而女儿娜梦总是心不在焉，三段结构相似，而一层深一层地烘托出娜梦切盼插翅飞翔的心情：这是诗的构思。全篇情节挺简单，可是写对话，叙心情，描景色，融和一气，相互映衬，叫人在本文之外还可以想到好些东西；这也是一般好诗具备的优点。再说这篇作品的语言，几乎全都形象化，不用那些抽象的枯燥的词句，看来词藻很不少，可是照原文念给你听，你能句句入耳，心领神会，可见并不违反语言之自然：这不正是诗的语言所要求的吗？

母亲忘不了传统习俗，戴瓦姑娘没有好统裙，就好比树上没有花，所以她老是跟娜梦唠叨，要娜梦赶快把统裙织完成。可是娜梦的心思早已远远超过母亲，她的脉搏和呼吸跟新时代的青年合着节拍。播种玉麦不能错过节令，这是顶要紧的事。被批准参加共产主义青年团，将跟团里的那些红色的老鹰共同学习飞翔，这是顶兴奋的事。公社派她去学气象，管天管地，管风管雨，她挎起背包就走，这是顶配她胃口的事。至于统裙还没织完成，她母亲所念念不忘的，她却看得非常之淡漠。她跟母亲同处在一个环境里，她是真的如鱼入水，游泳自如，而她母亲还有些格格不入，未免怅然若失。两代人的差异具体表现在对于统裙的看法上。娜梦不怎么珍爱戴瓦人的统裙，她以为只织些花呀羽毛呀什么的，没有什么好，要能把心织在上面，心像长了鹰的翅膀一样，飞到毛主席身边，把戴瓦姑娘的心事告诉他，那才好。把心织在上面，飞到毛主席身边，这是个象征的说法。按实说，不就是誓愿听党和毛主席的话，在实际行动中贡献一切力量吗？可以这样理解，在娜梦看来，赶种玉麦，争取参加共青团，兴致勃勃地出门学气象，全都是织她所想望的统裙。这样的统裙就织上了她的心，这样的统

---

① 《新生活的光辉》，人民文学出版社出版。

裙就能使她的心飞到毛主席身边。那当然无意于织母亲要她织的花呀羽毛呀的统裙了。临走的时候,母亲叮嘱她还得抽空把没织完的统裙织一织,她回答说:"一定织,一定要织一条最好看的统裙,织一条戴瓦姑娘从来没有见过的统裙!"这个回答含有双关的意思。可以看作她为了不辜负母亲的叮嘱,真要抽空织成一条最好看的统裙带回来。也可以看作她立志把本领学好,回来的时候,真能管天管地,管风管雨,这就是"戴瓦姑娘从来没有见过的统裙"了。

"从来没有见过的统裙",换成抽象的说法,就是从来不曾做过的事。"戴瓦姑娘"当然可以看作"兄弟民族的青年"的具体称说。兄弟民族的青年跃跃欲试,都乐意争取做从来不曾做过的事,这是何等光明灿烂的景象!而他们的上一代,虽然对传统习俗还总是念念不忘,对新环境还有些格格不入,像母亲麻比那样,可是她并不反对女儿把心织在统裙上的想望,也不阻止女儿挎起背包出门去学气象。这就可以设想,将来女儿回来的时候,带回来的如不是传统的统裙,而是"从来没有见过的统裙"——气象方面的一身好本领,她该不会责怪女儿不依她的话,而会比看见传统的统裙更加欢喜吧。

以下就这篇作品的表达方法说几句。我说过这篇作品的组织是诗的构思,而完成诗的构思,全用声音,色彩,动植物的生态,自然现象的变化之类,细针密缕地织成绚烂的文锦。譬如写母亲嫌女儿一清早就要跑出去栽玉麦,不说"时光还早",而说"黄牛的铃铛还没有响","房子里还没有舂米的声音"。说"时光还早"就只是个"时光还早",说"铃铛还没有响","还没有舂米的声音",却把农村的生活带出来,而且叫人仿佛感到清早的寂静。女儿无可奈何地坐了下来,一会儿说"阿妈,你听,有人舂米了"一会儿说"阿妈,你听,牛群出寨了",这不仅是时光已经不早了的意思,而且传达出女儿急于跑出去的心情。第二段第三段里还是用到这两种声音。第二段里叙女儿清早织统裙,一边跟母亲说话,"这时,村子里传来有节奏的叮叮的舂米声,娜梦抬起头皱眉听了一下……不一会,母牛温柔的哞哞哞的叫声,牛铎叮当叮冬的清脆响声,飘荡到小竹屋里,娜梦又抬起头听了一下……两种声音跟娜梦按捺不住的心情联系起来。第三段里人家来催娜梦上路,以下的叙述是"接着房子里舂米的叮叮声响起来了,娜梦顾不得多说,匆匆忙忙的对麻比说。"她跟母亲说了两句极其简短的话,"叮冬叮冬的牛铎响起来了,还不时夹杂着母牛愉快的唔唔声,娜梦头也不回,跳跃着离开了竹楼",她上路了。赶早奔赴前程,离家毫不留恋,就从两种声音带出,极为自然,又极有韵味。在全篇里头,两种声音只是细节目,而所引起作用如上述,不能不称赞作者的细心安排。

除了用两种声音说时间以外,还有用动植物的变化说时间的。譬如女儿朝母亲说"青树已经开花,金蝉已经叫了",下文是"玉麦早就要撒种了",青树开花金蝉叫,就是播种的节令到了的意思。又如母亲朝女儿说,"大青树换了一发叶子了",下文是"你的统裙才织了半条",大青树换叶子,就是跨过了年的意思。要是说节令到了,从去年织到今年了,也没有什么不妥当。然而这就只是说了个意思,此外再没有别的,不像说青树说金蝉那样,在表达意思之外,还能引起读者对时间迁流的实感。

篇中用了很多的比喻,都极有情趣。譬如女儿说的,"家里的米酒甚么时候都可以打开",比喻自己的统裙哪一天都能织。"人说过的话,就像射出去的箭",比喻去参加播种玉麦的约言不能挽回。"盐多了要苦",比喻母亲的话太啰嗦,叫人听了不高兴。"自己盖房子要大家割茅草",这是个反比,正因为自己靠大家,所以大家的集体劳动,自己必得去参加。又如母亲说的,"盖房子就缺你这根梁?"比喻播种玉麦何妨少你一个人。"金蝉一年也要换一次壳",比喻戴瓦姑娘一年总得织成一条花统裙。"竹梢也有不动的时候",这是个反比,女儿的心不像那竹梢,竟没有一刻工夫能静下来。又如作者叙述母亲的心思,她见一批青年人想得宽广,希望飞得远,接下去是"戴瓦人古老的生活,仿佛孵着小鸡的蛋壳一样,不断被新的生命冲破"。这个比喻含意很丰富,小鸡不能不包藏在蛋壳里,可是小鸡势必冲破蛋壳而发展它们的新生命,想得远些,竟可以说这就是社会发展的简笔写生。以上所举的这些比喻,也可以干脆不用,如"家里的米酒甚么时候都可以打开",下边就是"自己的统裙哪一天都能够织",去掉上边的比喻,意思并无损害。或者可以不用比喻而用直说,如"人说过的话,就像射出去的箭",改成"人说过的话,再也追不回来",下边接"你把我拦在家织统裙,我的面子放在哪儿?"又何尝不完整不明白？但是这样写毕竟有所损失,损失在传出说话当时的情绪方面,损失在保持行文的优美节奏方面。就这样看下去也许不觉得,如果有表情地朗读,必然会觉察运用这些比喻,对于传出情绪,保持节奏,都起积极的作用。有几位朋友跟我谈起这篇作品,说它主题好,写来有一股新鲜之趣,生动腴润,不那么死板板干巴巴的。我完全同意这个说法。读了优秀的作品,虽然跟作者从未谋面,总要引起殷切的怀想,在此向杨苏同志表示敬意。

《没有织完的统裙》读后

冰　心

史料解读

　　史料原载《民族团结》1962 年第 8 期。该文从三个方面对杨苏的《没有织完的统裙》进行了评析。《没有织完的统裙》是杨苏关于云南省内少数民族生活的短篇小说集,小说描写汉族人在恶劣天气帮助傣族人犁地栽秧,记录了汉族干部融化了民族隔阂,建立起汉傣两族团结友爱、亲如兄弟的和谐关系。与此同时,小说还描写了兄弟民族尽力改变自己家乡贫困面貌和保卫祖国的生动故事,进一步体现出民族政策的伟大。此外,小说描写了年轻人对民族习俗进行的改革,体现了他们为新生活的创造做出的艰苦努力。

　　小说中富有民族和地域特征的景色描写使这部小说充满了绮丽的边疆色彩,也让这部小说有了独特的风格和特色,在众多表现少数民族生活的小说中独树一帜。冰心在这篇文章中表达了对《没有织完的统裙》的欣赏,也表达了对更多优秀的、充满民族色彩的民族文学作品的创作的期待。

原文

读完这本《没有织完的统裙》①，兴奋得如同看了描写兄弟民族生活的电影一样，它把读者引到色彩浓郁的环境里，丰富奔放的生活中去。

《没有织完的统裙》是一位兄弟民族作家——白族杨苏同志写的关于祖国云南省内兄弟民族的生活的短篇集。这本书有它的特色，也可以说是因为他所描写叙述的对象，有它的特色。这些故事的背景是：青翠的山岩，碧绿的流水，深郁的树林，鲜红的花朵，肥美的田地……这些故事里的人物是，壮健的、纯朴的、美丽的、粗犷的、热情的、刚刚挣脱了封建统治的少数民族弟兄姊妹。故事的发展是在他们和自己的陈旧的风俗习惯作坚持的斗争中、在他们和汉族弟兄开始同工共事而日益亲密团结中、慢慢地引伸出来，中间穿插着许许多多兄弟民族的丰富多采的起居服食、节庆歌舞，和极其形象化的兄弟民族所常用的富有诗情画意的语言，这样，就使每一段故事都显得绚烂照眼，如火如荼！而一切的一切，又归纳在解放后的党领导下的崭新的边疆兄弟民族的生活。我想，假如这些故事让一个汉族作家来写，若不是在那里生活过许多年的，也许写不出那么细致周折的情节，不用谈别的，就那些花草鸟兽之名，已经够人探讨考证的了。

在这里面，给我印象最深的，是《亲如兄弟》那一篇。受尽了汉族地主和本地的土司欺凌的傣族弟兄——卖眼，对于来帮助他们插秧的汉族协作队，是没有信心的，他又怕汉人"欺负"他的牛，于是他偷偷地把牛牵到山上藏了起来，但是当他看到协作队长王力和其他汉族队员拼出死命来自己犁田，又在江洪暴涨的时候跳下水去保卫堤堰，这些活生生的"亲如兄弟"的事实，把卖眼彻底地感动了，于是他在间不容发之顷，砍下一根龙竹，来不及削下枝丫，就跳入急流之中，去救王力！

这几段文字是写得出色的：

---

① 《没有织完的统裙》，白族杨苏著，中国青年出版社出版。

太阳火辣辣的,把一切有生命的植物都烤萎缩了,可是没有一个人直起身喘口气,汉族傣族男男女女四十来个人的心比太阳还热,四十多双眼睛,看着王力他们前进的脚步,踏过傣族人民的土地,听着他们"呪唷""呪唷"的哼声,全心只想着一件事,栽呵,栽呵,抢时间栽呵! (29页)

正在王力他们代牛犁田的时候,社主任帅恩相从田埂上挑着一担秧子来了:

帅恩相丢下担子,三脚两步跑到田里去,拉着牵绳,挡住王力他们,激动地大声喊:

"者弄老王,耕牛在这样辣的天气也不犁田啊,不能这样,不能这样!"

王力额上的汗水,滴进了他的眼里,他艰难地睁着眼睛说:"社主任,没有关系,我们是来帮助傣族兄弟栽秧的,再苦点我们也高兴啊!"

帅恩相紧紧拉住牵绳,望着他们肩膀上勒进去的紫红印痕,含着泪水道:

"者弄老王,不能再这样,除非你们从我身上耙过去!"(30页)

这些对话,是共产党和毛主席派来的汉族弟兄和傣族兄弟的、呕心沥血的情感沸腾的对话,这对话和幸福的眼泪在一起,把汉傣两族人民的心都滋润了。

底下一段关于卖哏的感受的描写,也是有力的:

卖哏这时象喝醉了酒一样,头"嗡……"地响,他踉踉跄跄地走到田埂上,似乎所有的眼睛都在怒视他,那些眼泪仿佛滚烫的开水浇在他的心上,在这个集体中,他象一个被遗忘了的旅客,孤零零地蹲在一个角落里,享受不到兄弟般的关怀,也享受不到集体温暖的友谊,他拼命地扯着田埂上的野草,把扯下的野草掐碎,在手掌中拼命地搓,好似只有这样,才能解除他心中沉重的负担。唉! 这些是共产党毛主席教出来的汉人,是傣家人的亲兄弟啊,怎么才能赎回自己的错误呢?! (31页)

汉族协作队在傣族兄弟中间,显示了他们是党和毛主席伟大民族政策的化身,结果是每个汉傣人民之间,水乳交融,亲密无间,他们誓愿要把这一大片荒地,变成良田,"让谷子长得象芭蕉一样","变得比经书里的天堂还要好"的地方。

　　这书里的几个短篇,还给我一个鲜明突出的印象,就是我们兄弟民族的青年,在解放以后,拨开重重的云雾,看到了天空海阔的前途,他们是怎样地浑身充满了干劲,雏鹰乳虎似的要轰轰烈烈地大干一场,来改变自己家乡一穷二白的面貌,来保卫自己美丽自由的祖国。象《路遇》里的傈僳族青年余三,跑一百三十里路到城里去剃头发胡子,为的是怕人说他年纪大了,不让他当解放军,边防军王班长"用壮烈的行动教育了兄弟民族新的一代人,这一代人,将使我们伟大祖国的边疆象铜墙铁壁一样巩固",这是一个例子。另外,象《没有织完的统裙》里的戴瓦女青年娜梦,她不听她母亲谆谆训诲的"男人不会耍刀,不能出远门;女人不会织统裙,不能嫁人"的古谚,而一心一意地丢掉织裙,去学"管天管地管风管雨"的气象学,要织"一条最好看的统裙,织一条戴瓦姑娘从来没有见过的统裙",因为"毛主席已经给山鸽子插上了鹰的翅膀"。再没有什么习惯的力量,能够把这个充满了远大的理想的姑娘,关在茅屋里,去织完那条只有鸟兽花朵的统裙了。

　　提到老风俗习惯,从这几篇小说里,我们也能看出为着努力生产,创造新生活,我们兄弟民族的青年要向它作着多么艰苦的斗争:《嫩西节》里的傣族青年岩贺保,坚决而又温柔地说服他的新娘米月团,为着生产紧张,放弃那新婚夫妇回家拜年的习俗——"利很浪",他给她算了耗费去的劳动力之后,说"不要说阿公阿祖传下的规矩,就是佛祖订下的也得改。"《剽牛》里的景颇族女青年木娜,为着她的父亲在全村的人都下田生产的时候,却去剽牛祭鬼,她气喘吁吁地跑去找支部书记劳则,说"……我想,寨子里已两年不剽牛祭鬼了,我阿公怎么带这个头呀?心里一急,家都来不及回去,赶快来找你了!"《春雨满山寨》里的景颇族青年梅普堵在新婚之夕,却为着正当生产队里需要一个骨干的时候,他的新娘按老规矩若要回家一年的话,就要耽误生产,他烦恼地想:

　　"……树一年要换一次叶子,蝉娘子一年要蜕一次壳,毛主席领导景颇人大解放,一年比一年更新,一天比一天更美好,这些变化,用景颇人所有的语言加在一起也说不完。咳,可是我们的老风俗习惯,却为甚么变得这么慢,这些古老的东西,象蜘蛛网一样地把我们脑子网住了,怎么也撕不开它,使我们不能往前

走……"（72 页）

但是，"天下无难事，只怕有心人"，这些古老风俗习惯中的不利于生产发展的东西，象"利很浪"、"剽牛"、"跑娘家"，都在这班青年人的反对之下，也象柔弱的蜘蛛网一样，让一根尖利的嫩竹，一下子挑开了。

最后，应该提到这本书里，那些迷人的、西南边疆浓郁绚丽的景色香味的描写，看了那些句子，至少让我们多学些"草木鸟兽之名"，至少让我们这些没有到过美丽的西南边疆的人，也走入这醉人的画国里面！

"……走到半路，天色已黑下来，公路，渐渐模糊了，路两旁的大青树、挺直的蔓苍坡、棕榈、苍青的梅宗，都变成黑糊糊的巨大枝桠，苦艾、香茅草、刚翻过不久的泥土、新鲜的牛马粪，混合着发出一股香味。土狗和蝌蚪的鸣叫声，更衬托出田野里的安静……"（24 页）

"……雨的确停了，阳光已经穿破乌云，向大地投射出道道金光，芭蕉叶上的雨珠，在阳光下闪闪发亮，粉白的楸木树花，火红的攀枝花，淡黄的茶子花，都饱含着春雨，在阳光里开得越发鲜艳。远处苍蓝的青山，分外明净爽朗。只有稠密的森林上空还蒙着一层蓝雾般的水气，地上的青草，翠绿鲜嫩，象绿斑鸠雏鸟的绒毛一样，原来在大青树下躲雨的阳雀、蔡子雀、灰斑鸠，都抖开羽毛上的雨珠，成双成对扑刺刺飞上树梢，宛啭啁啾，使雨后的一切景物都显得分外明净美丽……"（70 页）

"……出了竹林，太阳正从苍蓝的山巅升起，初升的太阳，象个红玉盘，阳光也仿佛红玉的闪光，非常柔和。在阳光照射下，山慢慢变成靛蓝的颜色。一片片香茅草，铁莲花似的一丛丛剑麻，被阳光染成金绿色的。透过橡胶林和榕树的空隙，阳光又象一支支金色的箭，投射到长满香茅的大地上。随着晨风，田野里飘过熟透了的菠萝香味。棉花和豆叶上残留着的露珠，起初还在阳光下闪着银光，不一会，它就成了一股淡淡的青烟，袅袅娜娜向蔚蓝的天空飘去！"（106—107 页）

象这种富有田野抒情诗意味的句子，在这十三个短篇中，到处可见，在此就不多占篇幅了。此外，还有许多十分生动的民族谚语，如："树叶当不了烟草"，

"老年人的话,抵得刀子砍下的刻刻","树老心空,人老颠东","盐多了要苦,话多了不甜","树林子里没有鸟,蝉娘子叫也是好听的"……等等,都是我们兄弟民族人民从日常生活中所汲取出来的智慧。至于许多独特的形象化的比喻,如以攀枝花比姑娘,山鹰比小伙子,说"耳朵比麂子还尖","炸药的性子比野猪和豹子还暴烈"等等,更带着浓厚的本地风光,不是处在与大自然密切接触的环境中的人,要学也学不来的。

我们热切地希望我们兄弟民族作家,多给我们写些反映兄弟民族生活的作品,不但是给我们介绍一些兄弟民族地区新人新事的知识,引导我们神游于鲜明绚烂的边疆风物之中,而且会给我们祖国文学的大花园中,添上许多色艳香浓的永不凋谢的花朵。

读杨苏同志的作品琐记

陶　陶

史料解读

　　史料原载《边疆文艺》1962 年第 9 期。白族作家杨苏的作品，从不同的角度，以抒情的笔触热烈歌颂了边疆少数民族不断更新的生活和美妙的边地风情，抒发了人民群众热爱毛主席、热爱社会主义的情怀。杨苏最为人称道的作品是《求婚》、《没有织完的统裙》和《春雨满山寨》。

　　这三篇作品故事情节单纯明快，同时又兼具小说与散文的特点。其中，《求婚》和《没有织完的统裙》的艺术构思特点主要表现在对主题和情节的提炼方面。杨苏作品的民族特色体现在使用少数民族语言和风景描写方面。杨苏将大量景颇族人民的生活用语融入作品中，增加了作品的真实感。

　　另外，杨苏的少数作品也存在主题思想展示不充分、缺乏典型生动情节等不足。

原文

　　我喜欢杨苏同志的作品,尤为喜欢那些具有热烈抒情成份的佳作。他的作品我大抵都读过,最近又利用业余时间,将他自一九五七年以来所发表的廿多篇作品,陆陆续续地重读了一遍。这些作品多数已收在《没有织完的统裙》这个集子中,少数是去年和今年才发表的新作。杨苏同志于工作之余,在短短的几年中,写出了这样多的作品,而且不乏脍炙人口的佳篇,可见他的创作是十分辛勤的,收获也是丰硕的。

　　在这廿多篇作品中,作者从不同的角度,以抒情的笔触,热烈地歌颂了边疆兄弟民族人民不断更新的生活和美妙的边地风情,抒发了人民群众热爱伟大领袖毛主席、热爱社会主义的情怀。以鲜艳的色彩,或浓涂或淡抹,描写了祖国边疆如诗如画的自然景色,青翠的山,闪光的水,喷香的花,祖国的边疆有色有香,令人神驰。比较集中地体现了这些思想和艺术特色的作品,廿多篇之中,要算是《求婚》《没有织完的统裙》和《春雨满山寨》等三篇。三篇之中,《没有织完的统裙》最为人称道。

一

　　这三篇作品,故事情节都有单纯明快的特点,有人说它是小说,也有人说它是散文,这都无不可。总之,它是有特点的,即既叙事,而又具有诗的抒情韵味。这种既象小说,又象散文的文体,也是可以提倡的。例如人们很喜欢苏联作家巴乌托夫斯基的作品,他是小说家,但也有人说他却是一个抒情的诗人。就因为他的作品总是散发着温柔的抒情气氛和浓郁的生活气息。

　　这三篇作品的基调是欢快、明朗的,充满了幽默的风趣和乐观向上的情绪。《求婚》所描写的不过是生活长河中一个小小的波澜,革命跃进中的一个小插曲。它的感人之处,是作者热烈称颂了乡长早俊和社长道孔热爱社会主义事业和民族新人的感情。他们之间的争执是:一个要德努过来,一个要姑娘过去。德努是共产党员,又是生产队长,社长道孔的一双胳膊;姑娘是共青团员,又是乡上合作社的会计,有如早俊的心一样重要。因此,道孔坚持要姑娘过去,早俊坚持要德努过来。他们的着眼点都是人,民族的新人,目的也都是为了发展集体的事业。因为,社会主义的集体事业正需要这样的人。这样的人,比黄金还贵。所以,只要早俊让姑娘过去,莫说要道孔答应调五十条驮牛协助早俊的合作社驮粪,即使早俊要条金牛他也会去找来的。通过这小小的矛盾,作者巧妙地绘出了早俊和道孔的精神面貌。

《春雨满山寨》可以说是一幅美妙的风俗画,是一幅新生活的速写。作者生动细致地描绘了景颇族人民传统的古老生活风习,同时又投射以社会主义新生活的光芒。景颇人有句古话:"新娘不会跑娘家,母猪也要笑话她。"但是作者从这里却看到了人民在思想上的变化,为了大办粮食,又恰好在生产紧张的时候,人们都在自觉地改变着旧的传统生活方式。随着生产和生活的发展,人们的思想也在改变,审美的观念也在改变。参加贺婚的客人们一致称道娜仙是一个劳动的能手,是一个"党的人",把劳动和政治进步作为人的美德来品评。如同娜仙的丈夫一样,大家都希望她不要因循守旧,在这紧要的时候,起一个带头的作用。党的支书也对娜仙说:"这句话从你起要改一改",其实新娘娜仙早就有了这个打算,只是没有说出而已,因此造成了梅普堵对娜仙的误会,而使作品充满了喜剧式的幽默情趣,生动地表现了人们为建设美好生活的自觉努力态度,展示出一幅为理想光辉所照耀的新生活图景。

《没有织完的统裙》以更热烈、昂扬的调子,称颂了景颇族青年一代无限热爱党和毛主席,热爱新生活的感情。那日夜想着要"飞啊飞啊,飞到毛主席身边,把戴瓦姑娘的心事,告诉他"的娜梦,可以说是景颇族青年一代的化身,他们有美好心灵和远大的理想。她那"从没有见过的统裙",把自己的心也织在上面的统裙,象征地表现了景颇族青年跃跃欲试从事前辈人所没有做过的事业,愿意献出一切力量的心情。"毛主席已经给山鸽子插上了鹰的翅膀。"再也没有什么习惯的力量可以阻挡他们高高地飞翔了。作者把要实现为社会主义事业服务的理想想象成要飞翔,把从未见过的社会主义事业,想象成一条把心也织在上面的统裙,这设想是多么新奇,寓意又多么自然深刻。如果对他们的生活没有深切的感受,没有高度的热情,不深知他们的理想和愿望,要达到作品中这诗一般的境界是不可能的。

从这三篇作品看,作者并不是着意去细致刻画人物的性格,塑造典型形象。他的人物,如德努、道孔、娜仙和娜梦等都有坦荡的胸怀,纯洁的心灵,热情勇敢的性格。他们以热烈的言辞、奔放的感情激荡着读者的心。这些作品既是生活的忠实反映,也是作者自己用心灵去感受现实,由此而产生的激情倾诉!读着不由使人感到作者是在放声歌唱:生活是多么美啊,人的感情是多么美啊!作者着意从兄弟民族生活的点滴变化中,去摄取美好的思想,新鲜的事物,去探求新生活的美,心灵的美,去热烈地歌颂它,更加美化它,鼓舞人民向新生活大踏步前进。所以这些作品都带有程度不同的抒情成份和浪漫主义的情调。杨苏同志的作品多数是取材于移风易俗的生活情节,例如《嫩西节》《求婚》《剽牛》《没有织完的统裙》《春雨满山寨》《绿谷》《县委书记罕二喜》《响吧,象脚鼓》等等都是。人民的革命思想,美好情操,表现在生活的各个方面,需要作家去探索,去发掘。这些看来并非重大的题材,也蕴藏着非常生动深刻的思想内容。它有如一闪即逝的火花,作者敏锐地摄取下来,再经过精心的放大和加工,使我们能透过这赏心悦目的人物风情的描绘,谛听到边疆兄弟民族人民革命跃进的心声,感受到强烈的时代气息,看到兄弟民族人们的社会主义新精神面貌,这是杨苏同志创作的见长之处。

从移风易俗的细微变化中,去寻求不时迸发出的诗的火花,美的火花,这需要有诗人的触角,需要对生活有深切的感受,更需要激情。对生活和创作没有激情,难于写出好作品来。有人问过杨苏同志:他怎么会写《没有织完的统裙》这篇作品。他讲了这样一个故事:随着生产的发展,耕地面积大大地扩展了,栽插的时间也随之提前了。但是按照老习惯,这时候姑娘们都要去织统裙,确实也有许多姑娘不愿这样早就下田,要在家织统裙,须知"女人不会织统裙不能嫁人",这就发生了生产与织统裙的矛盾。恰好这时候杨苏同志看到了这种情况,他想如果能有一个突破传统习俗,带头下田的姑娘该多好。就因为这一件事的启发,再经过长期的观察和酝酿,才写出了这篇作品。这个简单的故事,不足以说明这篇作品的构思过程,只能说是作者由此而产生了创作的萌动。但却说明了作者对生活是抱着主人翁的态度,是以生活建设者的身份去感受生活,去思考与人民生活休戚攸关的种种问题。这是作家不可缺少的态度,特别是表现兄弟民族生活,没有这种态度,往往会见不到他们生活中每一个细微的变化发展,或是虽见到也不能去作严肃认真的探索,而满足于五光十色的表面现象。创作激情不是空洞的,它是作家爱生活的热情和冲动。我想有激情,有深切的生活感受,严肃认真地探索生活,是杨苏同志能够辛勤创作,而且丰收的主要保证;是他的作品具有激荡人心的感情力量的原因之一。

二

《求婚》和《没有织完的统裙》两篇在艺术构思上是有特点的,这首先要表现在对于主题和情节的提炼方面。

《求婚》不到三千字,篇幅虽短,但却充分地展示了作品的思想,除了生动热烈的人物对话之外,作品中几个细节是值得注意的。如那曾经三次描写到的火塘,三次描写到的酒。火塘与酒的作用是同样的,这里只以火塘为例。当"早俊挑起粪筐打算出门的时候,见到蛮娥人民公社的社长道孔来了","他赶快回转家来把火塘里的火烧的旺旺的,一间茅屋都被照红了",这通红明亮的火塘,表示了早俊好客和迎客的心情。由于是姑娘去,还是德努来的争执,主人竟然忘了给火塘添柴,足见其争执热烈的程度和主人因话不投机的心情,使"道孔叹了口气,把酒瓶装进筒帕,看了看那就要熄灭的火塘,说:'我们俩个在火旺旺的时候见面,现在得在冷灰中分手了'"。但是,情势急转直下,早俊赶快起来抱了一堆柴火,把火塘添得旺旺的。这又进一步表现了早俊对德努的爱。邀请客人在火塘边谈话,用酒来表示友谊和信义,是兄弟民族生活中所特有的风习,这些细节的穿插描写,生动地增添了作品的民族生活色彩,巧妙曲折地表现了人物的心理活动和情感的倾向,成为情节发展不可缺少的部分。

和《求婚》一样,《没有织完的统裙》情节同样是单纯的。概括地说:一个姑娘不想织为了出嫁所必须织的统裙,为什么不愿意织呢? 象征的说是她想飞,想织一条从未见的统裙。具体的说法是有三个原因,一是她们青年小组商量好,放假天要去种玉麦;二是因为她被吸收加入共青团,按捺不住激动的心情,无法平静下来织统裙;三是公社派她去学气象,为学好这管天管地管风管云管雨的本领,她只想立刻动身。可是姑娘的母亲不理解这一切,她一定要女儿坐下来织那条为了出嫁需要的统裙。放假天参加劳动,加入共青团,被公社选派出去学习,这些都是生活中平常可见的事件,也可能发生在不同的时间、不同的地点和不同的人物身上,作品的情节就是以这些事件作为基础。但是,难于做到的是能够透过这些事件,看到这些正在成长中的新思想与旧思想的矛盾,看到这矛盾的深刻意义,看到人的美丽的心灵,从而提炼出具有深刻教育意义的主题思想,赋予这些平常可见的事件以生活的光芒。

三

语言是民族间相互区别的重要标志,民族特有的生活色彩和心理素质,也首先是表现在民族的语言上。周扬同志说:"语言是文艺作品的第一个因素,也是民族形式的第一个标志。"(见《新的人民文艺》)运用民族语言创作的文学作品,是比较容易传达出民族特有的生活色彩和心理素质的。杨苏同志某些描写景颇族人民的许多生活用语,由于他吸收了景颇族人民的许多生活用语,运用了他们的表情达意的方式,这就使他的作品更增加了真实感,更富于民族地域和生活的色彩,给人以清新的别具一格的印象。他的语言比喻丰富,形象鲜明,人物的对话是生动的,而且传达出了人物生活环境的特点。如《没有织完的统裙》一篇中母女俩的对话是富有这个特点的。母亲责备女儿为种玉麦起得太早时说:"黄牛的铃铛还没有响,就要跑到那儿去?""房子里还没有舂米的声音,你就要去栽玉麦地了?"这比喻说明了清晨还未到来,也道出了边疆清晨的特点。如果我们熟悉兄弟民族生活,就能从"黄牛的铃铛""舂米的声音"这些字眼中,体验到一种边疆早晨的气氛,想象出一幅充满着生气的边疆晨景。作者用来比喻的事物,都是边疆兄弟民族生活中司空见惯的,如大青树、金蝉、米酒、山鸽子和雄鹰等等,信手拈来,平易自然。

状物言情，都能给人可以触摸的形态感。

作者长期生活在边疆兄弟民族地区，耳濡目染，受到了熏陶。因此他能从日常用语和生活环境中吸取有益的成份，加以提炼、创造，丰富了自己的语言。如象类似这样一些话是经过作者加工创造的："太阳出来的时候，鸟儿能不叫吗？毛主席指出的路，景颇人能不走吗？"（《勒弄》）"一块砖砌不成一堵墙，一根竹子搭不成一座桥"（同上），"竹笋没有雨水发不起来，景颇人没有共产党站不起来"（《新屋》），"昨晚上又熬夜了？"（《绿谷》）……许许多多，不胜枚举。与此相似的比喻或成语，在汉语中并不少见。但是由于增添了与景颇族人们的生活密切相连的内容，又用来表现他们的生活，就非常生动、鲜明，而不落俗套。既能为汉族人民喜欢，也容易在景颇民族中流传。

《绿谷》是作者才发表的作品，它既保持了作者原有的语言特点，又看得出他在探索如何刻画人物的性格。麻姜腊和腊干是父子的关系，也是社长与社员的关系。作者想通过他们的关系和矛盾，来塑造两个具有不同性格特点的人物；表现新老两代的思想感情；揭示出这样的思想：干部不仅要带领群众搞好生产，而且也要关心群众的现实生活，满足多数人的要求，乃至是风俗习惯上的要求。这是杨苏同志作品中的一个新的主题，新的生活领域。

描写边疆兄弟民族生活和斗争的作品，有的以富于民族色彩的语言传达出民族的精神面貌见长；有的语言上虽不及前者，但它以细致入微地描绘人物的性格和民族的精神特质见长，这两者各有特点，都是美的。但如果能够兼而有之，既有富于民族色彩的语言，而又能生动细腻地刻画民族的不同人物的性格，多方面地表现民族的精神面貌，这岂不是更好吗？所以，尽管《绿谷》也还有某些明显的缺点，但作者所表现出的创造性探索精神，是一个好的开始，是应该充分肯定的。

四

杨苏同志的每一篇作品都有风景的描写。有的写得很好，如《嫩西节》一篇对于早晨的描写，给人明净、欢乐的印象，衬托了新媳妇米乐团温情幸福的心境。又如《没有织完的统裙》一篇，对三个清晨的描写，笔墨简练，那富有象征意味的攀枝花，成为情节开展的一个部分。再如《春雨满山寨》对春雨的描写，是随着情节开展而不断变化的，那时续时断的春雨，不仅渲染了新婚夫妇的柔情蜜意和作品的欢乐气氛，那满寨的春雨也十分蓄含地暗示了作品的主题。

作者也惯常在篇首来一段写景，借此交代故事发生的时间和地点，增加作品的真实性。但是这种静态写景的方法用得过多，就容易给人缺乏变化之感。写景既可以交代故事发生的时间和地点，也可以表现人物的身份、心情、性格和相互间的关系。可以在静中写，也可以在动中写。文学作品的写景，更主要是为了生动地表达人的感情活动，表现人对景的影响，景对人的影响，所以许多作品中景总是和人相联系的。茅盾同志说："一段风景描写，不论写得如何动人，如果只是作家站在他自己的角度来欣赏，而不是通过人物的眼睛，从人物当时的思想情绪，写出人物对风景的感受，那就会变成没有意义的点缀。"（见《关于艺术技巧》）"通过人物的眼睛，从人物当时的思想情绪，写出人物对风景的感受"，用人物自己的语言来状述眼前景、身边事，这是我国古典小说的传统手法。《红楼梦》里就有许多这样写景的精彩片断，例如：大观园贾宝玉题名一节，既表现了门客与主子之间的关系，也通过贾宝玉对景物的感受，通过他的题名，也表现了他的思想情绪。我国优秀古典小说中的写景，如《红楼梦》《水浒传》《三国演义》《儒林外史》等等，都有许多值得我们学习和借鉴地方。

在杨苏同志的某些不同的篇章中，经常会重复出现一些相同的写景语言。如"蓝澄澄的天边"，"苍青色"的山峦，"嫣红的"晚霞。还有"比黄金还黄"，"紫玉般的闪光"，"绚烂璀璨的彩缎"等等，虽华丽而不质朴，拿来和同篇的人物对话相比较，便显而易见有两种迥然不同格调的语言。我们设想：如果作者多从作品的人物出发，或是用当地民族眼睛去观察，用他们的语言去描写，即使面对同一风景，也能创造出不同的境界，使语言的风格更统一，更多姿多彩。

此外，廿多篇之中，还有少数看来是急就的篇章，有的没有充分展示出作品的主题思想，或表现得太直接太明显，缺乏典型生动的情节，例如《剽牛》《绿谷》。有的在结构上显得松散，人物的性格，作品的思想，被事件的过程所冲淡或掩盖了，如《洱海风雨》。但是，这些都不能掩盖作者的成就，在作者更深入、更熟悉生活的过程中，在辛勤的创作实践中，定将写出更为出色的作品来！

　　以上是我夜读杨苏同志的作品，笔记下一些片断的感想。既然是感想的笔记，就难免有片面之处，希望作者和读者指正！

一九六二年八月廿日夜

后 记

从国家社科基金重大项目"新中国少数民族文学研究史（1949—2009）"获准立项至今，正好是岁星绕太阳一周的时间，也是生肖轮回的一个完整周期。这12年，少数民族文学史料的阅读和整理，成为我生活的一部分。本书是这些史料重新整理和研究的成果，也是国家社科基金重大项目"新中国少数民族文字文学史料整理与研究"的阶段性成果。

本书的史料搜集整理涉及1949—1979年间少数民族文学各学科领域，史料形态多样，分布空间广阔，留存情况复杂，涉及搜集、整理、转换、校勘、导读撰写诸多方面，难度之大，可以想见。因此，在本书即将付梓之际，特向为此付出了大量心血和努力的学界师长、同仁以及团队成员致以谢意。

感谢朝戈金、汤晓青、丁帆、张福贵、王宪昭、罗宗宇、汪立珍、钟进文、阿地力·居玛吐尔地、李瑛、邹赞、刘大先、吴刚、周翔、包和平、贾瑞光等学界师长和同仁的悉心指导和鼎力支持。

感谢宛文红、王学艳、陈新颜、杨春宇以及各边疆省（自治区）图书馆的大力支持。特别要感谢大连民族大学图书馆宛文红12年来持续、有力的支持和帮助。

感谢团队各位成员的参与和付出。参加史料解读撰写和修改的有：王莉（33篇）、丁颖（29篇）、韩争艳（39篇）、苏珊（35篇）、邱志武（43篇）、李思言（38篇）、邹赞（42篇）、王妍（25篇），王微修改了古代作家（书面）文学卷的史料解读和概述初稿。撰写史料解读和部分概述初稿的有：王潇（71篇）、包国栋（58篇）、王丹（89篇）、张慧（65篇）、龚金鑫（16篇）、雷丝雨（85篇）、卢艳华（58篇）、王雨槊（39篇）、冯扬（35篇）、杨永勤（15篇）、方思瑶（15篇）。王剑波、王思莹、井蕊校对了部分史料原文。

李晓峰撰写了全书总论、各卷导论，审阅、修改了全书本辑概述和史料解读，并重写了各卷部分本辑概述和史料解读。

由于种种原因，许多整理出来并已经撰写了解读的史料（图片）未能收入书中，所以，团队成员撰写的篇目数量与本书实际的篇目数量存在出入。史料学是遗憾之学，相信，未收入的史料定会以其他方式面世。

再次对多年来关心、支持我和本课题研究的各位师长、同仁、家人表示衷心感谢。

李晓峰

2024 年 11 月 12 日于大连